世紀末と漱石

世紀末と漱石

尹相仁

岩波書店

目次

世紀末と漱石

序説 「世紀末」について
「世紀末」——爛熟と変革 3
起源 4
デカダンス 8
進歩と衰頽の間 12
「世界観」としてのデカダンス 14
再生の論理 19
耽美のヴィジョン 24

第一章 近代日本文学と「世紀末」
1 「世紀末」の生い立ち 39
2 デカダンスと「近代」 49
3 「世紀末」の開花と自然主義の全盛 57
4 世紀末と渾融の美学 67

第二章 漱石文学における「世紀末」

1　「世紀末」と漱石……73
2　時代認識……80
3　さまざまなデカダンス……90
4　「世紀末」の後景……101

第三章　世紀末芸術と美的体験

1　留学と美的体験……119
2　アール・ヌーヴォーとの出会い、ジャポニスムの開眼……131
3　〈書物芸術〉――世紀末の装丁術……142
4　都市を見る目――印象主義……146
5　絵画的趣向――ブラングウィンの場合……157

第四章　ラファエル前派的想像力――ヒロインの図像学――

1　絵の女……175
2　乱れ髪のアール・ヌーヴォー美人……180
3　ラファエル前派的想像力……193
4　もう一つの〈オフィーリア幻想〉……206

第五章　世紀末的感受性——水底幻想——
1　世紀末の「水への想像力」……221
2　水の女……227
3　モナ・リザ——ファム・ファタールの原型……233
4　女性像の両極……238
5　エロスの領地……248
6　水性的魂……254
第六章　浪漫的魂の行方——『薤露行』から『草枕』へ——
1　鏡の謎……263
2　「鏡」の変容……268
3　寓意としての「シャロットの女」……274
4　芸術的想像力と〈塔の神話〉……280
5　白鳥の行方……286
6　塔中の作家……293

第七章　絵画と想像力――『夢十夜』の場合――
1　豚の絵　304
2　隠されたモティーフ――キルケー　310
3　欲望の修辞学　321
4　〈グロテスク〉の夢想　323
補論　住まいの風景――『門』における空間の象徴的描法――
1　隠れ穴――住まいの原風景　331
2　家具の秘密　335
3　ランプの意味　339
4　メーテルランクと象徴劇　344
5　存在のなかの〈風の音〉　349
6　〈静劇〉の世界　353
注　釈　357

参考文献 …… 397
あとがき …… 407
岩波人文書セレクションに寄せて …… 411
人名索引

凡　例

○著者による注記には［　］を付した。
○『漱石全集』の引用文は、すべて岩波書店版(全十六巻、昭和四〇—四二年刊行)による。文中では『全集』と略記した。
○引用文の振り仮名は、適宜、現代仮名遣いで補った。

序説　「世紀末」について

「世紀末」――爛熟と変革

ある種の文芸現象を表わす術語――ふつう文芸用語と呼ばれる――のなかには、状況によってその意味がカメレオンのように変幻自在に変わり、その扱いに慎重を要するものが少なくない。私がこの本の表題に使った「世紀末」という語句もおそらくそういう誤解と混乱を生む術語の極端な一例であろう。

予期される混乱は、そもそも機械的な時間概念である「世紀末」という語句を特定の文芸現象を表わす術語として用いることに潜在している。これは同じく文芸上の共通の思考形式または時代様式を示すバロックとかゴシックとかロマンティックといった名称の成り立ちと比較すれば、おのずと明らかになる。周知のとおり「世紀末」というのは人為的な時代区画の概念でしかないのだが、この言葉は単なる〈時代〉の概念そのものをもって〈時代の思考形式〉までをも内包している珍しい例なのである。「世紀末」という術語にまつわる曖昧さはこの語が指示するものよりも、この言葉が言外に含む意味、すなわち含意の方が遥かに大きいことに根を下ろしているといえる。

起源

「世紀末」はフランス語の'fin de siècle'('fin-de-siècle'とも表記する)の訳語である。(1) 直訳すれば、「世紀の末」または「世紀の終り」で、英語の"the end of century"に該当する(ただし、英語圏やドイツ語圏でも原語をそのまま使っている)。つまり、一世紀百年間の終りを意味するのだが、これは映画の字幕で見るような「終り」('fin')ではなく、エミール・ゾラが自作『作品』(一八八六年)のなかで初めて見せた'fin de siècle'の用例に見える「世紀の終りの部分」(2)と理解してよいだろう。だがこの場合でも、「終りの部分」の終点(算術的にいえば一九〇〇年十二月三十一日)は明確であっても、その起点は一体いつからなのかという問題が残る。結局この種の問題は個人の主観的判断に委ねるしかないのだが、ただ私たちはこの言葉に対する過去の用例を参考にして、それをある程度の目安とすることは可能であろう。

「世紀末」という語句がはじめてあらわれたのは一八八〇年代と見られる。語源に詳しい *Le Grand Robert* を引いてみると、時事日刊紙『ル・ヴォルテール』*Le Voltaire* の一八八六年五月四日号に掲載された評論家L・セリジエの評論の一節――ここでセリジエは、「デカダン」という言葉にとって代わって、昨今生まれたばかりの「世紀末」という言葉が注目を浴びることになるだろうと宣言している(3)――が紹介されているが、私が調べた限りでは、これが前記のゾラの『作品』での用例とともにもっとも早い用例ではないかと推察される。(これに因んでいえば、一八八六年はいろんな意味で記念すべき年と思われる。周知のとおり、この年の九月には象徴主義の名称をはじめて公にしたジャン・モレアスの象徴主義宣言が『ル・フィガロ』*Le Figaro* 紙に発表されるが、これより五カ月前の一八八六年四月にはアナトール・バジュによって雑誌『ル・デカダン』*Le Décadent* がセンセーショナルな話題を振りまくなかで創刊されている。このように、デカダン派と象徴主義者との熾烈な闘いが本格化するこの年の二つの象徴的な出来事を挟んで、「世紀末」という言葉がはじめて公にされたのはいかにも意味深長であるといえよう。)

これらの記録より私たちはいくつかの重要な事実を知ることができる。一つは、前世紀の若い文化エリートたちが世紀の「終り」の起点を十九世紀の残り十五年前後と考えたということ。二つは、こうした観点が任意の算術的根拠に基づいていたのではなく、当代の社会的・文化的状況の反映として成立していたということである。「世紀末のエレミヤ」(ホルブルック・ジャクソン)であった社会評論家マックス・ノルダウが十九世紀末ヨーロッパの社会病理診断書として名高い『堕落論』*Entartung* (1892) の冒頭で、「世紀末」とは現代社会で起こるさまざまな現象と、そうした現象の基底にある社会的ムードを網羅する名称であると言明したのは、この言葉の成り立ちの過程を知るうえで重要である。(4) つづいて、ノルダウはこの言葉の伝播力についてやや大袈裟に語ってくれる。

「世紀末」はフランス語である。そのわけはフランスにおいてそのように称されるべき精神

状態がはじめて自覚されたからである。この言葉は地球の半球から半球へと飛び回り、あらゆる文明語に繰り込まれた。(5)

だが、社会的状況や精神の状態をあらわす以外にも、「世紀末」という語句には、それが当時フランス文壇におけるデカダン、またはデカダンス運動に絡んで生まれたというセリジエの証言からも読み取れるように、そこには多分に文芸上の〈政治的〉目的を帯びたスローガン、あるいはイデオロギーという側面があったことも見逃してはならない。

「世紀末」という言葉が社会的な文脈においてどのような形で使われたかについては、アメリカの歴史学者オイゲン・ヴェーバーの『世紀末フランス』(一九八六年)のなかにいくつかの具体的な実例を求めることができる。それによると、「世紀末」という新語は生まれて程なくして人口に膾炙されるようになる。たとえば、一八八八年には『世紀末』という題の、闇取引や姦通、殺人を扱う四幕物の戯曲がパリで上演されている。(6) そして翌年の一八八九年にはやはり『世紀末』(Humbert de Gallier 作)と題する、ある富裕な放蕩息子が退屈のあまり賭博に耽ったり、恋の挫折の末、自ら命を断つという暗い話を、長ったらしく三二五ページも綴った小説もあらわれる。また一八九〇年の末になると、『世紀末』*La Fin de Siècle* という表題の金融スキャンダルの暴露を売り物とする週刊紙が発行されるようになる。(7) さらに、一八九二年の裁判録には、パリの裁判所が女房の売春に依存して生活するあるゆすり屋を裁く際に、その男を「世紀末的夫」(un mari fin-de-siècle)でしかないと断

じたことが記されている。(8)

ヴェーバーは歴史学者だけあってこれらの例を通して、主に社会的文脈において「世紀末」という流行語(といっても構わない)のもつ、社会倫理の側面でのネガティヴなコノテーションを浮かび上がらせている。ここで私が注目したいのは「世紀末的夫」のような用例にみる「堕落した、頽廃的な」の意味の ‘fin de siècle’ の形容詞的用法だが、このような用例はちょうど同じ年に出たノルダウの『堕落論』にも頻繁に登場する。(9)

だが、‘fin de siècle’ の形容詞的語義は単に「頽廃的な」に限られたのではない。すでにノルダウも指摘したように、この言葉は言われ始めた時点からそれを用いる人それぞれの精神的地平によってその語義が多岐に亙っているのである。(10)

では、ここで原点に立ち返ってこの言葉の語義をいまいちど詮索してみることにしたい。辞書の ‘fin’ の項より ‘fin de siècle’ の語意を調べてみると、『グラン・ラルース』*Grand Larousse* では「十九世紀末に生まれた語句。形容詞的には洗練されたデカダンスの状態を指す」とある。『トレゾール』*Trésor* では、「世紀の最後の部分」という名詞的用法として前に言及したエミール・ゾラの用例と、形容詞的用法としてはマルセル・ジュアンドの『ゴドー氏』(一九二六年)中の「きわめて世紀末的なパリジェンヌが……」云々の用例が引き合いに出されているが、とくに後者の用例では「世紀末的な」が、「洗練された」ないし「頽廃的な」といったニュアンスを含んでいる。(11) ここで私たちは、「世紀末」の形容詞としての語義には「洗練されたデカダンスの状態」という、心理的かつ美学的な含蓄が存在することがわかる。さらに、これは前代に浪漫主義者の間で流行した「世紀児」(enfant du siècle)、「世紀病」(mal du siècle)などの語句との一連の連想を伴って、「病的で弱々しいものを匂はせる余韻」[12]をも持っていたが、こうした含蓄もやはりある種の心理的な状態を反映するものと思われる。

ところが、'fin de siècle'という言葉が生まれて間もなくは、「モダンな」「現代風の」といった意味で用いられた[13]ことも忘れてはならない。とりわけ英語圏では"decadent"よりもこの方の意味がもっと重かったようである。[14]

このように見てくると、「頽廃的な」と「現代風の、洗練された」が「世紀末」の形容詞的意味の代表的なものであったといえるのだが、このことはネガティヴな含蓄とポジティヴな含蓄という、一見して相反する概念が一つのうちに同居しているような不自然さを感じさせる。この点は「世紀末」という語句のもっとも重要な語義であり、ある意味では同意語ともいえる〈デカダンス〉のややこしい概念より由来するもので、つまるところ「世紀末」の本質をとらえるためにはそれと双子の関係にある「デカダンス」に対する検証が必要不可欠となるのである。

デカダンス

「世紀末」の最初の用例として前にあげた引用文の筆者セリジエは「デカダンス」という言葉に

取って代わって「世紀末」という語句が出現したことを告げていたが、これは両者が同根に属するものであることを間接的に示唆するものにほかならない。(もっと立ち入っていえば、「世紀末」はセンセーショナルな刺激を求める新しがり屋の手によって「デカダンス」の後を継いであらわれたともいえる。)つまりこの二つの言葉はコインの両面のような関係にありながら併用されてきたのである。「世紀末」の主たる語義は「デカダンス」であり、今日における「デカダンス」の身近な定義はほかならぬ十九世紀末という時代の特質——すなわち「世紀末の精神状態」である。こうしてみると、「世紀末」の語句にまつわる誤解と混乱はそもそも不透明で複雑なコノテーションで用いられてきた「デカダンス」譲りともいえよう。

「世紀末」と同様、「デカダンス」という言葉は意味のはっきりしないまま、世紀末のフランス文壇はもちろんのこと、ヨーロッパの各地へ広がった。アーサー・シモンズは『象徴主義の文学運動』のなかで、その辺の事情の一端を私たちに伝えてくれる。

この間に、デカダンスと漠然と呼ばれている何ものかが誕生した。正確な意味ではめったに使われたことのないこの名称は、ふつう非難の意味で投げつけられたり、挑戦の意味で投げ返されたりした。理解されない悪徳を気どる満たされぬ美徳でぞくぞくしながらデカダン派と自称することが、種々の国のある種の若い人の間でもてはやされた。(15)

アーサー・シモンズはデカダンスという言葉が流行していた十九世紀の末頃をこのように振り返って、「デカダンス」とか「デカダン」といった言葉の意味がきわめて曖昧であったことを告げている。

十九世紀末に生まれた「世紀末」とは違って、「デカダンス」は古くから用いられた言葉である。「デカダンス」(décadence)はラテン語の'cadere'(落ちる)、あるいは'decadere'(倒れる、衰微する)から派生したもので、(16)「崩壊」「衰頽」「頽唐」などと訳される。ある種の精神の下降または後ろ向き、逆行の態度をあらわす概念と理解し得る。そしてこうした意味の類推より、「ある成熟した国家ないし社会が衰退に向うとき、政治や文化が爛熟の極に頽廃して、不自然、不健康、腐敗の様相をあらわしてくること」(17)をデカダンスと呼ぶようになったのである。

「デカダンス」の起源は古代ローマ帝国に遡るものの、それがローマ時代に実際に使われた記録は存在せず、もっとも早い記録は十三世紀の中世ラテン語にみられるという。(18)今日に伝わる「デカダンス」の語義は主に一八八〇、九〇年代のフランス、イギリスにおいて形成されたのだが、まずはローマ帝国の没落という史実に基づく歴史的概念として受け入れられた。それはモンテスキウ(『ローマ人の隆盛と没落の諸原因に関する考察』一七三四年)やヴォルテール(『国家の精神と風俗に関する随想』一七五六年)、ギボン(『ローマ帝国の衰退と没落』一七七六—八八年)などの著書にみるような、十八世紀からの大国の滅亡の原因についての歴史的関心の延長でもあった。その底辺をなす主たる思想は、歴史の進行を「堕落」とみなす考え方であり、たとえばルソーはデカダンスを人間の過度に発達した文明と、自然の理法に逆らった結果とみる。モンテスキウは『雑録』のなかで、「(過去の)諸帝国の歴史からみて、偉大なる繁栄よりデカダンスに近付くものはない」と語り、デカダンスを繁栄もしくは進歩の必然的な「結果」と考えた。[19] こうした歴史観に、ダーウィンの進化論やマルサスの思想や優生学などに影響されたヨーロッパ人種の退化に対する恐怖も加わったことも見逃せない。こんな状況のなかで、つねに時代の先端を行く芸術家たちが〈終末のヴィジョン〉に没入していくのはさして不思議ではない。

われわれの到達したデカダンスの状況を見てみぬふりをすることは、無分別の極みであろう。宗教、風俗、正義、あらゆるものがデカダンスなのである。文明の腐敗作用のもとで、社会は風化解体しつつある。現代人は、感性が麻痺している。食道楽や感覚、趣向、豪奢、快楽の洗練、神経症、ヒステリー、嗜眠症、モルヒネ患者、山師的いかさま科学、極端なショーペンハウエリスム、これらは社会的進化の先駆症状なのである。[20]

これは当時もっとも影響力のあったアナトール・バジュ編集の『ル・デカダン』誌の一八八六年四月十日付の論説の一部だが、バジュによるこの「デカダンティスム」のマニフェストというべき文章は、あたかもラテン文明終末の嘆きの「十九世紀版」といった観がある。このなかに並べられている刺激的な単語の列はそのまま「デカダン」を自称する作家たちの「世界観」の見取り図を呈示するものといってよく、そこに貫かれている基調はデカダンスを「進歩」の必然の結果とみるモンテスキウ風の決定論的歴史認識である。

進歩と衰頽の間

十九世紀を通して、進化論の述語でもある「進歩」はもっとも強い影響力をもって当時の人々に浸透した言葉であるといわれる。一八五九年にダーウィンの『種の起源』が刊行される以前から、「進歩」は時代を動かす原理となっていた。したがってダーウィンの思想はそれが根付きやすい土壌がすでに出来上がっていたこともあって、「進歩」の理念に基づいたあらゆる道徳的および社会的教理に対する科学的な裏付けとしてたちまち一般に伝播された。とりわけ産業革命が成し遂げた高度の物質文明を享受できるようになった十九世紀末の人々は、「進歩」に対する揺るぎない信念をもっていた。間断なく進歩を遂げる機械文明と科学の驚異を目の当たりにした彼らが、聖書よりも「進歩」という言葉をいっそう信用したといわれるのも頷ける。

だがその一方において、進化論の決定論的思考が当時のヨーロッパ人の間にある種の潜在的な不安を植え付けたのも事実であった。すなわち彼らは進化論の原理に基づいて、すべての動物と同様に人類も幼年期と青年期、そして熟年期を経て老年期へ至る衰退の道を辿ることになるだろう、という悲観的な考えを抱くようになった。すなわち、そうなった場合もっとも先立って滅びるのは、どの種族よりもいち早く進化を遂げてきて、爛熟した文明を築いたヨーロッパ人ではないか。また、栄華を極めたローマやビザンティウムがあっさりと蛮族に蹂躙されてしまったように、現代の西洋文明も近い将来において伸びてくる「非文明圏」の種族によって侵奪されるのではないか、と思い込んだのである(十九世紀末のヨーロッパで黄色人種の台頭を恐れてしばしばいわれた「黄禍」(the yellow peril)という言葉も、こうした脈絡から生まれてきた)。そして進化論の副産物であるこの思い込みが、「世紀末」を素直に「十九回目の百年の終り」というふうにとらえるのを許さず、この人為的な時代区分の概念に人種や国や世界の終末の幻想を結びつける原因となった。このように、進化論の「擬似医学的な命題」(ジャン・ピエロ)は単なる生物学の次元に止まらず、時間――すなわち「世紀」のような人工の時間区分の概念すらも進化論的発展段階でとらえる傾向を生み出し、口々に「世紀末」を叫ぶ連中に業を煮やしていた例のノルダウが彼らの言葉遣いの愚鈍さを攻撃する始末となった[21]。

当然のことながらブルジョア社会を嫌悪した芸術家たちは、ダーウィニズムから物質もしくは種族の進歩に関する楽天的な考えよりは、ショーペンハウアーまたはハルトマン的な闘争と迷妄の観念を取り出してきた[22]。彼らは女や自然とともに「進歩」という言葉を毛嫌いした。彼らにはルソーもダーウィンも遠ざけるべき対象に過ぎなかったのだ。産業化の進展とブルジョア階級の台頭は芸術の空間を狭めていった。ゴンクール兄弟が「現代の憂鬱」('la mélancolie moderne')を言いはじめたのは早くも一八六四年であった。彼らにとって、進歩とノイローゼはもとより同一のものであった。科学の進歩は芸術の悲劇を意味する、という通念が現実化していく徴候はどこにもあった。イェイツは「肉体の秋」(一八九八年)のなかで、デカダンスを「独断的な科学によって否定された超越的世界を照らす淡い光」[23]として認識している。このように、「頽落の意識と進歩の自負との微妙な複合を特徴とする十九世紀西欧の歴史主義」[24]のなかで、芸術家はますます社会から孤立していく存在となったのである。そしてデカダンスとは孤立した芸術家が抱いた一つの「世界観」[25]であった。

「世界観」としてのデカダンス

「われはデカダンス末期のローマ帝国なり。」十九世紀末の詩人ポール・ヴェルレーヌは「ものうさ」('Langueur' 1884)と題するソネットの第一行にこう綴った。この有名な詩句をめぐっては「一八四八年の革命の失敗の後、さらにより劇的には一八七〇年普仏戦争の敗北、そして一八七一年のパリ・コミューンを短命に終わらせた暴動の勃発があった後の、フランスの中心的インテリゲンチャの感情を要約する」[26]と解釈することも可能であれば、ここで詩人はデカダンスという言葉で「破局の恐怖というよりは、深淵への執着を証したてている」[27]というプラーツ風の解釈も可能だ。というのも、時代を観察する詩人の目は必ずある方向性(いわば、精神的傾向)を帯びることになるものであり、詩人にとってその方向性というのは、つまるところ美的態度に帰結するからである。たとえばバジュやヴェルレーヌの用語法でうかがえるように、自分が 'décader'[28] しているという意識こそ

が 'décadisme'[29](後の 'décadentisme')という〈デカダンスの教理〉として結晶していったのである。

「デカダンスという語は十九世紀を通して、それが文化の衰落を指す用語からある様式に対する命名へと転移するなかでいくつかの意味を蓄積しはじめた」[30]というスザン・ナルバンティアンの指摘にみるように、「デカダンス」は十九世紀後半のフランスとイギリスの芸術のための芸術運動および耽美主義者たちと提携するなかで、社会的現象を表わす概念からある種の美学的概念(様式)を表わすものとなっていった。

そのきっかけをつくったのは〈芸術のための芸術〉を主唱したテオフィル・ゴーティエである。ただし、「様式」としてのデカダンスの概念をはじめて理論的に提示したのは、フランスの保守的な講壇派の批評家デジレ・ニザールである。彼は『頽唐期ラテン詩人に関する風俗的批評的研究』(一八三四年)のなかで、ローマ時代の詩人たちの誇張的で飾り過ぎた文体を「デカダン的様式」と命名したが、これは実際にはヴィクトール・ユゴーのような浪漫主義詩人たちを暗に攻撃するために使われた軽蔑語であった[31]。その反面、ゴーティエは一八六八年にボードレールの詩集『悪の華』の序文のなかで、はじめて賛同の立場で「様式」としてのデカダンスの観点を提示した[32]。もっとも、これは当のボードレールの「デカダンス」の用法とは幾分違っていた。ボードレールはこれをユゴーを想像力の乏しい技巧家と非難するなかで「(芸術上の)アカデミズムの無趣味」という意味で使ったり、後にはワグナーの音楽における「視覚的」特質などをあげながら「諸芸術に対する因習的な境界を撃ち破る体系的な試み」といった意味で使ったりもしており、デカダンスを様式とか特色と

いったものではない、観念的な次元でとらえていた向きがある。(33)

ただし、世紀の終りに近づくなかでデカダンスが文芸の様式概念として盛んに言われたことは事実ではあるものの、私たちは美学的概念としてのデカダンスを単に「様式」に限定して考える必要はない。なぜなら、私たちが芸術表現における「ある様式を判断する間に、私たちはある傾向を判断している」(34)(ゴンブリッチ)からであり、すべての様式は芸術家の〈世界観〉の反映にほかならないからである。

十九世紀末においてデカダンスの特質を明かすうえでもっとも重視すべき対象にジョリス＝カルル・ユイスマンスの小説『さかしま』(一八八四年)がある。これは発表と同時に「デカダンスの聖書」とも、「デカダンス大全」とも呼ばれ、大きな波紋と支持を呼んだ書物である。このなかで取り扱われる、文学から園芸に至るあらゆる分野にわたってのデカダン的趣向と特有の表現法は直ちに新しい美学のマニフェストとなった。(35) 陳腐な現実の拒否、根本的なペシミズム、哲学的観念論、主観主義、独我主義、神秘主義、オカルティスム、人工楽園の夢想、感覚の錬磨、夢と麻薬、異国趣味、過去へのノスタルジー、人工の追求、政治的・社会的生活との断絶(36)――ジャン・ピエロのすぐれた世紀末文学研究書『デカダンスの想像力』の終章に網羅された、こうしたデカダンスの世界観の要目は、そのまま世紀末の寵児デ・ゼッサントの世界観といってもまったく差し支えない。

『さかしま』に示されたデカダンスの世界観は、実はボードレールの文学世界を構成するペシミズムと人工性、洗練さ、珍奇なものへの愛着といった特性を引き継ぐものであり、また後に来る若い文学者たちに受け継がれていく。たとえばこれは、「若きウィーン」の青年文士ヘルマン・バールが「デカダンス」と題する文章に述べた「新興の世代」としてのデカダン派の共通の特徴につながっている。それによると「デカダン」を自称する者は、「皮相で粗雑な自然主義から離れて、洗練された理想の深みに就こうとする熾烈な慾求」を共有し、霧に煙る薄明と曖昧朦朧とした雰囲気に浸ることを好み、自分のあるゆる神経と戯れる「神経のロマン主義者」であり、ヴェルレーヌのデカダンスの詩学を支持し、デ・ゼッサントの「人工性への愛着」に全的に同意する。[37]アーサー・シモンズは一八九三年に発表した評論「文学におけるデカダンス運動」のなかで、「デカダンス」という語を「最新の文学運動の一般的観念をもっとも的確に言い表すもの」と見なして、その特質を目新しさ、人工性、自意識、過剰な鋭敏さ、複雑さ、精神的道徳的ひねくれと規定した。[38]これらに共通しているのは、おぞましいブルジョア社会と擬古典主義的な伝統に対する嫌悪と、生の現実に対するペシミズムである。

このようなデカダンスの世界観は、マックス・ノルダウのような保守的知識人にすれば、社会の道徳的荒廃と「神経症」という精神の病が蔓延するなかで発病した「躁鬱病患者」の臨床カルテに等しいものだったに違いない。彼はつぎのようにいう。「このような新しい傾向に正真正銘に喜びを覚えるのはほんの少数にすぎない。（中略）しかし少量の油が海の広大な水面を覆うように、この少数の集団は社会の可視表面上を覆いかぶさる天賦の才をもっている。[39]」長い伝統のなかで培われてきたヨーロッパ文芸の秩序を乱しているデカダンたちはほんの少数にすぎないという、ノルダウの現状分析は、皮肉にも同じ本のなかで彼自身がその自家撞着を証明する結果となった。つまり、『堕落論』という「攻撃文書」のなかで告発の対象となった芸術流派——ラファエル前派を筆頭にパルナシアン、象徴主義、写実主義、神秘派、耽美派、悪魔派、(文学の)印象派、デカダン派、〈若きウィーン〉の作家たちにつづく——は、まさに十九世紀後半の西欧文学史の総目次そのままである。さらにこのなかで名前の挙がった芸術家たちは、十九世紀後半の全ヨーロッパでもっとも活躍した作家、詩人、哲学者、画家、作曲家がほとんど網羅されているのはいうまでもない。ニーチェ、ワーグナー、ボードレール、イプセン、ゴーティエ、ゴンクール兄弟、トルストイ、エミール・ゾラ、ユイスマンス、ペラダン、メーテルランク、ヴィリエ・ド・リラダン、ヴェルレーヌ、マラルメ、モーリス・バレス、ハウプトマン、オスカー・ワイルド……。

デカダンスが深まれば深まるほど最後の審判の日も近し、と信じこんでいたノルダウ自身の期待も交じったはずの分析は、むしろデカダンスというのが十九世紀後半のヨーロッパ文芸に遍在する中心的な文芸現象であったことを私たちに克明に示してくれる。(『堕落論』が自己矛盾や偏向した視角、記述上の荒削りなどが大きな欠陥として指摘されながらも、今日もなお重要な書目として取り上げられるのは、当時の文芸状況の全貌を留めている〈世紀末資料館〉としての役目を果たしているからであろう。)つまりノルダウの膨大な書物はいみじくも、ジャン・ピエロが語る「デカダンスをたんなる詩の流れの一時的変遷にすぎないものとみなすとすれば、大きな誤りを犯すことになろう。実際にはデカダンスこそ、世紀末二十年間に現われたすべての文学的傾向の共通分母にほかならない」(40)という主張の忠実な裏付けとなっているのである。こうみると、十九世紀の最後の二十年間、あるいは後半(41)のフランス文芸が、デカダンスの理念を中心に展開したと見るのは、さして乱暴な見解とは言えないであろう。繰り返していえば、デカダンスは「世紀末」の精神状態であったのである。

再生の論理

デカダンスの美学というのがジャン・ピエロのいうように、人間の生存についてのかなり悲観的な考え方を土台にしていたとはいえ、さらにデカダンたちのスローガンのうちに「没落」「破壊」「衰弱」「消尽」「虚無」「倦怠」「精神の病」といった負の言葉が交じっていたとはいえ、これをもって直ちに近来のポスト・モダニズム風に文学の枯渇、芸術の終焉などと結び付けるのは早計であろう。ここで、デカダンスを「最新の文学運動の一般的観念をもっとも的確に言い表すもの」として把握したアーサー・シモンズが、これを「新しく、美しく、興味深い病」とも呼んだことを思い出していただきたい。シモンズのいう「病」はデカダンたちの負の遺産といわれた「精神の病」の反語として言ったのであって、治癒すべき対象としての「病」ではないことは明らかだ。彼はこの「美しい病」に、未知の領域を切り開く新しい美学の胎動を見いだしていたのである。

ラルースの『十九世紀万有大辞典』に「デカダンス」の反意語として「進歩」(progrès)のみが挙げ

られているのは、あくまでも十九世紀歴史主義の立場での判断にすぎない。西洋人はデカダンスを進歩の終りとして認識していた。しかし十九世紀の後半ニーチェはこのように語った。「一般的にいって、あらゆる進歩は局部的な衰弱によって先導されるものである。」[43] ニーチェにとってデカダンスは終りであると同時に始まりでもあった。[44] イェイツはエッセイ「肉体の秋」のなかで、デカダン期とは芸術が活気にあふれる未来を夢見ながら冬眠している時期である、という考えを示した。イェイツにとっては、デカダンスは予示と期待の時期であったのだ。[45] ノルダウの「衰退」(Degeneration)に対する反論として提出したアルフレド・E・ヘークの逆説的な表題の本『再生』(*Regeneration*, 1895)には、「終わりと始まりの共在、衰退と更生の逆説的置き換え」の可能性が論じられているが、[46] これがニーチェとイェイツのデカダンス観の延長線上にある考え方なのはいうまでもない。

「完全なる衰微の現象などは存在しない。あらゆる凋落はやはり蘇生でもあるのだ」[47](R・W・コリンウード)という主張は、衰退と進歩の同時性のなかに歴史の展開をみる観点であり、こうした観点はいままでの誤解と偏見の入り混じったデカダンス観を克服する出発点になる。

ホルブルック・ジャクソンはイギリス世紀末文芸に関する古典的な書物『一八九〇年代』のなかで、つぎのようにいう。「しかしながら、一八九〇年代はもっぱら衰退に向かっていたわけでも、絶望的でもなかった。この時代のデカダンスは多くの場合、名目上だけのデカダンスであった。というのも、マックス・ノルダウによって堕落と弾劾された傾向の多くは、更生と命名したほうがましな、ある精神的活力の健全で健康な表現であったからである。[48]」世紀末のデカダンたちによる芸術表現をやたらに「健康」「健全」云々と持ち上げるのはすんなり頷き難いところがあるかもしれない。しかしここでジャクソンが言いたかったのを補うとすれば、ノルダウのような保守陣営が「デカダンス」と非難しているのは、本当は「頽廃」についての創造的「表現」であって、それはデカダンたちの本質とは直結しない、という理屈であろう。いずれにせよ「デカダンス」における精神的活力の存在を認め、それがやがて「九〇年代のルネッサンス」(W・B・マードック)の原動力をなすというジャクソンの観点は、今日もなお新しく、本書の基本的立場と軌を一にしている。『世紀末芸術』の著者高階秀爾が、十九世紀末のイギリスの装飾芸術運動をイタリアのルネッサンスに喩えたオスカー・ワイルドの言葉を手掛かりに、世紀末を「新しい時代を開くルネッサンス」とみなし、「その意味で、世紀末にこの豊かな芸術運動の出発点に、ウォルター・ペイターの名著『文芸復興』と、ロセッティを中心とするラファエル前派の運動があったことは、象徴的である(49)」と述べたのも傾聴に値する。

マリオ・プラーツの『ロマンティック・アゴニー(肉体と死と悪魔)』の病的想像力の系譜に世紀末詩人のデカダンスが無闇に引っ張りだされることに対して、吉田健一が「頽廃といふことを文字通りに健康を損ねて病的である意味に取る(50)」ことに異議を申し立てたのは、もっともであるといえる。またエルンスト・フィッシャーがいうように、デカダンたちを「ある時期のしおれた遅咲きの爛熟者(51)」とみるのもやはりステレオタイプのそしりを免れない。それは当時の文芸状況の展開を注意深く観察すれば明確になることだ。

すなわちヘルマン・バールのような、おぞましい政治的社会的現実を逃れて、また芸術の道徳主義的な伝統を嫌悪し、新精神を求めて「芸術の殿堂に逃げ込んだウィーンの唯美主義者たち」(カール・E・ショースキー)が唱えた「デカダンス」なるものを、ただ単にネガティヴの意味で「頽廃」に置き換えることはあまりにも無頓着すぎる。ここでもう少し名称の問題にこだわってみよう。「若きウィーン」の作家たちに加えて、一八九七年に旗揚げした「分離派」の画家たちによる当時の代表的な文学美術雑誌『ヴール・ザークルム(聖なる春)』は、世紀末ウィーンで花開いた「ユーゲントシュティール(青春様式)」(アール・ヌーヴォーのドイツでの呼称)の主要拠点の一つであったが、ここで登場する小グループと様式の名称が「若い」「春」「青春」といったいたって「健康」で「進取的」な言葉で粉飾されているのに注目する必要がある。十九世紀文芸にとってデカダンスは革新への意欲に燃える芸術家集団の前衛運動であり、新しい美学の〈芽生え〉(世紀末文芸の始源とされるラファエル前派の同人誌の名前が『芽生え』*The Germ*〔1849-50〕であったことは興味深い事実である)であったのだ。

十九世紀末のフランス文壇と画壇に訪れた〈デカダンスの季節〉が第一次世界大戦勃発までつづいたフランス文化の絢爛たる全盛期「ベル・エポック」(美しき時代)の到来をもたらし、また、「若きウィーン」の作家たちと「分離派」の画家たちが活躍した世紀転換期のウィーンが、いかに華美で豊艶な文化を生み出したかについては、異論を挟む人はいないはずだ。海を隔てたイギリスの場合はどうだったか。ラファエル前派の幽遠な中世の世界と、ワイルドのダンディズムと、ビアズリーの神経質的なアール・ヌーヴォーのデザインが混在しながら、妖しいデカダンスの美学を築いた「黄色い九〇年代」(Yellow Nineties)も、やはり長いヴィクトリア朝文化史のなかでもっとも実り多い「ベル・エポック」であったことは改めていうまでもない。こうして考えるならば、私たちはデカダンスなるものを頽廃や枯渇や終焉と結びつけられ勝ちな不毛な虚像ではなく、「芸術的近代」に方向づけられた新しいエネルギーとしての別の側面を認めざるを得ないのではないだろうか。

伝統との断絶と革新への意志を表明して登場するあらゆるアヴァン・ギャルド芸術は、敵意に満ちた批評にさらされるのを常とするが、そのなかでももっとも典型的なのが「デカダンス」と罵られることである。ところが、ボードレールは古典美学の新しい芸術に対する常套的嘲罵であるデカダンスという語を逆手にとって、出発点としてのデカダンスの意義を積極的に引き受けることによって、〈デカダンス＝モデルニテ(現代性)〉の等式を導出した。ボードレールは、自らを〈成年〉と見なしていた西欧の歴史主義の傲慢さを冷笑して、精神の幼年期、または野蛮状態へ逆行することによって西欧文明の甦りを逆説的に立証したが、ここで彼のデカダンスの観念は十九世紀末のヨーロッパ文芸を精神の自由と芸術の自律へと導く「解放の鍵」であった(52)。

ボードレールをあらゆるデカダンス文学の鼻祖とみなしたモーリス・バレスは、一八八四年雑誌『インクのしみ』で「新精神」のありようを示すのに、はじめて「デカダン」という語を用いた(53)。バレスのいう「新精神」とはあらゆる唯物的価値観に対する精神的反逆を主とする思考形式として理解してよかろうが、私たちはここで十九世紀末フランスにおいて「アヴァン・ギャルディスム」

あろう。

「モデルニテ」「デカダンス」といった言葉がほぼ同意語として用いられた(54)ことを喚起する必要が

「およそ八〇年代から今世紀の始めまでの文学世界は、デカダンスの観念をめぐってその周辺に集中していた(55)」というマリオ・プラーツによる総括は、十九世紀および二十世紀文学史を眺望するうえでも決しておろそかにできない視点である。十九世紀末から世紀転換期までの二、三十年間にわたる〈デカダンスの季節〉は、黙示録的なヴィジョンと極度に洗練された感覚に耽溺する比類なき〈耽美の饗宴〉のひと時であっただけでなく、芸術に張りめぐらせたさまざまな境界を越えていくぞくぞくとする冒険を通して二十世紀のモダニズムを用意していた〈芽生え〉の時代でもあった。

耽美のヴィジョン

「世紀の終りはみんな似通っている。いつの場合もゆらゆらと揺れ動き、混沌としているのだ。(56)」ユイスマンスの小説『彼方』*Là-bas*(1891)に出てくる有名な一節である。『さかしま』での人工的な感覚の悦楽から抜け出し、カトリックの神秘の世界に帰依したユイスマンスは、世紀末という時代の性格をこのように診断した。なるほどユイスマンスをしてこう言わしめたほど、十九世紀末という時代はすべての面で動揺し、混沌としていた。そして百年前のユイスマンスの言葉は、さまざまな面において地殻変動を起こしながら終りに差し掛かっている二十世紀についても十分あてはまりそうだ。「デカダンス」「世紀末」「近代性」の合言葉は「ポスト・モダン」に代わった。世紀末という時代の最前列に出るアヴァン・ギャルドたちは口を揃えてその世紀が大事にしてきたものの死を宣告する。神の死を主張し、自然の死を叫んだのは前の世紀のデカダンたちであった。代わって今日のポスト・モダン芸術家たちは歴史と理念の終焉、文学の死を宣告している。'new'や'modern'は前世紀末の、'post'は今世紀末の流行りの接頭語で、これらは既存の境界を解体していくうえで決まり文句として使われている。

なぜ世紀の終りはそれほど揺れ動くのだろうか。その素因については言葉それ自体から探すのが順当であろう。すなわち「世紀末」が単なる一世紀百年という節目としての意味に止まらず、〈世紀の終り→時代の終り→世の終り→千年王国の終り〉という意味の連鎖を働かし、そのなかで特有のコノテーションを有するようになったことこそ重要であり、フランス語の**fin de siècle**がほかの言語に訳しにくい点もここにある。

このように、世紀末をめぐる西洋文明特有の終末論的ヴィジョンはキリスト教の「千年王国」(the millennium)の信仰に根を下ろしている。千年王国とは、世界の終末をもたらす最後の審判の日が来る前にキリストが再臨してこの地を統治するという至福神聖な千年のことで、実際に西暦一〇〇〇年には最後の審判の日についての黙示録的な恐怖が西欧人の意識を支配したこともあった。西洋人は早くから物事の純粋な〈始まり〉と〈終り〉をカレンダーに頼って判断するのに慣れていたわけである。「時代に対するわれわれの感覚は何よりも世紀の終りによって満たされる。実際にこれはわれわれの意識のなかに潜在する百年に一度の慣習にしたがって事件を起こさせることが時々あるようだ[57]」というフランク・カーモードの指摘は、「世紀末」をみる西欧人のこうした独特な思考形式が予定されているとおり「事件を起こさせ」、「世紀末」を動揺と混乱を孕んだ時代につくり上げることを示している。

さらにカーモードはつぎのようにいっている。「恐怖とデカダンスは黙示録的パターンのなかで繰り返される二つの要素であるが、普通の場合デカダンスは革新への期待と結びついている。[58]」彼は「恐怖」と「デカダンス」が世紀末の時代意識を支配する二大要素であることを指摘しているが、これを少し敷衍すれば、「恐怖」が世紀末の悲観的な考え方を支えるものであるならば、「デカダンス」の方は下降の反動として生まれてくる再生への意志をあらわすものであるということだろう。

一八七〇年ないし一八八〇年から一九一四年までの期間がモダニズムへの転換期であったことはいまや定説となっているが、そうした転換を可能にしたのはほかならぬデカダンスの想像力である。そういう意味において「世紀の終りと、われわれの想像力の風変わりさとの間には実際の相関関係が存在する[59]」というカーモードの見解は示唆に富むといえよう。またこれに関連して、つぎのフィリップ・ジュリアンの考察も傾聴に値する。「想像界の画家と詩人は、重要な役割を担っている。それというのも、彼らこそが「一様式をつくり出すようなイマージュの共同貯蔵物」(ゴンブリッチ)をいっそう富ましめたのだから。はじめてここに無意識というものによって磨きをかけられた様式、非常に古くさいイマージュを用いて独自のイマージュをつくり出す様式が生まれた。[60]」高階秀爾は絵画史のうえで「世紀末芸術」のもつ意義を、「外の自然を再現することから、人間の心の内部の神秘を表現するものへと移り変って行った転回点」[61]であったことに認めている。デカダンスの想像力というのが確立された美的規範からの「危険な逸脱」であったかもしれないが、未知の深淵を覗きみる視線で、十九世紀の合理的理性がとどかない神秘の世界へ降りて行くうちに、転換のきっかけを見いだしたことは否めない。

文芸概念としての「世紀末」は、もはや特定の時代を指すものではない。「世紀末」は精神的現象、もしくは精神の状態を意味している。「九〇年代」というのが「時代」ではなく「精神の状態」であったといわれるように。[62]ジョン・ミルナーは「世紀末」についてより〈文芸的〉で穏健な定義を提出している。「〈世紀末〉は単に作家や画家の流派であったばかりでなく、十九世紀末の諸芸術において、デカダンおよび象徴主義の芸術をはじめ、ダンディスムと耽美主義運動を含んだムードであった。[63]」すなわち、「世紀末」は〈思想〉や〈運動〉や〈様式〉である以前に、まず〈雰囲気〉であったということだが、これはカリネスクがいうように世紀末の精神の状態を代弁する言葉「デカダンス」が、「構造」ではなく「方向または傾向」であるという認識と同じ脈絡での観点といえる。「世紀末」とは前世紀末の少数の文化エリートが特権として手に入れた、世界に対する特殊なヴィジョンである。そしてこの「世紀末」という名の〈耽美のヴィジョン〉は、パリを拠点にしてロンドン、ウィーン、ミュンヘン、ローマへ、そしてウィーンを経由して東欧のプラハやブダペストへ、さらには極東の島国日本へと、流行病のように蔓延していったのである。

本書は明治末と大正初期に活躍した作家夏目漱石の作品世界を「世紀末」という文芸概念で分析し、その特質を明らかにしようとする試みである。それと共に、当時の文学界を代表する作家夏目漱石を通して、「日本の世紀末」に花開いた世紀末美学の諸相の断面を描き出してみたいという狙いもある。今世紀の半ば以降、「世紀末」というのが十九世紀後半の文学・美術の特質を解明するうえで有効な概念として注目を浴びるようになってから、日本においても一九六〇年代から主に美術の分野を中心に研究がなされてきた。そして一九七〇年代になっては美術のみならず文学をも視野に入れた研究も行われてきており、本書はその延長線上に位置するものである。

しかし今日、「世紀末」というのが一つの普遍的な文芸概念としての正当な扱いを受けているとは思われない。こういう傾向は日本の近代文学研究においてとりわけ甚だしい。ためしに、膨大なスケールを誇る分厚い近代文学史をひもといてみても「世紀末」の語は、もっとも細かく分類された章立てのリストからもついに見当たらない。もとより、ある思想や個々の文芸思潮の消長を中心とした古典的な文学史記述方法では、「世紀末」のような包括的でつかみどころのない精神的現象を文学史の体系のなかに取り込むというのはもとより望めないことなのかもしれない。しかし、ある時代における支配的な観念および雰囲気に対する考察なしに、その時代の文芸の特質を正しく理解することもやはり望めない。「各時代の好みや感情を知ることは、芸術作品を解釈するのに〈必要不可欠〉の条件である」[64]というプラーツの〈至言〉は、それが「芸術作品」ではなく「文学史」と置き換えられる場合、いっそうの重みをもつのは改めていうまでもない。

明治三十年代後半から大正初期までの約二十年間は、日本の近代文学史において大きな転換期であり、「芸術的近代」への踏み台であった。この時代の日本は日清・日露戦争の勝利によって、「進歩」に対する揺るぎない信念と「近代化」への自信をもって富国強兵の道を歩んでいた。「進歩」と「近代化」は時代の合言葉であった。こういう楽観的な時代雰囲気のなかに、時代の潮流に乗り遅れた文人たちの「精神的反逆」が台頭する素地は、すでに十分に培われていたのである。ここでも、近代化の過程で生じる歪みにはじめて目を向けるのは彼らの役割であった。

その一方、外から流入されてくる十九世紀末に西欧で生まれた諸芸術思潮——すなわち自然主義、耽美主義、デカダンティスム、象徴主義、絵画のラファエル前派主義や印象派など——の洗礼を受けた作家と詩人たちは自我への自覚と美に対する信仰を深めながら、ヨーロッパ世紀末のデカダンスの観念をも受け入れた。平板な現実描写を拒否し、内面の真実の価値を尊重した耽美派の詩人・作家たちは、倦怠と虚無のパラダイムのなかで、感覚と神経の芸術を謳歌し、病的で耽美的想像力に洗練された言語表現の可能性を模索しつづけた。そして彼らのデカダンスの表現は社会現実に対するアンチ・テーゼというよりは、文学の〈現代性〉への志向であった。

ヨーロッパの世紀末でみられたように、ジャンルや流派の境界がなくなったり、著しく薄らぐ現象もあらわれた。後述するように、相反する関係のはずの耽美主義と自然主義は互いに区別しにくいほど、ある種のペシミズムを基盤とするデカダンスの観念の霧のなかにすっぽり包まれていた。十九世紀末という時代が、ラファエル前派、ワーグナー、ワイルド、分離派といった事例にみるように、ある共通の芸術理念のもとに文学や美術はもちろん音楽や演劇なども加わって、互いに刺激しあいながら一種の時代様式ともいうべき、特有の混融の美学を生み出した時代であったことは前に述べたとおりである。とくに姉妹芸術の関係にある文学と美術の親密な交流はボードレール以降さらに濃度を増していった。日本の場合においても、明治後期から末にかけて文学と美術との親交という新しい動きがあらわれた。『明星』『スバル』『方寸』『白樺』といった文芸雑誌、「竜土会」「白馬会」「パンの会」といった芸術親睦団体はこういった動きの中核を担った集団である。このような文学と絵画との〈近親相姦的〉関係には、文化の成熟していく過程で自然発生的に成立した側面と、ヨーロッパの世紀末の動向をモデルとした側面とが混在していたと見てよかろうが、いずれにしてもこうした芸術動向は美の追求を最優先としていた当時の文化界の精神的風土の反映にほかならない。

具体的な論議に移る前に明確にしておかなければならないことは、何よりもまず、「世紀末」の範囲と対象の問題である。これについての視角は論者によって異なっているのが現状である。十九世紀の最後の二十年間とする説、あるいは印象派の最後の展覧会とジャン・モレアスの「象徴主義宣言」があった一八八六年から一九〇〇年までのおよそ十九世紀の最後の十五年間とする説、あるいは、一八八〇年代から第一次世界大戦(一九一四年)までの間のおよそ三十年間という説などに分かれている。

私はこうした侃々諤々の世紀末の時代区画の議論に加わる意図はない。ただ、「世紀末美学」という観点で夏目漱石を中心とする明治末期の文学状況に照明を当てるにあたって、考察の枠組みだけは明確に呈示する必要があろう。そこで、私は本書で扱う「世紀末美学」の時間的範囲を、十九世紀半ばのラファエル前派の時代から、「ベル・エポック」の終焉までに設定したい。その根拠を示すと、つぎのようになる。

まず、二十世紀の幕開けとともに「世紀末」は終焉を迎えたという見解があるが、私にいわせればこれはあくまでカレンダーの〈神話〉にこだわる姑息な考え方にすぎない。一九〇〇年十二月三十一日はそもそも記号としての意味しか与えられていないはずだ。一八八〇年から第一次世界大戦までのフランス社会についての総称である「ベル・エポック」[65]は、爛熟した世紀末文化が支配した平和で豊かな時代の呼び名とされている。代表的な世紀末様式の一つアール・ヌーヴォー(これは一九〇〇年のパリ万国博覧会に絶頂に達したため、「一九〇〇年様式」とも呼ばれた)も、やはり「ベル・エポック」と運命をともにした[66]。また、ウィーンの世紀末芸術を代表する分離派(Secession)が活動した期間は一八九七年から一九〇五年までの八年間であった。文学の象徴主義は二十世紀になってからもヨーロッパの各地で、あるいはそれ以外の地域でも「驚異的な伸長」を見せ、第一次世界大戦まで生き延びた。こうしてみると、デカダンスの想像力は十九世紀の幕切れとともに消え去ったのではなく、ある程度形を変えながらも二十世紀の真っ只中まで持続した[67]、というジャン・ピエロの主張は十分うなずけるのではなかろうか。

そもそも百年単位の人工的な時代区分によって、それぞれの社会に醸成されてきた時代雰囲気が一瞬にしてがらりと変わっていくというのは考えにくい。二十世紀という新しい世紀に衣替えをしても、依然として「世紀末」の雰囲気がしばらくの間そのままつづいていたことは、二十世紀早々(一九〇一年、一九〇四年)に近い将来における世界の終末を予言する『黙示録』まがいの本が出版され、多くの人に読まれたという事実と、あいかわらず『神経衰弱者とデカダン』(一九一三年)といった精神の病理現象を分析した本などがつぎつぎと刊行されたという事実など[68]が間接的に示している。少なくともフランスにおいては、「国家が消滅の危機に瀕しているという警告は、一八八〇年代から第一次大戦までの間に途絶えることがなかった[69]」のである。また、二十世紀初頭のパリに生きた人が当時をふりかえって、「当時の僕は『さかしま』*A Rebours* によって生きていたものだ。つまり僕はデ・ゼッサントだったのだ……オペラ『ペレアス』を聞きに行ったとき、僕の嗅覚は蘭の芳香にどっぷりと浸っていた。メランコリを楽しむのは、一九一〇年当時の社会的な流行であった[70]」と語ったのは、十九世紀末に澎湃したデ・ゼッサントの世紀末的感受性が二十世紀のパリジャンたちにも引き継がれていたことをうかがわせてくれる証言である。

こうしてみると、「十九世紀は、第一次世界大戦の勃発した一九一四年に終わった。ちょうどそれがナポレオン戦争の終結の年である一八一五年に始まったように[71]」といった見解は、歴史上だけでなく芸術上の時代区分の観点としても十分受け入れられると思う。

つぎに、世紀末美学の起点としてラファエル前派の芸術を想定した根拠を説明したい。陳腐なアカデミズムに反旗を翻し、絵画の革新を目指して一八四八年よりはじまったラファエル前派運動は、年代的にみて一般的にいう世紀末とはかなりの時間的な隔たりがある。だが、世紀末芸術に関する最近の研究によって、彼らの絵画や文学が世紀末芸術の源流であるということは証明済みである。昨今出版された世紀末のサンボリスム絵画に関する本は、ほとんど例外なくラファエル前派を出発点にした記述方法をとっている。また彼らは、前記のブイヨンの研究などからも確かめられるように、アール・ヌーヴォーの先駆者としての扱いをも受けている。文学の方面からみても、ロセッティやスウィンバーンの詩が、ワイルドやメーテルランクといった相続人の顔触れにみるように、流派と国境を越えてヨーロッパの世紀末文学の系譜のなかで重要な位置を占めることはすでに文学史の常識である。

さて残る問題は、こうした「世紀末美学」に対する全体的な枠組みが、果たして明治末の日本文学の状況にまでそのまま適用できるか否かという点であろう。結論からいえば、ラファエル前派はヨーロッパの世紀末以上に、「日本の世紀末」の立派な〈原点〉である。「世紀末」の移入に積極的に努め、かつその理論的な裏付けに指導的な役割を果たした当時の中心的な文学者たちは、口を揃えてラファエル前派を世紀末思潮の源流とみなして、その紹介にひときわ力を注いだのである。(72)

一方、一九一四年を「世紀末」の下限とする前提については何ら問題がないはずだ。何しろ当時のほとんどの文人たちは二十世紀初頭の時点で、「世紀末」を現在進行形の最新芸術傾向として受け止めていたのだから。

以上、「世紀末」の範囲と対象を明治末期の日本文学に即して概略的に想定してみたが、これらの問題についてのより詳細な考察は、明治期の日本文芸にあらわれた「世紀末」の広範な波長を論ずる予定の第一章に委ねたい。

戦前に築かれた漱石神話に挑む形で、戦後になって明るみにでた漱石の「暗い部分」は本書の端緒を提供している。伊藤整や荒正人らによるこうした「暗い漱石像」の発掘は、「国民的作家」という名のヴェールに遮られて見えて来なかった、漱石文学の多面性を改めて浮き彫りにしたのである。

フランスの作家ギュスターヴ・フローベールの『サランボー』を読んで大きな感銘を受けた生前の漱石は、その読後感のなかでフローベールを「両刀使い」に喩えたが（第二章を参照されたい）、私に言わせれば、漱石こそポウやフローベールに劣らぬ「両刀使い」である。彼は辛辣な文明批評と、夢想譚が同時に語れる稀な才能の持ち主であった。また、低徊趣味を唱える漱石は、生の深淵を凝視する漱石でもあったのだ。『漾虚集』の作者漱石は、泉鏡花に劣らぬ「夢幻派」作家であった。明治四十年代に書いた『夢十夜』や『永日小品』のような散文小品は、当時において世紀末的な前衛表現の頂点を示すものである。

漱石の著作を美しく飾る華美なアール・ヌーヴォー装丁は、洗練された感受性をもつ漱石のなかの〈芸術家〉がなしたわざであるといってもよい。代助のようなヒーローは、鋭い感覚と複雑な神経でできた、いくらかデカダンの血を引き継いだ世紀末的耽美主義者である。一方で、漱石の作品世界を駆けめぐる妖しい〈新しい女〉たちの素性は、まぎれもない〈ファム・ファタール〉の末裔であるといってよかろう。都市の実相を〈迷宮〉とみなした彼は、都市に対する近代的認識を持ち合わせた〈早咲き〉のモダニストでもあった。

このような漱石文学における世紀末的特質は、今まで見過ごされてきた漱石文学の新たな領域の所在を示すものにほかならない。「世紀末」または世紀末美学という概念は、漱石文学における耽美的想像力の仕組みを解明するうえで、きわめて有効に働くものであると私は信じている。

第一章　近代日本文学と「世紀末」

1　「世紀末」の生い立ち

今日 'fin de siècle' の訳語として広く通用している「世紀末」という語が日本で使われはじめたのはいつ頃からだろうか、という問いから議論を進めることにしたい。

明治の初め頃、西暦の導入に伴い、さまざまな新語が創案されたのは周知のとおりである。今日、百年単位の時代区分の概念として一般に広く用いられている「世紀」も、そのひとつである。『日本国語大辞典』(小学館)を引いてみると、「世紀」とは「(1)時代、年代。(2)百年ずつ区切って数える時代区画の称」とある。同辞典にはとくに(2)を敷衍して、「Century の訳語は「百年」「世期」などさまざまであったが、明治二〇年(一八八七)頃から「世紀」に定着した」というふうになっている。ところが、この語の定着の時期については、より踏み込んだ具体的な検証がすでになされている。芳賀徹によると、明治十四年に刊行された松島剛の『社会平権論』には「幾世紀」という用例が見えるのであり、おそらくその頃から「世紀」という語が訳語として安定してきたという。(1)

しかしながら、芳賀も指摘するように、キリスト教文明の年代概念に基づく百年単位の時代区画は、明治六年太陽暦を採用したばかりの明治の人々にとって、なかなかなじみにくいものだったことは想像に難くない。新しい世紀がはじまって間もない一九〇一年一月二十二日に、ヴィクトリア女王が崩御し、弔意を表すために黒い手袋を買いにいった滞英中の夏目漱石に、店員が「新しい世紀はちょっと不運な幕開けとなりましたね」("The new century has opened rather inauspiciously," ……)と声を掛けたような感覚での、「世紀」という言葉の使い方はまだ望むべくもなかったのだ。[2]当時の人々が時代区画の概念として「世紀」に対する真の認識をもちうるには、少なくとも新しい世紀(二十世紀)を迎える経験が必要だったと考えられる。当時の代表的な総合雑誌『太陽』が新しい世紀まで半年ほど残した明治三十三年六月に、「十九世紀」という題号の臨時増刊号(第六巻第八号)を発行したのは、そのことを裏付けている。

さて、世紀の終わりを意味する「世紀末」という語が実際に登場するのは、いつ頃からなのか。私が調べた限りでは少なくとも文芸界でのそのもっとも早い用例は、明治二十八年一月『帝国文学』創刊号に掲載された「世紀末年の文壇」に見いだされるのではないかと思われる。これは当時東京帝国大学の英文科の学生だった上田敏が書いた短い評論である。彼はこの文のなかで、明治二十八年すなわち一八九五年を「世紀末年」として位置づけているが、彼が「世紀末年」という語を、一八八六年にフランスで生まれ、まもなく英語やドイツ語のなかにすっかり定着した'fin de siècle'の訳語として用いたのは疑えない。

だが、ここで注目したいのは、つぎの引用にみるように、上田敏がこれとは別にもうひとつの訳語を併用していることである。

　現代の騒壇を聳動したるヒュイスマンス（一八四八生）の著書 A Rebours（一八八九）〔正しくは一八八四年〕の主人公デ・ゼッセント侯は精神に於ては此世紀の痼疾なる懐疑に苦められ、身体に於ては過敏の神経に刺戟せられたる、所謂澆季《ファン・ド・シエクル》の人なり。(3)

これは明治三十年五月の『江湖文学』に寄稿した「幽趣微韻」と題する評論の一節である。「現代」西欧文学の特徴を「神経の鋭敏」に求める上田敏は、こうした傾向の頂点に位置する作家としてユイスマンスを挙げている。そして彼は、ユイスマンスの代表作『さかしま』を論じるなかで、主人公のデ・ゼッサントを「澆季《ぎょうき》の人」と形容しているのだが、この語句に「ファン・ド・シエクル」という振り仮名を付けていることからみて、彼がこれを、自ら二年前に用いた「世紀末年」に代わる訳語として用いたことは間違いない。

　辞書によれば、「澆季」とは「道徳の薄れた人情軽薄な末の世」(『日本国語大辞典』)とあるが、これは上田敏が「懐疑」と「過敏の神経」云々と説いた「ファン・ド・シエクル」の概念とは必ずしも合致しない。しかも「澆季」という漢語には本質的に負のイメージがつきまとう。しかし彼が評論活動を始めてからすぐにフランスやベルギーの象徴派詩人・作家を精力的に紹介した背景には、ほかならぬこうした「澆季」の作家たちへの絶大な共感があったはずである。

　上田敏がこのような矛盾を伴ってまであえて新たな訳語を選んだのはなぜだろうか。「世紀末」には、序説でも述べたとおり、「世紀の末」という名詞的意味に加えて、「デカダン的な」あるいは

「現代的な」といった形容詞的意味も混在している。すると問題の焦点は、右の引用文中の「澆季」の語がどういう文脈で用いられたのかに移ることになるが、それが名詞的意味で使われた可能性はまずない。なによりも、彼自身がここでの「ファン・ド・シエクル」の用字において、「世紀末年」という直訳を避けて、意訳にあたる「澆季」にしたという事実がすべてを物語っている。つまり、「世紀末」という直訳では年代的な概念だけが前面に出てしまい、これではデ・ゼッサントのデカダンスの理念を解説する前後の文意にそぐわない、という判断で形容詞的用法での別の訳語をあてたに違いない。「澆季の人」の例にみるような形容詞的用例は、たとえば一八九〇年六月五日号の『ザ・スピーカー』*The Speaker* 紙に掲載されたオスカー・ワイルドの『ドリアン・グレイの画像』の書評で、ヘンリー卿を「実に世紀末的な紳士」と評した[4]のと、まったく同じといってよかろう。

ところで、ユイスマンスの文学世界を論じた上田敏の評論「ヒュイスマンス」の補遺にも、「澆季の趣味を喜ばすに足るべき味覚の合奏、嗅覚の画堂……」(『上田敏全集』第三巻、二七一頁)という用例がみえる。前の例のように「ファン・ド・シエクル」という振り仮名こそ付けていないものの、これが「頽廃的」の語意を含んだ「世紀末的」という意味を帯びているのは明らかだ。上田敏がユイスマンスに代表される「晩羅[5]頽羅[廃]の文学」(「幽趣微韻」)——つまり十九世紀末のデカダンス文学を論じるなかで、正確なターミノロジーに基づいていち早く「ファン・ド・シエクル(澆季)」という語句を使ったという事実は、彼が「世紀末」の紹介と移入の真の立役者であったことを象徴しているかのように思われる。

こうした上田敏の先例につづいて、明治三十年代半ば以降の評壇には、文芸的概念としての「世紀末」が次第にしばしば取り上げられることになる。一例に、明治三十六年五月号の『帝国文学』の「雑報」欄には、桜井天壇の「所謂自然主義」という題の記事中に、

夫の事象の皮相を見て、核心を観る能はざるの徒は、乃ち自然主義既に泯滅して、放浪自恣なる主観主義、奔放熱烈なる空想主義、乃至神秘主義、象徴主義等來たりて之に代われりと説き、かくしてファン・ド・シエクルを口にし、サンボリストを伝唱す。

という内容の記述がみえるが、ここでは「ファン・ド・シエクル」が神秘主義、象徴主義のような思潮を包括する概念で使われている。ただし、この時点では上田敏がすでに試みた「世紀末」や「澆季」といった訳語は採用されず、原語のままの形で通用されている。さらに、『帝国文学』の同月号に並載された匿名筆者による「デカダン論」中の、「……フィズマンス[ユイスマンス]に至て全篇悉くデカダン的人物の会萃より成り唯恣蕩逸靡爛の極に達したりと謂ふべし」という記述にも見いだすことができる。このなかの「デカダン的人物」とは、いわば「世紀末的人物」、または上田敏のいう「澆季の人」などとほぼ同意の表現といえるが、桜井天壇やこの文の筆者はまだ生硬な上田敏の訳語よりは原語の形を選んでいるのがわかる。

このほかにも、'fin de siècle' に対する試訳の例を見てみると、つぎのようなものが挙げられる。

まず、明治三十九年に島村抱月が「英国の尚美主義」で、

此等の詩人以後尚美主義に及ぶまで乃至其後までを引くるめてノルドオはデカダン即ち時代末詩人若しくは頽廃期詩人と謂ふ。即ち文明と云ふものが時期を限つて進み行くうち先づ一期の文明が頂点に達すれば爛熟して腐つて潰えんとする。而して之に新文明が代らんとする場合には先づ其爛熟した文明を破ると云ふ必要が出て来る。此種不安の時代は即ち頽廃期である時代末である。(6)

と、ノルダウの『堕落論』を援用して世紀末のデカダン詩人について語ったなかには、'fin de siècle' の訳に「時代末」という語を当てているのが見える(ちなみに、'decadent poet' の訳としては「頽廃期詩人」をあてている)。もっとも、抱月は同じ明治三十九年一月に発表した「囚はれたる文芸」では、「十九世紀末の文芸は、……」云々と記しており、'fin de siècle' を名詞的概念(「世紀末」)と、デカダンスの意味と結びついた形容詞的概念(「時代末」)とに使い分けていることが見てとれる。

また、玉置邁がドイツの世紀末画家アルノルト・ベックリンについて書いた「アルノルド、ベックリン」(『帝国文学』明治四〇年九月号)の、「疲労の色を呈せる紀季の思潮が三者の作品を侵染し、……」云々という記述には、'fin de siècle mood' の訳語として「紀季の思潮」という語句が用いられている。

私が調べた限りにおいては、「世紀末」が一つの文芸用語として文壇に浸透するのは、おそらく明治四十年の時点であると推定される。『帝国文学』を拠点に、精力的にフランス象徴詩の移入に努めていた仏文学徒折竹蓼峯は「近代仏国詩界の概観(下)」(『帝国文学』明治四〇年九月号)と題する評論で、

十九世紀の末期に於て最も繁栄の極に達したのは象徴派の詩歌であらう。此詩派は其主張する所が恰も世紀末の思潮に契合したと云ふよりは寧ろ世紀末の思潮に依て養はれて生じた……。

と述べ、象徴主義が「世紀末の思潮」のなかから生まれたという理解を示しているが、折竹はここで「世紀末」を、抱月の「時代末」や玉置の「紀季」に代わる用語として使っている。

さらに、同じく『帝国文学』の翌月号(明治四〇年一〇月号)に掲載された厨川白村の「近英詩人の時勢に対する関係を論ず」という文章にも、「頽敗堕落」の時代雰囲気と関連づけての「世紀末」の用例が見える。

一般に近代国民の生活はその客観的若くは社会的方面に於て劇甚な生存競争の状態を起し、更に主観的または精神的方面に於ては煩悶となり苦痛となり、やがて後に至つて世人の所謂世紀末の気風を現じ、欧洲大陸の方でいふかの頽敗堕落の風潮を起したのである。[7]　［傍点引用者］

ここで厨川白村は「世紀末」を、十九世紀末ヨーロッパの社会的・精神的風潮をあらわす概念として用いている。また上田敏がベルギーの象徴主義詩人モーリス・メーテルランクの詩について、「熱病の夢語の如く、譫語《うわごと》の如く風死し、葉重く息苦しい病院の庭か、運河の岸を憶出さしめる。これ世紀末の煩悶が抒情の詩となつて現はれたので、……」(8)（「マアテルリンク」『哲学雑誌』明治四〇年一一月号）と述べている箇所にも、「世紀末の煩悶」という表現がなされているのが見てとれる。

ところで、このように上田敏以降『帝国文学』が中心となって行われてきた「世紀末」の概念の紹介は、直ちに文壇全体に波及することになる。たとえば、自然主義派の論客として鳴らしていた相馬御風は、前掲の蓼峯と白村の文章が出た直後につぎのような一文を発表している。

> 疲労、無解決、懐疑、「捨てばち」、凡て之等が世紀末の文芸に冠し得る形容詞であつて、やがて又輓近自然主義の特質たる所以はこゝにある。〔傍点原文〕（「文芸上主客両体の融会」『早稲田文学』明治四〇年一〇月号）

ここで見逃してはならないのは、自然主義者たちが「世紀末」と自然主義文学の特徴を同質のものとして捉えているという事実である。このことは、自然主義とは直接関係のない評論家生田長江の、デカダン派(Décadents)なる名称は、世間から貰つたといふより、寧ろ自分でつけたのだ。そして彼らはこの道徳意識の鈍くなつた原因を、世紀末(Fin de siècle)と云ふ、特殊なる時代の責に帰して……。(「自然主義論」『趣味』明治四一年三月号)

という文章にもやはり見てとれるのであって、当時の文芸界の一部には、〈自然主義＝デカダン＝世紀末〉という、中村光夫流にいえば一見跛行的図式が成り立っていたことをうかがわせているのである(この点については後述する)。

いずれにせよ、この時点より「世紀末」という語が「デカダン」と互換可能なものとしてその意味が定まったことを、確認しておく必要がある。つまりそのことは、「世紀末」の概念に対する理解が十分に行き渡っていたことをうかがわせている。たとえば、明治四十二年二月に出た『太陽』の別冊『文芸史』では岩野泡鳴の詩「ああ世の歓楽」について、「渠が世紀末的、デカダン傾向を最も早く示した作[9]」と解説したのだが、これは日本の詩人作家にも普通に「世紀末」や「デカダン」の語を適用できるほど、一つの文芸用語として広く認知されていたことを物語る適例といえる。

明治四十二年刊の『文芸百科全書』には、小栗風葉の小説『青春』を評して、「是〔『青春』〕より前独歩の短篇には多くデカダン的な世紀末の思想を持つた人間を書いてゐる[10]」〔傍点引用者〕という、「デカダン」と「世紀末」とを類義語として扱う記述もみられる。一方、反自然主義、耽美派の系列に属する木下杢太郎も、「一切の哲学を捨て、芸術を斥けて入山した釈迦菩薩を祖と戴く東洋教は、決して、西洋の殊に世紀末のデカダン芸術の述べたる所を認容しないに違いない」[11](「浅草公園」)と述べて、同様のとらえ方をしている。

さて、評論のような類いの形式ではなく、実際の文学作品のなかで、「デカダン的な」のような形容詞的用法で「世紀末」という語が使われはじめたのは、いつ、どこにおいてなのか。私の調べた限りにおいては、そのもっとも早い用例は、夏目漱石の小説『三四郎』(『朝日新聞』明治四一年九月一日—一二月二九日)のなかに見いだされる。第四章のなかで与次郎が三四郎に向かって語る「どうも妙な顔だな。如何にも生活に疲れてゐる様な顔だ。世紀末の顔だ」(四)というせりふには、「世紀末の顔」という表現が出ているが、ここでの「世紀末」というのが形容詞的な用法での‘fin de siècle’の訳語として用いられたのは明らかである(これについてのさらに詳しい論議は第二章を参照されたい)。

以上のような考察をまとめていえば、‘fin de siècle’の訳語「世紀末」は、上田敏によって示された、純粋に年代的な概念の「世紀末年」と「デカダン」のような形容詞的意味の「澆季」の用例を経て、次第に後者の意味を拡大させながら一つの文芸用語として文壇一般に定着していったのだが、その定着の兆しを見せはじめるのは明治四十年の時点と考えられる。こうした過程を経て‘fin de siècle’の訳語として日本語のなかに定着した「世紀末」は、同じ漢字文化圏である韓国語や中国語にも伝播され、今日に至っている。[12]

2　デカダンスと「近代」

明治四十二年二月に発行された『太陽』の別冊『文芸史』は、明治期における近代文芸の展開をあらゆる角度から総括する大がかりな企画となっている。それによると、明治文芸の思想的な推移は、

第一期――明治二十年頃までに至る間の欧化主義
第二期――明治三十年頃に至る間の国粋保存主義
第三期――明治三十年以後における日本主義
第四期――明治三十五、六年以後今日に至る間の世紀末的思想(13)

に分類できるという。ここには、日本における「世紀末」の潮流が明治三十五、六年から形成されたという観点が打ち出されているわけだが、ここでこの文の書き出しを引用してみる。

吾人は本章の表題を、世紀末的と称した。実に世紀末である。(中略)世紀末なる文字は、仏国人が製造したものであるさうだが、其は第十九世紀末代の混沌紛乱せる思想界を蔽ふには、最も適当なる語であらう。(14)

明治四十二年の当時を「世紀末」と規定したこの文の筆者は、さらに「世紀末的思想」なるものについてこう解説する。

狂熱的情態を去り、落着き払つたのが、第三期〔第四期?〕で、茲に始めて泰西文物の真面目なる研究が起つた。是に於いてか、文明の歩調は、漸く欧米諸国と一致することになり、従つて彼の地に起つた思想界の動揺即ち世紀末的思想なるものも亦彼れと殆ど時を同うして我が国に起つて来た。ニイチエの個人主義、イブモン〔イプセン〕主義或はデカダン思想などの唱導されたのは、即ち此の期に属する。(15)(「第二編思想界の変遷」)

ここでは、明治三十年代中葉以後の「世紀末的思想」の底辺をなすものとして、ニーチェの個人主義、イプセンの自我解放の思想、デカダンスの雰囲気を挙げている。これについては第三節の第三章「世紀末的思想」においてより詳しく論じられているが、その論点の大きな特徴としては、「此の世紀末で種々雑多の思想が醱酵して居た。或は神秘主義、或は個人主義、或は表象主義、デカダン、本能主義、それは実に種々のイズムが樹てられて、各々我を捨てぬ。而して此れ等を統一すべき一大思想なるものは無い。若し有りとすれば、広義に於ける個人主義であらう(16)」という記述に読み取れるように、世紀末的諸思潮を広い意味での個人主義と理解している点であろう。

さらに興味深いのは、「文明の歩調は、漸く欧米諸国と一致することになり……」というくだりに見るように、明治四十二年当時において西欧からの世紀末思潮の移入をきっかけにして日本の文芸界がヨーロッパのそれと同時的進行の軌道に乗りだしたという認識がすでに根付いていたということである。むろんこうした認識には、日露戦争の勝利後に芽生えた、「国民の心力は、決して泰西に遅れて居らぬ。自国の文明は彼等諸国と歩調を一にしてゐる」[17]というナショナリズムに裏打ちされた側面が存在するのはいうまでもない。

ところで明治期の文学者たちは、一般では世紀末の不健全な側面と受け止められ勝ちだった「デカダンス」[18]について、かなり積極的な立場でその意義を認めていたふしがある。たとえば内田魯庵は、明治四十一年の世間を賑わした森田草平と平塚らいてうの情死未遂事件をめぐって新聞などが道徳的に「デカダン」と決めつけたことに反撥して、つぎのように述べている。

> 併し乍ら此学士や令嬢を指してタイピカル、デカダンと称するは猶《ま》だしも三面記者輩が堕落者と目するは甚だ誤まつてる。一躰デカダンと堕落とを同一視するが、デカダンには主張がある、堕落ではない。[19]

内田魯庵によるこうした「デカダン」の擁護は、それを既存の道徳と社会慣習に対する反対論理として位置づけているかのように見受けられる。

この点に関連して、自らを「デカダン」、または「世紀末派」の一人と任じていた岩野泡鳴[20]が、現代の文学界における「表象派、悪魔派、人工派、神秘派、苦悶派、心熱派」などの思潮は「いずれも亦「世紀末」(Fin-de-Siècle)の刺激を受け」たものであるという認識を示すとともに、「かういふことは、わが国の老人輩から云ふと、「世が澆季になつて来た」といふ例になるだらうが、澆季のうちには必ず新しい、若々しい、生き〳〵した種が芽ざして居るのを忘れてはならない[21]」と述べたのは、非常に興味深い。とりわけ、「世紀末」(澆季)またはデカダンスの観念のうちに、新しい創造のエネルギーが潜んでいることを、すでにあの当時において主張したことは、まさに驚きに値すると言わざるを得ない。

思うに泡鳴の発言は、明治末期の文学者たちが、場合によってはすでに色褪せしたスローガンとも受け取られるのを承知のうえで、盛んに「世紀末」を口にした背景にある考え方を示すものと判断される。つまり、彼にとって「世紀末」とは単なる時代区画の概念ではなく、新しい変化を主導する世界観であったのだ。そして、そうである以上、「世紀末」は名目上の世紀が変わった後でも、依然としてつづいている現在進行形の概念である。

諸の達観[世紀末思潮]はまだ一世を支配するに至らず、謂はゞ微光の裡を模索して居る、又譬ふれば、醱酵の最中である。(「仏蘭西近代の詩歌」『明星』明治三六年一月号)

上田敏によるこの記述は、二十世紀になっても文芸の潮流の上では「世紀末」の真っ只中にいる、

という認識を明確に示したものである。さらに、厨川白村が『近代文学十講』(明治四五年)で、

多くの人は此情調を名づけて「世紀末」Fin de Siècleといふ、その意は前世紀の末に於て此情調の最も著しかつたのを指したのである。然し世紀の区別の如きは固より人間が便宜上拵へたもので、思潮変遷の径路とは全く何の関するところも無い。十九世紀は二十世紀となつても依然として此情調は現今に於て共通普遍である。(22)

と語ったのも、泡鳴や上田敏と同様の認識に基づいている。とくに注目したいのは、彼が「世紀末」を「情調」としてとらえていること、そして「世紀の区別」とは無関係に二十世紀になっても依然として世紀末という「情調」が「普遍」的に存在するということである。

大塚保治は明治三十八年十二月号の『帝国文学』にフランスの象徴派画家ギュスターヴ・モローの絵画を論じた文章のなかで、

這般の箇所が極めて最近の一部の人の風尚に叶ひ、近世的の性質即ち "das Moderne" "fin de siècle" "décadence" 等十九世紀末の趣味傾向に合へる也。(「ギュスターブ・モローの絵画」)

と書いているが、ここで彼が「世紀末」を「デカダンス」や「モダン」と同一線上で理解している

ことがわかる。このことは、明治四十一年四月号の『帝国文学』の「時評」欄における、「新ロマンチシヂムや、近世の象徴主義は著しくデカダン風を帯びた一種新しいものであることは争はれない」[23]［傍点引用者］という記述にもみてとれるが、〈世紀末＝デカダンス＝現代性〉の等式は前にあげた文人たちのみならず、多くの文化エリートたちの認識のなかにすでに反映されていたといってよかろう。

「頽廃の近代的傾向(Decadent Modernism)」という語を造った厨川白村もその一人だが、彼の説くところによると、デカダンスの「近代的」意義は、「慣習に反抗し、権威に屈せず、鋭く個性を発揮して憚るところ無く、またその人生に対する熱烈なる愛慕の情に於て、或は感覚の世界に楽欲を貪り、やがてまた深い絶望悲哀の淵に陥る」[24]ところに見いだせるという。慣習と権威への反抗、個性の主張、感覚の耽溺、懐疑的態度といったデカダンスの徳目は、当時の文学者たちには「近代的」価値として受け止められたのである。

'fin de siècle' の語義に 'modern' という意味が含まれていることは前述したとおりだが、'modern' の語源であるラテン語の "modernus" はギリシア語の "neo"(new)の意を帯びている。世紀末は〈新しさ〉がもてはやされる時代である。一八九〇年代のイギリス小説にあらわれた特徴を分析したリンダ・ドウリングの論文によると、世紀末の小説に頻繁に登場するようになった「新しい女」と「デカダン」は、この時代が求めていた〈新しさ〉の双子の権化であった。[25] 世紀転換期のフランスとイギリスで発刊された各方面の雑誌の標題の一覧を注意してみると、あの当時 "new" あるいは

“nouveau(nouvelle)”という形容詞が接頭語としていかに流行ったのかがわかる。ホルブルック・ジャクソンは、「世紀末」に並行して“new”という形容詞が台頭したことの意味を、モダニティを指向する社会雰囲気の反映に見いだし、イギリスの世紀転換期に生まれた“New Spirit”“New Humour”“New Realism”“New Hedonism”“New Drama”“New Unionism”“New Party”“New Woman”のような語句を紹介している。(26)

さて、このようなヨーロッパの様相は、日本でも同様に認められる。つまり十九世紀末の文芸思潮の移入に並行して、『新小説』『新声』『美術新報』『新潮』『新思潮』『新天地』『新文芸』という題名の雑誌が続々と刊行されたが、(27)ここにみられる「新」という接頭語の氾濫から当時における「近代」への強い期待を読み取るのはたやすい。そして、こうして文芸界に形成しつつあった「新しい」ものに対する自覚のうちに、日本における「世紀末の開花」、ひいては〈モダニティ〉の獲得への萌芽が確かに育ちつつあったことを認識しなければならない。

「世紀末」の潮流が本格的に日本の文学界に押し寄せたのが、新しい世紀に入った明治四十年代であったという事実は、当事者たちの認識とは別に、今日の目からみてそこにある種の〈ずれ〉を感じるのはごく自然な反応であろう。これは明治の日本が西洋の近代文明を受け入れるなかで、やむなく生じる時間的な落差からくるものと理解しても差し支えない。

とはいえ、この問題に限っていえば、単なる時間的落差とだけでは片付けられない側面があることも事実である。なぜならば、いわば「時代遅れ」的な「世紀末」の浸潤は、明治四十年代の日本の文学界に限らず、序説でも触れたように本元のヨーロッパにおいても程度の差こそあれ、同様にみられる現象であるからである。ちなみに、日本と同じく「世紀末」文化の中心地から離れていたチェコの場合、一八八〇年代の終りに兆しをみせた「世紀末的雰囲気」は、一九二〇年代の初めまでチェコ文学の中心的な傾向の一つとして存続した(28)。

こうしてみると、十九世紀の末に上田敏などの紹介によって移入された「世紀末」が二十世紀になってから文壇一般に広がり、一つの大きな流れを形成したことは、ただ単に外来思潮の移植過程で生じる時間的な落差とは片付けられない性質の問題であることが浮かび上がってくる。あえて両者の差異を考えると、二十世紀になっての西ヨーロッパの「世紀末」が名残あるいは〈引き潮〉であったならば、明治日本のそれは〈最高潮〉であったということができるかもしれない。

明治三、四十年の文壇において、口々に「世紀末」を叫んだ文学者たちの主張は、当時の文学界に広がっていた〈伝統からの脱皮〉と〈新しい変革〉に対する時代の要請につねに連動していたと思われる。日本の近代文学史のなかでもっとも変革の激しい時代であった当時において、「世紀末」や「デカダンス」の標語は、決して前世紀の色褪せた遺産ではなく、真の「近代」を手に入れるための新しい思考の形式と直結していた。そういう意味で、上田敏が西欧の世紀末文学詞華集というべき『海潮音』の序文に、この訳詩集刊行の意義を「新声の美」の伝達と位置づけたのは故なしとしない。

3　「世紀末」の開花と自然主義の全盛

中村光夫が『風俗小説論』(昭和三〇年)で展開した日本の自然主義小説批判はつとに名高い。西欧の自然主義がロマン派の個性過信に対する反動として生まれた非個性的文学だったのに対し、日本の自然主義小説の場合は「作家の個性偏重の文学」であって、この点で「ロマンチック小説」の性格を強く帯びた(29)、というのが彼の自然主義批判の骨子である。ところで、彼は自然主義が全盛期を迎えた明治四十年代をつぎのように総括している。

明治四十年代の我国の思想界の雰囲気は、ごく大ざつぱに云へば、日露戦争の勝利によつて一応達成された文明開化政策と、これを裏づけた功利主義に対する批判と反省の時期であり、権威の否定と懐疑とが新時代の合言葉であつた。(30)

これはいたって穏当な概括といえるが、私がこの記述をあえて引いた理由は、ここに述べられた明治四十年代の文壇を取り巻く状況がヨーロッパの十九世紀末のそれに似ているところがあるからにほかならない。文明開化の達成(すなわち近代産業文明の発達)と、それに対する反動として起きた功利主義の否定、時代に対する懐疑は、世紀末の芸術家の普遍的な身振りであった。

「自然主義の時代」と目される明治四十年代の「思想界の雰囲気」に対する中村光夫の説明は、いみじくもこの時代の雰囲気がいくぶん「世紀末的」な色合いを呈していたことを教えてくれる。ところで、中村の自然主義批判は、こうした思想的風土のなかで自然主義の絶頂期を迎えたという、日本独特の状況に対する配慮が行き届いていないところに重大な問題がある。中村が批判の矢を向けた自然主義の「個性偏重」は、たとえそれが自然主義の本来の姿に照らしてみて「歪んだ」形のものであるにせよ、それがある特殊な時代状況の反映の結果であったことは、厳然たる事実として認めなければならないからである。しかも、日本の自然主義が「明瞭な思想運動といふよりむしろ或る漠然とした時代の雰囲気の文学化であつた(31)」ことを、中村自身も一方では認める発言をしていながら、他方ではフランス生まれの自然主義の典範に則っての自然主義批判は、やはりステレオタイプのそしりを免れないのではないか。

そもそも、ある文芸思潮に基づいた文学運動の評価を、あくまで「本家」の尺度で判断するのは危険である。いかなる文芸思潮の移入に際しても、それぞれの国の独自の文化的背景と時代状況というのはつねに重要なファクターとして働くからである。一八九〇年代のイギリス・リアリズムがフローベールやモーパッサンを手本としながらも、一方ではデカダンスの美学と結合し、さらに絵画の印象派の造形原理をも導入した独特な「リアリズム」であったことを思い出してみるのも無意味ではない。また、絵画の印象派の場合、本家のフランス以外の地ではそれぞれ自由な立場で、あるいは止むを得ぬ「誤解」により、もとの体裁に拘束されることなく、各自の特徴をだしながら世界中に広がったが、フランスの美術批評家がこれらを「似而非」として目くじらを立てたり、嘲笑ったりすることはまずありえない。

中村が自然主義論を展開するにあたって、自らが批判の俎上にあげた自然主義作家の一人の岩野泡鳴がいう、

然し、主義といふものは、竹を立ち割つた様に、さうはつきりと区画の附くものでないから、自然主義が仏蘭西近代の表象主義を結了するまでには、ロマンチク主義や病的現象も入りまじつて居るデカダン時代を経過したのだ。(32)

のような発言に真剣に耳を貸さなかったのは、中村にとって不幸であったと思う。泡鳴は「身に覚えのない」批判を予想したかのように、明治四十年の時点ですでに文芸上の「主義」の原論的立場に基づいたステレオタイプを排する姿勢を打ち出すとともに、中村に「ロマンチック」とその属性を暴かれる前に、日本の自然主義に「ロマンチック」かつ「病的」な要素が加わっていることを明らかにしているのである。

明治四十年代の文壇的状況は、すでに三十年代の半ば頃から徐々に熟成の芽を育んでいた。たとえば、明治三十五年前後から柳田国男邸と麻布の竜土軒で定期的に開かれた文人・画家たちの談話会「竜土会」には、柳田国男をはじめ、蒲原有明、国木田独歩、島崎藤村、田山花袋、岩野泡鳴、

小山内薫、小杉未醒、橋本邦助といった人たちが参加したが、こういう顔触れからみてこの集いの性格がいかに自由奔放なものであったかがうかがえよう。このことは、世紀末フランスで発行された雑誌『ルヴュ・アンデパンダント』にゾラやゴンクールやユイスマンスやミルボーが、マラルメやリラダンやヴェルレーヌなどと轡《くつわ》を並べて執筆していたことを彷彿とさせる。参加者のひとりである蒲原有明が「竜土会」について、「自然主義の母体もまさしく此処であり、更にまた半獣主義、神秘主義、象徴主義などの、新主義新主張がこの奇怪な爪を磨くのもこの辺であり、……」(「竜土会の記」『世界文芸』明治四三年八月号)云々と述べたのは、傾聴に値する証言といえよう。主義主張を異にするもの同士が一堂に会して、それぞれの立場で芸術談義を交わし、互いに刺激しあったのは、図らずも来るべき明治四十年代の種々の芸術思潮が入り交じった渾然とした文壇的状況を予兆したものにほかならない。

島村抱月はヨーロッパ留学の成果としてまとめた論文「囚はれたる文芸」(『早稲田文学』明治三九年一月号)のなかで、「十九世紀末の文芸は、実に目もあやなる雑多の潮流の会湊なりき」と述べて、その「潮流」なるものをつぎのように列挙している。ラスキンやゾラなどの自然主義、ニーチェやイプセンなどの道徳論者、ワッツやトルストイの新ロマンティシズム、ベックリンの神秘派、ロセッティのラファエル前派、マネやモネの印象派、マラルメの標現派(象徴派のことか)――。こうした渾然たる文芸潮流に対する認識を前提に書かれたこの論文の主旨は、知識に囚われた文芸、自然主義文芸を情の大海に放って新浪漫主義文芸を待望する、ということだった。(33) 自然主義の総本山であった『早稲田文学』の代表的な論客抱月が帰朝して間もなく、神秘的、主情的文芸を究極の理想とした論文を公にしたのは、四十年代の自然主義の展開にとって象徴的なことといえる。抱月は明治四十三年の元旦に『読売新聞』に寄稿した「新文芸の将来を祝福せよ」と題する評論を発表し、「自然主義をして益々霊ある自然主義たらしめるのが、此の派の前途である」というふうにユイスマンスのような「霊的自然主義」こそが今後の活路であると力説したが、このようなユイスマンスの「霊的自然主義」への志向は彼ひとりのみならず、泡鳴や花袋や有明のような作家たちにも共通してみられる現象である。

ところで今後の自然主義の進むべき方向を、世紀末デカダンスと結びついた「新浪漫主義」ないし「霊的自然主義」に求めた抱月の批評的姿勢が、三年間にわたるヨーロッパ留学期間中に世紀末的芸術動向を身に染みるほど体験したことから生まれたものであることは、容易に想像できる。そしてその抱月が『早稲田文学』を中心に、ロセッティからワイルドまでのイギリスの耽美主義の紹介に力を注ぎ、アール・ヌーヴォーやホイッスラーやベックリンといった世紀末美術の「近代的」意義を説き、またハウプトマンやメーテルランクの象徴劇を翻訳しかつ上演したことは、図らずも「日本の世紀末」の一断面をあらわしてくれるような気がする。いうならば、「自然主義」が「日本の世紀末」の一分子としてすでに組み込まれていたこと、そして四十年代における「世紀末」の雰囲気が決して局地的な現象ではなかったということ、島村抱月という卓越した評論家こそ流派の境界と芸術ジャンルの境界を飛び越えながら身をもって「世紀末」を体現した人であることなどの事実を導き出すことができる。

さて、自然主義とデカダンスとの近親関係は果たして明治時代の日本文学にのみ見られた「変わった」現象だろうか。この問いに適切に答えるために、「本家」における様相を参考にいれてみるのもよかろう。

ユイスマンスの『さかしま』は、作者が自然主義の本家エミール・ゾラの門下から抜け出してかららいちばん真っ先に書いた「反自然主義」小説のはずである(この小説の英訳の表題が"Against Nature"ともなっているのはもちろん作者の意図を汲んでのことだろう)が、しかしこの小説のなかに描かれる数々のグロテスクな花々はそれが自然界の人工的な標本であり、ひねくれの自然的象徴物として登場しているとはいえ、結局には彼のデカダンスがいかに自然主義と直接つながっているかを教えてくれる。(34) さらに、『さかしま』は「ゴーティエの粋なロマンティシズム、じゃりじゃりした報告からなるゾラの自然主義、フローベールの手になる理想主義とリアリズムとのつなぎ合わせから生まれた」というジョーン・リードの見解(35)もかなりの説得力をもって提示されているが、そもそもこうした観点は「デカダンスは自然主義を父親として生まれた耽美主義の私生児である」(36)という立場に基づいたものである。

一方、デカダンスと自然主義との類縁について、平野威馬雄は「デカダンの徒の神経が、期せずして、ゾラやミルボーの神経と絡み合ったのも、この世は醜悪と考える自然主義的見方の論理性と符合したからであり、この世の諸悪条件を否定する本能に反逆し、人の世の現実のまやかしから逃れようとする意志が、この二つのエコールを結び合わせたらしい[37]」と解説している。これは生の醜悪面を扱う自然主義との関連をもってデカダンスと象徴主義との分岐点とするリードの見方と合わせて、デカダンスと自然主義との接点を野蛮で醜悪なディテールの共有より見いだす観点である。実際に、マックス・ノルダウのような批評家の目には、『さかしま』で「感傷的な〈デカダン〉」を演じるユイスマンスは、俗悪で卑猥な面において「野蛮な〈自然主義者〉」だった頃とまったく変わらないものと映ったのである。[38]

このような様相はもちろんユイスマンス一人に限られたことではない。世紀末においての「デカダンス」の概念は現在の私たちが思っているよりも遥かに包括的だったことを想起しなければならない。たとえば、アーサー・シモンズはデカダンスを象徴主義と印象主義に二分していたし、ハヴロック・エリスはユイスマンスを論じる文章のなかでデカダンスを「クラシック」の相対概念として把握したりした(序説の注(32)参照)。しかし、「世紀末」というのが当時の文化エリートたちが共有したひとつの「世界観」であるという序説での前提に基づいて考えるならば、デカダンスと自然主義の間に存在する親近性は共に生に対する悲観的な視角をもっていることより由来する、というジャン・ピエロの見解[39]はかなりの説得力をもって聞こえてくる。なるほどこの両者は終着点こそ掛け離れた場所に辿りつくかもしれないが、少なくとも出発点は共通の地点であるといえるのである。

こうしてみると、明治末期における自然主義とデカダンスとの結合には、「辺境」での「特殊」な出来事ではなく、「世紀末」の普遍的な現象の構図として明らかにみえてくるのではなかろうか。

十九世紀後半に生まれたさまざまな文学思潮を過度に引き離すのを好む傾向は今日もなお根強く残っているのだが、明治末期の中心的な文学者たちの視線は異なった芸術思潮の間に高く張りめぐらせた垣根ではなく、両側の底層部における接点に向いていたことを強調したい。いみじくも、「自然主義」作家の田山花袋はこういった。

象徴派は自然派の反対運動ではなくて、自然派の苦戦悪闘の怒濤の中から産まれ出た真珠のやうなものである。(40)

花袋が『蒲団』を発表した翌月の『文章世界』(明治四〇年一〇月号)に「作者の主観」(後に『インキ壺』に収録のとき、「象徴派」と改題)と題する短文のなかで、ユイスマンスとモーリス・バレスについて触れ、「自分は自然派の作家が幾十年間の苦悶悪闘をつづけて、かういふ処に象徴のまことの意義を発見したのを意味深いと思ふ」(41)と述べたのは、きわめて示唆的である。思うに、花袋をはじめ抱月や泡鳴や有明などにとって、自然主義とデカダンスと象徴主義は互いに重なりあう関係、ひいてはひとつの源からの進化発展段階として把握されていたようである。そして明治四十年代に入ってから、島村抱月が「新浪漫主義」を主唱し、田山花袋が『蒲団』(明治四〇年)を発表した後、次第に象徴的宗教的傾向(具体的にはユイスマンスの後期作品の世界)へ心を引かれていった背景に、ヨーロッパの「世紀末」の推移に対する認識が横たわっていたことは想像に難くない(『有明集』を境に、仏教の世界に帰依していき、神秘的宗教的詩風を次第に濃くしていった蒲原有明についても同様のことがいえる)。

花袋は自分の文学観の推移を語った散文「扉に向つた心」(『泉』)の冒頭で、自分がフローベールの『聖アントワーヌの誘惑』と『感情教育』を読み、ユイスマンスの『出発』を読んだことを告げると共に、つぎのようなくだりで文章を締めくくっている。

> 夕方など私は僧房からよく散歩に出かけて行く。(中略)此処の寺の金堂である。(中略)唯、私の心がその大きな閉つた扉に向つて波立ちつゝあるばかりである。Durtal の心のやうに、ナチユラリズムからミスチスシズムに入つて行つた J. K. Huysmans のやうに……。(42)

この文のなかで花袋は、『出発』の主人公デュルタルを自分自身に二重写ししている。ここにでてくる「僧房」「金堂」が、カソリックに帰依したユイスマンスが引きこもった「寺院」や「聖堂」に対応するイメージであることはほぼ間違いない。大正期の評論家中村武羅夫は花袋の思想の変遷についてつぎのように解説している。「初期のセンチメンタリズムから自然主義に、自然主義を突き詰めて、平面描写の主張に走つた田山氏は更に、自然主義を乗り越へて、象徴主義に心を惹かれたらしい。「扉に向つた心」などには、その消息がありくと窺はれるやうに思ふ。(43)」

抱月や花袋よりも、もっと積極的に「新自然主義」の方向を打ち出した作家に岩野泡鳴がある。

「自然主義が真直に進んで行く間に、いつも神秘なるものが感じられるのであつて、これは何も不可解を一時面白がるのではない。自然と本能との奥には、とこしなへに知力の及ばぬ神秘性が潜んでゐる」(「神秘的半獣主義」)という記述にあらわれているように、彼は神秘的、象徴的要素と接合した自然主義を理想の姿とした。

そこで、僕の称道する新自然主義を鳥渡《ちよつと》云つて置く必要がある。僕のこの主義を文学上だけで云へば、欧州の自然主義と表象主義(前者は物的に偏し、後者は非物的に失す)を共通の根底に於て洞察し、前者の平面的な点を破り、後者の観念的なところを壊し、破壊的主観を以つて事物を直描直写すべしと云ふのである。(44)(「文学の新傾向」明治四一年)

このように、行き詰まった自然主義の活路を開くために泡鳴が選んだ道は、つまるところ自然主義と象徴主義との調和を図る、いわば折衷主義であった。泡鳴の文芸観は「自然主義的表象詩論」(『帝国文学』明治四〇年七月号)、「仏蘭西の表象詩派」(『新小説』明治四〇年七月号)などにいっそう深化されていく。彼は花袋や抱月が主唱した「新自然主義」を「自然主義的表象主義」と称したり、「神秘的半獣主義」なるものなどを言い出したりしたが、彼の文芸観の底辺を支えるのはあくまでもデカダンスの美学であった(明治の近代詩の展開を総括した『新体詩史』(『新思潮』明治四〇年一二月—四一年三月号)のなかで、自らをヴェルレーヌ、モーリス・バレス、ユイスマンスらとともに「デカダン」に位置づけている)。

自然主義を文学的基盤にして活動をしながら、世紀末的文芸観を展開した文学者は、もちろん右に列挙した人たちだけではない。抱月とともに『早稲田文学』の中心的論客であった片上天弦や相馬御風も、同類に属する評論家である。「飢渇の極」(『早稲田文学』明治四三年一一月号)と題する天弦の評論は、「近代の人々が自己の空虚を見出した悲しみと絶望との心に根ざす」「世紀末の傾向」への指向が色濃く反映された文章である。彼の求める「世紀末の傾向」は具体的には「神秘的デカダン派」のことを意味するが、同じ文章で、「世紀末的傾向を追うことも出来ねば謂はゆる新しい生活を提唱するほどの実力にも乏しい」と言い、神秘主義を加味したデカダンスの美学にこそ、今後の自然主義の新しい方向を模索すべきだと主張した彼は、後にオスカー・ワイルドやアーサー・シモンズの文学に傾倒していった。

4　世紀末と渾融の美学

今まで主な自然主義者たちの文芸観を中心に、日本の自然主義の内なる「世紀末」を覗いてみた。彼らは自らを自然主義者の一員と規定しながらも、自然主義が排斥したはずの主客観の融合、あるいは主観の尊重を強く打ち出し、今後の自然主義の目指すべき方向としてデカダンスおよび象徴主義を念頭に置いた。そういう意味で、「日本の自然主義がむしろロマン主義思想の一面をなし、のちにそれを完成する役割を果たした」[45]という中村光夫の指摘はまったく正当だといえる(ただし、中村のこういう分析がいわゆる自然派作家たちが近代文学の転換期において占める役割と位置に対する評価の切り下げにつながらないという限りにおいて)。こういうふうに見ると、相馬御風によって言い出された「世紀末自然主義」というのは、単なる好事家の造語というよりは、実際に明治四十年代の自然主義の特質をそのまま言い当てた表現であるような気がしてならない。

自然主義の総本山として君臨した『早稲田文学』が、一方ではラファエル前派、アール・ヌーヴォーなどの世紀末美術の紹介にも精力的に取り組むなど、いわば「世紀末」の伝播と移植にも大きな役割を果たしたことは、この時代の文芸史的性格を物語っている。森口多里はこの点に触れて、この雑誌に携わる人々が「却つて非自然主義的絵画に案外の興味を持つてゐ」て、「非自然主義の尖端を切つた彼ら[高村光太郎、斎藤与里ら]が帰朝して最も早く文芸上の交を結んだのが自然主義の本家ともいふべき早稲田文学の人々であつた」[46]と回想している。このような一見して「奇妙な」近親関係について注目したのは森口ひとりに限らない。

尖鋭なデカダンスの美学をほしいままにして、明治末と大正初期にかけて「世紀末の寵児」として脚光を一身に浴びることになる詩人北原白秋は、明治四十年八月、「東京新詩社」の同人たちとの九州旅行中につぎのような小唄を作っている。

さて夜がふけた、鳴りわたる、

音は法華の題目か、
いな、いな、あれは自然派の、
早稲田太鼓を知らないか、
でかだん、でかだん。(47)

この「反自然主義」側を代表した「デカダン詩人」の目には自然派「早稲田太鼓」(つまり『早稲田文学』のこと)の音さえも「でかだん」(デカダン)と聞こえたようだが、ここから私たちは芸術流派を問わずに「デカダンス」というのがこの時代の合言葉であったことを確認することができよう。白秋は後になってこの時代を振り返って、「この二つの思想[象徴主義と自然主義]は、奇異にも日本詩壇に於ては合流して、オスカア・ワイルド等の驕奢にして軽薄の美をも耀かす芸術至上の香芬となり、また悪の趣味の旋風となつた(48)」と語っている。白秋は明治四十一年に詩集『邪宗門』を発表し、上田敏から蒲原有明へとつながってきた〈耽美の系譜〉の頂点に立つことになるのだが、その『邪宗門』に対して述べた「仏蘭西頽唐派、或は印象派の色彩に眩惑し、肉体の極熱に喘ぎ、幻法の麻酔風景に陶酔し、霊魂の惑乱を美《うるわ》しみ、詩に歌にまた官能の解放を求めた(49)」という自評は、この詩集がデカダンスから象徴主義、自然主義、印象主義など明治末のすべての芸術流派を混ぜ合わせた、世紀末特有の〈渾融の美学〉の結晶であったことを裏付けているのである。

明治四十年前後の日本の文学界は一見したところ「自然主義」側と「反自然主義」側に分かれて

鋭く対立していたかのように見受けられ勝ちだが、実際にはデカダンスの観念を挟んで両側から歩み寄っていた側面が確かに存在するのである。そしてそのデカダンスの観念に、「革新への期待」(フランク・カーモード、序説二五―二六頁参照)が底辺をなしているのはいうまでもない。こうしたデカダンスの観念を軸とした「世紀末美学」は、文学的「近代」を共通の理想とする二十世紀初頭の過渡期の日本文学において、新しい芸術的実験のための魅力的な手段であり、特権的な思考形式であったのである。

第二章　漱石文学における「世紀末」

1　「世紀末」と漱石

「暗部」への探訪は戦後の夏目漱石研究の大きな流れのひとつである。「人間存在の原罪的不安」(伊藤整)、「暗い実感」(勝本清一郎)、「暗い漱石」(平野謙)、「暗い部分」(荒正人)といったいくぶん荘重な響きをもった語句は漱石文学の深層の鉱脈探しに動員されたものである。ところが、当代の一流の評論家たちが携わって「暗い漱石像」の再構成の作業が進むなかで、漱石文学の暗部を構成する源泉と考え得る「世紀末」的なものについて目を向けようとしなかったのはどう考えても不思議だ。漱石と世紀末との関係がまともに扱われるようになるまでには、江藤淳の「漱石と英国世紀末芸術」(『国文学』昭和四三年二月号)を待たねばならなかった。だが、それよりさらに二十年以上経った今日においても、漱石文学のなかの「世紀末」というものは依然として無関心の領域から完全に抜け出していないままという感じを受けざるを得ない。

〈漱石〉と〈世紀末〉とを並べた場合、だれかがそれを不釣り合いな組み合わせと感じるのであれば、それはたぶん両方の対象に対して抱いている先入観に由来するものだと思う。まずは漱石に対する誤解である。「国民作家」としての漱石神話の構築に役立った「低徊趣味」の文人、「則天去私」の思想家、古今東西に通暁した文明批評家としての漱石の姿は、漱石文学を愛する読者にとって確かになじみ深い肖像ではあるが、しかしこれだけで漱石の全体像が完成すると思うのは安易すぎる。

一方、「世紀末」という言葉も逆の立場での偏見に曝されているようだ。「世紀末」の意義が病的で堕落した価値観にあると思い込む人、またこの語句のもつ否定的なコノテーションに敏感に反応する人なら、この語句を「国民作家」と並列させることにいっそう抵抗を感じるかもしれない。漱石における「世紀末」――これは単なる物好きといわれるだけの論題だろうか。

ためしに、組み合わせの順番を替えて、(明治文学の)「世紀末」における夏目漱石――とすればどうだろうか。となれば、本書の第一章を読んだ読者でなくとも、少しくらいの興味はもてる論題と受け取る人もいるのではなかろうか。では、ここから話を進めていくことにしよう。

『ホトトギス』に『吾輩は猫である』を連載していた頃より、漱石の作品傾向をあらわすものとしては、「余裕派」あるいは「低徊趣味」といった言葉がしばしば使われたが、実はそれとは違った別の一面もすでに注目されていた。その一端を見てみよう。

而して特に夢幻派の特質とは言はゞ、世の所謂ローマンテックの語最も適当に之が答解たらん、空想を重んじ、情意を重んじ、超現実的の観想自ら読者の感興を駈りて、夢幻の場に翔らしめつゝも、深く人生の真実に触るゝ所ありて、何とはなしに沈痛の消息を伝ふる所、蓋し夢幻派の本領にして、泉鏡花と、夏目漱石とは、共に此種の不可思議なる、詩魂と才筆とを有する人也。(1)

この文の筆者である小山鼎浦は、泉鏡花と漱石を「夢幻派」と分類している。ここに用いられた「夢幻派」という語の意味は必ずしも明確ではないが、「ローマンテック」――すなわち浪漫派の別称として用いたように考えられる。だが、当時この記述に接した人なら、鏡花ならいざ知らず、『吾輩は猫である』の作者夏目漱石に対して、「空想」「超現実的」「不可思議」といった評語が果してどこまであてはまるか、と勘ぐりたくなるのが自然な反応だろう。筆者もその辺を考慮したのか、つづけて漱石の初期短編の『倫敦塔』や『薤露行』などをとりあげて、つぎのように述べている。

『ホト、ギス』の読者は夙に彼の詩才を知れり、然れども文壇が彼を尊敬するに至りしは、最近の一年有半なりき。「倫敦塔」、「幻の盾《〔ママ〕》」、「一夜」、「薤露行」、「趣味の遺伝」、文に長短巧拙の差はあれども、一様の色彩は総てを通じて耀き渡れり。而して彼の情調は鏡花の如く濃艶ならず、豊麗ならず、寧ろ簡素の色を帯び、閑寂の韻を含めるは、自ら俳趣の流露なるべし、彼が独特のユーモアも亦本来の俳趣味に依つて久しく涵養せられし者か。兎に角に鏡花と彼と相同じからざる者あるに拘わらず、或は空想を趁《お》ひつゝ、或は直覚を辿りつゝ、現実の中に奇異を観じ、夢幻の間に真実を観るところ、確かに同類項中の作家と謂ふべし。

さすがにここでは、鏡花との違いを指摘するなど、前の「大胆」な論調に比べてやや後退したような立場を覗かせてはいるものの、それでも全般的には、漱石を鏡花とは「才に高下の差はあれど、共に優秀の詩魂を有し」た作家と結論づけている。

漱石が当時浪漫的作家としての天分を高く評価されていた鏡花に対して、ひそかにライヴァル意識を抱いていたことはよく知られている。当時の文壇でも、漱石が好むと好まざるとにかかわらず、この両者をよく同じ類縁に扱う向きもあったようで、つぎの文章はその一例を示すものである。

　漱石の作には三方面ある。人を見せたもの、人の不思議な力を見せたもの、或る意想の傾向を見せたもの、それである。『吾が輩は猫である』『坊つちゃん』は其の第一種で、『幻の《〔ママ〕》盾』『草枕』は其の第二種、『野分』『虞美人草』は其の第三種である。(中略)第二種は鏡花の伝奇的作品と大同の者只文辞がちがふが、それも要するに等しきものの両面と云つてよい。之れは著しく主観的である。(みづほのや「小説界に於ける時代の創始者」『文章世界』明治四一年六月号)

この文は、前掲の小山鼎浦の荒削りの論とは違って、よく整理された分析を見せている。漱石の作品を右のように三つの傾向に分けたのは今日でも十分通用し得る観点といってよく、とくに『幻影の盾』と『草枕』を同じく「不思議な力を見せたもの」、すなわち幻想的系列の作品群に編入し、鏡花の「伝奇的作品」と比較したのは鋭い考察といえよう。

漱石の初期作品に顕著にあらわれた浪漫的傾向は、ただ単に泉鏡花とのみに比較され、論じられたわけではない。つぎのような文章にみるように、ラフカディオ・ハーンやベルギーの象徴派作家メーテルランクなど神秘的かつ幻想的作風で知られる作家と同じ系列に位置づける論もあらわれているのである。

謂はゆる非現実傾向の文学に就いて、一二の実例を挙げて見ると、西洋ではベルギーのメーテルリンク、それから日本に国籍をうつしたラフカディオ・ヘルン即ち小泉八雲、近い例では夏目漱石氏の一部作品、並びに小川未明氏などが、やはりこの派の系統に属すべきものであらう。（中略）吾人は斯くの如き神秘と夢幻とが、同じく非現実的傾向といふ中に在つても、最も近世的色彩を帯びたものであると考へる。（片上天弦「近世的の神秘夢幻」『秀才文壇』明治四一年四月号）

天弦は漱石の「一部の作品」（おそらく『漾虚集』を念頭においたのだろう）にみられる「神秘と夢幻」こそ、同じ非現実的傾向のなかでも、もっとも「近世的」（現代的）なものと評している。反自然主義系列の一角を占めていたといわれる漱石が、自然主義派の牙城『早稲田文学』の気鋭の論客によって、時代の最先端をいく「前衛作家」の一人に遇されたことは、まことに興味深い事実といわざるをえない。もっとも、天弦は理想主義文学へ到達する過程としての自然主義の立場を打ち出した人で、自然主義文学における主観的要素、すなわち「ロマンティックの精神」を重視し(2)、後にはアーサー・シモンズやW・B・イェイツの象徴主義に傾倒していった。そんな彼が漱石文学の「ロマンティック」の領分に着目し、文壇での流派の相違を越えてその作品世界に賛同を示したことは当然の成り行きといえるかもしれない。

『漾虚集』や『草枕』によってその浪漫的特質が大きくクローズアップされた漱石だが、その後『夢十夜』や『永日小品』を発表した直後には、「人間界の実験を材料として、更に之れに想像を加へて、人間界に起り得べき最も奇抜な事件を描く(3)」前衛作家としての相貌をいっそう強く帯びることになる。

また、『それから』の連載が終わった頃には、「耽美派作家」としての漱石像も浮かび上がったことを、つぎの徳田秋江の短評はうかがわせる。

荷風氏の「冷笑」の耽美は、現実の人の作らざる耽美也。漱石氏の「それから」の代助の耽美は、稍々技巧的に美感を刺激せんと力むる所あり。漱石といひ、荷風といひ、敏といひ、最も新しき英国耽美派の閃めきを認む。面白し。(「文壇無駄話」『読売新聞』明治四三年一月一六日)

この三人との類縁を指摘した「英国耽美派」というのが具体的に何を指すかは確かではないが、おそらくオスカー・ワイルドやアーサー・シモンズといった人のことだろうと思われる。明治四十二、三年は自然主義の全盛期にあたるが、それに拮抗した耽美派の作家たちもそれぞれ文学的地歩を固めていた時期でもある。四十二年の十二月からはフランス帰りの荷風が『東京朝日新聞』に『それから』の後を次いで『冷笑』の連載をはじめる一方、ほぼ時期を同じくして、上田敏はペイター風のディレッタンティズムと芸術至上主義を謳歌した思想小説『うづまき』を『国民新聞』に連載していた。右の文の筆者は、何のためらいも見せず、こうした「耽美」の系列に漱石の存在を位置づけているのである。

以上、時代をさかのぼって、同時代の視角に映された「浪漫的作家」、あるいは「前衛作家」「耽美派作家」としての漱石の姿を覗いてみた。少なくとも『漾虚集』から『それから』の発表にいたるまでの間、漱石は「ロマンティック」な「詩魂」と「耽美的」な想像力をもった、もっとも「現代的」な作風の作家として見なされた。こうしてみると、戦後になってからの漱石の「暗部」探しの成果は、ある意味において、ある種の人為的な働きと長い時間の堆積によって埋もれた「実体」の発掘であり、再照明であると意義づける方がより正確なのかもしれない。

明治末の評壇において夏目漱石の文学を説明するのに用いられた「ロマンティック」「夢幻」「耽美」「詩魂」といった修飾は、彼の文学的想像力が世紀末美学と通底していることを強く示唆するものである。では、最初の論題——漱石における「世紀末」について考えていくことにしたい。

2 時代認識

第一章でも簡単に触れたように、漱石は'fin de siècle'の形容詞的意味としての「世紀末」という言葉を誰よりも早く創作に応用した作家である。[4] この言葉が出てくるのは、『三四郎』に登場する二人の大学生の会話のなかにおいてである。現在使われている意味での「世紀末」という語が明治四十一年にようやく定着したことからすれば（第一章参照）、この〈出来立て〉のハイカラー風の新語が、時代の最新の動向に敏感に反応し得る立場にある「大学」の学生の口から出たのは、いかにもそれとらしい設定といえよう。

さて、作者はこの真新しい言葉をどのような意味で使ったのかを検討してみることにしよう。

かう云ふ問答を二三度繰返してゐるうちに、いつの間にか半月許り経過《たつ》た。三四郎の耳は漸々《ぜんぜん》借りものでない様になつて来た。すると今度は与次郎の方から、三四郎に向つて、
「どうも妙な顔だな。如何にも生活に疲れてゐる様な顔だ。世紀末の顔だ」と批評し出した。三四郎は、此批評に対しても依然として、
「さう云ふ訳でもないが……」を繰返してゐた。三四郎は世紀末抔《など》と云ふ言葉を聞いて嬉しがる程に、まだ人工的の空気に触れてゐなかつた。またこれを興味ある玩具《おもちゃ》として使用し得る

程に、ある社会の消息に通じてゐなかつた。たゞ生活に疲れてゐるといふ句が少し気に入つた。成程疲れ出した様でもある。〔傍点引用者〕　（『三四郎』四）

大学の同僚の与次郎から「世紀末の顔」と評された三四郎の反応は、どうであったか。「さう云ふ訳でもないが……」とだけ繰り返してつぶやく様子からすれば、少なくとも「世紀末」という言葉を付されたことに対して表立って反発はしていないようにみえる。その一方で、「世紀末抔と云ふ言葉を聞いて嬉しがる程に、まだ人工的の空気に触れてゐなかつた」とも言っている。これは逆にいえば、すでに「人工的の空気」に触れたとみえる与次郎のような人は、「世紀末」の言葉を聞いて「嬉しがる」ことをも意味する。そういえば、与次郎はいかにも得意げに「世紀末」云々と言い出しているのである。

こうしてみると、右の引用文の「世紀末」の語には、主に二つの意味が含まれているのが読み取れる。すなわち、「人工的」と「疲れ」である。(5) これをもう少し突き詰めて考えれば、近代都市東京に充満している「人工的の空気」に触れるのは、それに慣れていない田舎者には精神的に「疲れる」という意味にとれるようだ。

さて、漱石はこの「世紀末」の用法をどこから学んだだろうか。もちろん執筆の時期からみて、漱石は当時の『帝国文学』もしくは『早稲田文学』の評論などによく出てくるこの言葉を目にした可能性も十分ある。だが、漱石の用法は、第一章に紹介した評壇のさまざまな用例とは少し異なっている感じが強い。そこで、漱石の幅広い読書の範囲に目を広げてみると、つぎのような有力な手掛かりを得ることもできる。

　そしてまた、もっとも有害な形でモダニズムの病にかかった人たちがいる。彼らは自由な見地から、粗野で人工的なもの、世紀末的疲労、物質主義や快楽主義、わがままの骨頂を容認するのだが、単にそれらを容認するだけでなく、それらに耽り、溺れ、没頭する。さらに、彼らは「デカダン」と呼ばれると、それを賛辞として受け止めるのだ。[6]〔傍点引用者〕

　これは、漱石手沢本R・A・スコット＝ジェームズの『モダニズムとロマンス』三二―三三ページの記述に、漱石が脇線を引いた箇所を抜粋したものである。私がこの一節を掲げた理由は、ここに述べられている内容が前記の『三四郎』における「世紀末」の語をめぐる記述と概ね一致していると認められるからである。具体的にいえば、漱石が「世紀末」の概念として提示した「人工的」と「疲れ」は、右の文中の「人工的なもの、世紀末的疲労」といったのと一致を見せているのである。また三四郎が、「世紀末抔と云ふ言葉を聞いて嬉しがる程に、まだ人工的の空気に触れてゐなかつた」といったのは、スコット＝ジェームズの文章の「「デカダン」と呼ばれると、それを賛辞として受け止める」のような記述と同じ脈絡とみてよいのではないだろうか。

　漱石はこの記述に特別な関心を払ったらしく、脇線のほかに、“Decadents” の語には下線を引いている。この本の刊行の時期(一九〇八年)からみて、『三四郎』を執筆した期間(明治四一年九月—一二月)までに、届いたばかりのこの本を読んでいた可能性もあり、そのときに彼が示した関心が意識的あるいは無意識的に前掲の場面に投影されていたとも考えられる。

だが、このほかにも、彼が「世紀末」という語の用例を習得した経路としては、つぎの二つのケースがさらに想定できる。すなわち、オスカー・ワイルドの『ドリアン・グレイの画像』(7)と、マックス・ノルダウの『堕落論』である。私はこのなかでもとくに後者を重視したいが、この本は十九世紀末のヨーロッパの「世紀末的」現象を文明批評の立場で論じたもので、その第一巻の表題はずばり「世紀末」"Fin-de-siècle"となっている。さらに注目すべきなのは、漱石が同書の冒頭の、

「世紀末」はフランス語である。そのわけは、フランスにおいてそのように称されるべき精神状態がはじめて自覚されたからである。この言葉は地球の半球から半球へと飛び回り、すべての文明語に繰り込まれた。(8)

という記述に出てくる'Fin-de-siècle'の語に下線を引いていることである(この本には、全体にわたって漱石による線引きや書き入れがぎっしりとなされている。このおびただしい書き入れのうち『漱石全集』第十六巻に収録された分は、全体のほんのわずかにすぎない)。さらに、

このようなすべての「世紀末的」事例は、習慣や道徳に対する伝統的な見方を軽蔑するという共通の特色をもっている。

こういうのが、「世紀末」という言葉に横たわっている概念である。つまりこの言葉はまだ理論的には効力を失っていない伝統的秩序からの実践的な解放を意味する。(9)

という箇所にも下線を引き、その脇には「共有特性」と書き込んでいるのだが、漱石はこれらの記述を通して「世紀末」の語句の来歴と意味を知ったと考えられる。いずれにせよ、当時の代表的な作家夏目漱石が新聞の連載小説に「世紀末」というハイカラーな言葉を何気なく使えるほど、少なくとも当時の知的インテリたちの間でこの言葉は一つの流行語になっていたのである。

漱石は世紀末――すなわち十九世紀末ないし二十世紀初頭の同時代に対して、われわれが想像する以上に否定的な視角をもっていた。

此一篇ニ伏在セル主意ハ開化ニ厭キナガラ開化ヲ癈スル能ハザル十九世紀末の人心の不安とアキラメト希望トヲヨク示セリ　隆々タル希望ト熱烈ナル情操ト青春の意気ニ充チタル世ノ中ニハコンナ色合ノ脚本ハ出デ来ラザルベシ(10)悲シムベキ徴候ヲホノメカセル脚本ナリ

これはイギリスの劇作家ヘンリ・アーサー・ジョーンズ(一八五一―一九二九年)の戯曲『改革運動者たち』[11]の見返しに書いた短評である。ジョーンズはピネロとともに、イギリスの近代リアリズム劇の確立に中心的役割を果たした劇作家で、漱石の蔵書目録には三点の戯曲集が入っている。社会の矛盾と堕落を告発する作風を貫き、世紀末から第一次世界大戦までの間イギリスとアメリカでもっとも大衆的な人気を博した劇作家である。上品ぶった偽善、もしくは自殺が蔓延する社会の精神的貧困を皮肉ったり、浮気や姦通などの道徳問題をメロドラマのタッチで真剣に取り上げる作品が多い。この作品は、ロンドンを美しく、健康で、落ち着いた、自由な町にしようとする「ロンドン改革連盟」をめぐる上機嫌な諷刺劇である。しかしジョーンズの劇によくみるように、筋はロンドンの改革よりは、メンバーの二人による性的失態のスキャンダルを中心に展開される。漱石によると、この作品には世紀末の悲劇的状況の徴候がほのめかされているという。漱石がみた十九世紀末という時代は、「隆々タル希望ト熱烈ナル情操ト青春の意気ニ充チタル世ノ中」とは程遠く、否応なく近代化の波に巻き込まれていく不安と諦めと頼りない希望の時代である。また、同じ作家の『ジェインの妙計』[12]の見返しには、

只全篇を通じて真個の滑稽なし。一道の光明なし。半点自然の気なし。是を都会の文学といふ。澆季の世の文学と云ふ。軽薄の文学といふ。二十世紀初期に於る倫敦一般の風尚は此一篇にて察するに難からず。

日本人はやゝもすれば英国々々といふ。英国の人間は生れから高尚の様に思ふ。豈計らんや彼等は愚物と奸物と俗物の大部分よりなる国民なる事を。其俗と奸と愚を学んで揚と得々たるものは世界中只一の日本人あるのみ。(13)

と記し、二十世紀初期のイギリスの閉塞した社会状況を反映する作品と解している。すなわち、これを「澆季《ぎょうき》の世」(これは'fin de siècle'に対する上田敏の訳語である)にあらわれるべき作品であるという。漱石は自分自身が過ごした二十世紀初頭のロンドンを「澆季の世」と裁断しているわけだが、これは世紀末を含めて同時代に対する彼自身の時代認識を反映するものといってよい。

ところで漱石はここで、イギリスに激しい嘲罵の言葉を呈する一方、そのイギリスの軽薄に追随する日本の堕落相についても痛烈な批判のメスを入れているのだが、これは『それから』の代助のペシミスティックな時代認識を彷彿とさせる。代助はそのような西洋への追随の裏面に、「西洋の圧迫を受けてゐる」近代日本の精神的疲弊を見ているのである。

其影響はみんな我々個人の上に反射してゐるから見給へ。斯《こ》う西洋の圧迫を受けてゐる国民は、頭に余裕がないから、碌《ろく》な仕事は出来ない。悉《ことごと》く切り詰めた教育で、さうして目の廻る程こき使はれるから、揃つて神経衰弱になつちまふ。話をして見給へ大抵は馬鹿だから。自分の事と、自分の今日の、只今の事より外に、何も考へてやしない。考へられない程疲労してゐるんだから仕方がない。精神の困憊と、身体の衰弱とは不幸にして伴なつてゐる。のみならず、道徳の敗退も一所に来てゐる。日本国中何所《どこ》を見渡したつて、輝いてる断面は一寸四方も無いぢやないか。悉く暗黒だ。（『それから』六）

「精神の困憊」と「身体の衰弱」と「道徳の敗退」――これが彼が診断した時代の病理の細目である。作者の漱石が前記のアーサー・ジョーンズの戯曲に対する短評で言及した、十九世紀末あるいは二十世紀初めのイギリス社会にみられる「悲シムベキ徴候」は、二十世紀初頭の日本の社会に現実のものとしてあらわれたことになる。世紀転換期のイギリスが「一道の光明」のない「澆季の世」であったように、代助をして、「悉く暗黒だ」と宣告せしめた漱石の目には、明治末の日本も紛れのない「澆季の世」に映ったに違いない。

代助は「デカダント」な時代状況が生む病理的現象に、先にあげた三つの要素のほかに、「神経衰弱」を現代のデカダンスのもっとも顕著な徴候として付け加えているが、こういう認識はさらに、つぎのような「断片」からも見てとることができる。

○Self-consciousness の結果は神経衰弱を生ず。神経衰弱は二十世紀の共有病なり。

人智、学問、百般の事物の進歩すると同時に此進歩を来したる人間は一歩一歩と頽癈し、衰弱す。（後略）

○全世界の中尤も早く神経衰弱に罹るべき国民は建国尤も古くして、人文尤も進歩せる国ならざる可らず。彼等は自ら目して最上等の国民と思ふにも関らず実は一層毎に地下に沈淪しつゝあるなり。(後略)(14)

これは『吾輩は猫である』の創作メモとみられるもので、実際に同作品の十一章(『全集』第一巻、五〇八頁以下)にはほぼ同様の内容が書かれている(ここにも、自殺をめぐって前記のアーサー・ジョーンズの戯曲が引き合いに出されているのは興味深い)。ここでいう「人文尤も進歩せる国」とは、おそらくいちはやく近代文明を成し遂げたイギリスを指すとみられるのだが、漱石によると、これらの国は進歩を来したがために、衰退の道を歩む運命にあるという。実は、進化論に基づいたこういう考え方は十九世紀末のヨーロッパに広がったものであって(詳しくは序説「進歩と衰頽の間」の項を参照)、漱石はノルダウの本などを通しても、この種の考え方に接することができたと思われる。

しかし、精神の荒廃をもたらす近代化の矛盾と暗部を直視していた漱石は、ノルダウのような保守的知識人のしたように「国家のたそがれ」を憂えたり、時代の病巣(デカダン派、神秘派、象徴派などの文人)を穿鑿して敵意を剝き出しにした攻撃の矢を向けたり、あるいは精神的頽廃から抜け出すための処方箋を出すことには、当初から無関心であった。むしろ彼は、深い絶望感を味わいながら、あえて神経衰弱になる道を選んだ。『文学論』の序文で、漱石はこのように言う。

英国人は余を目して神経衰弱と云へり。ある日本人は書を本国に致して余を狂気なりと云へる由。（中略）

帰朝後の余も依然として神経衰弱にして兼狂人のよしなり。（中略）たゞ神経衰弱にして狂人なるが為め、「猫」を草し「漾虚集」を出し、又「鶉籠」を公けにするを得たりと思へば、余は此神経衰弱と狂気とに対して深く感謝の意を表するの至当なるを信ず。［傍点引用者］（『全集』第九巻、一六頁）

漱石は自ら世紀末の現象と診断した神経衰弱と狂気に〈謝意〉をあらわしているのだが、この発言が意味するのは何だろうか。ノルダウは前掲書のなかで、現代の芸術家たちに「狂人」や「神経症患者」といった精神病理学上の烙印を付けて、彼らを社会から隔離しようと企てたのだが、漱石は自分に当てられた「烙印」を甘んじて認めるとともに、あえて「社会からの孤立」の道を選んだ。近代的自我なるものは社会と個人の鋭い分裂の経験を前提とする。彼はそういう分裂がもたらす極度の神経衰弱を代償に、作家としての道を開いたのだ。漱石が東京帝大講師という社会的に名誉ある職位を捨てて、一職業作家に転身したことは、代助が身をもって実践したような、社会に対する反逆としての「怠ける権利」の主張と本質的に変わらない。漱石にとって、作家とは「狂人」とか「神経症患者」といったレッテルを張られた、苦悩する真面目な「高等遊民」であったのだ。

3　さまざまなデカダンス

同時代文芸にあらわれる世紀末的傾向について、漱石がどのような反応を示したかを探ってみるのも興味深い論題である。これについて考える場合、真っ先に思い浮かぶのが、いわゆるデカダンスの文学として世間を騒がせた森田草平の小説『煤煙』(『東京朝日新聞』明治四二年一月一日―五月一六日)に対する漱石の反応である。

此男と此女は世紀末の人工的パッションの為に囚はれて、しかも、それに得意なり。それが自然の極端と思へり。だから気の毒である。(「日記」明治四二年三月六日。『全集』第一三巻、三五五頁)

漱石はここで、『煤煙』が「世紀末の人工的パッションの為に囚はれ」た作品と批判している。このくだりにみる限り、漱石は文学の「世紀末的」傾向に抵抗を感じていたように見受けられる。またオスカー・ワイルドの『ドリアン・グレイの画像』を読んで、「近代のヒーローのうちにて解すべからざるもの曰ク死の勝利の主人公曰くドリアングレー曰ク煤烟の要吉。彼等は要するに気狂也」(『全集』第一六巻、一〇九頁)と、ドリアン・グレイのような世紀末的ヒーローを「気狂」と評したのも、その同一線上で理解すべきだろう。

しかし、漱石は果たしてデカダンスを全面的に否定しただろうか。もし否定したならば、デカダンスのどういう側面に反発したのだろうか。この点は彼自身の発言を中心にさらに細かく分析し、よく吟味してから判断する必要がある。

山彦の評落手拝見一々賛成に候然しデカダン派の感じは仮令如何なる文学にも散点せざれば必竟駄目に候。ボードレール抔申す輩のは遂に病的の感に候。三重吉の方が余程上等に候。君の方のデカダンは結構に候。但真の為めに美や道徳を犠牲にする一派に候。夫もよろしく候。
（森田草平宛、明治三九年一二月八日。『全集』第一四巻、五一九頁）

漱石は二年ほど前に書いた森田草平宛の手紙には、文学表現におけるデカダンスを肯定的に受け止める姿勢を覗かせている。こういわれると、漱石はもしかしたら「世紀末」あるいは「デカダンス」に対して二重の基準を適用したのではないか、という疑いが生じるのも自然な反応であろう。しかし前の日記の文章を注意して読むと、漱石が反発したのは『煤煙』に出ている「世紀末の人工的パッション」ではあるが、これがデカダンスと直接結びつくものかどうかは定かではない。そこで注目したいのは、草平宛の手紙で漱石がボードレールのデカダンスを「病的」といいながらも、一方では「夫もよろしく候」と容認の姿勢を見せている点である。（ところで、ボードレールら「デカダン派」は「真の為めに美や道徳を犠牲にする一派」というのが漱石の説明であるが、この認識は必ずしも正確ではない。漱石がデカダン派の目標を「真」といってしまったのは、アーサー・シモンズが「文学におけるデカダン運動」(一八九三年)で、デカダンスの本質が「本当の真実」(la vérité vraie)の追求にあると述べたことがその背景として働いたものと推測される。シモンズのデカダンス観はそれ以後変わっていき、一八九七年(『散文と韻文の研究』)には風変わりな文体のなかにデカダンスをみている。つまりシモンズのデカダンスの概念の転移は漱石にも連動しているわけである。)こうしてみると、漱石が抵抗を覚えたのは「デカダンス」そのものではない、という推論が可能である。

では、『煤煙』の下敷きとなったダヌンチオの作品に対する反応を通して、この問題をさらに検討してみよう。『煤煙』の連載後に書かれた『それから』の「六」には、周知のとおり『煤煙』に対する否定の言葉が述べられている。そしてこれは、当然ながらダヌンチオへの否定につながっている。実際に、漱石が『煤煙』の連載期間中に読んだとみられるダヌンチオの『死の勝利』の英訳本(*The Triumph of Death*, London : W. Heinemann, 1898)には、「主人公は何の為に生きる人なるや」「憐むべき人間也。他人にも自己にも満足を与ふる能はざる egoist 也」(『全集』第一六巻、一五〇頁)といった辛辣な論評が書き込まれている。

しかしこの論評だけを手掛かりに、漱石がダヌンチオ文学のすべてを否定したと判断するのは早計であろう。たとえば、右にあげた書き込みには、「此人は美くしき物に非常に神経鋭どき人也」(同前)という記述がみえるとともに、同じ時期の日記には、「「ダヌンチオ」は美くしい事をかさねてかく人也。しかも煖室内に入りて上気したる気味也」(「日記」明治四二年三月一七日。『全集』第一三巻、三五八頁)と、ダヌンチオの美的趣向に強い関心を示している。そういえば、『それから』の代助はダヌンチオの主人公ジョルジオ(『死の勝利』)やスペレッリ(『快楽児』)に劣らぬ耽美主義者でもある。剣持武彦は『それから』の代助がダヌンチオのこれらの主人公といろんな面で類似していることを、つとに明らかにしている。(15) また、佐々木英昭は『夏目漱石事典』の「ダヌンツィオ」の項で、代助が白百合をたくさん生けておいて三千代と会う場面に、『快楽児』の主人公アンドレア・スペレッリが人妻となったエレナを迎え入れる際に無数のバラの花を用意した設定が反映されていることを、漱石の線引きなどを通して論証している。(16)

『それから』に、漱石が反発したはずのダヌンチオのデカダンスの美学が介在しているのは明らかである。つぎのような、『それから』のメモの一節もそれを裏付けてくれる。

(1)引越。d'Annunzio ノ室ノ色
(2)時計ノ音虫ノ音ニ変ル夢、夢ノ試験、James　気狂ニナル徴候　(『全集』第一三巻、四三三頁)

この構想メモの内容は、そのまま立派な世紀末的道具立てといっても構わない。漱石が『煤煙』の要吉やドリアン・グレイを「気狂」と評したことは前にも述べたが、漱石の分身たる代助も「気

狂ニナル徴候」を秘めたいたって世紀末的な「高等遊民」なのである。漱石所蔵のダヌンチオの英訳本のなかの一冊 *The Child of Pleasure* の見返しには、つぎのような英文の書き込みがみえる。

"A series of love affairs and nothing but love affairs. Love begot of the heavy air, highly charged with the *artifical perfume of decadent civilization.*" [Italics mine]（『全集』第一六巻、一五一頁）

漱石はこの、ウィリアム・モリスの詩『グィネヴィアの擁護』についてのウォルター・ペイターの評論の一節を思わせるくだりで、この小説の主人公がデカダンスの人工的芳香が充満した愛の世界に生きることを強調している。そういえば、不倫の愛に煩悶し、「百合の花を眺めながら、部屋を掩《おお》ふ強い香《か》の中に、残りなく自己を放擲した」(十四)代助も、ダヌンチオの主人公に似たデカダン的感覚を秘めた世紀末的ヒーローではなかったか。

漱石はノルダウとかシモンズの著作を通して「デカダンス」ないし「デカダン」の概念に接したとみられる。漱石の「世紀末入門書」というべきノルダウの『堕落論』には、この語についての詳しい説明がなされている。「'décadent'という語は、一八五〇年代にフランスの批評家たちがテオフィル・ゴーティエ、とりわけボードレールの独特のスタイルを特徴づけるために、ローマ帝国末期の歴史より借用したものである」[17]というくだりに、漱石は「Décadent ノ出所」と書き入れている。

ノルダウはこの本のなかで、文芸上の「デカダン」の本質を、主にユイスマンスの『さかしま』の主人公デ・ゼッサントを槍玉にあげて批判しているが[18]、その箇所には「Huysmans ノ a Rebours ノ○○［二字判読不能］decadent ノ理想」という書き込みがみられるなど、世紀末文学のデカダン派について非常な関心をもっていたことを示している[19]。

だが、だからといって、漱石がノルダウの「デカダン」に対する論調を鵜呑みにしたとは思えない。もし漱石が「デカダン」をノルダウのいうように、もっとも愚かで不毛な不道徳の趣向だと考えたならば、先に見たような「デカダン」に対する寛容の姿勢があり得ただろうか。漱石がノルダウの読書の過程で、目立った反対の立場をあらわしたのは、美と道徳との関係を論じた部分である。『堕落論』の第三巻の第三章「デカダン派と耽美派」は、デカダンの代表としてユイスマンスを、耽美派の代表としてはオスカー・ワイルドを主に取り上げて、彼らの文学における道徳性の欠如に非難の矢を向ける内容であるが、読者の漱石は彼の美と道徳に関する認識に疑問を呈している。たとえば漱石は、「確かにただ道徳性だけが芸術作品に美を与えるのではない。しかし道徳性のない美はあり得ないのだ[20]」という箇所に「?」と疑問符を付して異論を提起しているが、『文学論ノート』にはその異論の中身が記されている。

３２７ニ曰ク Beauty without morality is impossible. ——然ルカ前ノ p. 参考。余云フ moral beauty ハ derivative ナリ。Un-moral or immoral ノ中ニ beauty ヲ見ルハ primary ナリ[21]。

道徳的な美は派生的なものだが、反道徳のなかの美は本源的であるので、文学作品に対する価値判断に道徳性が美に優先してはならない、というのが漱石の反論の要旨と思われる。言い換えれば、彼は道徳より美の価値を優先させる反論を通して、批判の俎上に上がった耽美派やデカダンの肩をもっているわけである。

こうしてみると、ボードレールのデカダンスは「病的」だが、鈴木三重吉や森田草平のそれは「上等」であり「結構」であるという記述にみる漱石のいくぶん〈変わった〉デカダン観は、道徳性を中心としたノルダウ流の認識ではなく、別の側面からきていると判断される。そこで、この点をさらに考察してみたいと思う。

問　メレデイスは随分理窟つぽい小説家ですね。

答　一面では理窟を述べると同時に、一面では極めて詩的な事を書く人である。同じ美しい所を書いても、ダンヌンチオなどの様な芝居の背景じみた美くしさとは大分趣を異にして居る。描かれる自然のうちに、一種の陽炎の如き感情が断えずちらついてゐる。(『全集』第一六巻、六六七頁)

これは漱石がジェーン・オースティンと並んでもっとも愛読したイギリスの小説家ジョージ・メ

レディス(一八二八―一九〇九年)の訃音に接しての談話の一部である。漱石はイギリスの読者にも難解であるという理由で敬遠されたメレディスの作品を二編だけ除いてすべて読み尽くしたという。[22]

ところで、この発言には気になるところがある。すなわちそれは、漱石が尊敬していた作家のひとりであるメレディスを、スティーヴンソンでもスウィフトでもない、あまり関係のありそうもないダヌンチオと比較していることである。ヴィクトリア朝文学のなかでもっとも知的な作家で、イギリスの「国宝」(漱石)扱いをされるメレディスと、「原初の獣性」の持ち主で、「デカダン派文学運動のもっとも特筆すべき人物」[23]という印つきのダヌンチオとの組み合わせは、一見不釣り合いのような感じを否めない。文脈から推し量ってみる限り、比較の根拠となったのは、この両者が「美しい所を書」く作家という点にあるらしい。また、彼らがともに小説家と目されながらも、詩人としての資質を存分に発揮した作家であることともかかわるだろう。漱石がこの二人を比較の対象にしたのは、おそらくこのことを念頭においたからではないか。そのうえで、漱石は両者の区別を図っているのである。つまり、ダヌンチオの追究する〈美〉を「芝居の背景じみた美くしさ」と喩えたのは、いかにもその顕示的な「感覚的美」の世界の本質を言い当てている。こういった以上、漱石がメレディスのそれを、ダヌンチオとは対極にある「理知的美(intellectual beauty)」(アーサー・シモンズ)として位置づけているのは察するに余りある。

ところで右の漱石の談話のなかで、メレディスをダヌンチオと比較したことに、私がとりわけ注目する理由は別にある。すなわち、このことは漱石の「デカダン」に関する認識が垣間見られる有力な判断材料になると考えるからである。結論からいえば、漱石が両者を比較の対象にしたのは〈美〉もしくは〈詩的〉な要素を念頭においたからであるが、さらにここには両者を同じく「デカダン」とみる漱石の視角も投影されていると思われる。こういうと、ダヌンチオならいざしらず、メレディスをデカダンと見なすことに対して首を傾げたくなる人がいるかもしれない。まず、ここから議論をはじめることにしたい。

漱石の手沢本 Arthur Symons, *Studies in Prose and Verse*, London : J. M. Dent & Sons, 1904 の一四三ページより一五一ページはメレディスの章となっている。そのなかには、

メレディスは……カーライル同様、いやカーライルよりもいっそう、純粋で広い意味においての〈デカダン〉である。フランスとイギリスにおいて〈デカダン〉という語の使い方は、現代の作家たちのある特殊な流派に対するレッテルに局限されている。だが、文学における〈デカダンス〉の本当の意味は、言語の蘊蓄ある転訛によって、文体が体系的になるのを止めて、ある種の新しい表現もしくは美を追究するなかで、わざと変則的になることである。メレディスの文体はマラルメのと同じく自意識の強いものである。(24)

という記述があるが、漱石の蔵書には「デカダン」"a Decadent" の下に線が引かれており、漱石が、メレディスの非体系的で風変わりな文体による表現も広い意味でのデカダンスにあたるというシモ

ンズの見方に注目したことをうかがわせる(もっとも、この本はメレディスに関する章のすぐ前がダヌンチオの章となっている)。

シモンズがメレディスの表現様式をマラルメのそれと同様に "self-conscious" といったのは、もちろんメレディスの「デカダン」的属性を明らかにするためである。シモンズにとって、「はりつめた自意識」("self-consciousness")はデカダン文学の中心的な特徴をなすものである。ここで、漱石が前出の「断片」に、「Self-consciousness」が近代社会の「共有病」としての神経衰弱を生む、と記したことを思い浮かべれば、「世紀末」を見るこの両者の認識がいかに似通っているのかがおのずと見えてくるだろう。こうしてみると漱石が、シモンズのメレディスに関する記述中の "a Decadent" に下線を引いたのは、シモンズの主張する広い意味でのデカダンスの概念にただ単に注意を払っただけでなく、その見解に対する同意の表れとみるのも無理な話ではない。

漱石は前記の談話で、メレディス文学の特徴について語るなかで、真似のできない「ユニーク」さ、「理窟」と「哲学」、「詩趣」などといった言葉を連ねている。ワイルドをはじめイギリスの若い作家たちがメレディスの「内部の想像力を呼び起こす」独特の文体に支持を寄せたように、漱石もそのロマンティックな「詩趣」と文体の「ユニーク」さに、もっとも「上等」な表現としての「デカダンス」を見いだしていたといえるのではなかろうか。前に掲げた森田草平宛の手紙で、「病的」なデカダンスに対比して語った「上等」のデカダンス云々といったのは、まさに漱石がシモンズを通して理解していた「デカダンス」の概念に基づいていたのである。

漱石がメレディスやロセッティを「上等」のデカダンと見なしたならば、ボードレールを「病的」と見たのはある意味において当然だったかもしれない。漱石が考える「病的」なデカダンの範疇にはボードレールをはじめ、ユイスマンスやダヌンチオまで入ると思われる。しかし、ダヌンチオを除いてはほとんど直接作品に接していないフランスのデカダン派に対する理解は必ずしも十分ではなく、ノルダウなどから仕入れたものという限界があった(ただし、アーサー・シモンズ訳の『ボードレールの散文詩集』を一冊所蔵していた)。ゾラが嫌いだった漱石は、彼らの作品における醜悪なディテール、露骨な描写、過剰な感覚の耽溺などをも、センセーショナルな刺激を求める自然主義的なものとして受け止めていたような気がする。

デカダンス肯定論を展開した漱石としては、「デカダン」の描写は「デカダン的」(負の意味での)描写と同じではないと思っていたはずである。「神経症患者」漱石の文体が必ずしも神経質の文体と同じではないように。森田草平の小説を読んだ漱石が「世紀末の人工的パッションの為に囚れ」たと批判したのは、「世紀末」または「デカダンス」の意義を「デカダン的」になることから探していることへの反発からではないだろうか。

『薤露行』の雅語体の独特な文体、さらに『草枕』など初期短編に貫かれている詩的趣向は、メレディスと通じるところがあり、すでに漱石の生前に「日本のメレディス」[25]という評価を与えられるほどであった。さらにいえば、漱石は「夢見る人」としての資質を発揮した『夢十夜』や『永日小品』などに至っては、メレディス以上の「デカダン」であった。世紀末デカダン派の「人工的な」

美的感覚を遠ざけようとした漱石だが、しかし花の香に満ちた密室に存在を閉じ込めたり、「蒼い水底の夢」に困憊した生の逃避所を求めるいかにも世紀末的なヒーロー代助にみるように、作家の漱石はダヌンチオの芳香への陶酔、アーサー・シモンズやメーテルランクの水底の幻想といった甘ったるい世紀末的想像力の誘惑から離れることはできなかった。漱石がダヌンチオの小説を読んで「此人は美くしき物に非常に神経鋭どき人也」と書いた感想は、私にいわせればまさに彼自身に取り返してやりたい言葉にほかならない。

4　「世紀末」の後景

漱石における「世紀末」は、とりもなおさずその読書環境に根源を求めることができる。現在に伝わる漱石の蔵書目録は多方面にわたる読書家漱石の面貌を知らせてくれるのだが、そのなかでも異彩を放つのは近代心理学に関するたくさんの書物群である。

自白すれば、八九年前アンドリュ・ラングの書いた「夢と幽霊」といふ書物を床の中に読んだ時は、鼻の先の燈火《ともしび》を一時に寒く眺めた。一年程前にも「霊妙なる心力」と云ふ標題に引かされてフランマリオンといふ人の書籍を、わざ〳〵外国から取り寄せた事があつた。先頃は又オリヴー・ロツヂの「死後の生」を読んだ。（『思ひ出す事など』『全集』第八巻、三一八頁）

この一節は漱石が長い間にわたって心霊現象および心理学に関する書籍を耽読したことをうかがわせる。漱石のこの方面への関心はド・クインシーの『イギリスのある阿片吸引者の告白』を愛読した大学時代に端を発するが、本格的に没頭したのはロンドン留学の時であった。「近頃は文学書抔は読まない心理学の本やら進化論の本やらやたらに読む」(『全集』第一四巻、一九六頁)という菅虎雄宛の書簡(明治三五年二月一六日)はそのことを裏付けている。こうした読書体験がもつ意味について、岡三郎はつぎのように述べている。

〈一切の文学書を行李の底に収め〉、ウィリアム・ジェームズ(William James)やリボー(Ribot)、スクリプチャー(Scripture)、ロムブロゾ(Lombroso)、モルガン(Morgan)、マーシャル(Marshall)等々、心理学や美学関係の書物を読み出し、漱石自身も意識的に〈the twilight realms of consciousness〉の探求者となり、〈modes of inmost being〉に思いをひそめるとき、精読して心の底に記憶されていたド・クインシーの幻想の叙述が、漱石にとって、それまでよりもさらに深いレベルで、新しい意味をもつようになってきたのである。[26]

明治末および大正初期の評壇にあって、広い批評的視野から精度の高い世紀末文学・芸術論を展開した厨川白村は『近代文学十講』(明治四五年)のなかで、最近の「哲学科学」の特徴としての「神秘的直感的傾向」についてつぎのように解説している。

欧洲最近の科学社会で、も一つ著しい現象は、人間の神秘不可思議な精神現象を研究しようといふ所謂 Psychical research の流行である。（中略）理知と現実との世界に止まらず、なほ更に奥深く這入つて神秘の未知境に切り込まう「吾等のうちに、また吾等の周囲にある秘密をさぐり、人生を理解しようといふ熱望」これが即ち現代の精神となつた。(27)

漱石はまさに、こうした時代の精神的思潮の真っ只中にいた、否もっと積極的にその最前列に進んでいった人である。ロンブロゾ、リボー、モーガン、スクリプチャー、マーシャル、ロッジ、フラマリオンなど漱石が読んだこの方面に関する著作には、当時の第一流の研究者のものがほとんど網羅されている。『吾輩は猫である』において、「副意識下の幽瞑界」「感応」「不思議」といった言葉を連ねてウィリアム・ジェームスの哲学を、自らの分身である迷亭先生に語らせた漱石は、晩年に至ってジェームスが尊敬したフランスの哲学者アンリ・ベルクソンにまで読み進んでいった。漱石が作家生活を通して、この二人の「反理知派」（漱石）哲学者の世界に全幅的に共感したのは、図らずも彼の文学の底層をなす思想的基盤がどういうものであったかを、私たちに教えるものにほかならない。ジョーン・リードは『デカダンスの様式』の結論において、「デカダンスの様式は十九世紀末における非合理的なものの力強い涌出を取り扱う手段である」と述べて、人間の内面意識に対するベルクソンやフロイトなどの哲学・心理学的探求が世紀末芸術の表現様式に影響を及ぼしたことを論じている。(28)そういえば、ロセッティからイェイツにいたるまで世紀末のデカダンたちの多くは交霊術の神秘世界にとりつかれていたし、クラッカンソープをはじめとする陰気なイギリス・リアリズムの作家たちは心理学への興味を共有した。

漱石の場合も超自然的なものへの興味は創作に確かな影を落としている。それがもっとも色濃くあらわれたのは初期短編集『漾虚集』で、このなかの諸短編では神秘的な愛の感応を扱ったり(『趣味の遺伝』)、幽霊を研究する心理学者の作中人物を通して霊の感応について語ったり(『琴のそら音』)している。また後期作品である『行人』では「テレパシーか何かを真面目に研究し」(「塵労」十一)ている「兄」の話が出ている。「神経症患者」のレッテルを張られ、現実と芸術との谷間で絶え間ない精神的興奮を甘受しなければならなかった漱石は、一生を通して意識の未知なる領域に探求のまなざしを据えつづけた。

最初の小説『吾輩は猫である』のなかで漱石は、「霊の交換」について語り、「現実よりも慥かな夢」について語った。そして最後の文章となった「点頭録」(大正五年)では、「一生は終に夢よりも不確実なもの」(『全集』第一一巻、四六八頁)という認識に到達している。これはショーペンハウアー譲りのペシミズムを基盤とし、外界の実在性を否定したヴィリエ・ド・リラダンのような世紀末デカダンの主観的観念論(29)と脈を同じくするものといってよい。漱石のこうした主観的観念論は最初の短編『倫敦塔』において、知覚と幻覚の境界、客観的現実と幻想との境界を否定する姿勢にも読み取ることができる。美的観念のなかに人間に許された唯一の真の幸福を見いだしたショーペンハウアーは、「賢者の諦念と芸術作品の世界に閉じ籠もる耽美派の生き方へと導いた」[30]が、「生の目的は活動ではなく観照である」という言葉で自身の耽美的デカダンスの観念をあらわした[31]ウォルター・ペイターも、また直観の力を信じ、観照の姿勢のなかで生の内側に透明な視線を注ぎつづけた漱石も、懐疑的観念論が支配した世紀末という〈時代の子〉であった。

漱石が世紀末芸術の潮流の真っ只中に置かれていたことは、十九世紀後半の文学のデカダン的傾向を体系的で理論的に論じた二つの代表的な書物——アーサー・シモンズの『象徴主義の文学運動』(一八九九年)とマックス・ノルダウの『堕落論』(一八九五年)を精読していたことからも察することができる。

> 近来仏国の象徴主義者《シムボリスト》は上述のやうな傾向の詩を作り得ることを公言して居る。即ち彼等の要求する所は、詩句《ライン》は意義《センス》より独立して、単に音ばかりで《メアリー、バイ、イッツ、サウンド》思ふ通の感興を起させねばならぬ、と云ふのである。(Arthur Symons の "Symbolist Movement in France" 及び Max Nordau の "Degeneration" 参照)(『全集』第一六巻、三五〇頁)

これは明治三十六年三月から六月まで東京帝国大学文科大学でおこなった講義の一部である。ここで漱石は、音調のみで詩興を起こす作例を象徴主義に求めているのだが、いみじくもシモンズとノルダウの本を「参考文献」として挙げている。これは、彼がこの世紀末の二大理論書より世紀末の文学動向を把握したことを示す一例だが、『文学論ノート』にはとくに後者から取ってきたメモが数多く入っている。漱石にとってノルダウの本が〈世紀末入門書〉あるいは〈世紀末資料館〉としての役割を果たしたことは先にも触れたが、この点は漱石に限らず、同時代に活動したほかの文学者たちも同じであった。

　こゝにノルドオの「デジエネレエシオン」がゆくりなくも渡来した。はつきりと云へぬが、明治三十六年頃であつたかと思ふ。わたくしが象徴派に対し上述の疑問など抱くまでにも立到らず、全く暗中模索を試みてゐた時のことである。このノルドオの書をひどく価値を下して評するものもあるが、わたくしの経験内ではさうとばかりは決せられない。わたくしはこの書を読んだとき、ちょうど病院に見舞に行つて、病人の寝台の枕の下に吊してある病名表を覗きこむやうな好奇心と恐怖とをおぼえたのである。わがロセチの如きは近代芸術家のうちでも変質者の発頭人として、最先に引出されて診断されてゐる。(中略)その頃はまだヴエルレエヌの肖像をどんなものでも見てゐなかつたので、わたくしはノルドオの不思議な記述をたどつてこの象徴派の明星の姿を想像してゐたのである。(32) [傍点引用者]

当時岩野泡鳴とともにこの本を回し読みした蒲原有明の回想の一部である。「デジエネレエシオン」とは『堕落論』の原語読みで、この本がどのように読まれたかを知るうえで、有明のこの発言は示唆するものが多い。そもそもこの本は「世紀末の病」が蔓延する世相に警告を発し、デカダンという名の「病人」たちを社会から隔離しようとする意図で書かれたはずのものだが、皮肉にも有明らはこの本を「病巣」に近付くための道しるべとしたのである。つまり、「象徴派」について「暗中模索」していた明治三十年代の半ば頃の詩人作家たちにとって、ラファエル前派やフランス象徴派、高踏派と悪魔派、デカダンと耽美派などを俎上にあげたこの本は、世紀末ないし現代の文学動向を把握するための恰好の参考書となっていたのだ。

漱石が『堕落論』を、蒲原有明や岩野泡鳴にみるような同時代のほかの文人と同じ立場で読んだとは、必ずしも言い切れないが、しかしながらこの本が「世紀末」に接せられる重要な窓口となったことは、漱石の蔵書に残された書き込みなどからみても疑えない。ためしにその一端をみてみると、「fin de siècle ノ mood」(p. 3)、「是ヲ mysticism ト云フ」(p. 57)、「encyclopaedists→独浪漫→Pre-R」(p. 71)、「symbolism ト ハ何ゾ」(p. 115)、「前ノ mystic ト今ノ mystic トノ差」(p. 84)、「symbol ノ義」(p. 119)、「未来文芸」(p. 543)といった具合である。

だが、漱石がこのような単に間接的な経路でのみ「世紀末」に接したわけではない。世紀末作家・詩人に対する漱石の読書範囲はノルダウの本に取り上げられたものの大半を占めている。

「貴方は、俺がほしい本がどういった種類のものであるかを知っているだろう」と彼は言った。

「フローベール、スティヴンスン、ボードレール、メーテルランク、アレクサンドル・デュマ・ペール、キーツ、マーロー、チャタートン、コウルリッジ、アナトル・フランス、ゴーティエ、ダンテ、そしてゲーテ、こういったものだよ。」

これは、漱石蔵書の Stuart Mason, Oscar Wilde: *A Study from the French of André Gide*, Oxford: Hollywell Press, 1905 (p. 71) 中の内容の一部で、アンドレ・ジイドがオスカー・ワイルドから聞いた話を紹介するくだりである。私がこれを引いた理由は、漱石がこの箇所に脇線を引いて興味を示したという事実それ自体よりも、これが漱石の好きな作家のリストとほぼ一致しているということにある(漱石の蔵書目録にはワイルドが名前を挙げたすべての作家たちの作品がはいっている)。

このような、ワイルドの読書趣向と漱石のそれとの一致は、どういうふうに解釈すべきだろうか。おそらくこの点は両者だけの問題に局限せず、世紀末という時代背景という側面で理解すべきだろう。たとえば、漱石蔵書目録に登載されているテニスン、キーツ、ド・クィンシー、ポウ、ロセッティ、ペイター、ホフマン、ゴーティエ、ボードレール、フローベールなどの作品は、世紀末の若いデカダンたちが夢中になって読み耽った手引書のリストと完全に合致している。それに加えて、やはり漱石所蔵のスウィンバーン、シモンズ、ワイルド、イェイツ、ゴンクール、ユイスマンス、ブールジェ、メーテルランク、ハウプトマン、シュニッツラーなど、ほぼ同時代の作品を加えれば、漱石がその読書環境のなかで、まさに「世紀末」を〈呼吸〉していた構図がくっきりと見えてくるの

ではなかろうか。(33)

このような漱石の読書体験は何といっても彼が「fin de siècle ノ mood」の渦中にいたことを雄弁に語りかけて止まない。そして世紀末文学に対して示した彼の反応は、決してノルダウのような拒否のポーズとは異なるものであった。むしろ、ノルダウによって「精神薄弱者」という烙印を付せられたロセッティやスウィンバーンやモリスといったラファエル前派を長く愛読し、メーテルランクの神秘主義に興味をもち、ゴーティエやイェイツに称賛を惜しまなかったのである。

○妙ナコトヲ書イタ、此作家ノカキカタハ nervous デアル英国人ノカキカタハ遅鈍デアル

○奇想

美シキ奇想ナリ、キーツノレミヤニ似タリ、

幽遠ノ趣アリテ然モ主意明晰ナリ、

平凡ナル者ハ美ナラザルコトアリ、故ニ奇ヲ求ム、奇ヲ求メテ已マザレバ怪ニ陥ル、怪ニ陥レバ美ヲ失ス、詩人ハ此呼吸ヲ知ル、

鏡花ハ此呼吸ヲ知ラズ。(『全集』第一六巻、一二四頁)

ゴーティエの短編集 *Théophile Gautier*, tr. G. B. Ives, New York : G. P. Putnams Sons, 1903 の一編 'The Dead Leman' になされた漱石の書き込みの抜粋である。このような最上級の賛辞からもわか

るように、テオフィル・ゴーティエ（一八一一―七二年）は漱石のもっとも好きな作家の一人であった。[34]

芸術の効用を否定し、「芸術のための芸術」（l'art pour l'art）の理想を提唱したゴーティエは、やがてスウィンバーンやワイルドといった熱烈な信奉者によってボードレールとともに世紀末デカダンスの祖先に奉られたが、このことは漱石ももちろん承知のうえである。ノルダウの『堕落論』中、ゴーティエとボードレールが「デカダン」の呼称を与えられた最初の文学者であることを述べた箇所に、漱石が「Décadent ノ出所」と書き入れたことは先にも触れたとおりである。さらにそれにつづいて紹介された、ゴーティエが一八六八年カルマン・レヴィ版の『悪の華』に序文として寄せた文章の抜粋には、「Gautier ノ Décadent 評」と書き込んでいるのである。[35]

そもそも、ペシミスムの基盤に立ち、[36]夢の世界に憧れ、絵画的表現を好む[37]という点で両者が共通の資質をもっていることからすれば、漱石がゴーティエに共感したことは自然の成り行きともいえる。ゴーティエの作品のなかでも、漱石がとりわけ高く評価したのは短編である。右の引用にみえる「美シキ奇想」や「幽遠」といった評語は、彼がゴーティエを「詩人」と呼んだことに結びついている。「現代日本の小説家は概して短篇作者なり．去れども未だ一人も此著者の如き程度に達せるものなし」（『全集』第一六巻、一二四頁）、「鏡花ハ此呼吸ヲ知ラズ」と書いたのは、漱石がこの種の「nervous」で「美シキ」言語表現に強い意欲をもっていたことをほのめかしている。実際に、短編'Arria Marcella' の鑑賞として、「結構モ、思想モ、措辞モ共ニウマイ者デアル。コンナ者ヲ書カウく」ト思フテ居ルウチ、イツノ間ニヤラ此男ガ製作シテ居タ」(同前)ということを書いたことは、その動かぬ証拠である。そういう意味で、『漾虚集』収録の幻想的短編群はゴーティエのような「詩人」になろうとして漱石のひそかな願望の最初の表出であったということができよう。

ゴーティエのほかに、漱石を引き付けたフランスの作家にギュスターヴ・フローベールがある。短編『エロディアス』を読んで「瑰麗琦華光彩陸離トシテ人ノ目ヲ奪フ。名篇ナリ」(『全集』第一六巻、一二六頁)と感想を記し、『サランボー』の読後には、

Monumental work.(中略)
ヘルンに此 Poetry アリ。此雄大ノ構想ナシ。(中略)
英国ノ作者ニテ此種ノ作ニ於テサランボー以上ノモノヲ書ケルモノナシ。(『全集』第一六巻、一二六―一二七頁)

という感想を書き留めている。いずれもゴーティエに対するのと同じくらいの最大級の賛辞である。壮大な古代ロマン『サランボー』に対する漱石の'Poetry'や「雄大」といった評言は、さすがに当を得ている。

ここでとりわけ重視したいのは、漱石がゴーティエの短編の読後に彼を「詩人」と呼んだのは先に触れたとおりだが、フローベールの小説に対しても'Poetry'という評語を当てている事実である。

漱石は、この両者の小説に繰り広げられる非現実的、幻想的な世界を、「詩」の領分としてとらえているわけだが、そういえば漱石自身も、『薤露行』や『幻影の盾』といった中世ロマンを通して、あるいは『一夜』のような「俳句小説」を通して'Poetry'に限りなく近づいた人である。これに関連して、もうひとつ私たちの興味を引くものは、先に述べたようにゴーティエを読んで鏡花を口にしたことにつづいて、今度はフローベールとハーンを比較の対象にしている点である。つまりこれは、漱石がライヴァル意識をもっていた鏡花とラフカディオ・ハーンをゴーティエやフローベールのような世紀末作家と同じ系列に位置づけたことを意味するのだが、逆にいえば漱石が鏡花やハーンをライヴァルとしてつねに意識したのは彼らの文学が漱石の志向する世界に先んじていることから由来しているのである。

ところで、漱石は日記にフローベールに「敬服してゐる」[38]と綴ったほど、この作家に対して大変な傾斜を見せている。それだけにフローベールに対する傾斜は単なる〈好み〉の次元とは考えられない。ではフローベールの何が漱石をしてついに「敬服」とまで言わしめたのか。こうした漱石の反応はちょうど二十年前に、オスカー・ワイルドがウィリアム・ヘンリー宛の手紙に、フローベールが自分の「師匠」であると打ち明けたことを思い起こさせる(彼は『聖アントワーヌの誘惑』の翻訳を試みたがついに実現できなかった)。フローベールの代表作『聖アントワーヌの誘惑』はゴーティエの『モーパン嬢』とともに、「デカダンスの小説」の起源とされているのだが、ユイスマンスの『さかしま』は「ゴーティエの小説の美的官能性と潔癖さに、フローベールの小説における主題と文体上の穿鑿好きを組み合わせた作品である[39]」という見解もある。当然ながら、フローベールの小説は『さかしま』のデ・ゼッサントの本棚[40]の主要な一角を占めていた。

偉大な芸術家の資性はすべて、この『聖アントニウスの誘惑』と『サランボー』の比類なきページに輝いていた。これらの作品において、作者がわれわれの見すぼらしい生活からはるかに遠く喚起しているものは、古代アジアの眩ゆいばかりな輝き、そのさかんな放射と神秘な衰滅、その遊惰な乱行であり、あるいはまた、底をつくより早く豪奢と祈りの生活から溢れ出る、あの重苦しい倦怠によって強いられた凶暴さであった[41]。（澁澤龍彦訳）

このようなデ・ゼッサントの言葉は、世紀末の文学者たちがフローベールからどういうものを学び取ったのかを示唆している。ジャン・ピエロによると、日常生活の倦怠からの逃避への欲望、遥かに過ぎ去った時代への楽園幻想、アイドルとしての女性に不安を交えながらも強く引かれる気持ち、洗練された快楽と禁じられた喜びへの好奇心、サディスムと残酷さの眩惑といったものこそ、世紀末の精神がフローベールから受けた恩恵の主要な要素である[42]。

ゴーティエとフローベールは世紀末デカダン作家の共通の「師匠」であったが、漱石もそれぞれの小説を読み、深く感動した。その反面、彼は「ゾラとモーパッサンの例に至つては殆んど探偵と同様に下品な気持がします」（「文芸の哲学的基礎」『全集』第一一巻、七七頁）と述べて、ゾラ流の自然主義の小説とは一線を画したような姿勢を見せた。デ・ゼッサントが「フローベールならば『感情教育』よりも『聖アントニウスの誘惑』を、ゴンクウルならば『ジェルミニイ・ラセルトゥ』よりも『ラ・フォスタン』を、(中略)一層好んだ」(『さかしま』十四章)ように、漱石の蔵書目録はいかにもデ・ゼッサントの好みと似ている様子(ゴンクールについては、『ラ・フォスタン』のみを英訳で読んでいる)を見せている。

『サランボー』から得た感動を、漱石はつぎのように伝えている。

サランボーと云ふものを読み居候。瑰麗無比のものに候。中々うまいものに候。フローベルは両刀使に候。エラク候。(小宮豊隆宛、明治四一年五月一八日。『全集』第一四巻、六九六頁)

ここでいう「両刀使」という言葉が何を意味するかを推察するのは、さほど難しくない。一般に写実主義の具現者として知られるフローベールは、本質的には比類なき浪漫的想像力の持ち主であり、デカダン的感受性を身につけた作家である。もちろんこのことを熟知している漱石はフローベールがレアリストと耽美的抒情詩人との資質を合わせもった作家であることを念頭においての発言に違いない。これは図らずも、アーサー・シモンズが『象徴主義の文学運動』の「フローベール」の章に、「彼の内にある抒情詩人が『聖アントワーヌの誘惑』を書き、その分析家が『感情教育』を書いた」(43)と述べ、フローベールの両面的資質を指摘したことを喚起させずにはいない。

さて右の手紙の内容は、漱石のフローベールへの傾斜が、フローベールの作家的資質における両面性によっていっそう増幅された側面を示唆している。つまり、リアリズム小説の手本となった『ボヴァリー夫人』や『感情教育』の作者フローベールが『聖アントワーヌの誘惑』の夢想癖の持ち主でもあったという事実と、『吾輩は猫である』や『坊つちゃん』の「余裕派」作家夏目漱石が『漾虚集』と『夢十夜』のような幻想的な作品を交互に著した事実とは揺るぎのない相似の構図を見せているのである。漱石のフローベールへの共鳴は、ほかならぬ彼自身がフローベールに劣らぬ「両刀使」であることから生まれている。

いうまでもなく後者のような作品は、漱石に内在する世紀末的想像力の結晶であると同時に、抒情性豊かな「詩人」としての内質の発現にほかならない。非人間的で矛盾に満ちた近代産業文明を批判する文明批評家と、花の芳香や水底への憧れのような耽美のヴィジョンに精神的避難所を求める耽美主義者の役割は、現実と浪漫的想像力との裂け目で苦悩しながら、明治という時代を真剣に生きた作家夏目漱石が背負わざるを得なかった宿命でもあった。漱石文学の魅力は、後期の心理小説にみるような禁欲的な散文の論理と生来のロマンティックな詩的資質との緊張から生まれる豊かな創造的エネルギーに由来するのではないか。

第三章　世紀末芸術と美的体験

1　留学と美的体験

漱石は英語研究を目的とする文部省の第一回給費留学生として、明治三十三年十月から三十五年十二月までのおよそ二年間イギリスのロンドンで留学生活を送った。最初ケンブリッジに入ろうとしたが、大学の社交社会の「ゼントルマン」になるには自分の給費では到底無理であることを知って入学を諦め、代わりにユニヴァーシティ・カレッジのケア教授(William Paton Ker, 1855-1923)の講義を受けるほか、シェークスピア学者であるクレイグ教授(William James Craig, 1843-1906)の個人授業を約一年間受けた。だが、漱石の留学の成果は主に、「衣食を節倹して書物を買」(藤代禎輔宛、明治三三年一二月二七日。『全集』第一四巻、一五九頁)い込んで、安下宿の部屋に閉じこもって猛烈に勉強したことから得られている。『文学論』はそのときの猛勉強の産物である。しかしその一方では、彼は途中で妻の鏡子に神経衰弱を訴えたり、ついには「漱石発狂」の噂にまで発展するなど、ロンドン留学は漱石の伝記に暗い影を落とした二年間でもあった。

このような大まかな伝記的事実からもうかがえるように、漱石のイギリス留学は、「英文学者夏目金之助」と「作家夏目漱石」の両面にわたってその意味を探らなければならない。研究者たちのより大きな関心の対象は、もちろん後者である。その場合、「神経衰弱」のことよりも大事なのが、漱石がヨーロッパの世紀末文化の中心地の一つであったロンドンで触れた芸術的雰囲気の問題である、と私は思う。

漱石を取り巻くロンドンの芸術的環境がどういうものであったかは、漱石自身が書き留めた日記や手紙といった私的記録、および公に発表した文章などによって、全体の輪郭をつかむことができる。だが、より客観的な理解を得るためには、同じく世紀転換期のロンドンに滞在した第三者の記録を参考に入れるのも無意味ではなかろう。そういう意味で、明治三十五年三月下旬より九月頃までロンドンに留学していた姉崎嘲風(正治)が『帝国文学』(明治三五年八月号)に掲載した「英京通信」は、興味深い資料といってよい。彼は、ベルリンからスイスのチューリヒに短期間滞在した後、ロンドンに移ったのだが、そのとき隣の家には土井晩翠が下宿していた。親友の高山樗牛への手紙の形式をとったこの文章は、つぎのように書き出されている。

五年五月四日

今日日光清く僕が室の窓明るし、再び筆を執て君にかき送る、(中略)夕はロヤルオペラにてニーベルンゲンの第三ジーグフリドを見て帰りぬ。

ベルリン留学時、ワーグナーのオペラ「ニーベルンゲン」を観て深い感動を覚えた姉崎だが、ロンドンに来てもワーグナーに傾倒していた様子がうかがわれる。そもそも、東京帝大時代にケーベル先生の指示でショーペンハウアーを耽読し、ドイツに来てはニーチェと同級のイデッシ教授に就いて学んだ姉崎だけに、ワーグナーへの心酔はいかにも世紀末的精神に身近に触れた知的インテリらしい芸術的趣向といってよい。そのつづきを見てみよう。

昨廿三日は、午後晴天に乗じてヱストミンスターの辺りに、即位式行列を見物せん為の桟敷が築れつつあるを見て、テート画廊にロセツチやワツツの作を見ぬ、ロセツチの事は大塚君のロマンチシズム論の中に論及しありしと覚ゆ、彼が妻の死顔を画きて、其の遠景にダンテベアトリツエの影を逐へるを表したる作の、調と色の凄さ、よき写しもあれば君に送らん、ワツツの事日本に知れ居るや否や、彼の空想の奔逸制すべからざるが如き者あると、此と共に運筆の剛胆なる、色彩の奇なるは驚くべきも、此事は僕が筆の力に及ばず、(後略)。

ワーグナーのオペラを観劇した前日には、ラファエル前派をはじめイギリスの現代美術の粋を集めたテート・ギャラリーを訪れて、ロセッティやワッツの絵を見て強烈な印象を受けたことを告げている。いわば、姉崎はこの文のなかで、滞在期間中にロンドンに充満している芸術の世紀末的雰囲気を堪能したことを証言しているわけである。

漱石の滞英中に居合わせたもう一人の明治の文学者の場合をみることにしよう。それは東京専門学校海外留学生として明治三十五年五月にロンドンに到着した島村抱月である。彼は同年十月オックスフォードへ移るまでのおよそ五カ月間にわたって、ロンドンに滞在した（漱石はこの年の十二月に帰国の途についた）。

六月十三日 Friday 也　午前荷物ヲ C. P. & C. ニ渡スコトヲ使者ニ托シテ藤井宜正氏ヲ Belglave Rd ニ訪フ、井上某氏モ帰リ来テ、Tate 画堂ニ絵ヲ見ル　夜ハ Lyceum 座ニ Irving ノ Faust ヲ見ル(1)（「渡英滞英日記」）

着英してひと月ほど経ったある一日の記録だが、抱月はテート・ギャラリーで絵を見て、帰りにライシアム座によってヘンリー・アーヴィングの芝居を観ている。面白いことにこれは、姉崎はもちろんのこと、漱石の芸術をめぐる行動の足跡とほとんど似通っているのである。（漱石は「英国現今の劇況」という談話で、「現今英吉利の団十郎たるアーギングが出勤する、ライシアム座と云ふのがあるのです」〔『全集』第一六巻、四三八頁〕と述べている。）

漱石と同じく明治の文化エリートだった姉崎（彼は漱石渡英の年の明治三十三年に東京帝国大学の助教授になっている）と抱月の滞在の記録は、すでに一年以上前からこの地で留学生活を送っていた漱石の置かれた芸術的環境の全体的な輪郭を知るうえで大事な判断資料になる。何よりも重要なのは、二人の記録は間接的ながら西洋の芸術に触れたことのある日本人の留学生にとって、二十世紀初頭のロンドンは強烈な芸術的吸引力をもった都市であったことを物語るものであり、彼らと似た立場にあった漱石も例外ではなかっただろう、ということである。では、こうした事情を十分考慮したうえで、漱石の本場での芸術をめぐる足跡を辿っていくことにしよう。

十月三十一日(水)　Tower Bridge, London Bridge, Tower, Monument ヲ見ル夜美野〔濃〕部氏ト Haymarket Theatre ヲ見ル Sheridan ノ The School for Scandal ナリ　(『全集』第一三巻、一八頁)

十月二十八日ロンドンに着いてから三日目に、市内見物に出掛けた漱石は帰りに劇場に寄って、当時繁盛を極めていたロンドンの演劇にさっそく触れている。美術館通いと同様、劇場にも足繁く通ったらしく、滞英日記にもとづいて彼の観劇の記録を拾ってみると、つぎのとおりである。

三四年一月一一日　Kennington Theatre (Pantomime)
三四年二月八日　Metropole Theatre ("Wrong Mr. Wright")
三四年二月一六日　Kennington Theatre ("Christian")
三四年二月二三日　Her [His] Majesty Theatre ("Twelfth Night")
三四年二月二六日　Kennington Theatre ("The Sign of the Cross")
三四年三月七日　Drury Lane Theatre ("Sleeping Beauty")
三四年三月二三日　Metropole Theatre ("The Royal Family")

現在残されている記録では右記のようになっているのだが、ただこれが一時期に集中されていることからみて、漱石の劇場通いは記録された分よりも多いものと考えられる。現に、記録こそなされていないものの、漱石は明治三十五年に St. James's Theatre にて上演されたスティーヴン・フィリップスの劇詩『パオロとフランチェスカ』をも観ていたのである。(2)

「Her Majesty Theatre ニテ Twelfth Night ヲ見ル Tree ノ Malvolio ナリ装飾ノ美服装ノ麗人目ヲ眩スルニ足ル」(「日記」明治三四年二月二三日。『全集』第一三巻、四三頁)。日記に記された観劇の寸評の特徴として指摘し得るのは、舞台装飾や配役の服装の華美さを繰り返して強調していることである。結局、漱石にとって西洋の演劇との出会いは、まさに目を洗われる視覚体験からはじまったわけであり、こうした体験は『永日小品』中の「暖かい夢」に鮮やかに形象化されているのである。

神経衰弱にかかりそうな「不愉快」な留学生活のなかで、美術館めぐりは劇場通いとともに、心の安らぎを得られる数少ない機会のひとつであった。

絵所を栗焼く人に尋ねけり　(「日記」明治三四年二月一日)

ロンドンのあちこちに散らばっていた美術館に足を運び、心行くまで絵の世界に没入することで、霧と煤煙と騒音に包まれたロンドンの雑踏から逃れてひとときの安息を得ることができたことを、この俳句はじかに語りかけている。美術館や博物館の常設展示だけでなく、展覧会にもときどき足を延ばした。たとえば、ロイヤル・アカデミーの一九〇二年の第三十三回冬季展覧会(「昔日の巨匠展」)に訪れた際に買ったとみられるカタログには、随所にわたり気ままな寸評が書き込まれているのだが、こうした書き込みは、彼が「名前によつて画を論」ぜぬ自由な鑑賞態度をすでに身につけたことを強く印象づけている。(4) 一九〇〇年のパリ万国博覧会においてはじめて本物の西洋の絵画に触れて以来、漱石はいつの間にか、絵を見る〈目〉をもってしまったのだ。もちろん、「南画に見入る少年」(5) 時代から育んできた〈絵心〉と、草創期の明治の洋画にも接した経験や芸術一般に対する教養が、その下敷きになったのはいうまでもない。

美術館めぐりから得られた豊かな視覚体験が、漱石に大きな芸術的感化をもたらしたことは周知のとおりである。後の作品世界に濃い影を落とすことになるラファエル前派との出会いの過程をみても、テート・ギャラリーの観覧は、漱石のラファエル前派熱に火をつけるきっかけとなるとともに、彼の作品にとって顕著な絵画的想像力の原点となったはずである。漱石が同美術館を訪れたことは、蔵書目録に同美術館のカタログ(*A Catalogue of the National Gallery of British Art*)が入っていることからして確かであるものの、いつ、何回足を運んだのかは今のところ定かではない。ただ、前にとりあげた二人の日本人留学生が、いずれも着英して一カ月くらいでテート・ギャラリーを訪れた事実を考慮すると、人一倍「絵心」があった漱石が、このイギリス近代美術の宝庫に彼らの場合よりも早いうちに足を踏み入れたことは十分に想像できる。

もっと立ち入っていえば、このときに受けた強烈な印象が、一連のラファエル前派をめぐる行動に影響を及ぼしたのではないか、という推測も可能である。着英して半年経った明治三十四年四月七日には南ロンドン美術館にてラスキンとロセッティの絵を見て「面白カリシ」(6)と日記に感想を記したのをはじめ、同年七月九日にはスウィンバーンとモリスの詩集を購入し(7)、八月三日にはロセッティの家を訪れている(8)。さらに、一九〇二年発行のロセッティの画集(H. M. Madox Rossetti, *Dante Gabriel Rossetti*, London: H. Virtue & Co., 1902,〈The Easter Art Annual〉)を購入していることからもわかるように、漱石は滞英期間を通してラファエル前派の芸術になみなみならぬ関心を払いつづけた。

漱石がテート・ギャラリーで見た絵は、ロセッティ、ミレイ、バーン=ジョーンズ、ウォーターハウス、ストラドウィックといったラファエル前派のものだけではない。ターナーの膨大なコレクションをはじめ、ブレイク、レイノルズ、コンスタブル、F・レイトン、サージェント、ワッツなどの名品にも直接目に触れることができたのである。

テート・ギャラリーのほかに、留学中に漱石が訪れた美術館のリストを整理してみると、明記されているものだけでも、National Gallery(明治三三年一一月五日)、Victoria and Albert Museum(明治三三年一一月一一日)、Water Colour Exhibition(National Gallery? 明治三四年一月二九日)、National Portrait Gallery(同)、Dulwich Picture Gallery(明治三四年二月一日)、British Museum(明治三四年三月二七日)、South London Fine Art Gallery(明治三四年四月七日)、Kensington Museum(明治三四年一〇月一三日)と挙げることができる。このほかにも、蔵書のカタログ類からみて、ウォーリス・コレクション(Wallace Collection)やロイヤル・アカデミー(Royal Academy of Arts)にも足を運んでいると推察される。(9)

私が漱石のロンドン時代における絵画体験にとりわけ注目する理由は、それが後の創作にさまざまな形で反映される場合が多いからにほかならない。たとえば、表立ったものだけでも、テート・ギャラリーで見たミレイの《オフィーリア》とブリトン・リヴィエアーの《ガダラの豚の奇跡》(第七章参照)はそれぞれ『草枕』と『夢十夜』の第十夜に、ウォーリス・コレクションで見たグルーズの絵は『三四郎』に、ロイヤル・アカデミーの「昔日の巨匠展」で見た《モナ・リザ》の模写は『永日小品』中の「モナリサ」に大事なモティーフとして用いられているのである。

漱石がロンドン滞在中に演劇や美術鑑賞の機会に恵まれたという事実は、後の読書の趣向にも少なからぬ影響を及ぼしたようにみえる。漱石の蔵書目録には、小説や詩集や理論書に混じっておびただしい戯曲集が含まれている。戯曲に手を染めることこそはしなかったものの、彼が作家生活に入っても戯曲の愛読者でありつづけたことは、ロンドンでの観劇の経験が何らかの影を落としていると考えるのが自然であろう。この点は、美術の場合でも同じである。

[明治三十四年]十月十六日　水

鈴木ヨリ太陽来ル　Bosanquet ヲ読始ム

Studio 来ル　(『全集』第一三巻、八二頁)

〔同〕十月二十一日　月

Hundred Pictures 来ル　（同前）

漱石の滞英日記の最後の部分から引いたものであるが（岩波書店版『漱石全集』には明治三十四年十一月十三日分までしか収録されていない）、"Studio" というのは漱石がイギリスに来て間もなく定期購読をはじめた世紀末の総合美術雑誌であり、"Hundred Pictures" とは、おそらくこの年にロンドンのチャールズ・レッツ出版社から出た一般向けの豪華な大判の画集 *The Hundred Best Pictures*, Arranged and edited by C. H. Letts, London : Charles Letts & Co., 1901 のことを指すものとみられる。（漱石は翌年に刊行された同画集の第二輯も購入しているが、(10) この二冊のシリーズのなかにはロセッティ、バーン＝ジョーンズ、アルマ＝タデマ、ウォーターハウス、ワッツ、レイトン、ムーア、ベックリンといった世紀末美術の代表的な画家が網羅されている。）いずれにせよ、右の日記の記録は彼がイギリスに来てからわずか一年足らずで、とりわけ視覚芸術の面において世紀末の芳香にどっぷりと浸かっていたことを如実に示すものであり、そこにはロンドンの美術館めぐりがもたらした新鮮な感動が下敷きになっていることは想像に難くない。

漱石が滞在した当時のイギリスは、長い間つづいてきたヴィクトリア朝が終わりを告げ、新しい世紀が始まろうとしていた。あやしい世紀末文化が一気に花開いた「黄色い九〇年代」（'Yellow

Nineties")の主役たちは、再び晴れ舞台に上がることはなかった。季刊誌『イエロー・ブック』(一八九四年四月創刊)と『サヴォイ』(一八九六年一月創刊)を中心に活躍したビアズリーはアルコール中毒になり、一八九八年に窮乏のなかで短い一生を終えた。それより二年後の一九〇〇年には、ビアズリーの仲間であったワイルドがパリで客死している。ダウスンが麻薬と貧困のなかで死んだのも同じ年であった。一九〇二年にはライオネル・ジョンスンがアルコール中毒で世を去った。

文学史のうえでは、一八九六年のダウスンの詩集、一八九七年のシモンズの詩集("London Nights")の刊行をもってイギリスにおけるデカダンス運動の終わりを告げ、シモンズが一八九九年に世に著した『象徴主義の文学運動』によってデカダンスから象徴主義への新しい段階に入ったという見方がある。[(11)] しかしながら、世紀が変わっても時代は依然として「世紀末」であった。文学の方ではイェイツを中心に神秘的、象徴的傾向を強めていたし、美術の方では印象主義が勢力を拡大していた。文学や美術のいずれもが、フランス十九世紀末芸術の強い影響の下にあった。芸術家たちはマラルメの詩を論じ、メーテルランクの劇に熱中し、モローとモネの絵に見入った。フランスの世紀末文化を花開かせたベル・エポックが第一次世界大戦の直前までつづいたように、イギリスの「世紀末」が終焉を迎えたのは一九一四年の時点であった。

漱石が二年余りの留学生活を送った二十世紀初頭のロンドンは、いたるところに世紀末の余香がたちこめていた。毎年のロイヤル・アカデミーの展覧会にはウォーターハウス、A・ヒューズ、F・ディックシー、M・スティルマン、B・レイトン、E・ノーマンド、H・ドレイパー、F・C・

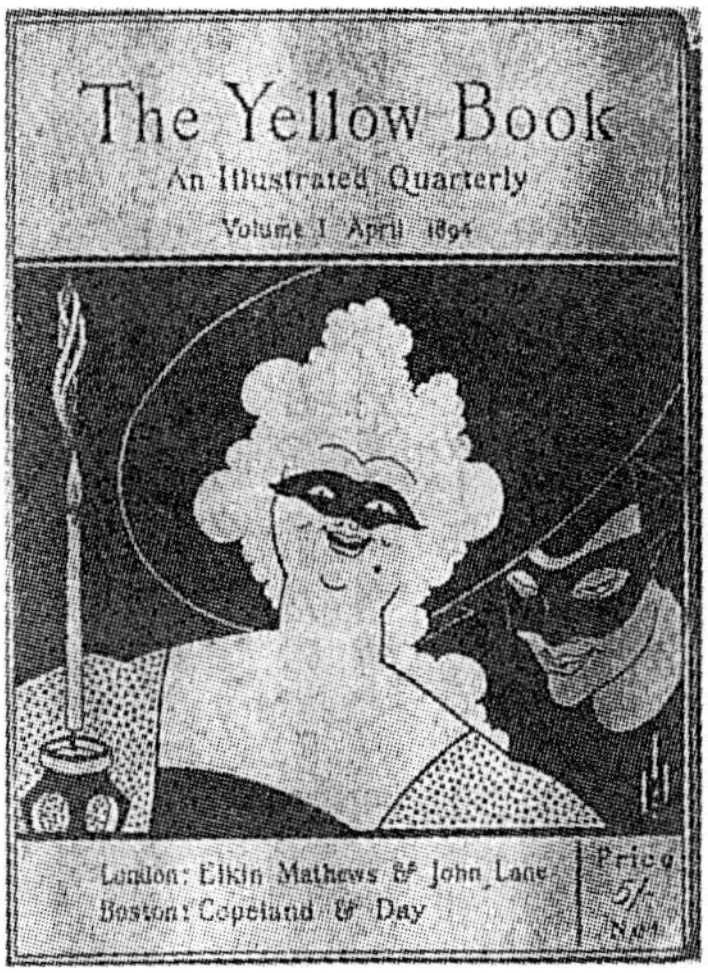

［図Ｉ］ A. ビアズリー『イエロー・ブック』創刊号表紙

コウパーといったラファエル前派の末裔たちの活躍が依然として目立った。ワッツも、アルマ＝タデマも、ウォルター・クレインも健在だった。漱石が訪れた美術館や画家たちの手になる華麗な舞台は、ケルトの微かな調べとビザンチンの薄明につつまれていた。また漱石が、通いつめた古本屋にはまだ色褪せていない『イエロー・ブック』や『サヴォイ』が山と積まれていたに違いない。そしてあえてページをめくらなくても、表紙を飾るビアズリーの神経質的で、エロティックなイラストレーション(図Ｉ)が与える強烈な印象を脳裏に刻むことができただろう。

漱石は留学時代を通してラファエル前派の夢と「黄色い九〇年代」の耽美のヴィジョンの残影を目の当たりにした。豪奢と悲惨を極めていた都市ロンドンは、漱石には文明批評の学習の場であったと同時に、豊かな美的体験の機会を与えてくれる芸術の都でもあった。

2　アール・ヌーヴォーとの出会い、ジャポニスムの開眼

漱石が受けた世紀末芸術の洗礼といえば、もうひとつ見落とすことのできない要素がある。すなわち、アール・ヌーヴォーとの出会いである。漱石の小説にしばしばアール・ヌーヴォーの装身具や建築といったディテールが登場し、自らの本の装丁までアール・ヌーヴォー風に仕立てたのは、この世紀末の様式がもたらした美的体験の重要さを物語っている。

漱石のアール・ヌーヴォー体験は、一九〇〇年にさかのぼる。おそらく漱石は、アール・ヌーヴォーにもっとも早く触れた日本人の一人であろう。漱石がロンドンに向かう途中に立ち寄ったパリでは、ちょうど十九世紀の最後の年を記念する空前の規模の万国博覧会が開催されていたのである。(12)

十月二十二日(月)　十時頃ヨリ公使館ニ至リ安達氏ヲ訪フアラズ其寓居ヲ尋ねしが又遇ハズ浅井忠氏ヲ尋ネシモ是亦不在ニテ不得已帰宿午後二時ヨリ渡辺氏ノ案内ニテ博覧会ヲ観ル規模宏大ニテ二日ヤ三日ニテ容易ニ観尽セルモノニアラズ方角サヘ分ラヌ位ナリ「エヘル」塔ノ上リテ帰路渡辺氏方ニテ晩餐ヲ喫ス其ヨリ Grand[sic] Voulevard[sic] ニ至リテ繁華ノ様ヲ目撃ス其状態ハ夏夜ノ銀座ノ景色ヲ五十倍位立派ニシタル者ナリ　(『全集』第一三巻、一七頁)

［図 II］ 1900年パリ万国博覧会場のイルミネーション

パリに着いた翌日、文部省書記官渡辺董之助の案内で博覧会場を訪れた漱石は、その規模の大きさに驚き、イルミネーションに照らされたパリの美しい夜景にしばし見とれた［図II］。荒正人の調査によると、漱石は一週間のパリ滞在中、少なくとも三回以上会場に足を運んでいる。[13] 二十五日には美術館を見てまわり、二十七日には工芸館を見物した。二十五日の日記には、「渡辺氏ヲ訪フ夫ヨリ博覧会ニ行ク美術館ヲ覧ル宏大ニテ覧尽セレズ日本ノハ尤モマヅシ」(同前、一八頁)と記されている。これは漱石がグラン・パレの美術館を訪れて、そこで見た西洋の絵に比べて、当時日本から出品した洋画が一目で見劣りがした感想を書き留めたものである。フランスおよび外国の絵画や彫刻などを一同に集めたグラン・パレの二階には過去一〇〇年間のフランス美術回顧展のほかに、日本室がアメリカ室とともに設けられていた。ここには黒田清輝の《湖畔》《智感情》、浅井忠の《海岸》などが展示されていた。(14) フランスが誇りをもって大衆の前に公開した十九世紀絵画の数々の名品をすぐ隣で見てきただけに、まだ年輪の浅い日本の西洋画の貧弱さをつくづくと感ずるのは避けられない。もっとも、日本からの出品作は多くの批評家たちの注目を集め、またリヒャルト・ムーテルのような著名な美術史家によって「とても熟練された、とてもきめ細かな絵」という好意的な評を受けたにせよ、それはこの「日の昇る国」と「西部の荒野」(アメリカのこと)の画家たちが「ヨーロッパの審査員によって課せられた基準に合わせて作品を制作した」ことへの評価だった。(15)

［図Ⅲ］ 1900年パリ万国博覧会場正面入口《ビネ門》

漱石はグラン・パレの部屋から部屋へ見回りながら、印象派から象徴派に至るまでの近代絵画の粋をも目の当たりにしたのだろう。そしてこの二日間に、絵画や彫刻だけでなく、アール・ヌーヴォーの工芸品にもはじめて接することができたと思われる。もし、一九〇〇年のパリ万国博覧会の見物が漱石の芸術的感性にもっとも大きなインパクトを与えたものがあるとすれば、おそらくそれはアール・ヌーヴォーの洗礼であったといえるのではなかろうか。

一九〇〇年の博覧会はフィリップ・ジュリアンがいうように、まさにアール・ヌーヴォーの勝利を祝う祭りであった。アール・ヌーヴォーを「一九〇〇年様式」とも呼ぶゆえんである。それは博覧会のメーン・アトラクションであるビネ門(La Porte Binet［図Ⅲ］)に象徴的にあらわれていた。つまり博覧会場の入口となったこの美しい建造物は、前回の一八八九年のときのエッフェル塔にとって代わるものとして建てられたのだが、エッフェル塔が近代技術文明を象徴するモニュメントであったならば、ビネ門はその優雅な曲線の主張のうちに「極世紀末」の洗練された美的様式を誇示するものであった。“La Parisienne”と命名された門の中央の最上部に聳え立つローブを着た女性像は、ベル・エポックのパリの美神の来臨を高らかに告げていた。

漱石もこの門をくぐって、グラン・パレとプチ・パレに入り彫刻や絵画を見物したあと、アンヴァリドの工芸館に足を入れては、いたるところにあふれるアール・ヌーヴォー調の工芸品や家具類を見たのだろう。『野分』中の「金台に深紅の七宝《しっぽう》を鏤《ちりば》めたヌーボー式の簪《かんざし》が紫の影から顔丈《だけ》出してゐる」(『全集』第二巻、七五八頁)という記述には、このとき見たルネ・ラリックらの豪華な装身具の残影が交じっているのかもしれない。また同じ作品に出てくる中野の部屋にある「ヌーボー式の書棚」(同前、六六五頁)もしかりである。

『三四郎』には、「ポンチ画《え》をかいた男」が新しい普請の建築を指さして「是がヌーボー式だと

［図 IV］ レストラン「青の館」(1900年)

教へ」(『三四郎』三)る場面が出てくる。パリに来た漱石は、はじめてアール・ヌーヴォー建築というものを目撃したと思われる。荒正人の推定するように十月二十二日、渡辺董之助の案内でこの年に開通した地下鉄に乗ったならば、エクトール・ギマールの手によってつくられたアール・ヌーヴォーのデザインの停車駅の入口を物珍しそうに眺めたかもしれない。博覧会場には二つのアール・ヌーヴォー建築が立てられていた。エッフェル塔付近のレストラン「青の館」(R. Dulong & Serrurier-Bovy 設計[図 IV])と、ビングの「アール・ヌーヴォー館」の近くに若い建築家アンリ・ソーヴァージュ(Henri Sauvage)が設計した「ロイ・フラー劇場」がそれである。(16)

とくに後者は、アメリカからやってきた

踊り子ロイ・フラーが色とりどりの電気照明のもとでスカート・ダンス、あるいはヴェール・ダンスと呼ばれる幻想的な踊りで人気を博したパヴィリヨンである。またこのパヴィリヨンでは、一九〇〇年の開幕にあわせて貞奴が公演を行い、トゥールーズ＝ロートレックをはじめ多くの人びとがこの「日本のサラ・ベルナール」に魅了された。漱石は会場を目まぐるしく見て廻るうちに、随行の誰かからこの日本と縁のある建物について注意を喚起されたかもしれない。あるいは日本の五重塔を訪ねる際に、そのすぐ隣に建てられた「青の館」の風変わりな建物を注意深く眺めたかもしれない。隣に浅井忠[17]がいたなら（あるいはアヴニュ・マラコフの五十八番地の浅井のアパルトマンを訪れたときでも）、「是がヌーボー式だ」と教えてくれただろう。「三四郎は建築にもヌーボー式があるものと始めて悟つた」（『三四郎』三）という記述は、そもそもパリ万国博覧会のときの留学生夏目金之助の経験にもとづいた話と考えられなくはない。

アヴニュ・マラコフの浅井忠のアパルトマンの壁には、当時の代表的なアール・ヌーヴォー画家アルフォンス・ミュシャ(Alfons Mucha, 1860-1939)の巻き煙草《ジョブ》のポスター（一八九八年）［図V］が張られていたことを、芳賀徹は『方寸』の「浅井忠氏追悼号」に掲載された写真から明らかにしている。[18]ミュシャはグラン・パレのウィーン・セクションに装飾パネルやブロンズの胸像《ラ・ナチュール》などを出品しているほか、オーストリア館のポスターも手掛けている。したがって、たとえ漱石が訪れた浅井忠のアパルトマンで前記のポスターをみていなかったとしても、彼は博覧会場、あるいはパリの街角でミュシャの甘美なエロティシズムの漂うポスターを目にした可能性も十分ある。

パリ見物を終え、ロンドンに着いた漱石がさっそく当時の代表的な装飾芸術雑誌『ステューディオ』を定期購読したのは、おそらくパリでのアール・ヌーヴォーの洗礼という視覚体験と無関係ではあるまい。一八九三年に創刊されたこの雑誌は、純粋美術と応用美術との区別を撤廃し、新しい芸術の動向に関する情報を広く提供するのを目的に発行され、ただちにヨーロッパの最新芸術の先導的な雑誌となった。それだけに、アール・ヌーヴォーに関する情報はどの雑誌よりも充実していた。ビアズリーがこの雑誌の創刊号に六点の素描を発表してデビューを果たしたことが象徴的に示すように、イラストレーションから工芸、建築にいたるまで、ほとんどアール・ヌーヴォー美術館の様相を呈していた。漱石は毎号欠かさずに掲載される読者からのさまざまなアール・ヌーヴォー図案の応募作品を眺めながら、後にみるような装丁への美的感覚を磨いたに違いない(19)。

［図Ⅴ］ A. ミュシャ，巻き煙草「ジョブ」のポスター

漱石のアール・ヌーヴォー仕込みの美的感覚は衰えることなく、後期の作品にまで浸透している。

机の上には和製のマジョリカ皿があつた。薔薇の造り花がセゼツション式の一輪瓶《ざし》に挿てあつた。白い大きな百合を刺繍《ぬい》にした壁飾りが横手に懸けてあつた。

「ハイカラぢやないか」

「ハイカラよ」

（『行人』「塵労」十二）

ここに出てくる「セゼツション式の一輪瓶」とは、アール・ヌーヴォーのドイツでの呼び名であるユーゲントシュティールの花瓶のことである。いわゆる「ゼツエッション」は一八九七年にヨゼフ・ホフマン、コロマン・モーザ、グスタフ・クリムトなどが中心になって結成されたウィーン分離派のことであるが、とくにホフマンらは「ウィーン工房」に陣取り、すぐれたユーゲントシュティール工芸品を製作した。漱石がアール・ヌーヴォーに関する名称を「ヌーボー式」につづいて、「セゼツション式」という別称でも使っているのは、その造詣の深さをうかがわせるものである。

漱石はアール・ヌーヴォーについて、どれほどの知識をもっていたのだろうか。漱石蔵書からその手掛かりを探ってみると、ウァルドスタイン（C. Waldstein）の『十九世紀美術』（*Art in the Nineteenth Century*, Cambridge University Press, 1903）にはこの疑問に対していくらかの手掛かりが得られる。同書の第八章「装飾芸術」（'Decorative Art'）には、アール・ヌーヴォーに関する解説が中心となっている。この本の著者によると、十九世紀は過去（中世）だけでなく遠い国の生活から応用し得る装飾の形式に対して旺盛で多様な興味を示した時代であり、そのなかで二つの新しい流派が生まれた。「まず最初にあげなければならないのは、特にウィリアム・モリスとその一派の作業に代表される装飾芸術の新機軸である。もうひとつの動きは、今日盛んな活動をみせている〈アール・ヌーヴォー〉と呼ばれるものである。[20]」漱石手沢本にはこの記述中の、"William Morris"と"L'art nouveau"に下線が引かれている。

また同書は、アール・ヌーヴォーの起源について、

私が思うには、アール・ヌーヴォーは一八七五年にアメリカで生まれた。つまりその年フィラデルフィアで開かれた博覧会には、モリス一派の作品を含めて世界の各地からさまざまな装飾芸術の見本——とりわけ家庭向きの建築や家具に応用されるもの——が集まった。だが、それらの外にも、さらにまた極東——とりわけすでに一般にもなじんでいた日本の装飾の業績がそのときアメリカの産業美術家や室内装飾家の周りにもたらされた。(中略)この国〔アメリカ〕の家具匠人と室内装飾家たちは、日本の芸術から採った原理とモリスに代表されるヨーロッパのそれを組み合わせた。[21]

と述べている。アール・ヌーヴォーの発祥をアメリカに求めるなど、今日の目からみて不正確な記述もないわけではないが、アール・ヌーヴォーの様式の創出に寄与したものとして、日本の芸術とモリスの装飾芸術運動をあげたのはもっともな見方である。さすがに、漱石もこの箇所に注目した

らしく、右の引用文中の"Japan"に下線を引き、その脇には"origin of art nouveau"と書き込んでいる。また、もっとも刮目すべき作品としてビアズリーの名前をあげて、その極東(日本)の芸術やモリス及びラファエル前派の精神とのかかわりをも指摘しているくだりには、"Aubrey Beardsley"の下に線を引いている。(22) このようにみてくると、漱石がアール・ヌーヴォーの形成に寄与した日本芸術の役割について、またラファエル前派の美学とも深くかかわっていることについて、およその見当をつけていたことはほぼ確かである。

先に引用した『行人』の一節で、アール・ヌーヴォー風の室内装飾について「ハイカラ」云々という話が交わされているが、しかし漱石の小説にしばしば登場するアール・ヌーヴォー風の小道具は、単なるハイカラ趣味ではなく、美しいものに憧れ、敏感に反応する、漱石のなかに潜む「芸術家」の自然な欲求の表れであった。

パリ万国博覧会において、日本の西洋画の「まずさ」に失望を抱いた漱石だが、しかし彼が失望感だけを味わって、パリを後にしたわけではない。

十月二十七日(土)　博覧会ヲ覧ル日本ノ陶器西陣織尤モ異彩ヲ放ツ　(『全集』第一三巻、一八頁)

この短い日記の一節には、日本の伝統工芸の秀逸さに対する自負の念がにじみ出ている。前にも言ったように、一九〇〇年の万国博覧会がアール・ヌーヴォーの勝利を祝う一大イヴェントであったならば、当然それはアール・ヌーヴォーの生みの親ともいうべき「芸術の国・日本」の華やかな登場の場でもあった。漱石は当地で日本の芸術に対する熱狂をその目で確認したはずである。そういう意味でいえば、漱石の一週間のパリ滞在は、短い期間ながらもアール・ヌーヴォーへの開眼とジャポニスムに対する目覚めという二つの側面で重要な美的体験であったといわなければならない。

漱石は「戦後文界の趨勢」（『新小説』明治三八年八月号）という談話のなかで、日本は不幸にして「昔から外国に向つて誇り得る」文学はもてなかったが、しかし「絵画とか乃至は装飾品では、十分に西洋人からその価値を認められて居るものがある」（『全集』第一六巻、四五四頁）と述べている。このような日本の美術に対する自信に満ちた評価は、とりもなおさずパリとロンドンでのジャポニスムの流行を自分の目で確かめ、普遍的な美的概念としての「日本美」を新たに認識した経験に裏付けられているのである。[23]

現在残されている漱石の美術関係の書籍を調べてみると、漱石のペンがなにか磁性でも帯びているかのように、必ずといってよいほど"Japan""Hokusai""Japanism"といった語に止まっているのがしばしば目につく。たとえば、漱石の読んだC・モクレール『フランス印象派』（Camille Mauclair, *The French Impressionists 1860–1900*）には、モネやドガやルノワールやロートレックのような印象派の巨匠たちが浮世絵から蒙った恩恵の大きさがくどいほど繰り返して述べられているのだが、漱石が関心の箇所に線引きをしながら注意深く読んだのはいうまでもない。そういう過程のなかで彼は、アール・ヌーヴォーだけでなく、絵画の印象主義にも日本美術の美的原理が働いていることを自覚したに違いない。

3 〈書物芸術〉――世紀末の装丁術

漱石が自分のほとんどの著作の装丁を橋口五葉に依頼したことは、日本の近代の書物装丁の歴史のなかで、一つの記念すべき出来事として記録されるだろう。東京美術学校在学中に、アール・ヌーヴォー風のイラストレーションの第一人者藤島武二の教えを受けたばかりの若いデザイナー五葉と、留学中にアール・ヌーヴォーの洗礼をまともに受けた漱石が手を携えたのは、それぞれにとってとても幸運な出会いであったといってよい。

雑誌に連載された『吾輩は猫である』が出版の運びとなったとき、漱石は関係者に対して「高くて売れなくてもいゝから立派にしろと云つてやつた」(『全集』第一四巻、三一五頁)ことを、中川芳太郎宛の手紙(明治三八年八月一一日)に明らかにしている。本の装丁に関する関心が薄かった当時の実情のなかで、作家として第一歩を踏み出したばかりの漱石が、「うれなくても奇麗な本」にこだわったという事実は、美しいものに対する彼の変わらぬ憧れを物語るとともに、彼自身が「奇麗な本」の価値が高く認められる芸術的環境にすでになじんでいたことをほのめかしている。つまりこのような漱石の発言は、「奇麗」でありながら売れなかったある有名な本のことを思い起こすような気がしてならない。ロセッティとハントとミレイなどが挿絵を担当し、世紀転換期のアール・ヌーヴォーを予兆したモクソン版の『テニスン詩集』（一八五七年）が、その意気込みとはうらはらに全く低調な売れ行きに終わったという「文学史的」事実を、テニスンおよびラファエル前派贔屓の漱石が知らないはずがない。なにしろ、『テニスン詩集』は『薤露行』の重要な材源のひとつであったのだ。この『薤露行』が収録された短編集の『漾虚集』が、「奇麗な本」に対する漱石の理想にもっとも近いものに仕上がったのは単なる偶然ではない。

「芸術をもっぱら相互関連のうちに創造し、造形のあらゆる可能性を一つの作品のなかにまとめ上げようというユーゲントシュティールの意志は、インテリア造形とならんで書物造形にもっとも完璧に示される。(24)」美術史家ホーフシュテッターは十九世紀後半の書物造形にみられる「全体芸術作品としての書物」という共通の認識に注目し、こうした「書物芸術」こそユーゲントシュティール本来の異論の余地のない業績と主張する。そして新しい「書物芸術」は、ラファエル前派とウィリアム・モリスとのつながりのなかからはじめて展開されるという。(25) こうみると、漱石は世紀末の「書物芸術」にもっともじかに接せられる立場にあったといえる。「うれなくても奇麗な本」というのは、まさに十九世紀半ば以降の文学と視覚芸術との美しい渾融に、心を動かされた者だけが口にできる発言だったのである。

さて、漱石がこれだけ重視していた本の装丁を、『明星』や『スバル』など耽美派系列の文学者たちの全幅的な支持を集めていた藤島武二でも、耽美的画風の挿絵にも手を染めていた和田英作でもない、ほとんど無名に近い五葉に任せたのはなぜだろうか。結論からいえば、私はここに「芸術家」としての漱石の炯眼を垣間見るような気がしてならない。本の装丁から雑誌の挿絵に至るまでアール・ヌーヴォー・デザインの第一人者としての藤島の活躍を、漱石は知っていたはずである。にもかかわらず、藤島には自分の本の装丁を頼む気がしなかったろう。その理由を推察することは、さほど困難ではない。『乱れ髪』(明治三三年)の装丁や『明星』のイラストレーションで好評を博した藤島は、その分野ではもはや「出来上がった」画家であった。それも、ミュシャのそれをそっくりまねした『明星』のカットなどにみるように、藤島のデザインはいかにもバタークさい「没個性」の作風を示していた。これでは、いくらアール・ヌーヴォー好みの漱石といえども、装丁を頼む気にはならなかったに違いない。漱石が装丁に託した美的理想はあくまで真剣で若々しかったのだ。

帰朝後も定期的に届けられる『ステューディオ』のページをめくりながら、ひそかにアール・ヌーヴォーへの趣向を培ってきた漱石が、五葉をブック・デザインのパートナーとして選んだ背景を探るとすれば、どういうことが考えられるだろうか。その答えを、つぎに掲げる寺田寅彦宛の手紙のなかから探ってみるのも無意味ではないだろう。

橋口の挿画は特長がある無暗に他の雑誌抔には載つて居ない。あれは慥かに橋口の画で他人の画ではない。僕は非常に感服した。僕の文章よりもうまい。どうかあれを新聞かなにかで評してやつてくれゝばよい。(26)

漱石は「独創的」であることに高い価値を認めた人であった。右の手紙は、彼が『ホトトギス』に連載中の『吾輩は猫である』に挿絵を描いた頃より五葉の独創性を見抜いていたことを示している。

五葉が藤島からの教え、あるいは独学の形でアール・ヌーヴォーについてある程度手ほどきを受けたことにくわえて、西洋画科に入る前に狩野派の絵を習い、橋本雅邦に入門したという経歴自体も、漱石には魅力として映ったのだろう。日本の伝統芸術の美的原理がアール・ヌーヴォーの様式概念に組み込まれていることを熟知していた漱石は、橋口五葉という若いデザイナーがもっている日本画の感性とアール・ヌーヴォーの技法との調和のなかで、より独創性のある高い理想を求めたのではなかろうか。さらに都合のよいことに、五葉はまだ画家としての自分のスタイルをもっていない、逆にいえば、どんな性質の水でも吸い込むスポンジのような柔軟で若々しい感性を保っていた人であった。

内田魯庵は自ら編集していた『学燈』に、『吾輩は猫である』の書評を寄せ、つぎのように言っている。

……其扉紙及び羅紗紙の包み紙のデコレーションの如き、画工の伎量も推すべしと雖ども、著者が高雅なる趣味を以て指導したるに非ざればいかで斯の如くなるを得べき。其内容と言ひ外観と言ひ二つながら申分なき近来の佳著といふべきなり。[27]

すなわち彼は、この美しい本の装丁には著者の漱石が主導的な役割を果たしただろうと推定している。今日の目からみても、これは正しい指摘と思われる。漱石が自分の「ブック・デザインの夢を託するに恰好の人物」(芳賀徹)として無名の五葉を選んだのは、いかにも彼らしい選択であったと思う。

明治三十九年に大倉・服部書店から出た『漾虚集』は、漱石の「ブック・デザインの夢」がもっとも満足できる水準で実現した産物である。中村不折の挿絵は、漱石には必ずしもすべてが「満足」できるものではなかっただろうが(この点については後に詳しく触れたい)、それに反して五葉の才気あふれる扉絵、ヴィネット、カット、ボーダーなどは、種をヨーロッパの最新の作例から求めたのもあるものの、のびのびとした日本的感性を前面に打ち出した和洋混淆の不思議な美的世界を具現している。[28] アール・ヌーヴォーの美的洗礼を受けた漱石と五葉の共同作業による『漾虚集』は、まさに「書物芸術」の名にふさわしい作品集であり、真の意味において明治日本の耽美的想像力の最高の結晶といって過言ではない。

4　都市を見る目――印象主義

この章の冒頭で述べたように、漱石と世紀末芸術との関係は主にラファエル前派とアール・ヌーヴォーを軸に論じられるのが一般的である。実際に、西洋美術のなかでラファエル前派ほど漱石が強い関心を示した流派は、おそらくほかに存在しないだろう。現在残っている漱石蔵書の画集類のなかで、ラファエル前派のものが占める部分は断然大きい(29)。

ところが、漱石と世紀末芸術との関係を論じる場合、ラファエル前派やアール・ヌーヴォーだけを考察の対象とするのは、必ずしも適切ではないように思われる。いうまでもなく、このイギリスを源とする二つの流派のみが、今日私たちのいう「世紀末芸術」を代表するわけではないことは自明である。たとえ考察の対象を、「イギリスの世紀末芸術」に限定する場合でも、依然として同じような問題が残る。なぜならば、ホイッスラーにみるように、世紀転換期のイギリスの美術界にはラファエル前派のシンボリズムだけでなく、印象派のような大陸の思潮やジャポニスムが加わり、混淆した美的様式が主流をなしつつあったからである。しかも、漱石はピュヴィス・ド・シャヴァンヌやギュスターヴ・モローのようなフランス象徴派のことを口にし(30)、印象派についてもなみなみならぬ興味を示した(31)。

こういうと、印象派を世紀末芸術の範疇に入れることに対して異論が出るかもしれない。だがこの問題は、私たちが判断の基準をどの辺に置くかによっておのずと解決される性質のものである。つまり、私たちに求められるのは、漱石の時代に遡って、当時における印象派の位置と意味について再考することである。

明治三十九年十一月の『ホトトギス』に発表した談話「文章一口話」は、印象主義絵画論を交えながら、小説文章のあるべき姿を論じた異色の文体論である。

或人は技巧のみを抽いて観るし、或人は実質のみを抽いて観る。即ち前者後者の区別から、form(形)に重きを置く技巧派と、matter(質)を主とする実質派とも名づくべき二流派を生ずる。而して前者は、現今の画界に於けるイムプレッショニストと同傾向のものである。

"Art for art"は、文章若しくは絵画を斯く分解して之を技巧的にのみ観じ得る程、吾人の頭脳が発達した時に、初めて勃興すべき現象であつて、又必ず起らねばならぬ一派である。(『全集』第一六巻、五三六頁)

漱石は文章の傾向を"matter"を重視する「実質派」と"form"を重視する「技巧派」の二つに分けている。ここで注目すべきなのは、彼が印象派を「技巧派」に見なし、文章や絵画が技巧的になることは必然的に"Art for art['s sake]"——すなわち芸術至上主義につながる、という見解を述べたことである。

ところで、このような印象主義理論の文学への応用、あるいは文学の立場からの印象主義の擁護は、アーサー・シモンズのそれを彷彿とさせるところがある。シモンズが批評家としての基本的な立場を明らかにしたエッセイ「文学におけるデカダン運動」は、デカダンスに印象主義と象徴主義とを結び付けることから書き出されている。彼の説明によると、印象主義と象徴主義は、デカダン運動の二大分派であり、この両者は人々が想像するよりも多くの共通する要素をもっているという。この両者が求めるのは、単にふつうの真実ではなく、「本当の真実」(la verité vraie)である。すなわち印象主義は感官に見えるものを表現することによって、また象徴主義は内的意味に到達するために事物の外面を透視することによって、「本当の真実」を模索するのである。シモンズの「印象主義的記述」の擁護は、『象徴主義の文学運動』の序文にも、ゴンクール兄弟の例を通して明確に示されている。[32] また、「ユイスマンスの頭脳というのは是すべて目でできている。……彼の言葉による絵画芸術は、絵筆によるモネの芸術に似ている」[33] と語り、世紀末デカダンスの教祖的存在ユイスマンスの文章における印象主義的要素をいち早く強調した。

そもそも印象主義における唯美主義的要素についての論議は、同時代の日本の論壇にも持ち込まれた。たとえば島村抱月は、「此の派［印象派］の主義の一つであつた絵のための絵といふことは、もと夫の芸術のための芸術(Art for art's sake)の思想の応用で、……」[34](「欧洲近代の絵画を論ず」『早稲田文学』明治四二年一月号)云々と述べている。こうしてみる限り、前記の「文章一口話」での漱石の印象主義文章論、あるいは芸術至上主義との関連でとらえる印象主義観は、漱石がシモンズの同書を読んだ事実と深くかかわっているような気がする。

漱石の作品のなかで、印象主義の影響が感じられる表現は、とくに短編に多く見られる。

大きな穴である。自分は手欄《てすり》の傍迄《そば》近寄つて、短い首を伸して穴の中を覗いた。すると遥の下は、絵にかいた様な小さな人で埋つてゐた。其の数の多い割に鮮に見えた事。人の海とはこの事である。白、黒、黄、青、紫、赤、あらゆる明かな色が、大海原に起る波紋の如く、簇然《そうぜん》として、遠くの底に、五色の鱗が并《なら》べた程、小さく且奇麗に、蠢《うごめ》いてゐた。(『暖かい夢』『全集』第八巻、九四—九五頁)

其の往来の中を馬車が幾輛となく通る。何れも屋根に人を載せてゐる。其の馬車の色が赤であつたり黄であつたり、青や茶や紺であつたり、仕切りなしに自分の横を追ひ越して向ふへ行く。遠くの方を透かして見ると、何処迄五色が続いてゐるのか分らない。振り返れば、五色の雲の様に動いて来る。(『印象』同前、九六頁)

右はいずれも『永日小品』中のいわゆる「ロンドン物」に属する作品からの引用である。前者はロンドンのある劇場の内部、後者は騒がしい都会の雑踏の描写である。これらの作品に描かれたロンドンは、いずれも都市の非日常のヴィジョンと結びついている。考え深い都市の観察者にとって、時として都市は偶然性の高い、不思議な視覚体験の場となる。主人公の目がとらえた都市の風景は、色とりどりの点と線に還元されたまことに絵画的ヴィジョンである。

もっとも、漱石の印象主義的描写は最初の短編集『漾虚集』に端を発する。「糠粒《ぬかつぶ》を針の目からこ

［図 VI］　クロード・モネ《ウォタールー・ブリッジ——曇り日》(1903年)

ぼす様な細かいのが満都の紅塵と煤煙を溶かして濛々と天地を鎖《とざ》す裏《うち》に地獄の影の様にぬつと見上げられたのは倫敦塔であつた。」(『全集』第二巻、二五頁) 冒頭において塔橋からロンドン塔を眺望するときの、「セピヤ色の水分を以て飽和したる空気の中にぼんやり立つて居る」といった場面といい、この茶褐色の霧に包まれたロンドン塔を見上げる場面といい、作者の目はあたかも大気中に漂《ただよ》う粒子の動きを追うような視線の働きをしているのだが、これは印象派の巨匠モネが、霧につつまれたロンドンの不思議な風景を描いた《ウォタールー・ブリッジ——曇り日》[図VI]や《国会議事堂》のような絵を思い起こさずには置かない(35)。おそらくモネは、印象派のうち漱石がもっともよく知っていた画家であろう。『文学論』では、「此時 Claude Monet の出品せるは日没の景色にして題して *Impres-*

sion と云ふ。観者堵の如く Salon des Refusés に集つて嘲笑を逞ふす。"Impressionist" の名是より起る」（『全集』第九巻、四九八頁）と、モネの《印象——日の出》より印象派の名称が生まれたことを説明しているが、これは前掲のモクレールの『フランス印象派』のなかの記述を援用したものである。[36]それに数多くのロンドン風景を描いたせいもあって、漱石が購読した『ステューディオ』にはしばしばモネの作品が紹介されていた。[37]

一方、『カーライル博物館』におけるロンドンの景観の描写はやや趣を異にする。

余が桜の杖に頤を支へて真正面を見て居ると、遥かに対岸の往来を這《は》ひ廻る霧の影は次第に濃くなつて五階立の町続きの下から漸々《ぜんぜん》此揺曳《たなび》くものゝ裏《うち》に薄れ去つて来る。仕舞には遠き未来の世を眼前に引き出したる様に窈然《ようぜん》たる空の中に取り留のつかぬ鳶色の影が残る。其時鳶色の奥にぽたり〳〵と鈍《にぶ》き光りが滴る様に見え初める。三層四層五層共に瓦斯《ガス》を点じたのである。

（『全集』第二巻、三三—三四頁）

テムズ河の対岸に見えるロンドンの町並みは、両岸に立ち込めている霧と刻々と滲んでくる暗闇とが溶け込んで、次第にそこはかとない夢想的な雰囲気をつくりだす。ジャン＝ジャック・オリガスは、この文章はモネの《印象——日の出》（一八七二年）を思い出させるとし、これを「印象——黄昏」という命名までしている。[38]

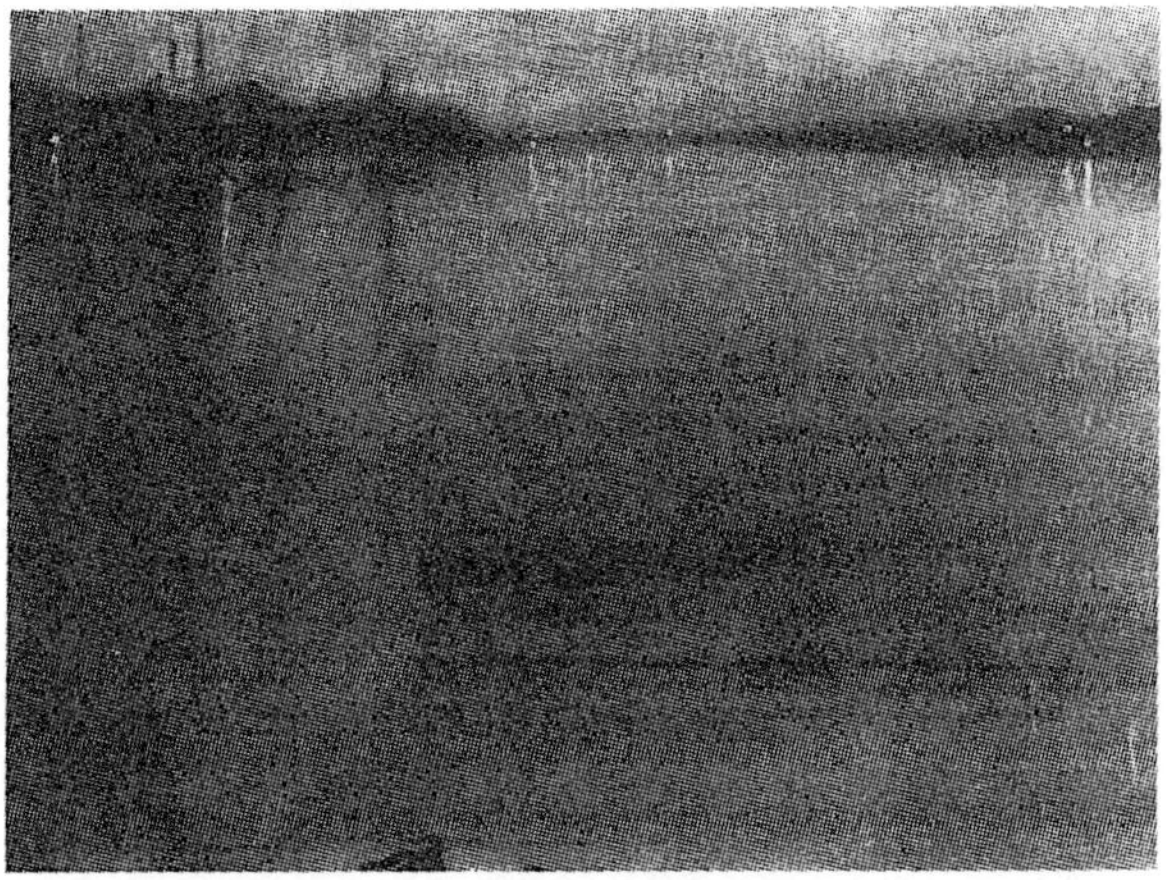

［図 Ⅶ］ ホイッスラー《青と銀色のノクターン——クレモーンの明り》(1872 年)

なるほど、オリガスがこの描写における印象派的特質を言い当てたのは確かに興味深い指摘といえる。だが、こうした「夜景」(といってもいいだろう)に私が知っているモネの風景の世界はあまりなじまないような気がする。その代わりに、ガス灯の明かりの明滅するロンドンの夜景を数多く描いたホイッスラーの夜景画［図Ⅶ］を思い浮かべるのも許されるだろう。ホイッスラーは日没後の時やどんよりと曇った霧深い時の情景をよく描いた画家で、そういう意味でいえば彼は、モネが日出から日没までのさまざまな光の変化がなす驚異を追い求めたことと対をなす形で、日没後の不思議で微妙な陰影の視覚体験をやはり革新的な手法で探求した「異端」の画家である。

アメリカに生まれ、フランスで絵を学び、十九世紀後半のイギリス画壇を中心に活躍したアメリカ人の画家ジェイムズ・アボット・マクニール・

ホイッスラー(一八三四―一九〇三年)は、コスモポリタンであると同時に、いかにも世紀末という時代にふさわしい異端児であった。自然は「つねに大いなる不幸」と断言した彼は、自然を極端にまで異化することによってまったく新しいフォルムを創出し、既存の芸術に挑戦状を投げ付けた。世紀転換期のデカダンたちがこぞってホイッスラーの芸術に熱狂したのも十分頷ける。さらにホイッスラーの描くノクターン、ハーモニー、アレンジメントといった題名のつく霧深いロンドンの夜景は、産業文明のさまざまな矛盾を露呈して膨張を繰り返すこの非人間的な都に、神秘さを詰め込んだ巨大な迷宮としての姿を与えることによって、世紀末の若い芸術家たちの美意識を呼び覚ました。「ラスキンやモリス、カーライルのような社会改良主義者たちはヴィクトリア朝時代における都市の非情な膨張を驚きと恐怖の目で観察したが、しかし多くの文学者・画家たちにとって都市はある種の伝奇的雰囲気と神秘と魅力を兼ね備えた場であった(39)」という指摘は、図らずも世紀末芸術における ホイッスラーの位置を啓示している。実際、ワイルドをはじめヘンリー、シモンズのような世紀末の詩人たちはホイッスラーのカンヴァスを目の前に置いてそれをただひたすら忠実に模写したような詩を書いて、世紀末的な都市のヴィジョンを謳歌した。『ヴィクトリア朝の人と思想』の著者アルティックが「九〇年代の印象派の詩人と散文作家たちは、画家としてのホイッスラー特有の観察力に導かれて、都市風景のなかに新鮮な美しさを発見し、街路と居酒屋と音楽ホールと霧がかった橋に予期せぬ詩的な魅力を発見した(40)」と述べたのは、まさにその辺の事情を物語っている。

さて、漱石はホイッスラーの芸術に理解をもっていたのだろうか。「戦後文界の趨勢」(『新小説』

明治三八年八月号)という談話のなかでホイッスラーの名前をあげて、その芸術と日本との関連について言及していることから考えると、ある程度のことは知っていたものと推察される。私が調べた限りでは、漱石のホイッスラーについての言及はこの一回だけであるが、しかしながら諸般の事情を考慮すると、漱石のホイッスラーに対する理解の程度は決して低くないはずだ。というのは第一には、前章でも論じたように、漱石がヨーロッパにおけるジャポニスムについて非常な関心を示したのだが、そうだとすればイギリスのジャポニスムの大御所であったホイッスラーに無関心であったとは考えられない。ホイッスラーは一九〇〇年のパリ万博にあわせて開かれた国際展覧会でエッチング部門のグラン・プリを獲得しているので、漱石が彼の絵を直接見ていた可能性もある。[41] 第二には、ホイッスラーの絵や著作に直接触れなくても、間接的な形ではいくらでも彼の世界を覗いてみることができたと判断される。ホイッスラーは漱石がロンドンを離れたおよそ半年後の一九〇三年七月に世を去ったが、『ステューディオ』にはしばらくの間、追慕記事が毎号のように図版入りで載っていたので、漱石は日本と縁が深いこの偉大な画家の足跡を辿ることも可能だったはずだ。[42] また、『文学論』執筆のとき、主要参考文献となったシモンズの『象徴主義の文学運動』には、「微妙な風景と、喚起された雰囲気の影を描く」[43] ホイッスラーの芸術がヴェルレーヌやゴンクールの文学と比較して論じられているので、漱石はホイッスラーの象徴主義的特質にもそれなりの理解をもっていたものと推察される。

さて、前掲の引用文のくだりにつづいて出てくるのが、「彼の溟濛《か》たる瓦斯《ガス》の霧に混ずる所が往時此村《この》夫子の住んで居つたチエルシーなのである」(『全集』第二巻、三四頁)という記述である。「村夫子」とはカーライルのことである。ところで、ここにみるように漱石の視線がチェルシーに向けられていることは、すこぶる興味深い。というのは、ここチェルシーはホイッスラーが一八六二年から三回も住まいを替えながら住みつづけた所であるからである。ロセッティをはじめとする芸術家たちが大勢移り住んだ、このテムズ川辺の霧深い町を、ホイッスラーはこよなく愛し、この町の風景をよく描いたものである。とすれば、漱石が対岸のチェルシーを眺めながら、前記のような、いかにもホイッスラーばりの風景を描いたことは、単なる偶然ではなかろう。

外光派の巨匠黒田清輝は、明治四十年「東京勧業博覧会美術部概評」(『太陽』明治四〇年五月号)のなかで、「画風から言へば、アンプレショニズムが最も大なる流れを為して居ります」と語り、印象主義絵画が明治四〇年の日本の画壇を支配していたことを証言している。漱石の印象主義風の文章には、モネの朧げな色彩に溶かした光の世界からホイッスラーの曖昧模糊たる薄明の世界に至るまでの、印象主義の画家たちが切り開いた視覚の新しい領域が反映されている。そしてこの印象派の絵から得られた視覚体験は、いわゆる「ロンドン物」の記述にみられる不思議な迷宮としての都市のヴィジョンの糧となった。漱石はラファエル前派の「文学的」絵画に限らず、印象派のような流派の実験的な造形表現にも関心をもち、かつそれを自らの言語表現のうえに積極的に応用できる「実験精神」の持ち主であった。

5　絵画的趣向――ブラングウィンの場合

いままで、漱石がとりわけ深い関心を示したラファエル前派、アール・ヌーヴォー、印象主義を通して、漱石と世紀末芸術とのかかわりをみてきた。ところで、こういう芸術流派への興味と共鳴は、当然ながら絵画に対する好みにも影響している。それを典型的にあらわすものに、イギリスの画家フランク・ブラングウィン[44](Frank Brangwyn, 1867-1956)の例がある。

> 三千代が又訪ねて来ると云ふ目前の予期が、既に気分の平調を冒してゐるので、思索も読書も殆んど手に着かなかつた。代助は仕舞に本棚の中から、大きな画帖を出して来て、膝の上に広げて、繰り始めた。けれども、それも、只《ただ》指の先で順々に開けて行く丈《だけ》であつた。一つ画を半分とは味はつてゐられなかつた。やがてブランギンの所へ来た。代助は平生から此装飾画家に多大の趣味を有《も》つてゐた。彼の眼は常の如く輝を帯びて、一度は其上に落ちた。それは何処かの港の図であつた。背景に船と檣《ほばしら》と帆を大きく描いて、其余つた所に、際立つて花やかな空の雲と、蒼黒い水の色をあらはした前に、裸体の労働者が四五人ゐた。代助は是等の男性の、山の如くに怒《いか》らした筋肉の張り具合や、彼等の肩から脊《せ》へかけて、肉塊と肉塊が落ち合つて、其間に渦の様な谷を作つてゐる模様を見て、其所にしばらく肉の力の快感を認めたが、やがて、

画帖を開けた儘《まま》、眼を放して耳を立てた。

（『それから』十）

作者の漱石は、当時の日本の読者には耳慣れない「ブランギン」という装飾画家の名前を口に出し、画帖のなかの絵の説明までしている。ところで、このブラングヴィンの絵の話は一見、筋の展開のうえでは必ずしも必然性を伴わない、ある種の付け足しのような挿話のようにみえる。だが、この話は作者が書き進むうちに偶然思い付いた性質のものではない。このことは、『それから』の創作メモに、「3. 寐テヰル中ニ人ガ来タ様ナ心持ガシタ。不落付。ブランギン」（『全集』第一三巻、四三五頁）とブラングヴィンの名前が明記されていることからも確かめられる。つまり、漱石はこのブラングヴィンの絵のイメージを小説の構想の段階から頭に浮かべていたのである。とすると、この絵の話は少なくとも、何かのメッセージを含んだ小道具として理解しなければならなくなる。では、これにはどのような意味が込められているのだろうか。

この問いに対する答えを用意する前に、まず解決しなければならない問題がある。すなわち、代助が見た「ブランギンの絵」がどういうものであったかを同定することこそ、先決すべき課題である。このことは、この小道具に与えられた作者の意図の側面ではもちろんのこと、作者の漱石の絵画に対する嗜好の側面でも興味深い問題であるにもかかわらず、いままで触れられることがなかった。

私は問題の絵の同定につながる確かな手掛かりを得ることができた。それはロンドンの王立取引所(Royal Exchange)の装飾パネル“Modern Commerce”[図Ⅷ]であると考える。こういう推定は、つぎの二つの根拠に基づいている。第一は、前掲の『それから』の記述とここに掲げた絵との完全な一致である。第二は、この絵の複製が漱石蔵書中の資料に入っていることである。これをさらに詳しく検討することにしよう。まずは、『それから』の記述とこのブラングウィンの絵との対照について。本文には「船と檣と帆」が見える「何処かの港の図」とあるが、この絵にも青い海を背景に停泊している船のほばしらが描かれている。また、船から出る煙に交じって、白い入道雲が空一面をほぼ覆ってい

[図Ⅷ] F.ブラングウィン，ロンドン王立取引所の装飾パネル“Modern Commerce”オイル・スケッチ

るのも、「際立つて花やかな空の雲」という記述と符合する。中景にほんの少し見える海は、まさに本文の説明どおり「蒼黒い」色をあらわしている(ただし、本文にいう「帆」は見当たらないが、これは両者の唯一の不一致の点であるといってよい)。

本文には「裸体の労働者が四五人ゐた」とあるが、絵の方にもやはり荷物を肩に背負って行き交う五人ほどの埠頭労働者が描かれており、そのうち三人は上半身裸で、筋肉質の逞しい肉体をあらわにしている。ところで、漱石がとりわけ力を入れて描写するのは、この頑丈な男たちのもりもりとした筋肉質の肉体である。確かに、男たちの体にはいかにも肉体労働者らしく引き締まった筋肉がついている。とはいえ、本文にいうように、「山の如くに怒らした筋肉の張り具合」とか「肉塊と肉塊が落ち合つて、其間に渦の様な谷を作つてゐる」といったほどのものではない。要するに、これは漱石の意図的な誇張ということになる(この点については後述する)。

さて、つぎに残る問題は、漱石がどういう経路でこの絵を見たのか、ということだろう。実は、これに対する有力な手掛かりは本文のなかに隠されている。すなわちこの絵は、少なくとも代助の本棚から取り出してきた「画帖」が出所ということだけは確かである。おそらくこの「代助の本棚」を、漱石山房の本棚と置き換えることに異論を唱える人はいないだろう。そこで私が思うには、漱石はそれを定期購読した『ステューディオ』の一九〇四年十月号(*The Studio*, Vol. 33, No. 139)の"Studio-talk"欄に載った前掲の絵のカラー図版より見たに違いない。ここには"Study for a Decorative Panel"という題名で、鮮やかなカラー刷り複製が大判のサイズで載っている。「やがてブランギンの所へ来た。」漱石は書棚から取り出してきた数年前の『ステューディオ』の一冊を膝の上に広げて、ページを繰り始めて七三ページに至り、ブラングウィンの絵を見つけたのだろう。本文の描写の正確さから判断すると、おそらく漱石は代助のように「画帖」(『ステューディオ』)を広げて、ブ

[図 IX] 漱石の描いた絵葉書(田口俊一宛, 明治 38 年)

ラングウィンの絵を覗き込みながら筆を進めたものと推察される。

さて、漱石が図Ⅷの絵を見たことを証明できるもう一つの貴重な資料がある。それはほかならぬ漱石自身の「絵」である。漱石が葉書に水彩画や東洋画などをよく描いたことは周知のとおりである。彼が田口俊一に送った絵葉書(明治三八年一月一五日)には、図Ⅸのような水彩画を描いて、

何ダカ分ラナイ画ニナリマシタモトハ「ブランギン」デス(45)

という短い文章に、それがブラングウィンの模写であることを明かしている。ところが、この絵を一目見る人なら誰もが、ただちにこれがまぎれもない図Ⅷの模写であることを認めるに違いない。両者の間に違いがあるとすれば、漱石の絵は、ブラングウィンのそれに比べて筆遣いがおおざっぱで、色彩の面でも茶色を主調とするいくぶん地味な感じを出していることくらいであろう。図Ⅷの絵が載った『ステューディオ』一九〇四年十月号と、田口宛の絵葉書との間には、約三カ月あまりの時差があることからして、漱石はおそらく届いたばかりの雑誌よりこの絵を見て、すぐに模写を試みたことになる。

この絵葉書に関連して注目すべき点は、前掲の短い文だけ書かれたことからもわかるように、これはまさに「絵」のための絵葉書である、ということである。つまり漱石は、たとえ雑誌の複製を通してであっても、それを見てその場で模写せずにはいられないほど、ブラングウィンの前掲の絵

から強い印象を受けたのだ。

以上のような検討の結果からすれば、さきの装飾パネル"Modern Commerce"が『それから』における「ブランギンの絵」であることは疑えないと思う。(46)

［図 X］ F. ブラングウィン "Modern Commerce"
オイル・スケッチ（年度不詳）

ところが、それにしても漱石は、ほぼ五年も前に見たこの絵を、どういうきっかけで『それから』を書く段階になってふと思い出したのだろうか。果たして、本文にあるように、何げなく書棚から取り出した「画帖」のなかから、見覚えのあるブラングウィンの絵を偶然みつけたのだろうか。

しかし、事情はどうやら別のところにあるようだ。結論からいえば、『それから』に出てくるブラングウィンの絵のイメージには、複数の絵がかかわっていると思う。

というのは、漱石はさきの図Ⅷのほかに、同じ画家のもう一点の絵をやはり『ステューディオ』から見ていたと考えられるからである。それは一九〇九年一月号の『ステューディオ』(*The Studio*, Vol. 45, No. 190)に掲載された王立取引所の装飾パネル "Modern Commerce" のオイル・スケッチ〔図Ⅹ〕である。この絵は、王立取引所のパネルのための多くのヴァージョンのうちの一点である。ところで、ここで注目すべき点は、漱石がおそらく三、四カ月で届いたはずの『ステューディオ』一月号を受け取った時点が、ちょうど『それから』の連載をはじめる直前にあたるということである。

とすると、『それから』の構想を練っていた頃に漱石の手元に届いた新着の『ステューディオ』に収録されていた図Ⅹの絵は、彼が創作メモに「不落付。ブランギン」と書き加える動因となったとみるほうが自然であると思う。ところで、この絵にはつぎのような短い解説が付されている。「ここに付録として掲載したフランク・ブラングウィン氏のオイル・スケッチのカラーの複製は、現在王立取引所にて見ることができるパネルの初期段階のものである。その決定版は、このパネルの成立に関与したいろいろなスケッチと一緒に、すでにこの誌面に複製として紹介されている。[47]」この説明によると、この絵は図Ⅷよりもかなり早い段階のスケッチである。この解説を読んだ漱石は、おそらく田口俊一への絵葉書に模写したブラングウィンの同じスケッチを思い出して、古い『ステューディオ』のページをめくり、五年前に心を引き付けた絵と再び対面したのだろう。

前掲の本文に、「代助は平生から此装飾画家に多大の趣味を有つてゐた」とあるのは、もちろんそのまま作者の漱石のことと受け取ってよい。ところで、ブラングウィンというさほど知られていない画家に「多大の趣味を有つてゐた」からには、ある程度その作品世界に接していなければならない。果たして、漱石はロンドン留学中にブラングウィンの絵を直接見ることができたのだろうか。少なくとも、ブラングウィンの得意とする壁画や装飾パネル類を見ることは不可能であったとみえる。というのは、一九〇六年に完成した前記の王立取引所のパネル“Modern Commerce”は、ブラングウィンがロンドンの公共の建物に常置された最初の壁装飾であるからである。(48)

しかしながら、漱石がブラングウィンの世界に親しむ素地がまったくないわけではない。つまり、『ステューディオ』には世紀転換期より脚光を浴びるようになったこの若い装飾画家の画業が頻繁に紹介されていたのである(一八九八年十二月号のJ. Stanley, “Frank Brangwyn and His Art”がその最初ではないかと思われる)。一九〇四年以降から『それから』を執筆した一九〇九年までの間だけでも、少なくとも十回以上にわたってカラー、もしくは白黒の図版が解説つきで紹介されているのである。これは、名前を売り出したばかりの中堅の画家にしては「破格」の扱いを受けたことになる。このようにみる限り、漱石が毎月届く『ステューディオ』を通してブラングウィンに「多大の趣味」をもつことは十分にありうる話であると思える。

さて、この絵のイメージがどういうメッセージを内蔵しているかを検討する場合、まず何よりも重視すべきなのは、前掲の「不落付。ブランギン」という創作メモである。本文の「既に気分の平調を冒してゐるので、思索も読書も殆んど手に着かなかつた」というくだりは、メモの「不落付」の反映であろう。思索や読書が合理的理性が働く「論理」の世界だとすれば、絵を〈見る〉ことは感性に訴える情緒的行為、すなわち論理の届かない「没論理」への志向を意味する。

『それから』の連載がはじまって半月ほど経った明治四十二年六月十四日の「日記」に、

相撲の筋肉の光沢が力瘤の入れ具合で光線を受ける相撲が変つてぴか〳〵する。甚だ美くしきものなり。中村不折は到底斯ういふ色が出せない。(『全集』第一三巻、三九三頁)

とあるのは、高浜虚子とともに国技館にて一日中相撲の見物をした後の印象を記したものである。ここにみる、相撲取りの筋肉の張り具合に注がれる漱石の好奇の視線は、まもなく執筆するブラングウィンの絵の「筋肉」の描写にまでつづいているような気がしてならない。つまり、ブラングウィンの絵における埠頭労働者たちの逞しい体の描写には、国技館でみた相撲取りの「美くしき」筋肉の映像が二重写しされているのである。

漱石がブラングウィンの絵に、相撲の世界を二重写ししたのは、彼のブラングウィンへの深い理解を反映している。ブラングウィンの芸術の独創性は、その「逞しさ」と「力強さ」への追究にある。豊かな色彩と力強い線の動きのうちに、港湾や炭鉱労働者の逞しい生の息吹を表現する手法は、ブラングウィン独特のものである。

代助は虚弱なインテリらしく、「論理に於て尤《もつと》も強い代りに、心臓の作用に於て尤も弱い男であ」り、「尋常以上に情緒の支配を受けるべく余儀なくされてゐた」(十)男である。したがって、そんな彼にとっては、情緒と感覚に訴える絵の世界は落ち着きを取り戻す〈拠り所〉であったろう。「胸に一鼓動を感じ」ながら三千代を待つ代助は、いまの自分に必要なのは「論理」や「理智」ではなく、自然の生命の息吹であることを感じ取る（「それ程彼は命を鋭く感じ過ぎた。」）。このようにみると、彼が「画帖」を開いたのは、結局「命」を感じさせる刺激を求めた行為であったのがわかる。ここに、ブラングウィンの絵が登場する条件が整えられたことになるのである。すなわち、代助にとってこの絵はある種の高揚された命の息吹を感じさせるものであった。

三千代への愛情と社会の倫理道徳との間に挟まれ煩悶する代助が憧れるのは、「自然」の逞しい生命力である。ここに、漱石が「裸体」や「筋肉」や「肉塊」といった言葉を連ねたうえ、絵に描かれた以上に、意図的に労働者たちの頑丈な肉体の魅力を誇張した謎がようやく解けることになろう。

さて、漱石がブラングウィンの絵になみなみならぬ興味をもったことは、彼の造形芸術に対する趣向という面でも大事な事柄である。

この問題を考えるにあたっては、漱石がブラングウィンを「装飾画家」と呼んだことがひとつのキー・ポイントになりうる。世紀末美術の研究で知られるホーフシュテッターはブラングウィンの油画について、「画面全体をぎっしりとみたす色斑を糧として」おり、「そこでは生命と行為は、色彩の強烈な律動に担われている」[49]と評している。ある種の幻想的な感じを呼び起こすような華やかで強烈な色彩の装飾的画面がラファエル前派譲り[50]だとすれば、全体に生動感を与える強く、また流れるような輪郭線は、彼がアール・ヌーヴォーの造形原理をもわがものとした画家であることを印

［図XI］ F. ブラングウィン《モザイク・パネル》
（1907年）

象づけている。彼は、ウィリアム・モリスの下で三年間修業を積んだ後、フランスにわたり、モーリス・ドニと知った。また一八九五年から九六年までの間は、パリのザミュエル・ビングの店で働き、アール・ヌーヴォーの家具デザインや織物を手掛けて、国際的な名声を得た。ブラングウィンのスケッチによる《モザイク・パネル》［図XI］は、単純化されたフォルムとモーリス・ドニ風の平面的様式からなる華やかなアール・ヌーヴォー造形であるが、これは一九〇七年十月号の『ステューディオ』に鮮やかなカラー図版で紹介されていたので、漱石はもちろんそれを見ることができたはずである。

だが、ブラングウィンの芸術には後期ラファエル前派とアール・ヌーヴォーのほかに、印象主義というもうひとつの要素が加わっている。ホルブルック・ジャクソンは、ブラングウィンを世紀末のイギリス印象主義の中心的な一人とみなし、彼の絵に印象主義と浪漫主義との混合の様相をみている。[51] 確かに、ブラングウィンの油彩によくみることのできる、目のさめるような鮮やかな色の配合や光と影の大胆な並置の手法は、彼が印象主義の洗礼を受けたことを感じさせる。

こうしてみると、ブラングウィンはいかにも十九世紀末から二十世紀初めにかけてのイギリス画壇で活躍した画家らしく、ラファエル前派主義とアール・ヌーヴォーと大陸から入ってきた印象主義の三つの大きな流れを汲み入れて独創的な造形世界を築いたことがわかる。ところで、漱石の趣向もやはりこれとほとんど類似しており、ブラングウィンの芸術に対して抱く「多大の趣味」はここに由来しているといえよう。

私たちが現在「世紀末芸術」と呼ぶものに対して漱石がどういう認識をもっていたかを考えるうえで、興味深い資料がある。漱石蔵書に含まれている The Easter Art Annual シリーズの画集『ダンテ・ガブリエル・ロセッティ』がそれである。そのなかの解説には、「ラファエル前派、印象主義、そして日本趣味は、まさに前世紀[十九世紀]の後半の美術界に君臨した三つの勢力である」[52] という記述がなされているのだが、この部分には漱石の手による下線が引かれており、彼が注意して読んだことをうかがわせている。

さて、イギリスの世紀転換期に、ラファエル前派と印象主義とジャポニスムの三つの潮流が互いに区別できないほど密に溶け合っているという当時の考え方は、今日においてもサイファーのような美術史家によって追認されている。彼は、十九世紀末のホイッスラーやバーン゠ジョーンズやワッツのような画家たちの作品には、「遅れてきたラファエル前派主義や広重や印象主義が漠然とではあるが源になっている」[53]という。ラファエル前派と印象派は目的と方法論が異なるにもかかわらず、ともにアール・ヌーヴォーの先駆者だった。[54]この三者の区別はきわめて曖昧なので、サイファーはこれらをアール・ヌーヴォーと関係づけるのに、「汎印象主義」("Pan-impressionism")というアール・マイナーが『イギリスとアメリカ文学における日本の伝統』(一九五八年)のなかで考案した用語を借用している。[55]

現在私たちが「世紀末芸術」と呼ぶものは、漱石の時代にはもっとも新しい「現代芸術」であった。ラファエル前派主義と印象主義とジャポニスムを一人で具現したホイッスラーが世紀末の画壇をリードし、やはりラファエル前派から印象主義、象徴主義まで手を染めたアーサー・シモンズが世紀末の批評界において独歩的位置を占めたのは、まさにそういう事情を端的に反映するものにほかならない。

漱石と世紀末芸術との関係を考察する場合も、こうした包括的な観点が望まれるのはもちろんである。そしてその場合、『漾虚集』は恰好の考察の対象になりうる。この短編集には主題や文体においてラファエル前派主義をはじめとして、アール・ヌーヴォー、ジャポニスム、印象主義といった世紀末の中心的芸術傾向がすべて溶け込んでおり、いかにも世紀転換期という時代にふさわしい混淆した美学を具現している。たとえば、『薤露行』と『幻影の盾』のような作品はラファエル前派の「擬似中世的唯美主義」(サイファー)の日本語による美しい実験である。そして前にも述べたように『倫敦塔』や『カーライル博物館』における淡い光と濃霧にぼやかされたロンドンの夢幻的な風景描写には、印象派が切り開いた未知の視覚の体験が染み込んでいる。また『一夜』のような「俳句小説」には、「日本美」の領分へのロマンティックなまなざしが投影されている。

『漾虚集』におけるこのような多様な美的実験の融合は、装丁の面でも同様にみられる。たとえば『薤露行』の挿絵について、漱石が「古雅にして多少の俳趣味を帯べる」(56)と感想を述べれば、当の中村不折は「外光派ヲ追フ」とその制作意図を明かしているが、実際にこの絵はラファエル前派の題材と、日本画の線と、外光派の色彩を組み合わせたものといってよい。このような一点の挿絵をめぐっての両者の言葉は、いみじくもこの短編集にラファエル前派の中世趣味と日本的美学と印象派といった要素が交じり合っている仕組みを覗かせている。また前項で述べたように、橋口五葉のアール・ヌーヴォー風のブック・デザイン、もしくはラファエル前派風の挿絵にしても、そこには必ずといってよいほどみずみずしい日本的感性が加わって、独創的な「書物芸術」を具現しているのである。

イギリス留学のときの美術館めぐりに始まる漱石の多様な美的体験は、彼がまさに世紀末芸術の洗礼をまともに受けたことを意味する。そしてそれは作家夏目漱石の誕生を促しただけでなく、後の作品世界の耽美的想像力の根源をなしているのである。

第四章　ラファエル前派的想像力

――ヒロインの図像学――

1　絵の女

文学作品にみられるヒロインの容姿の描写は、本質的に作家の美的理想の問題とかかわってくることが多い。漱石は明治四十年四月東京美術学校での講演のなかで、文芸家の美的理想に触れ、「此美的理想を人物の関係に於て実現しやうとすると、美人を咏ずる事の好きな詩人が出来たり、之を写す事の御得意な画家になります[1]」(「文芸の哲学的基礎」)と述べたことがあるが、実は彼自身も「美人を咏ずる事の好きな詩人」の一人であったといってよかろう。一般に、「女性」を描くのがあまりうまくないといわれてきた漱石だが、しかし作中人物の容姿に関する描写に限っていえば、そのような評価は必ずしもあてはまらないと私は思っている。あえていうならば、奥深い表情に女性の神秘的な魅力を湛えた、漱石の「美人」たちに出会うのも、漱石を読む楽しみのひとつであると言いたいくらいである。

ふつう、文学作品の女性像について語る場合、人物のキャラクターに重点をおいた論議が一般的で、またその場合でも、ともすれば作家の伝記的事実と関連づけて論じようとする傾向が強い。しかし、私がこの章で取り扱おうとする対象は、小説に登場するヒロインの〈像《すがた》〉をとおしてみる漱石文学の女性美の表現である。したがって、一時論壇をにぎわした「恋人捜し」のような伝記的次元の論議は、本章の関心の対象に入っていない。たとえ漱石の作品のモデルとなった女性が現実に存在したとしても、創作における芸術のフィルターの働きを考えるならば、作品に描かれた容貌の特徴がモデルのそれをそのまま反映しているとは必ずしも言えないのであって、結局作家自身の美的理想などにたいする認識を伴わない論議は、作品の純粋な鑑賞を妨げることになりかねないと思うからである。(2)

滞英日記中の、「夜池田ト話ス理想美人ノ description アリ両人共頗ル精シキ説明ヲナシテ……(後略)」(3)(「日記」明治三四年五月二〇日)のような記述には、美人談義を好む漱石の一面が覗かれる。ロンドンの下宿の一室で二人の留学生が熱心に語り合った「理想美人」についての「精シキ説明」の中身がどんなものであったかをうかがう術はまったくないが、英文学徒夏目金之助は得意の英文学の知識を援用して、好きな作家の一人であったメレディスの「美人ノ description」などをも話題にしていたのかもしれない。いずれにせよ、漱石が作家活動に入る前の段階から、「理想美人ノ description」になみなみならぬ関心を示していたという事実は注目に値する。

こうして漱石の内部に形づくられてきた女性にたいする美的理想はとりもなおさず、いわゆる「漱石的女」を生む〈鋳型〉といってよい。漱石の作品に登場する印象深い美女たちが、互いによく似ていて、絶えずある種の近親関係をほのめかしているのは、彼女たちが作者の観念上の理想像から分化した存在であることを物語る。

漱石の作品に登場する女性像の特徴をめぐっては、「夢の女」「永遠の女性」「新しい女」「謎の女」

といったさまざまな比喩が用いられてきたが、ここに〈絵の女〉というのを付け加えてもよいと思う。ためしに『漾虚集』の例をみると、『一夜』では「画から抜けだした」ような浮世絵美人が登場し、『倫敦塔』の悲劇の主人公ジェイン・グレイも作者の脳裏に刻みこまれたドラローシュの絵の画像の記憶から掘り起こされ、その美しい姿をあらわしている。『薤露行』や『幻影の盾』にいたっては、すでに江藤淳によって指摘されているとおり(4)、ラファエル前派の絵の世界からそのまま写し取ったような伝説の女たちが出現する、といった具合である。

ところで、こうした特徴は単に初期短編集にだけ限るわけではない。漱石の手から生まれた代表的な三人の「新しい女」たちも、そろって〈絵の女〉としての属性を露呈しているのである。『草枕』の那美と『三四郎』の美禰子は、作品のなかで直接絵のモデルを演じており、『虞美人草』の「紫の女」藤尾も「美くしい画」のなかの存在である。『それから』の三千代は、「色の白い割に髪の黒い、細面に眉毛の判然映る」、いかにも漱石好みの美人だが、この場合でも作者は「古版の浮世絵に似てゐる」と付け加えることで、〈絵の女〉に仕立てることを忘れない。これだけをみても、漱石のヒロインたちがいかに絵画のイメージと親密にかかわっているのかが、はっきりと見えてくるだろう。

漱石の女たちが、生き生きと描かれる生身の女というよりは、ある種の淡いヴェールに包まれた非現実的な遠い存在のように映るのも、彼女たちが現実離れした絵画という美的理想の世界の影を引きずっていることと当然かかわっているように思われる。

漱石は『文学論』の第三編「文学的内容の特質」において、ジョージ・エリオットやメレディスの女性描写を例にあげて、「頭の頂より足の爪先迄残る隈なく写し出せ」たとしても描写の目的である「美人全部の印象は頗る曖昧たるを免れ」ない通弊を指摘している。(5) つまり「細々しき科学的分解」による女性描写の効用について否定的な立場をとっているのである。

殊に婦人の容貌を写す時の如き、叙述長ければ纏まらず、強ひて纏めんとすれば所要の印象を生ずること難し、故に詩人は美人を解釈するに恰好なる感覚的材料を用ゐて、或は花に或は月に、凡て美しき外物に比す、これ即ち投入法なり。（中略）

"There was a Woman, *beautiful as morning.*" —Shelley, *Laon and Cythna*（中略）

"Morning" と云ひ "Day" と云ふは極めて漠然たる文字にして、明瞭、精緻、繊細の点に於て、Keats の作例に及ばざること遠し。然れども美人の全体を一字に形容するの点に於て雄大なる投入法たるを失はず。(6)

漱石は「投入語法」の実例をキーツやシェリーの詩における女性描写に求めているが、このことは、彼の女性描写観がただ単に簡潔で含蓄的な方法を好むだけではなく、比喩法などの修辞学的方面への十分な理解のうえに成り立っていることを意味する。つぎに掲げるのは、こうした描写観の一部がそのまま反映している一例である。

色の白い、ハイカラ頭の、脊《せい》の高い美人と、四十五六の奥さんとが並んで切符を売る窓の前に立つて居る。おれは美人の形容抔《など》が出来る男でないから何にも云へないが全く美人に相違ない。何だか水晶の珠を香水で暖《あっ》ためて、掌《てのひら》へ握つて見た様な心持ちがした。(『坊っちゃん』七)

ここに登場するハイカラ美人を形容する「恰好なる感覚的材料」として、作者が選択したのは「水晶」と「香水」であったわけだが、こうした粋な表現の背景に、作者の幅広い文学的教養が横たわっていることは争えない。こうしてみると、『三四郎』の美禰子の周りにほのかに漂うヘリオトロープの香りは、ほかのどんな言辞よりも増して、このハイカラ才媛の美貌を巧みに表現しているといえなくはない。また、『草枕』の那美の容姿に関する描写中の、「燦《きら》めき渡る春の星の、暁近くに、紫深き空の底に陥いる趣である」(六)のような描写の仕方にも、漱石が例にあげたシェリーの方法の応用が見られることを付け加えておきたい。

「おれは美人の形容抔が出来る男でない」という坊っちゃんの言葉は、写実的描写を好まぬ漱石の描写観を代弁したものと見てよい。漱石は良質のリアリズムの文体を確立した作家でありながら、女性の容姿などに関してはあえて非写実的な態度で臨むことが多い。実際、彼の作品における女性描写には、散文の論理よりも詩の論理が勝っているように見受けられる。前にも触れたように作中のヒロインを、意図的に〈絵の女〉に仕立てようとすること自体、ある意味ではすでに散文の論理の放棄につながっているともいえる。淡い霧に包まれたように、漱石の描く女たちにつきまとう曖昧で模糊とした印象は、およそこうした作者自身の描写観から由来していると思われる。

しかし、ここで注目しなければならないのは、漱石が描写対象の直截な叙述を避け、さまざまな修辞的配慮による含蓄のある女性美の表現を目指しながらも、目や髪など特定の対象に関してはしばしば近視眼的な態度を示している点である。なかでも、女性の乱れる髪の毛に関する描写はひときわ異彩を放っており、漱石が示す異常な関心の高さとあいまって、私たちの興味を刺激して止まない。

2　乱れ髪のアール・ヌーヴォー美人

すらりと垂れ下がった濃い髪の毛を誇り、黒くて大きい目に夢見るような陰影深い視線を湛える、瓜実形の蒼白い顔の美女――。私たちが漱石の作品のなかでしばしば出会うヒロインたちのなじみ深い肖像のひとつである。女性の容姿描写の際、繰り返して強調されるこれらの特徴は、漱石のヒロインの秘儀的肖像――いわゆる「漱石的女」のイコノグラフィを構成しているといってよい。なかでも作者がより念入りに、しかも度重ねて強調しているのは、彼女たちの透き通るような蒼白い顔をすっぽりと包むほどけた髪である。額にほつれ、乱れるまま肩越しに垂れ下がった長い髪の毛が演出する豊かな表情は、若い女性の官能的魅力をひきたてるとともに、持ち主をある種の神秘的な雰囲気に包みこんでいる。

『漾虚集』は本格的な意味での女性美の表現が初めて試みられているという点で、後の作品にあらわれる「漱石的女」の肖像の下絵というべき側面がある。この美しく幻想的な作品集を読んだ読者なら、ここに登場するクララ、エレーン、シャロットの女、あるいは『一夜』の女の夢想的な姿には、いずれもほどけた髪の美しさが強調されていることにまず気づくはずである。たとえば、『一夜』の女の場合――

「画になるのも矢張り骨が折れます」と女は二人の眼を嬉しがらせうともせず、膝に乗せた右手をいきなり後ろへ廻はして体をどうと斜めに反らす。丈長き黒髪がきらりと灯《ひ》を受けて、さら〳〵と青畳に障《さわ》る音さへ聞える。（『全集』第二巻、一三六頁）

あたかも〈絵の女〉になりすましたような「女」の振る舞いは、「歌麻呂のかいた美人」という言葉どおり、浮世絵美人の雰囲気を漂わせながらも、その反面、「体をどうと斜めに反らす」ような仕草は、S字型のポーズでおなじみのラファエル前派の女の系譜を引く〈アール・ヌーヴォー美人〉の魅惑的な絵姿をも彷彿とさせる（ラファエル前派の絵、ビアズリーの挿絵、ミュシャのポスターに登場する美女たちが、そろって長い豊かな髪を誇らしげにさらしていることを思い出していただきたい）。ある意味で、この女は〈絵の女〉という属性といい、長い髪の伝統的美人の姿態といい、『草枕』の那美の原型のような性格を持っている。そういえば、すらりとした「体を斜めに捩《よじ》つて」うっとりした視線を投げる那美も、アール・ヌーヴォー美人の末裔のひとりに加えられてよい存在なのである。

女の影は遺憾なく、余が前に、早くもあらはれた。漲《みな》ぎり渡る湯烟《ゆけむ》りの、やはらかな光線を一分子毎に含んで、薄紅の暖かに見える奥に、漾《ただよ》はす黒髪を雲とながして、あらん限りの脊丈を、すらりと伸《の》した女の姿を見た時は、礼儀の、作法の、風紀のと云ふ感じは悉《ことごと》く、わが脳裏を去つて、只《ただ》ひたすらに、うつくしい画題を見出し得たとのみ思つた。（『草枕』七）

「漾はす黒髪を雲とながして」とは、漱石ならではの斬新な視覚表現[7]といえるが、このほかにも、「緑の髪は、波を切る霊亀の尾の如くに風を起して、莽《ぼう》と靡《なび》いた」（同前）という例など、工夫を凝らした表現を駆使している。作中に挿入されている「春の夜の雲に濡らすや洗ひ髪」（三）という句が王朝絵巻の妖艶美を喚起すると思えば、浴場での「黒きかとも思はるゝ程の髪を暈《ぼか》して」云々の描写は西洋の美人画の雰囲気を漂わせている。このように女の黒髪は、東西の美的感覚が入り混じった女性美のシンボルとして扱われており、美的理想を求める画工の目が那美の容貌のなかでも髪に注がれがちなのも、およそこうした背景によるものであろう。

漱石の毛髪のイメージにたいする執着は、早くも最初の短編『倫敦塔』に見えはじめている。

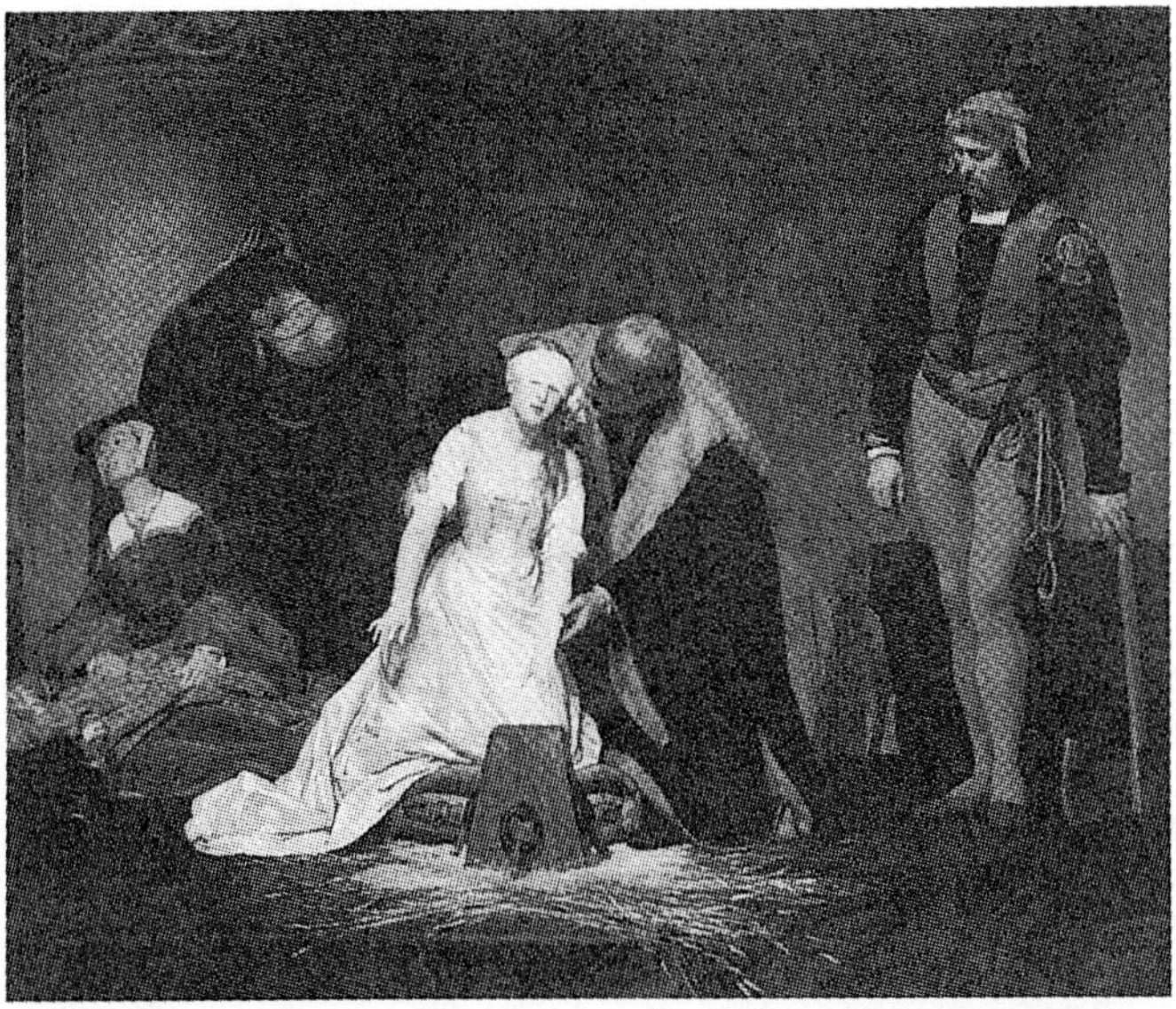

［図Ⅰ］　ポール・ドラローシュ《ジェイン・グレイの処刑》（1833年）

白い毛裏を折り返した法衣を裾長く引く坊さんが、うつ向いて女の手を台の方角へ導いてやる。女は雪の如く白い服を着けて、肩にあまる金色の髪を時々雲の様に揺らす。（中略）やがて首を少し傾けて「わが夫ギルドフォード、ダッドレーは既に神の国に行ってか」と聞く。肩を揺り越《こ》した一握りの髪が軽くうねりを打つ。（『全集』第二巻、二四—二五頁）

不運の王女ジェイン・グレイが幽閉されていたボーシャン塔のなかに茫然と佇《たたず》んで、止めどのない夢想に耽る漱石の脳裏に鮮烈に浮かび上がった彼女の斬首の場面である。「真白な頸筋」を覆って乱れ揺らめくジェインの髪の黄金色の輝き、そしてか細い頸筋を目掛けて落ちてくる首斬りの斧の鋭い光のひらめきとともに、黄金の森からほとばしる鮮血——思わずぞっとしてしまいそうなこの凄惨な光景の描写の際にも、作者の視線はこの薄幸の美女の輝く金髪に執拗にまとわりついていることに、注目せざるを得ない。

漱石はこの場面を、フランスの歴史画家ポール・ドラローシュの《ジェイン・グレイの処刑》(The Execution of Lady Jane Grey, 1833)[図I]の画像の助けを借りて書いたと後記に書いているが、塚本利明によると、実際彼はテート・ギャラリーにて、この絵を直接目にしたという。(8) 雪のように白い衣装に身を包んだ、等身大のジェインの哀れな姿が語る悲劇の物語に心を打たれた漱石は、胸元にこぼれ落ちた「一握り」の赤みがかった金髪の光彩に導かれて、美しい感傷の世界に吸い込まれていく。作者の空想は、流れる血を吸い取るために用意された藁《わら》と同じく、その髪が切られた頸から流れ出る鮮血に染まっていく様子にまで及んでいるのかもしれない。

同じく『漾虚集』中の一編『幻影の盾』には、随所に毛髪のイメージが氾濫している。

壁の上にかけてある盾の真中で優しいクラ、の顔が笑つて居る。去年分れた時の顔と寸分違《たが》はぬ。顔の周囲を巻いて居る髪の毛が……(中略)先《さ》つきから流れる水に漬けた様にざわ〳〵と動いて居る。髪の毛ではない無数の蛇の舌が断間《たえま》なく震動して五寸の円の輪を揺り廻るので、銀地に絹糸の様に細い炎が、見えたり隠れたり、隠れたり見えたり、渦を巻いたり、波を立てたりする。(『全集』第二巻、五五頁)

ウィリアムがクララの髪の毛を内懐から出して眺めるうちに、それが持つ呪力に取りつかれたかのように壁に架けてあった盾の夜叉の髪に視線が移っていく場面である。ここでの作者の筆は、絡み合い、うごめいている髪の毛の一本一本の間をきめ細かくくぐり抜けながら、この恐ろしくグロテスクな形状を、極めて写実的な筆致で描き出している。これは、それまでの雅文体の文章に比べて、いささか異質の感じを与える。そもそも恋人の「一束ねの髪の毛」を彼女の分身のように身につけて持ち歩くということ自体、毛髪のイメージがほとんどフェティシズムの対象になっているというべきだろう。

さて、『幻影の盾』にみられるメドゥーサの髪の魔性的イメージと美しい女との結合は、必然的にマリオ・プラーツが強調する、十九世紀浪漫主義文学の「メドゥーサの美」の主題と結びつく。(9) そして、これに次いで書かれた『薤露行』では、渦巻く髪は女性のメドゥーサの美を具現するためのより直截な道具立てとなっている。「此黄金《こがね》の蛇はわが髪を繞《めぐ》りて動き出す」(一「夢」)という比喩にみるように、グィネヴィア王妃の「渦を巻く髪の毛」はメドゥーサの髪のイメージとつながっており、これはまさに彼女の魔性的本能を覗かせるものにほかならない。さらに「ギニギアは薄き履《くつ》に三たび石の床を踏みならす。肩に負ふ髪の時ならぬ波を描いて、二尺余りを一筋毎に末迄渡る」(四「罪」)のような描写に用いられた髪のイメージは、この嫉妬深く、本能にしたがって振る舞う美女の危険な魅力を伝える象徴的働きをしている。

こうした毛髪のイメージをとおして女のサロメ的本性をあらわしているほかの例に、『虞美人草』の藤尾の場合がある。「藤尾の脊中《せなか》に脊負た黒い髪はさらりと動いた」(十二)、あるいは「藤尾は思はず黒髪に波を打たした」(同)といった表現は、『薤露行』のグィネヴィアの姿態を思わせずにはいない。しかも、「「昼間も」と女は肩を後へ引く。長い髪が一筋毎に活きてゐる様に動く」(同)というような叙述には、グィネヴィアの場合と同じく、明らかにメドゥーサの髪のイメージが重なっている。「男を弄《もてあそ》ぶ」ことを得意とする、「燃ゆる黒髪」を持った「愛の女王」藤尾は、紛れもなくグィネヴィアの近親であり、またこの物語の結末で彼女自身が扮することになるクレオパトラの縁戚なのである。

それにしても、漱石はこのような真新しいタイプの女性像をどこから仕入れてきたのだろうか。作者はこうした疑問をあらかじめ想定したかのように、答えを導きだすための有力な手掛かりを与えている。作中に出てくる「ロゼツチの詩集」(10)がそれである。おそらくこの詩集は、作中のヒロインが、現実とイギリス中世伝説の世界とを往還することを暗示する象徴的小道具のように見える。彼女の周りには、スウィンバーンやロセッティの詩世界の雰囲気がほのかに漂っている。そのことは、あたかも自らの素性を覗かせるかのような、彼女の象徴的身振りからも見てとることができる。たとえば「小机に肱を持たした儘、燃ゆる黒髪を照る日に打たして身動もせぬ」(十二)姿は、作者が直接目に触れ、あるいは画集などを通して脳裏に焼きつけたはずのダンテ・ガブリエル・ロセッティの神秘的かつ肉感的な女性の肖像を下敷きにして描いた観念上の〈挿絵〉(11)と言っていいくらいである[図II]。

ところで漱石のこのような女性描写の特徴は、彼とロセッティとの関係からも推し量れるごとく、世紀末美学と密接不可分の関係にある。一九世紀後半に充満した「美に対する異常な情熱」(O・ワイルド)から生まれたもっとも顕著なテーマは、美しい女のモティーフであり、ロセッティはその先駆的役割を担っている。

とくに、ロセッティが女性の肖像を描く際に示す毛髪にたいする物神崇拝的な情熱は、あまりに

[図II] D.G.ロセッティ《真昼の夢》(1880年)

も有名な話である。仲間のホルマン・ハントが証言しているように、「ロセッティには、女の顔をスケッチする際、モデルの容貌を自分のお気に入りの理想のタイプに変えてしまう性癖があった」ようだ。わけても、髪の毛については実際のモデルのそれよりも誇張して描く場合が多かったが、たとえば、彼の主要作品のモデルとなったジェイン・モリスに宛てた手紙に、彼女の髪と頸をベアトリチェ(実際は、亡き妻エリザベス・シダル)像に「潤色」したことをことわっていることからも、その辺の事情がよくうかがえよう。[12] 実際、写真でみるジェインの実際の髪の毛は、絵に描かれたよりも短く、かつ乱れもせずきちんと手入れされたものであった。

さて、このような女性の毛髪への盲信は、ひとりロセッティに限らず、世紀末芸術全般にわたって見られる普遍的な特徴であるということに注目する必要がある。[13] フィリップ・ジュリアンはボードレールの詩「髪」に始まる世紀末の乱れ髪の「フェティシスム」について、「こういう乱れ髪の美が持て囃されたのは、女が帽子をかぶり、きちんと髪を結っていた時代には、打ちとけた親密な関係を約束するものと見えたからだろう[14]」とその背景を分析して見せる。これをさらに敷衍すれば、女性の濃く豊かな髪は「きちんとボタンが掛けられたボディスの下の、均整のとれたきついコルセットがそうであったように、淑女ぶって気取ったなかで、危険を冒さずになまなましい性的メッセージを伝える[15]」機能をもっていたのである。

R・ゴールドウォーターは、「十九世紀末の美術において女性の髪の表現ほど際立ち、かつ普遍的な特徴をもったものもない。髪は象徴主義絵画の図像学的レパートリーのなかでも極めつきのものであり、アール・ヌーヴォーの図案目録のなかでももっとも広く用いられた項目なのである[16]」と言い切る。蒼白い美しき顔をすっぽりと包む豊かな髪は、妖しい笑みを浮かべた口元(vampire's mouth)や催眠にかかったようなうっとりした視線(hypnotic eyes)とともに、世紀末芸術の〈宿命の女〉の図像にもっとも強調されているディテールであるといって決して言いすぎではない。ケネス・クラークはギュスターヴ・クールベの《美しいアイランド娘・ジョー》(Jo, la belle Irlandaise, 1866)の解説に、「十九世紀美術において、長い髪はいくらか盲目的崇拝の対象となっている。この世紀の宿命の女たちのあふれるばかりの髪の房々は、持ち主の飾りであるとともに武器でもあったらしい[17]」と述べている。

［図 III］ D. G. ロセッティ《レイディ・リリス》(1864-68 年)

　クラークの言う「武器」とは、男を官能の虜にしてしまう危険な「誘惑の道具」という意味で用いられているようだが、これをブラム・ダイクストラの言葉を借りて敷衍すると、十九世紀末の詩人・画家たちは、「女の髪の房々が、女性の本性に内在する、まつわりつく蔓のような脅威を、象徴的に描写するのにもっとも適した手段であることに気付いた[18]」のである。魔性を秘めた毛髪の持ち主として

［図Ⅳ］ J. W. ウォーターハウス
《つれなき美女》（1893年）

いち早く脚光を浴びたのは、アダムの最初の妻リリスである。ロセッティが描いた《レイディ・リリス》(Lady Lilith, 1864-68)［図Ⅲ］は、ふくよかな髪の輝きを誇り、冷たい自己陶酔に陥っているリリスの豊艶な肉体の危険な魅力を表現しているが、スウィンバーンはこの絵に描かれた感覚美の世界を、シェリーの詩に出てくる、若者の頸に巻き付けて永遠に虜にしてしまうリリスの「髪の呪縛」の比喩を援用して解説している。[19] ウォーターハウスがキーツの詩より想を得て描いた《つれなき美女》(La Belle Dame sans Merci, 1893)［図Ⅳ］も、長い髪を頸に巻きつけたうえ、野性的な目つきで騎士を誘惑し、虜にする魔性の女の主題を扱っている。

この「髪の呪縛」のモティーフと関連して思い出されるのが、『こゝろ』の「君、黒い長い髪で縛られた時の心持を知つてゐますか」(上・十三)という先生の言葉である。この比喩の意味するところが愛の呪縛にあることは、その直前の「然《しか》し気を付けないと不可《いけ》ない。恋は罪悪なんだから」という言葉によっておのずと明らかである。ちなみに、漱石は『文学論』のなかで、キーツの「つれなき美女」の一部を引用しており[20]、危険な美女の「愛の呪縛」のテーマについてそれなりの理解をもっていたと考えられる。

誘惑の象徴としての髪のイメージは、『三四郎』においても認められる。

「一寸御覧なさい」と美禰子が小さな声で云ふ。三四郎は及び腰になつて、画帖の上へ顔を出した。美禰子の髪《あたま》で香水の匂がする。

画はマーメイドの図である。(中略)女は長い髪を櫛で梳《す》きながら、梳き余つたのを手に受けながら、此方《こつち》を向いてゐる。(四)

若い男女が互いに「頭を擦り付け」ながら広げられた画集の人魚の絵に見入る、という光景を連想するだけでも、そこにある種の艶っぽい空気を感じないわけにはいかない。おまけに男は、女の髪から漂う香水の匂いに包まれている。美禰子の愛用する「ヘリオトロープ」の香りである。絵のなかでは、マーメイドが妖艶なポーズで長い美しい髪をくしけずっている。すると、絵のなかの人魚を凝視する三四郎の意識のなかで、人魚の長い髪がただいま頭に擦り付けられている美禰子の髪の解きほどかれた様の連想を促していることも想像に難くない。

美禰子がさりげなく三四郎を絵の世界に引きずりこんだのは、妖艶な姿態で「此方を向いて」いる人魚の仕草が語るメッセージの伝達のためであったと解釈すべきであろう。人魚の黒い長い髪のイメージは、もちろん美禰子の抗し難い誘惑の隠喩である。そして、「君、黒い長い髪で縛られた時の心持を知つてゐますか」「然し、気を付けないと不可ない」といった『こゝろ』の先生の言葉は、この場面にも生きているのである。美女の囁き、ヘリオトロープの香り、妖艶な人魚の絵、そして誘惑の表徴としての女の髪——。二人の若い男女の愛の機微に触れるこの短い場面に動員されたディテールにしては、これ以上に世紀末的な雰囲気を引き立てる道具立てがあるだろうか。

ロセッティやミレイにとって、女性の髪が純粋であるとともに危険な魂の象徴であった(21)ように、毛髪のイメージはオフィーリアとサロメ(あるいはモナ・リザ)に代表される世紀末の女性像の両義的認識を反映している。「ただひとつのものが具現している無垢と罪とのこの緊張こそは、なによりも世紀末の願望と悪夢なのだ(22)」というホーフシュテッターの言葉は、世紀末芸術の毛髪崇拝の背景にあるものを的確に言い当てているといえよう。

ロセッティらラファエル前派の画家たちが作り上げた女性美のヴィジョンは、やがて文学・美術を問わずいくつもの時代の〈決まり文句〉(cliché)に結びついており、実際に同時代のO・ワイルド、A・シモンズ、W・B・イェイツ、F・トムソン、L・ジョンスンなどの作品には、ロセッティ特有の理想美人の造形術の模倣が広く行われていた(23)。

こうみると、彼らと同じく世紀転換期のロンドンの空気を呼吸しながら、ラファエル前派の絵に見とれ、ロセッティ、モリス、スウィンバーン、ペイターの作品を耽読した漱石が、やがて『漾虚集』のような書物を出し、またそこにラファエル前派風のタイプの女性を登場させたことは、何ひとつ驚きに値しない。

漱石とラファエル前派との関係については、すでにさまざまな形で論じられてきたので、ここでは繰り返さない。ただ、ひとつだけ強調しておきたいのは、ラファエル前派の芸術の最大の関心は「女」であったし、女はつねに彼らの耽美的想像力の深淵に存在していたという事実である。したがって、漱石がラファエル前派より芸術的感化を受けたとすれば、永遠に謎めいた女性像のテーマこそ漱石が彼らから学んだもののうちもっとも大事なものであったに違いない。

3　ラファエル前派的想像力

漱石の女性描写の特徴がラファエル前派の美学と深く結びついていることを、より明確に示してくれる大事な資料に、作家以前の漱石の英詩がある。

I rested my head against her heaving bosom ;
I cooled my burning forehead on her snowy breast :
She bathed my burning forehead with the amber light
Of her flowing hair, flowing like dreams forlorn :

She supported my feverish head on the downy pillow
Of her soft arms, soft alabaster of serenest hue.　[Italics mine]

(『全集』第一二巻、三八七頁)

私は頭《こうべ》を女の波うつ胸にやすめた。
私は燃える額を女の雪の乳房でひやした。
女は私の燃える額をひたしてくれた、
わびしい夢のように流れる垂れ髪の琥珀色の光で。
女は私の熱い頭《こうべ》をささえてくれた、
清らかな色合の柔い雪花石膏を思わせる腕の羽根枕で。

(亀井俊介訳)

漱石には十一編の英詩があるが、これは有名な"I looked at her as she looked at me: . . . ."から始まる英詩の二日後(一九〇三年十一月二十九日)に書かれたものである。詩の冒頭から連なる「波うつ胸」「雪の乳房」「流れる垂れ髪」「腕の羽根枕」のような成熟した女のみずみずしい肉体の官能的イメージは、これが果たして漱石の作なのだろうか、と思わず疑いたくなるくらいに大胆である。

ここで、こうした異質の表現の出所を彼の英文学的教養から求めてみるのも決して無意味ではなかろう。たとえば、漱石が熟読していたポウの詩には、これと非常に似通った表現がある。

Bathing in many
A dream of the truth
And the beauty of Annie —
Drowned in a bath
Of the tresses of Annie.

She tenderly kissed me,
She fondly caressed,
And then I fell gently
To sleep on her breast —
Deeply to sleep
From the heaven of her breast.　[Italics mine]

こうして　私の魂は　幸せに
やすらっているのだ、
アニーの　真実と　美との
数知れぬ夢にゆあみしながら——

アニーの髪の中に
深々とゆあみしながら。

彼女はやさしくキスしてくれた。
心をこめて愛撫してくれた。
やがて　私は　彼女の胸で
穏やかに眠りにおちるのだった——
天国のような彼女の胸から
深い眠りへとおちるのだった。

〔傍点引用者〕

（「アニーのために」'For Annie' 入沢康夫訳）

ここに描かれている、女のふくよかな胸に額を埋め、その細腕のなかで甘美な眠りに落ちていくというのは、漱石の'I rested my head....'の内容とほぼ符合しているのが一目でわかる(ただ、漱石の詩には「眠り」についての直接の記述はないが、第一連の「腕の羽根枕」という比喩は、明らかに眠りのイメージにつながっているといえる)。また、光を浴びるという意味で用いられた"bath"という語彙の一致も、両者の関連を強く印象づけている。

漱石の詩において髪のイメージは、全体二〇行のうち六回も出てくるという高い頻度が示すように、作品の中心的なイメージをなしている。ところで女の輝く髪は、第一連の “Of her flowing hair, flowing like dreams forlorn :” または第三連の “The three stars . . . . / And lit her dreamy hair,” 第四連の “Her hair forever golden ; forever flowing like dreams. —” などに見られるように、夢の微光を纏っており、光輪(halo)のように女をある種の神秘的な雰囲気に包み込んでいるが、これはポウやロセッティの詩における扱い方ともおおむね近似している。

ポウは漱石が持続的に関心を寄せていた数少ない作家のひとりである。「ポーの想像」(『英語青年』明治四二年一月号)という談話では、ポウの小説よりも「大鴉」‘The Raven’のような「幽玄深秘」の詩世界にいっそうの共感を示している。[24] すると、漱石が所蔵していたポウの詩集中[25]の「アニーのために」などをも併せて読んでいた可能性はかなり高いと思われる。漱石の ‘Dawn of Creation’ などの英詩における天上の恋の主題をめぐっては、すでにポウの「アナベル・リー」との関係が指摘されているが[26]、それに加えて、‘I rested my head . . . .’ の大胆な描写にポウの詩「アニーのために」や「レノア」が投影されている可能性は決して少なくはない。

ところで、このような毛髪のイメージを用いた類似の表現は、ロセッティの詩にもみられる。

Sweet dimness of loosened hair's downfall
About thy face ; her sweet hands round thy head
Ingracious fostering union garlanded : . . . .

女のほつれ髪が、男の顔に乱れかかるそのほのかな美しさ、
やさしく、いとおしく、男の頭を抱いて
花の髪飾りのように組み合わされた女の美しい手、……
（「うまし恋」岡地嶺訳）

ロセッティの『生命の家』の二十一番目（一八七〇年版では十三番目）に収録されている詩「うまし恋」'Love-Sweetness' の冒頭である。女の両手に頭を抱えられた男が女の乱れかかる髪に顔を埋めて甘美な空想に耽っているという内容は、前でみた漱石やポウの詩のそれとほとんど同じである。ロセッティの「在天の処女」'The Blessed Damozel' がポウの「大鴉」の影響を受けて書かれたこと[27]からもうかがえるように、ロセッティとポウとの間に女性像に関する共通の認識が存在したことは確かである。早くからロセッティの存在を認め、彼の詩や絵画に親しんでいた漱石も、「Dante の極楽は *Paradise*, Rossetti の極楽は、かの *Blessed Damozel* の住むところなるべし」[28]（『文学論』[29]）と述べているように、ロセッティの女性像についてある程度の理解をもっていたはずだ。

漱石の英詩には「魂を完全に充たす夢の境地への願望と、それが失われた生の現実への嘆きとをあらわす」[30]ものが多いが、これは「在天の処女」に代表されるロセッティの文学世界と通底している。右に掲げたロセッティの詩の場合、一見官能的色合いが濃いが、詩人が語ろうとしているのは、二人の魂の霊的交渉こそ彼女の柔らかい愛撫よりも甘美である、という趣旨の精神的愛への渇仰で

ある。そしてこのような官能的イメージによる霊的結合の理念は、漱石の 'I rested my head....'[31]や 'Dawn of Creation' にも適用されている。こうみると、『行人』のなかで、兄がメレディスの言葉を借りて語る、「――自分は女の容貌に満足する人を見ると羨ましい。女の肉に満足する人を見ても羨ましい。自分は何《ど》うあつても女の霊といふか魂といふか、所謂《いわゆる》スピリットを攫《つか》まなければ満足が出来ない」(「兄」二十)といった記述は、ロセッティの「霊魂の美」(soul's beauty)の美的理想に共鳴する作者自身の独白といってもさしつかえない。『吾輩は猫である』に見える、「所謂霊の交換だね。相思の情の切な時にはよくさう云ふ現象が起るものだ。一寸聞くと夢の様だが、夢にしても現実より慥《たし》かな夢だ」(『全集』第一巻、二三〇頁)という記述は、ほとんどそのままロセッティの「在天の処女」の世界と接合しているといえるのではないか。

さて、ロセッティの代表作「在天の処女」'The Blessed Damozel' は、世紀末の乱れ髪のシンボリズムの一類型を示した作品としても注目しなければならない。

To one, it is ten years of years.
. . . . Yet now, here in this place.
Surely she leaned o'er me — her hair
Fell all about my face . . . .
Nothing : the Autumn-fall of leaves.

The whole year sets apace.

さなり　そは　十年の長さなり
……されど　今　この場所で
彼の人　たしかに倚れり　かみの毛
はららと落つるとみれば――さにあらず
ただ　秋の木の葉の　落つるのみ。
一年は　ゆめ過渡ばかり　すぎさりぬ。

（「在天の処女」松浦暢訳）

樹下に仰向けになって、他界に行ってしまった恋人を偲んでいる男の顔に、同じく地上の恋人を思いながら天上の宮殿の手摺りに寄りかかった乙女の頭から、長く垂れ下がった熟した小麦色の金髪が、柔らかく落ちてくる――（実は男が恋人の髪の一房だと感じたのは、木から落ちてきた落葉だったのだが）。ここに出てくる、地上に垂れ下がってきた女の髪のイメージは、遥かな空間を隔てた二人の肉体と霊魂とを繋ぐ象徴的道具となっている。

このようなロセッティ特有の髪の象徴学（そもそもキーツやシェリーに端を発するのだが）は、アール・ヌーヴォー様式における髪のモティーフの比重が示すように、世紀末芸術の美的様式のなかに組み込まれた独特の表現を生み出していくことになる。たとえば、遥か海の向こうの日本の女流

詩人与謝野晶子の歌集『みだれ髪』(明治三三年)中の、

夜の帳にささめき尽きし星の今を下界の人の鬢のほつれよ

という歌は、「在天の処女」の右の引用部分から想を得ているのである。[32] いわゆる「明治ロマンティシズム」の先駆となったこの歌集に、ロセッティの夢幻の世界が先取りされたことの意味するところは、きわめて大きい。いみじくも、この世紀末的詩情を湛える歌集の表紙デザイン[図V]は、表題にふさわしく、女性の髪のモティーフをいかにもアール・ヌーヴォー風にあつかったものであった。[33]

[図V] 藤島武二のデザインによる『みだれ髪』の表紙(明治33年)

世紀末の芸術家のなかでとりわけラファエル前派の影響を深く受けたものとしては、ベルギー象徴派と呼ばれる詩人・画家たちの存在を見逃すわけにはいかない。「ベルギーのシェークスピア」と呼ばれ、かつ世紀末の象徴主義演劇の立役者でもあったモーリス・メーテルランクもその代表的な一人である。

メリザンド　もう駄目……これよりも乗り出したら……落ちてしまいそう……　――あら。あたしの髪が、塔から降りてゆく……

（メリザンドの髪が一挙に乱落する。彼女はそのままうつ向いている。髪はペレアスをすっぽり包んでしまう）

ペレアス　あ、これは何。……君の髪だ。君の髪が、僕のほうに降りてくれた……君の髪がみんな、メリザンド、君の髪がみんな塔から落ちたのだ……しっかりつかんだぞ。くちびるに当てよう……両腕で抱き締めよう。ぼくの頸に巻きつけよう……もう一晩じゅう、この手は開かないよ……

メリザンド　そんなに引っ張らないで。放して……もうあたし、落ちてしまう……

ペレアス　いやだよ、放すものか……君の髪のような、こんな髪は見たことがない。メリザンド……そんな髪が、こうして、高いところから、やって来てくれた。そしてぼくの胸まで、すっぽりくるんでくれた……ほんのりあたたかくて、いい手触りだよ。まるで空のうえから落ちてきたみたいだ……（中略）君よりも千倍も、ぼくを愛してくれるこの髪……

（『ペレアスとメリザンド』杉本秀太郎訳）

メーテルランクの象徴主義戯曲の代表作『ペレアスとメリザンド』*Pelléas et Mélisande*（1892）の

第三幕第二場、ペレアスとメリザンドの逢い引きの場面である。手を差し延べようと城塔の窓辺から身を乗り出したメリザンドの頭から落ちて来た長い髪の毛が、ペレアスの体に乱れかかる。このメリザンドの髪が演出する艶麗な情景は、まさに天上の宮殿の手摺りに寄り掛かった「在天の処女」の頭から乱れ落ちた金髪を彷彿とさせる。確かに、「まるで空のうえから落ちてきたみたいだ」とか「この髪の美しい光」といった表現は、メーテルランクがこの象徴劇にロセッティの得意の道具立てを意図的に借用していたことをうかがわせている。

ここで、何よりも私たちの興味を刺激するのは、漱石が『ペレアスとメリザンド』をフランス語の原文で読んでいる事実である。東北大学所蔵の漱石文庫にはいっている五冊のメーテルランクの著作のうち、唯一英訳ではないのがこの戯曲集である。[34] さらに注目すべきなのは、漱石が「あ、これは何。……君の髪だ。（中略）この手は開かないよ」のペレアスの会話の箇所に脇線を引いているということである。この作品に見える漱石の脇線の頻度（計九回）は必ずしも高くなく、ここからも彼の毛髪のイメージにたいする執着のほどをうかがい知ることができるのである。

ところで、前記のペレアスのせりふに引かれた脇線は大事なある事実と結びついていると思う。つまり、その脇線の存在は漱石が自分の知っていることに関連して合点が行ったあらわれなのである。それを説明することにしよう。

ヘンリー・ビーアスの『十九世紀イギリス浪漫主義史』（Henry A. Beers, *A History of English Romanticism in the Nineteenth Century*）は、『文学論』の執筆のときの主な参考書物の一つであったが、この本の第七章「ラファエル前派」には、つぎのような注目すべき記述がみられる。「ウィリアム・モリスの『ラプンツェル』や『黄金の翼』のような詩を読むと、よくメーテルランクの詩集『温室』や戯曲『ペレアスとメリザンド』を思い起こすのだし、またモリスが今日の作家たちに対する無関心からメーテルランク——モリス自身と同じくロセッティの学生である——を除外した理由が簡単にわかる」(三二六頁)と述べた後、つぎのようにつづけている。

たとえば、ラプンツェルはメーテルランクの作品に出てくる魔法にかかった王女たちの一人のようだ。彼女は髪を地上に落下させながら塔の頂きに立っていた。彼女の恋人はあたかもある種の黄金の階段でも上がるように、落ちてきた髪を手につかんで彼女の方へよじ登る。ここには自然からではなく芸術からのイメージを伴った、ラファエル前派の風変わりで、象徴主義的な舞台面が繰り広げられているのだ。(三二六—三二七頁)

これらの一連の記述には、ロセッティの「在天の処女」に端を発する、隔てられた恋人たちを一つにつないでくれる髪のイメージの象徴的使い方が、メーテルランクやモリスにもそのまま踏襲されているのが明らかにされている。

ところで、漱石がビーアスの右のくだりを読んでいた可能性はきわめて高く、したがって漱石が『ペレアスとメリザンド』に出てくるロセッティ風の髪の描写の箇所に線引きをしたのは、ほとんど間違いなくそこに「在天の処女」からの明らかな影響を読み取っていたためと思われる。

さらにいえば、ビーアスの本には、「唇や頸のふっくらした曲線とは対照的に、物憂げなポーズ、そして神秘的で沈思しているような強烈な印象を与える目は、ロセッティの不変の特徴である感覚と精神の結合をあらわす」(三〇九頁)、「モリスやスウィンバーンの初期詩のそれと同様に、ロセッティの『パンドラ』『プロセルピナ』のような絵に描かれた髪――どこまでもつづく巻き毛のウェーヴが左右にひろがっている――は、やはりいくぶんロマンティックに誇張された表現とみえる」(同前)といった記述がでている。漱石はおそらくこうした記述をとおしてロセッティに端を発するこの時代の毛髪にたいするマニエリスム的な様相への理解をさらに深めるとともに、女性描写についてのラファエル前派の〈決まり文句〉の実体を確かめることができたとも考えられる。

十九世紀はどの時代よりも女性の髪が注目を浴びた時代であるが、それにはラファエル前派の役割がきわめて大きい。彼らはそれを新しい女性像の表現のための真の独創的なイメージにつくりあげ、やがて「ラファエル前派風の髪」(Pre-Raphaelite hair)は世紀末芸術のひとつの「現象」になった。漱石の女性描写に顕著にあらわれる髪のイメージは、かなりの部分がラファエル前派譲りのものであって、ここに彼のうちに育まれたある種の耽美的想像力――より具体的にいえばラファエル前派的想像力の断面を垣間見ることができるのである。

4 もう一つの〈オフィーリア幻想〉

『夢十夜』の「第一夜」は短い小品でありながら、漱石の女性像の本質にかかわる示唆的なメッセージを含んでいる作品である。

こんな夢を見た。
腕組をして枕元に坐つて居ると、仰向《あおむき》に寝た女が、静かな声でもう死にますと云ふ。女は長い髪を枕に敷いて、輪郭の柔らかな瓜実顔《うりざねがお》を其の中に横たへてゐる。真白な頰の底に温かい血の色が程よく差して、唇の色は無論赤い。(『全集』第八巻、三二頁)

この作品についての一般的な評価を簡単にまとめるならば、「浪漫的愛の叙情詩」という言葉に要約できるらしい。なるほど、百合や真珠貝、星、墓といった、いかにも浪漫的な小道具もさることながら、地上と天の二元論的構造や、悠長な時空の感覚などは、確かにブレイクのような幽遠な詩世界を彷彿させるものがある。だが、これにも増してこの話を美しいファンタジーの世界につくりあげるのは、ある種のフェアリー・テールを思わせるストーリーの構造である。美しい姿のまま死んで百年後に一輪の百合に転生する女が夢とうつつの境界に現われた妖精というならば、死に掛けている美女の最期を見届け、再会を期して百年間も女の墓を守る男もほとんど妖精物語の主人公になりすましている。

ただ、この男女の間にとくに睦まじい会話などは交わされていないのだが、仰向けになった女とその枕元に座っている男が見つめ合うという構図そのものが、すでにロマンティックな情趣を醸し出す設定となっているといえる。そしてこのように「上から覗き込む」角度から観察される女の顔は、当然ながら漱石のほかの女性描写とは違った感じをもたらしている。

周りにあらん限りこぼれ落ちた黒髪の絨毯に白く浮かび上がった「輪郭の柔らかな瓜実顔」は、どこか近寄り難い神秘的な感じが漂っている。この黒髪を枕に敷いた色白の美人像というのが、「ぬばたまの黒髪之吉(シキ)ていつしかと嘆かすらむそ」(万葉集一七・三九六二)という句に見られるような日本の伝統的な美的感覚に深くつながっていることは疑いの余地がなかろう。この点について芳賀徹は、「「第一夜」の夢に、「長い髪を枕に」「仰向に寝」てあらわれる女は、むしろ蕪村・晶子以来の面影のエロスを底に、作者の脳裏から消えさらぬラファエル前派の damozel や maiden(おとめ)たちの、彼岸からの誘いを漂わせたすがただったのではなかろうか」[35]と説き、「第一夜」の女の描写には伝統的な女性美の感覚のほかに、ラファエル前派の神秘的な乙女たちの姿が投影されていることを指摘している。

ところでつぎの引用は、「第一夜」の女の描写に、このように東西の美的理想を巧みにつなぎ合わせて練り上げた漱石独自の美学が横たわっていることを示す貴重な手掛かりとなる。

エレーンの屍は凡ての屍のうちにて最も美しい。涼しき顔を、雲と乱るゝ黄金《こがね》の髪に埋《うず》めて、笑へる如く横はる。（中略）苦しみも、憂ひも、恨みも、憤りも――世に忌はしきものゝ痕《あと》なければ土に帰る人とは見えず。[36]

（『薤露行』五「舟」）

カメロットの水門にたどり着いた舟に横たわっているエレーンの死骸を、集まった城中の男女が見下ろす場面である。漱石はこの場面を、テニスンの『ランスロットとエレーン』中のつぎの箇所を参考にして書いたとみられる。[37]

In her right hand the lily, in her left
The letter – all her bright hair streaming down –
And all the coverlid was cloth of gold
Drawn to her waist, and she herself in white
All but her face, and that clear-featured face
Was lovely, for she did not seem as dead,
But fast asleep, and lay as tho' she smiled.

左手に手紙を握りしめ——金髪を流れるようにおろしていた——
棺の覆いは金一色で、少女の胸許まで引上げられ、
少女は純白の衣裳を着けていた
ただその顔は、その清らかな面影は
美しく、さながら深い眠りに沈んでいるようで、
死んでいるとは思われず、微笑んでいるかとさえ見えた。

（江藤淳訳）

両方の作品を照合してみると、この場面はテニスンの原作にかなり漱石自身の手が加えられていることが判然とわかるが、とくに注目したいのは、原詩では「金髪を流れるようにおろしていた」"all her bright hair streaming down"とだけあるのを、漱石は「涼しき顔を、雲と乱るゝ黄金の髪に埋めて……」というふうに、自らの詩的想像力を加えて、より艶麗な情景につくりあげている点である。

ついでに言うならば、エレーンの遺書中の一節「陽炎《かげろう》燃ゆる黒髪の、長き乱れの土となるとも」というのも、原作にはない漱石の純然たる創作であって、漱石の毛髪のイメージに対するこだわりぶりを如実にあらわしている。またこの事実は、ロセッティがイタリアの中世詩人プリエジの「亡き恋人のためのカンツォーネ」の翻訳の際、イタリア語の原文にはない「彼女のなめらかに垂れ下がっている髪」("the soft fall of her hair")という表現を付け加えた(38)ことを思い起こさせずにはおかな

い。漱石とロセッティとの間における感受性の類縁は、細部の表現の仕方にまで及んでいるのだ。

さて、こうしてみると、悲恋の少女エレーンと「第一夜」の女との間には、単なる偶然とは片付けられない共通の要素が少なからず存在することがはっきりしてくる。まず、仰向けになった美しい女性の容姿を、上から覗きこむような視点で描いているということが、そのひとつである。さらに、恋人への遺言(エレーンの場合は遺書)を残して、蒼白い顔を長い髪の毛の渦の中に埋めて死んで行く、というストーリーの設定も完全に一致している。「第一夜」の女の墓より伸びてきた一輪の百合のイメージは死んだ女の化身といってよいが、これはテニスンの『ランスロットとエレーン』一三二八—一三三四行に、アーサー王の命令によりエレーンの墓に彫られる百合の花[39](実際には百合の花を手に握っているエレーンの彫像)を連想させずにはいない。また、「第一夜」の「真珠貝」のイメージは、『ランスロットとエレーン』における真珠のモティーフの変容[40]といえなくはない。

これらの事実を総合して考えると「第一夜」には、すでに指摘されているロセッティの「在天の処女」との関係に加えて、漱石がマロリーやテニスンを通じて接したアーサー王伝説の「アストラットの百合娘」("the lily maid of Astolat")エレーンの影が投射されている可能性がきわめて高いといえるだろう。

ここで、夭折した愛妻エリザベス・シダルの亡骸《なきがら》の金髪に大事な詩稿を埋めて埋葬したことのあるロセッティも、「波打つ黒い髪に囲まれて横たわっている女の顔が白く浮かびあがる」ように比類なき美しさを見いだした詩人であったことを、思いだしてみるのもよい。ロセッティの絵に金髪よりも赤褐色の髪の女がより多く登場するのは、「髪と蒼白い頬との劇的なコントラスト(41)」に魅入られる彼の美的感受性より起因している。

『薤露行』や「第一夜」に具現された美女の死と乱れ髪のイコノロジーは、単にこれらだけに止どまらず、ほかにも広く浸透している。

　変らぬものは黒髪である。紫の絹紐《リボン》は取つて捨てた。有る丈《たけ》は、有るに任せて枕に乱した。(中略)乱るゝ髪は、純白《まつしろ》な敷布《シート》にこぼれて、小夜着《こよぎ》の襟《えり》の天鵞絨《びろうど》に連なる。其中に仰向けた顔がある。　(『虞美人草』十九)

藤尾の屍身についての描写だが、ここには「第一夜」の女やエレーンの場合と似通った構図が見られる。つぎの引用からも読みとれるように、作者は白い敷布にこぼれ落ちた黒髪を強調することで、そのなかに横たわっている死顔の蒼白さをいっそう引き立てようとしている。「凡《すべ》てが美くしい。美くしいものゝなかに横はる人の顔も美くしい。驕《おご》る眼は長《とこしな》へに閉ぢた。驕る眼を眠つた藤尾の眉は、額は、黒髪は、天女の如く美くしい。」(同前)藤尾はグィネヴィアのようなサロメ的性情の持ち主として描かれがちだったが、静かに目を閉じている彼女の亡骸《なきがら》を前にして、作者はくどいほど「美くしい」という形容詞を連発する。

純白の布に覆われて横たわっている亡骸を丹念に描きだし、それを「天女の如く美くしい」と語る作者の脳裏には、『薤露行』の純潔な少女エレーンの美しい屍の映像が二重写しされていたに違いない。事実、漱石はオフィーリアの水葬のモティーフを借用して、藤尾の亡骸を水に漂わすための、もうひとつの仕掛けを用意しているのである。海野弘によると、藤尾の亡骸の後ろにさかさに立てられた酒井抱一の銀屛風は、水面をあらわすための漱石の「心憎い工夫」で、結局横になっている藤尾の亡骸は屛風に描かれている花々に囲まれて水に浮いている恰好となるという。すなわち、この場面はJ・E・ミレイの《オフィーリア》を「翻案したもの」だと結論する海野の視点(42)は、示唆に富む。

恋人に見捨てられ、自ら川に流れて死の道を選ぶオフィーリアが、やはり同じ道を歩んだエレーンと血縁関係にあるのは、改めて強調するまでもない。こうして漱石は物語の結末に至って、グィネヴィアにエレーン(あるいはオフィーリア)の影を重ね合わせている。これは、漱石が女性に抱いたアンビヴァラントな認識を反映するものにほかなるまい。

漱石は『草枕』の那美にも、藤尾におこなったのと同様の操作を繰り返している。那美は藤尾に劣らぬサロメ的性情の持ち主であり、その謎めいた表情の裏にモナ・リザの邪悪を秘めている女であるが、作者はそんな彼女に、不釣り合いを承知のうえで、しつこいほど「犠牲になった少女」オフィーリアのイメージを重ねている。

あれは矢張り画になるのだ。水に浮んだ儘《まま》、或は水に沈んだ儘、或は沈んだり浮んだりした

儘、只其《ただ》儘の姿で苦《く》なしに流れる有様は美的に相違ない。（七）

画工はミレイの《オフィーリア》の画像をもとに、那美をモデルとした美的理想の世界を空想しているわけだが、「……姿で苦なしに流れる有様は美的に相違ない」という叙述は、同じく川に流れるエレーンや藤尾にたいして「美くしい」と語ったのと同様の文脈で理解してよかろう。

ジョン・エヴァレット・ミレイの名画《オフィーリア》(Ophelia, 1852)が世紀末芸術のなかで占める意義は、水への甘い誘惑で世紀末のデカダンたちの水性的魂を揺さぶったことのほかに、理想化された自然を背景に神秘的に描かれたオフィーリアの美しい姿態が、男性のサディスティックな欲望を刺激したことにも見いだし得る。そういう意味で、P・ジュリアンが「ジョコンダがマゾヒストの夢だとするなら、あのオフェーリアたちはサディストの幻覚である」(43)と述べたのは、まさに正鵠を射ているといえる。

仰向けになって浮いているオフィーリア(44)の亡骸の美しさは、水面にたゆたいながら存分に広げられた長い毛髪のなかに横たえている蒼白い顔に極められている。生死のどちらとも決め難い、曖昧な表情を浮かべているオフィーリアの顔は、見る者の幻想を掻き立てずにはおかない。ポウが「美女の死は、疑いもなくこの世でもっとも詩的な題材である」(「詩作の哲学」)と語ったのは、世紀末における死と眠りのヴィジョンの端緒を提供している。「すべて「美しいもの」は眠る！　——見よそこに／アイリーンは横たわる、彼女の「運命」と共に！／……わが愛するひと、彼女は眠る！　おお

［図Ⅵ］ D. G. ロセッティ《ベアタ・ベアトリクス》(1864-70年)

彼女の眠りの／覚めることなく、尚もさらに深くあれ！」（ポウ「眠る女」福永武彦訳）

美女の死と眠りのテーマは、ヴィクトリア朝の文芸において頂点に達している。ロセッティが死んだ妻エリザベスを偲んで描いた《ベアタ・ベアトリクス》(Beata Beatrix, 1864-70)［図Ⅵ］は、この時代に持て囃された、屍《しかばね》のような美しい女の肖像の典型を示すものである。画家は、彼女に飛んできた死の使者赤い鳩のくちばしに挟んであるけしの花（けしの花は眠りの象徴とされる）をとおして、静かに目を閉じて夢幻の境地に浸っている彼女が永い眠りに陥っていることを暗示している。また、ミレイの《オフィーリア》、テニスンのシャロットの女なども、この時代が生んだ眠っているような美しい屍のイコンに数えられる存在である。

こうした美女の眠りへの美的感応は、やがてヴィクトリア朝芸術における「眠り姫」(the Sleeping Beauty)のモティーフとかかわってくる。十七世紀フランスの作家シャルル・ペローの童話「眠り

［図Ⅶ］　E.バーン＝ジョーンズ《眠り姫》連作「いばら姫」より（1871-73年）

姫」に魅了され、連作《いばら姫》(The Briar Rose, 1871-73)を完成したバーン＝ジョーンズも、眠り姫の虜になった画家のひとりである。連作の三番目の作《眠り姫》(The Sleeping Princess)［図Ⅶ］は、繁ったいばらの森の幻想化された自然を背景に、白い服に身を包んで永い眠りに陥っている美女を描いたもので、この眠り姫のたおやかで美しい姿態に当時の男性社会の耽美的想像力の一端を垣間見ることもできよう。

当然ながらロンドン留学当時の漱石は、文学作品や絵画だけでなく、いろんな芸術ジャンルをとおして、ヴィクトリア朝の眠り姫たちに出会っていた。

三月七日(木)

夜田中氏ト Drury Lane Theatre ニ至ル Sleeping Beauty ヲ見ン為ナリ是ハ pantomime ニテ去年ノクリスマス頃ヨリ興行シ頗ル有名ノ者ナリ其仕掛ノ大、装飾ノ美、（中略）服装ノ美ナル実ニ筆紙ニ尽シ難シ真ニ天上ノ有様極楽ノ模様若クハ画ケル竜宮ヲ十倍許リ立派ニシタルガ如シ（中略）又 Keats ヤ Shelley ノ詩ノ description ヲ其儘現ハセル様ナ心地ス実ニ消魂ノ至ナリ生レテ始メテカヽル華美ナル者ヲ見タリ　（『全集』第一三巻、四六頁）

留学当時の明治三十四年の日記の記述であるが、漱石はペロー原作の「眠り姫」のパントマイム(45)を観劇して覚えた感動を、このようにいささか興奮気味に綴っている。「天上」「極楽」「竜宮」のような比喩にあらわれているように、漱石にとって眠り姫の世界は、華美な桃源郷への憧れに結び付いている。漱石が「Rossetti の極楽は、かの *Blessed Damozel* の住むところなるべし」と語ったことは先にも触れたが、結局彼の耽美的想像力に内在する桃源郷のテーマには、神秘的な女性のイメージと親密につながっているのだ。

そういえば、『草枕』における画工の桃源郷への旅は、夢うつつのなかで忽然とあらわれた那美という謎の女との出会いに帰結されているといえる。「またかう感じた。うつくしき人が、うつくしき眠りに就いて、その眠りから、さめる暇もなく、幻覚《うつつ》の儘《まま》で、此世の呼吸《いき》を引き取るときに、枕元に病を護るわれ等の心は嘸《さぞ》つらいだらう。」（六）この行文には、前に掲げたポウの「眠る女」の世界、あるいは『夢十夜』の「第一夜」の世界に近い感受性が染み込んでおり、那美を観察する画工の目はしばしば眠り姫、もしくはオフィーリアの幻想を伴っていることが示されているのである。

『草枕』の「十」には、この点に関連してすこぶる印象深い場面が描かれている。「余」が「鏡が池」の水面に映る断崖の岩や松などを写生している最中、巌の頂に突然那美の姿があらわれる。「余《よ》が視線は、蒼白《あおじろ》き女の顔の真中にぐさと釘付けにされたぎり動かない。女もしなやかなる体軀を伸《の》せる丈《だけ》伸して、高い巌の上に一指も動かさずに立つて居る。此一刹那！」(十)蒼白い顔の那美が妖艶な姿態で断崖の巌の上に立っているこの場面は、芳賀徹がつとに強調しているとおり、世紀末絵画にしばしば用いられた「ヴィナスの丘のモチーフ」の応用という側面があり、『三四郎』の美禰子の場合にも同じ構図が用いられている(46)。

ところで、漱石はここにもうひとつの仕掛けを巧みに重ねている。つまり、水辺の巌の上に立っている那美の姿は、当然池の水面に投影されるはずであり、とすれば水面に浮かんだ影は、彼女が水に浮いている様子そのものにほかならないのである。そしてこうした仕掛けの下敷きになったのは、しばしば「余」の網膜に浮かんでくる《オフィーリア》の画像であることは想像に難くない。そしてこれは、丘のヴィナスの鏡像がオフィーリアであるという、何とも奇妙な構図がこの場面に成り立っていることを意味する。要するにこの場面は、漱石の女性美をめぐる想像力が世紀末のデカダンたちと同じく、二つの相反する女性像、すなわち男にとって致命的な存在の「宿命の女」と「男の犠牲になる女」の間で揺れ動いていることを端的に示す象徴的記述となっているのである。

漱石の女性像の「造形」において、視覚芸術が占める比重は大きい。メレディスのような写実的、具体的描写の効用に疑問を抱いた漱石にとって、ラファエル前派の絵の美女たちとの出会いがもたらしたものは、後の女性描写の際に大きく作用していたといって間違いない。漱石のヒロインたちの描写に繰り返される秘儀的表徴はまさに象徴的美人像のイコノグラフィと呼ぶにふさわしく、ここから作者の精神の内面の風景、あるいは世紀末的想像力を垣間見ることは容易である。

「恐れない女」と「恐れる男」という言葉は、漱石にとっての「女」の意味を考える際のキー・ワードになりうる。作品に登場するヒロインと作者との間には、ある種の緊張を生む一定の距離が保たれているようにみえる。そしてこうした緊張関係のなかに、女を横たわる眠り姫のような受動的な存在に仕立てようとするひそかな願望が根差している。男の能動的欲望を刺激する美しい眠り姫たちは、「恐れる男」漱石の無意識のなかで、理想的な女性性(femininity)の権化として存在するのである。

確かに漱石の小説には、「恐れない女」からの「遁走逃亡」の願望がある。[47] しかしそれにもかかわらず、女そのものから遠ざかることはない。「女性は詩的で、非理性的な体験――進歩したブルジョワ文明が抑圧している生の側面――に男性を招き入れる」[48]という観点は漱石の小説に登場する男たちにもあてはまると思う。近代文明に嫌悪を抱いていた漱石にとって、奥深い表情の美しいヒロインたちは、絵という美的理想の世界から抜け出て、存在を詩の領域に手招きする永遠に謎に満ちた存在であり、人間存在そのものを問うあのスフィンクスの娘たちなのである。

第五章

世紀末的感受性
——水底幻想——

1　世紀末の「水への想像力」

私の気付いたことだが、いささか芸術家的な精神のもちぬしたちなら誰しも、ハシッシュによって照らされた場合、水が恐ろしいほどの魅力を帯びたものとなってくるのである。流れる水、噴水、諧調《ハーモニー》なして落ちる瀑布、涯しもない海の青が、あなたの精神の奥底で、転がり、眠り、歌うのだ。こういう状態にある一人の男を透き通った水の縁に放っておくのはひょっとして良くないかも知れない。譚詩《バラード》に出てくる漁夫のように、〈波の妖精《オンディーヌ》〉に引きずりこまれてしまうかも知れないのだ。[1]

ボードレールの散文『人工楽園』に、アシーシュに酔ったときの精神状態を水に浸っていることに喩えるくだりだが、これはまさしく十九世紀末のデカダンたちの間に浸潤していた「水への《アクワティック・》想像力《イマジネーション》」の源というべきものだった。たとえば、ユイスマンスの『さかしま』の主人公デ・ゼッサントは自分の隠れ家を一種の巨大な水族館として作り上げ、あたかも海底に住んでいるような幻想を楽しんだりしていた。こうした水中世界の夢想は、ユイスマンスに限らず、当時の文学者や美術家の主なテーマの一つであった。SF小説の先達ジュール・ヴェルヌの空想小説『海底二万里』

（一八七〇年）は、海底という未知の世界を披露し、水中世界に対する一般の好奇心を強く刺激した先駆的な作品といえる。これに引き続き、フローベールは『聖アントワーヌの誘惑』（一八七四年）の末尾部分で、動物とも植物とも見分けのつかない変形された水中生物の世界を繰り広げ、たちまち当時の話題を集めた。一方、ポウをはじめ、テニスン、スウィンバーン、メーテルランク、ローダンバック等の詩に、耽美的・幻想的空間として水底のモティーフが頻出しはじめるのも、この時代であった。

世紀末文芸における水への想像力の源としては、ラファエル前派の一員だったJ・E・ミレイが描いた《オフィーリア》（一八五一―五二年）［図I］も重要である。理想化された自然を背景に、水死したオフィーリアの美しい亡骸《なきがら》を細密画のタッチで描いたこの絵は、水と女、あるいは水と美しい死のイコノグラフィを生み出し、世紀末のデカダンたちを甘い水底幻想の世界へ導いている。

オフェーリアの髪が灰色の水に広がっている
あたまのなかは千々に乱れる思いでいっぱい
あれは野晒しの亜麻かしら　それともオフェーリアの髪かしら
彼女の躰を包んで水に浸っているもつれたものは
（ジョルジュ・ローダンバック「オフェーリア」杉本秀太郎訳）

［図Ⅰ］ J.E. ミレイ《オフィーリア》(1851-52年)

オフィーリアの水死を賛美したのは水郷の詩人ローダンバックひとりではない。同時代のランボーも、ヴェラーレンやジャン・ロランもオフィーリアと共に溺れ死ぬことをこいねがった詩人たちであったのだ。

世紀末文芸におけるこの水底のモティーフは、世紀末研究家の間ですらほとんど見過ごされてきたのだが、近年になってようやく注目されるようになった。ジャン・ピエロは『デカダンスの想像力』(一九七七年)の中で、フランスの世紀末文芸を解くうえでおろそかにできない主要テーマとして「水中世界の夢想」に着目する。彼は、世紀末におけるデカダン的想像力は「水中世界の夢想」というテーマの中で最高潮に達したとしたうえで、多くの世紀末の詩人・作家が海底の風景を好んで取り上げた背景に対する説明を試みている。

水中世界には、世紀末文芸の基本的イメージを構成する水・宝石・鉱物・植物の四つの自然物質がすべて備わっており、そこからは世紀末文芸得意のさまざまな〈変形の夢想〉が豊富に醸し出される。さらに、水底は藻類のような植物や、貝、魚のような多くの種類の動物からなる生物界を包蔵しているが、とくに動物とも植物とも決めかねる奇異な生物の集積所として、世紀末好みの想像力をかきたてるに充分な要素に満ちている。また、水底は水中のすべての実在するものに独特の光を浴びせて、それらを照らすと共にうすぼんやりとぼかしてしまう。すなわち輝く水から発せられる光は、水中のすべての実在にある種の夢想的な姿を与えるわけで、こうした観点から考えると、デカダン的な意識にとって水中世界は、夢という全く内面の世界に実在する自然界という形で照応するものといえよう。(2)

以上がジャン・ピエロの論の大筋だが、これだけでは必ずしも充分な説明とはいえない。そこで、もう少し彼の議論をおぎなって検討を進めることにしたい。

世紀末文芸の合言葉というべきデカダンスという語は、元来下降と衰落を意味する。世紀末の前段階としての浪漫主義にせよ、世紀末のデカダンティスムにせよ、現実に対する拒否と逃避という基本姿勢においてはほぼ同様であったものの、その芸術表現の面では相反する様相を呈していることは興味深い。世紀末デカダンたちが、ロマンティストたちの蒼空への視線から地下(墓)や水底の世界へ視線を向けるようになったのは、十九世紀文芸史の自然な推移であった。そういう意味で、ボードレールが詩「人と海」で、人間の精神を「海に劣らぬ苦い深淵」と喩えたのはすこぶる象徴的な意味をもつといえる。

　それに、十九世紀中葉から神話・伝説の発掘、研究が活発になったことも大事である。その結果、永い年月にわたって海底で眠っていたニンフ、セイレン、ウンディーネ、人魚たちが長い眠りから目を覚まし、その妖しい姿態で再び男たちを惑わし、海底の国へつれていくことになる。ブラム・ダイクストラがいうように、「セイレンとマーメイドは魂の領域の探究に従事した十九世紀末の芸術家が直面した、とりわけ差し迫ったテーマ」(3)であったのだ。いうまでもなく、彼女たちは世紀末文芸全般にわたって顕著にあらわれる〈宿命の女《ファム・ファタール》〉の原型ともいうべき存在で、〈宿命の女〉がしばしば水辺に出現するのは、大方ここに端を発しているといえる。(4)

　十九世紀後半を通じて頻繁に開かれた万国博覧会における水族館や各種の潜水器具の展示および普及も、水中世界に対する好奇心をより具体化させ、深化させる要因となった。

　絵画の場合においても、現実の可視的世界を拒否し、その彼方に潜む神秘な幻想世界へ到達しようとした象徴派にとって、写実派や印象派の写すありふれた自然は、すでに陳腐なものでしかなかった。(5)彼らは、まぶしい日光に照り映える水面の視覚的な印象の表現に執着する印象派の画家たちを嘲笑うかのように、あえて水面下の、つまり印象派の光のとどかない暗い世界に下りて行った。

　イギリスの文芸批評家W・ペイターが『ルネサンス』(一八七三年)のなかで語るダ・ヴィンチの《モナ・リザ》の話も、世紀末の水底のモティーフとの関連で傾聴に値する。モナ・リザの後ろの細い水流が蜘蛛手をなして流れる景観は、水底にありうべき永遠の谷間と見たうえ、女の顔を霊妙に照らしている光が海底のうすぼんやりした光と酷似していることから、「深海の海女」つまり水底に住む吸血鬼として彼女の正体を暴くペイターの《モナ・リザ》解釈は、同時代のデカダンたちを熱狂させた。

この一見倒錯的解釈は、J・ミルナーも言うように「時代の趣味と理念」(6)から由来するという点に注目したい。目に見えるブルジョア的現実を拒否し、洗練された感受性を深い想像力に導かれながら内なる旅に出た世紀末のデカダンたちは、いわば水中世界に耽美的幻想の錨を降ろしたわけで、彼らにとって水底幻想は、この時代の「趣味」であり「理念」でもあったのである。

象徴主義絵画と同様、水はアール・ヌーヴォーの造形表現にも常につきまとっているように思われる。アール・ヌーヴォーが好んで睡蓮や藻類などの水生(水中)植物や、白鳥や鰻などの水棲(水中)動物のモティーフを取り上げたことは、単なる偶然とは言いがたい。陸上の植物のモティーフを盛んに取り入れたのも、植物が内蔵している有機的な生命力に対する憧れからだといえるが、考えてみれば、植物の生長力を支えるのは他ならぬ水であり、したがって世紀末の芸術家たちの目には、植物の生長力も結局水のダイナミズムとして映ったと思われる。また、アール・ヌーヴォーの主調である流れるような曲線のモティーフにしても、水流の運動に対する類推が働いていることは言うまでもない。

こうしてみてくると、水は世紀末の芸術家たちに、もっとも親しまれた物質であったことがわかる。(7)そして彼らの間にデカダンスと同様の意味で用いられていた déliquescence(潮解・溶解)という語自体からも推察できるように、世紀末におけるデカダンス的意識と水への想像力との固い結合は、この時代がつくりだした秘教的表象の一つであった。

2　水の女

漱石の作品における水のイメージについては、すでに大岡昇平(8)をはじめ、蓮實重彦や芳賀徹の指摘がある。蓮實によれば、「溢れる水は漱石的存在に異性との遭遇の場を提供し」、「男と女とを外界から孤立させるもの(9)」という。また芳賀徹は、男たちをとかく「遠く且つ遥かな心持」にさせる池水は、「『池の女』、あるいは「人魚《マーメイド》」、つまり美しい「宿命の女」(femme fatale)との邂逅に導く恰好の舞台であったろう(10)」と指摘する。これらの指摘からもわかるように、〈漱石的女〉の出現をもたらし、男と女を非現実の世界へと導く物質としての水の象徴的役割は、漱石文学の秘儀的領域に通じるものといえよう。事実、後に触れる多くの作品から水の象徴的役割が認められるのである。

もちろん水と女のモティーフの結合は、世紀末という時代に限ってあらわれるものではない。しかしながら、世紀末の芸術家たちは言い合わせたかのようにそこに〈宿命の女〉としての意匠を加え、時代精神の反映として特有の水の象徴学を展開している。

一九〇〇年頃の民間伝承において、海は受動的なものであったし、女性は海の被造物であっ

［図 II］ チャールズ D. ギブソン《淵に溺れて》(1900 年)

た。まったく曲がりやすく、変幻自在な、しかし最後にはすべてを取り囲み、その徹底した浸透性の内に致死の脅威を感じさせる水。水が女性のシンボルである所以だ。(11)

と語ったのは、世紀末の邪悪な女たちの系譜を作成したブラム・ダイクストラである。さらに彼は「世紀末の文学作品に、毎年の絵の展覧会の壁に劣らず、セイレンやマーメイドたちが密集して住み込んだのは驚きに当たらない」とし、こういう水の精たちをつかんだ代表的な詩人としてテニスンとボードレールとロセッティ、またはスウィンバーンの名前をあげている。(12) こうして、水と女というモティーフは集団無意識的ともいうべき様相を呈しながら、この時代の文学や絵画を華やかに彩るのである［図 II—IV］。

十九世紀の英文学をひろく渉猟していた漱石は、当然ながら、E・A・ポウやスウィンバーン、テニスンらの詩に繰り広げられる幻想的な水の世界にたびたび接することができたはずだ（漱石の蔵書目録にはこの三人の作品集がそれぞれ入っている）。加えて、世紀末の妖しい余香が依然として濃密にたちこめていた二十世紀初頭のロンドンで過ごした漱石は、絵を通じても何人もの〈水の女〉たちに出会ったに違いない。たとえば、《オフィーリア》（ミレイ）、《マーメイド》（ウォーターハウス）［図Ⅴ］、《シャロットの女》（ロセッティ［図Ⅵ］、ウォーターハウスなど）、《エレーン》（B・レイトン、E・ノーマンドなど）などであるが、とくに「シャロットの女」と「エレーン」は、およそ世紀転換期の二十年間ロイヤル・アカデミーにほとんど毎年出品されたほど人気のあるテーマであった。このほかにもバーン＝ジョーンズらの〈宿命の女〉[13]としての妖しい人魚たちにも出会っただろう。何しろ「ヴィクトリア朝の絵画には、水中の風景という一つ

［図Ⅲ］　ハロルド・ネルソン《騎士フルドブラントが夢に見たもの》（Fr. de la Motte-Fouqué, Undine & Aslauga's Knight, London, 1901 挿絵）＊漱石所蔵本

［図Ⅳ］ E.バーン＝ジョーンズ
《深海》（1887年）

のジャンルがある」(14)ほどだったのだ。
それでは、こうした体験は漱石の作品に実際どういうふうに投影されているのか。つぎのような一節は、漱石がいわゆる〈漱石的女〉の造形にあたって、そうした絵から得た印象を巧みに生かしている好例といえるだろう。

画はマーメイドの図である。裸体の女の腰から下が魚になつて、魚の胴が、ぐるりと腰を廻つて、向ふ側に尾だけ出てゐる。（中略）背景は広い海である。
「人魚《マーメイド》」

「人魚《マーメイド》」

頭を擦り付けた二人は同じ事をさゝやいた。　（『三四郎』四）

美禰子が三四郎に人魚が描かれている絵をのぞきこませる場面である。ここに登場する絵はウォーターハウスの《マーメイド》(Mermaid, 1900)だという指摘[15]がすでにあるが、ここで何より興味を引くのは、漱石が絵の中の人魚と美禰子を巧みに二重写しにすることによって、この魅力的な「新しい女」に世紀末芸術における〈水の女〉のイメージをさりげなく与えている点である。

［図 V］ J. W. ウォーターハウス《マーメイド》(1900 年)

もっとも、漱石の脳裏に刻み込まれた〈水の女〉への絵画的印象を捜し当てただけで、〈漱石的女〉の正体がすぐさま明らかになるというものではない。というのも、漱石の前・中期にわたる作品で描かれた美しいヒロインたちは、

［図 Ⅵ］ D. G. ロセッティ《シャロットの女》（1858-59 年）（モクソン版『テニスン詩集』〔1859 年〕挿絵）

ときとして人魚のような水の精よりも邪悪で恐ろしく、そして謎めいた永遠の存在のように映るからである。

それでは、このヒロインたち――朧気な向こう側の存在のように現われ、その妖しい微笑みで男を惑わし、男の無力を嘲笑うかのように振る舞う彼女らの本当の姿は何であろうか。また、なぜ彼女たちは、必ずといっていいほど、水に包まれてその妖艶な姿を現わすのだろうか。

『永日小品』（明治四二年一月一日―三月一二日、『朝日新聞』に連載）には「モナリサ」というきわめて短い小品が収められている。日曜日には古道具屋を見回る役所勤めの「井深」は、ある日、「埃《ほこり》だらけ」の「モナリサ」の額を八十銭で買い、家に帰るなり細君に見せる。ところが細君は「気味の悪い顔」とか、「此の女は何をするか分らない人相だ」と言いながら部屋に掛けるのを止める。しかし井深は細君の反対をおし切って書斎の壁にかける。そして彼はその夜、調べものをしながら「何遍となく此の画《え》を見」るが、「何処となく細君の評が当つてゐる様な気がし出」す。翌日、役所から帰宅した井深は、壁から「突然」落ちてめちゃめちゃに破れた額を発見する。破れた額の裏から出た四つ折りの西洋紙には「モナリサの唇には女性《にょしょう》の謎がある」云々の「妙な事」が書いてあった。翌日役所に行った井深は「モナリサとは何だ」「ダ　ギンチとは何だ」と聞くが、誰も分からないという。結局井深は、この「縁喜《えんぎ》の悪い画」を五銭で屑屋に売り払ってしまう。

以上がこの小品の粗筋であるが、それにしても、当時でもさして珍しくないはずの《モナ・リザ》の粗雑な複製画をめぐる話にしては、どこか無気味なところがある。果して《モナ・リザ》は、井深夫婦の目に映ったように、一般に「縁喜の悪い画」とされていたのだろうか。そんなはずはありえない。井深の時代も、今の時代も、《モナ・リザ》は女性に秘められた神秘な魅力を静かに語りかける不朽の名画なのである。

では、漱石のこうした風変わりな《モナ・リザ》観は、一体どこから発せられているのだろうか。

3　モナ・リザ――ファム・ファタールの原型

漱石の『文学論』は、彼が帰朝した後の、明治三十六年九月から三十八年六月にわたる東京帝国大学での講義内容を一冊にまとめたものだが、この中にはつぎのような興味深い一節がある。

Pater が *La Gioconda* を評したる語に曰く

“The presence that thus rose so strangely beside the waters, is expressive of what in the ways of a thousand years men had come to desire. Here is the head upon which all “the ends of the world are come,” and the eyelids are a little weary.（中略）Certainly Lady Lisa might stand as the embodiment of the old fancy, the symbol of the modern idea.”

—*The Renaissance.*

斯《かく》の如く解剖的なる記述は複雑なる今日に於ても容易に見るべからず。斯の如く綜合的に一種まとまりたる情緒を吾人に与ふる記述も亦儔《たぐい》すくなかるべし。（『全集』第九巻、二三四―二三五頁）

漱石は描写と文体の問題を論じる中で、ペイターの『ルネサンス』中の一節を英文のまま引き合いに出して、「一種まとまりたる情緒」を与えるペイターの記述方法に強い共感を示しているのである。ところが、漱石研究家たちがほとんど注意を払わないこのくだりに私があえて注目するのは、ここに「モナリサ」の主題、ひいては〈漱石的女〉を究明するための手掛かりが隠されていると考えるからである。

漱石が原文のまま引いているペイターの一節は次のようなものである。

水ぎわに、こうしていとも不思議に立ち現われた姿は、千年ものあいだに男たちが欲望の対象とするにいたったものを表わしている。彼女の頭はすべての「世の終りにある者」の頭であり、瞼はいささか疲れている。（中略）この世のすべての思想や経験が、外形をいちだんと優美にし表情豊かにする力を働かせて、ギリシアの肉欲、ローマの淫蕩、霊的な渇望を想像的な愛を伴う中世の神秘主義、異教世界の復帰、ボルジア家の罪業を、そこに刻み込み象《かたど》ったのである。彼女は自分の座を取り囲む岩よりも年老いている。吸血鬼のように、何度も死んで、墓の秘密を知った。彼女は海女として深い海に潜ったこともあって、海中に散りこぼれた陽の光が彼女にまといついている。（中略）たしかにリザ夫人は古い幻想の形象化、近代思想の象徴として立っているのかもしれない。(16)（富士川義之訳。ただし一部は工藤好美訳参照）

先にも少し触れたように、これはペイターの異色の《モナ・リザ》解釈の中でも、吸血鬼としてのモナ・リザの本性を暴く有名な箇所で、たちまちジャン・ロラン、ペラダン、ワイルドといったデカダンたちを熱狂させたのみならず、十九世紀末のパリ界隈の〈客引き女〉の間にまで謎に充ちた微笑を流行させることになった。

ところで、ペイターを丹念に読んでいた漱石がペイターの文体を論じる中で、ことさらこのくだりを引き合いに出している点は注目を要する(17)（漱石の蔵書目録には、一九〇一年版の『ルネサンス』を含めて、二冊のペイターの本が含まれている）。このくだりがあまりにも有名で、ペイターの代表

［図Ⅶ］ レオナルド・ダ・ヴィンチ《モナ・リザ》(1504-1505年)

的な文章例として紹介したとも考えられなくはないが、事情はそれほど簡単ではない。

漱石はロンドン留学中の一九〇二年、ロイヤル・アカデミーで開かれた「昔日の巨匠展」で、ダ・ヴィンチの《モナ・リザ》(図Ⅶ)を見ている。福田真人・大田昭子の論考[18]によると、漱石が見たのは本物ではなく、模作だったようだが、それでも漱石は強烈な印象を受けたらしく、カタログの写真版の一隅に「不惑」という謎めいた一語を書き留めた。もし彼がすでにペイターの一節を読んでいたなら、あの謎の微笑に隠されたメデューサ的な魔性に惑わされないことを自分自身に言い聞かせた言葉とも受け止められるだろう。

いずれにしろ、小品「モナリサ」には、《モナ・リザ》を直接みた時の印象に加え、ペイターの奇妙な解釈が濃く投影されていることは間違いなく、それは作品の全般にわたって確かめることができる。

まず主人公の井深が「モナリサ」の額を入手する経緯をふり返ってみると、彼は古道具屋の一隅に「埃だらけになつて、横に立て懸けてあつた」〔傍点引用者〕モナ・リザを「掘り出し」てくるわけだが、この描写は、あたかも土（埃）の中に横たわって埋まっている、つまり古い墳墓の中にあるモナ・リザを掘り出したような感じを与える。モナ・リザは「何度も死んで、墓の秘密を知った」女（ペイター）なのである。

さらに、井深は「西洋の画は此の古道具屋に似合はない」としながらも、この絵については「如何にも此の古道具屋にあつて然るべき調子である」と考える。これもやはり、《モナ・リザ》は幾千年という時間のなかから奇跡的な巧緻さで選び出された「時間の風景」というペイターの表現と符合する。また、この絵の額は「どうした具合か」突然落ちて硝子がめちゃめちゃに破《こわ》れたにもかかわらず、絵そのものには何の損傷もない。これもペイターの解釈と関連して考えてみると、モナ・リザは幾度となく死んだが、その恐ろしい生命力で生き返る女、つまり時間と空間を超越し「永遠の生命」を与えられた女であることが思い浮かぶ。

結末部分のつぎのようなくだりもすこぶる奇妙な内容となっている。

翌日《あくるひ》井深は役所へ行つて、モナリサとは何だと云つて、皆に聞いた。然し誰も分らなかつた。

ぢやダ　ギンチとは何だと尋ねたが、矢っ張り誰も分らなかつた。

果してこんなことがあるだろうか。おそらくこの記述には、一般の人々が知らないのは、井深(いわば作者自身)だけが知っているモナ・リザの秘密のことだ、という意味が隠されているのではないか。結局井深が役所の人たちに投げかけた質問は、漱石が読者を通じて何を語りかけようとしたのだろうか。おそらく漱石は、《モナ・リザ》から平板な日常を乱し、男を惑わそうとする危険な存在、しかも経済的な損失すら与える(八十銭で買った額を五銭で売り払う)存在としての、女性の原像を見出したのではなかろうか。

イギリスの詩人シェリーがイタリアのウフィツィ美術館で見たダ・ヴィンチの《メドゥーサ》から強烈な印象を受け、女性の〈メドゥーサの美〉に魅かれていったように、漱石が受けたモナ・リザの印象は、後の〈漱石的女〉の造形において底流として流れていると、私には思える。こうしてみると、水に包まれてその妖しい姿をあらわす〈漱石的女〉たちに仄めく影は、水のほとりにあらわれた「深海の海女」("a diver in deep seas")、モナ・リザの画像の残影であるかのように思えてくる。

4　女性像の両極

『草枕』(明治三九年)は、漱石の諸作品の中でも、もっとも水のイメージに溢れる作品である。画工の「余」が訪れた那古井の温泉場は、どことなく水が湧出する〈水の国〉そのものとして描かれている。地下から絶え間なく湧き出る出湯《いでゆ》ばかりでなく、話の展開の主な舞台となる「鏡が池」の謎めいた淀んだ水、そして那古井の自然に湛えられている目に見えない古い水などは、この作品の夢幻的な雰囲気を醸し出すためのもっとも効果的な装置となっている。

冒頭、那古井の温泉場に辿り着く前に「余」をびっしょりと濡らす山中の雨は、〈向こう側〉へはいるために必ず通り越さなければならない〈水のとばり〉として設定されている。ここで水は幻想世界への入口の役目を演じているわけだが、このように『草枕』の幽遠な情調は、ほとんど意識的に仕組まれた水の描写と深く関わっていることを見逃してはなるまい。

この水のイメージと関連して、温泉場の地形に関する描写も注目に値する。

山が尽きて、岡となり、岡が尽きて、幅三丁程の平地となり、其平地が尽きて、海の底へもぐり込んで、十七里向ふへ行つて又隆然と起き上がつて、周囲六里の摩耶島となる。是が那古井の地勢である。(四)

およそ無駄のないこの写実的な叙述は、那古井の地形を眺望する「余」のいかにも画工らしい分析的な観察態度を反映しているといえるだろう。しかし、目に映る自然の内側にまで視線を据え、そこから永い年月の堆積としての悠遠な「時間の風景」を見出すような深い観察態度は、単に画工だからという以上のものを感じさせる。そこで私が注目したいのは、冒頭にさりげなく出てくるダ・ヴィンチの絵画観をめぐるエピソードである。そこでは、事物を「其儘に写す」〔傍点原文〕のではなく、芸術としての「悠長な」見方の重要性を力説するダ・ヴィンチの芸術観が比喩的に語られている。とすれば、こうした描写はペイターによって解明されたダ・ヴィンチの「解剖的洞察力」に基づいているように思われてくる。とくに、「其平地が尽きて、海の底へもぐり込んで、……」云々の記述は、《モナ・リザ》の後景が遠い昔には水底だったことを指摘するペイターの解釈を彷彿とさせる。

「余」の意識の中に水のイメージがいかにつきまとっているかを示す例としては、那古井に至るまでの道程での「路を行くと云はんより川底を渉ると云ふ方が適当だ」〔傍点引用者〕という表現も挙げられる。要するに、「余」の目に映った〈水の国〉としての那古井の景観は、ただ単に絶え間なく湧き出る水からのみならず、遠い昔の古い水の記憶を湛えている那古井の地勢そのものからも印象づけられるのである。

この〈水の国〉にも、当然ながら、〈漱石的女〉が現われる。「余」の泊まっている宿屋の娘、志保田那美がそれで、つぎの一節はこの女の性格を知るうえで一つの手掛かりとなるだろう。

　此辟易すべき多量の形容詞中から、余と三歩の隔りに立つ、体《たい》を斜めに捩《ねじ》つて、後目《しりめ》に余が驚愕と狼狽を心地よげに眺めて居る女を、尤《もつと》も適当に叙すべき用語を拾ひ来つたなら、どれ程

の数になるか知れない。然し生れて三十余年の今日に至るまで未だかつて、かゝる表情を見た事がない。(三)

「背の高い」すらりとした「体を斜めに捩つて」いる女の姿態は、バーン＝ジョーンズらのラファエル前派、そして青木繁の絵によく登場するS字型のポーズの〈宿命の女〉たちを思わせる。事実、この女は妖艶な姿態で「余が驚愕と狼狽を心地よげに眺め」たりする、サロメ的な性情の持ち主でもある。

　所《ところ》が此女の表情を見ると、余はいづれとも判断に迷つた。口は一文字を結んで静である。眼は五分《ぶ》のすきさへ見出すべく動いて居る。顔は下膨《しもぶくれ》の瓜実形で、豊かに落ち付きを見せてゐるに引き易《か》へて、(中略)画《え》にしたら美しからう。(三)

このような女の姿態や表情に対する濃密な描写ぶりは、漱石の作品の中でも珍しい。ラファエル前派を始めとする象徴主義絵画が象徴的パントマイムや観想学的サンボリスムを確立したように[19]、漱石もこの作品で画工という立場を借りながら自分なりの象徴的観想学を試みたのだろうか。そういえば、那美のいかにもわざとらしい格好の立ち姿や、「余」を静かに凝視する意味深げな表情などは、自らも〈絵の女〉に仕立てようとする意識のあらわれといってよい。そして画工の「余」が強く取り憑かれたのも、この〈モデル〉の神妙な表情に他ならない。

こうした那美の表情についてのつぎのような描写は、彼女の性格をよりはっきりとあらわしている。「気を負へば百人の男子を物の数とも思はぬ勢」がある一方、「慎み深い分別がほのめいてゐる」――つまり「表情に一致がない」下膨で瓜実顔の女。さらにこの女が見せる「人を馬鹿にする微笑《うすわらい》」は、あの《モナ・リザ》のメドゥーサ的微笑ともかなり似通っているのではないか。

那美に仄めいている《モナ・リザ》の画像は、その表情の描写だけにとどまらない。水のほとりに住むモナ・リザが自分自身を「取り囲む岩よりも年老いている」ように、この温泉場の女も、古くからあった「鏡が池」と同じ歳月を生きぬいて来たかのように描かれているのである。


「時に此池は余程古いもんだね。全体何時《いつ》頃からあるんだい」

「昔からありますよ」

「昔から？　どの位昔から？」

「なんでも余《よ》っ程《ぽど》古い昔から」

「余っ程古い昔しからか。成程」

「なんでも昔し、志保田の嬢様が、身を投げた時分からありますよ」

「志保田って、あの温泉場《ゆば》のかい」

「はあい」

「御嬢さんが身を投げたつて、現に達者で居るぢやないか」

「いんにえ。あの嬢さまぢやない。ずつと昔の嬢様が」

「ずつと昔の嬢様。いつ頃かね、それは」

「なんでも、余程昔しの嬢様で……」（十）

「鏡が池」での村人との対話の一部だが、ここで目を引くのは、「何時頃から」「どの位昔から」といった都会者らしい「余」の時間概念と、「余つ程古い昔し」という村人の大らかな時間概念との食い違いである。

つまり、「昔し」この池に身を投げたという「志保田の嬢様」は、「現に達者で居るぢやないか」と思う「余」の混乱を引き起こしており、大らかな時間概念とあいまって極めて曖昧に扱われている。しかもまぎらわしいことに、「余」の知る「志保田のお嬢さん」も「私が身を投げて浮いて居る所を（中略）奇麗な画《え》にかいて下さい」としきりに身投げをほのめかしている。こうなると、「あの志保田の家には、代々気狂が出来ます」という村人の補足の説明にもかかわらず、「余」には、この温泉場の女が何度も「鏡が池」に身投げした女として、さらには池と同じく「余つ程古い昔しから」存在している女として映ってしまうのも無理はない。

結局、この二人のやりとりは、文明の時間単位では計れない悠遠の時間がこの作品に流れていることを読者に喚起すると同時に、そのような久遠の時間の海の中で温泉場の女はいつまでも泳いでいることを暗示する二重の巧みな仕掛けになっているのである。

ところで、『草枕』には一種の「絵画小説」といってもいいほど、いろいろな絵のイメージや絵画論などが織り込まれている。なかでも、「余」の眼前に度重ねて浮かび上がるJ・E・ミレイの名画《オフィーリア》の画像は、作品の基本的構造にまで濃い影を落としている。水死したオフィーリアの幻影と美しいヒロイン那美に対する意図的混同、《オフィーリア》にならった「鏡が池」についての濃密で幻想的な描写ぶり……。画工の「余」は《オフィーリア》を手本に、那古井の幻想的自然と那美という魅惑的なモデルを用いて、一つの美的理想を具現しようとする。

しかし、実際に「余」の目に映る那美や那古井の自然は、しばしば《オフィーリア》の画像のそれとはずいぶん掛け離れたものとなる時がある。那美の魔性的本能から滲み出る一種の凄艶美は、可憐な純真無垢な少女オフィーリアから生まれる端正美とはまるで対照的ですらあり、また深山椿の描写に象徴される「鏡が池」の陰険な自然は、《オフィーリア》の理想化された自然美の世界ともかなりの相違を見せている。

そこで、この作品が「絵画小説」としての一面をもつという事実を考えるならば、作品の自然描写や人物の造形においては、《オフィーリア》一点にとどまらず、複数の絵のイメージが交わり合っていると見る方がむしろ自然であろう。では、那美の性格描写に加わった《オフィーリア》以外の別の画像があるとすれば、それは何であろうか。

ここで話は、すでに触れた冒頭のダ・ヴィンチのエピソード、景観描写や那美に関する描写の中でしきりに見え隠れするペイターの《モナ・リザ》論の影に戻ることになる。つまり、那美についての性格描写にも明らかなように、彼女には「人に縋《すが》りたい景色が見え」、「温和《おとな》しい情け」が湧きでるオフィーリア的な一面があるものの、その一方「人を馬鹿にする微笑《うすわらい》」に代表されるモナ・リザのメドゥーサ的な一面も併存している。となると、「余」を悩ます女の表情の不一致は、実はこの二つの画像の重畳に起因するものではないかという解釈も可能である。

十九世紀後半から末にかけて、オフィーリアとモナ・リザは世紀末デカダンたちの間で脚光を浴びるようになった。「ジョコンダがマゾヒストの夢だとするなら、あのオフィーリアたちはサディストの幻覚である[20]」という言葉からもわかるように、二人の女は世紀末の女性観をめぐる代表的イコノグラフィを提供した。失恋の末に川に身を投げたオフィーリアを純真無垢な女性の憐れな生命の象徴とすれば、水底に潜ったことの証として顔に不思議な光を宿して微笑むモナ・リザは女性の魔性的側面を代表する存在だったのだ。

それでは、もし漱石が世紀末の芸術家たちを熱狂させた対照的な二人の女を自作のヒロインの中に重ね合わせにしたとすれば、それはどういう背景からなのだろうか。

「余」はついに那美の絵を描けない。女の顔には「余」が求める「憐れ」よりは「嫉妬」や「憎悪」あるいは「怒」のような魔性的性格ばかり目立つ。たとえ《オフィーリア》ばりの背景やモデルが整っていたとしても、肝心の女の性格がモナ・リザ的属性が強い以上そこからオフィーリアのような「憐れ」は求めるべくもなく、したがって絵が描けなかったのは当然の成り行きだった。おそらく漱石は、この二人の女がそれぞれ世紀末芸術のライトモティーフだった〈水の女〉の原型であることを正確に見抜いていたうえ、それを同じく〈水の女〉那美に内在する両極的性格を描写するための格好の手段として用いたのではなかろうか。この点は漱石の女性に対する両義的な認識と関連して、一つの重要な示唆を与えてくれる。

今まであまり指摘されなかったことだが、なかなか絵が描けない「余」を催促するかのように、那美が《オフィーリア》の如く水の上に浮くポーズを直接とって見せる場面はすこぶる興味深い。「余」が「鏡が池」の水面に映る巌や松などをスケッチしているとき、巌の頂きに突然那美が姿を現わす。「体軀を伸《の》せる丈《だけ》伸して、高い巌の上に一指も動かさずに立つて居る」その姿が池の水面に落としている影は、彼女が水面に浮いている様子そのものに他ならないのではなかろうか。「余」は余の興味を以て、一つ風流な土左衛門をかいて見たい」と語る背景には、こういう美的趣向が下敷きにされていたに違いない。池に鮮やかに投影される「水の下なる影」、それが影なる故にオフィーリアの美しい亡骸《なきがら》より一層幻想的雰囲気を醸し出している。これは、水底のモティーフをめぐる漱石の美的幻想の深さを示す好例であろう。(ちなみに、漱石は『幻影の盾』でも、「太古の池」の岩の上に立った女が「岩の上なる我がまことか、水の下なる影がまことか」[傍点原文]と歌う場面を描いている。)

漱石の〈水への想像力〉の豊かさは、たとえばつぎのような描写にもあらわれている。

余は湯槽《ゆぶね》のふちに仰向《あおむけ》の頭を支へて、透き徹る湯のなかの軽《かろ》き身体を、出来る丈《だけ》抵抗力なきあたりへ漂はして見た。ふわり、〳〵と魂がくらげの様に浮いて居る。世の中もこんな気になれば楽なものだ。（七）

湯に体を浸けただけで、意識は溢れ出る水ですっぽり包まれ、魂はいつの間にかくらげのように水底を遊泳する。この場合、水は蘇生や浄化への願望というよりは、母胎回帰の潜在意識をひきおこす物質である。「湯泉《ゆ》と同化し」ようとする「余」の意識の根底には、羊水と「同化」していた胎児のときの記憶がある。こうした記述には、水をもっとも親和しやすい物質とみなし、それに精神的な安らぎを求める漱石の意識が投影されているように思われる。

作中、「土左衛門の賛」という奇妙な小唄が出てくる。

雨が降つたら濡れるだろ。
霜が下りたら冷たかろ。
土のしたでは暗からう。
浮かば波の上、
沈まば波の底、
春の水なら苦はなかろ。（七）

ここには地上の生に対する懐疑と水底での往生への願望が歌われている。漱石にとって、水の親和力は退行願望の具体的なあらわれであった。先の章で、世紀末のデカダンたちが彼らの退行意識のあらわれとして水中世界の夢想に囚われたことを見てきたが、水の底へ視線を掘り下げ、そこに魂を漂わす「余」——つまり漱石は、彼らに劣らぬ「水性的魂」の持ち主だったのである。

5　エロスの領地

那美にみられるように、漱石の美しきヒロインたちは水に身を委ねることに何の恐れも抱かない。むしろ、彼女たちの言動からは、水に浸ることがいかに甘美な誘惑なのかといった信念すら感じられる。暴風雨に道を断たれ、やむなく和歌山の宿でいっしょに一夜を過ごすことになった二郎と嫂との間で、このような会話が交わされる。

「妾《あたし》も先刻《さつき》から其事ばかり考へてゐるの。然しまさか浪《なみ》は這入《はい》らないでせう。這入つたつて、あの土手の松の近所にある怪しい藁屋《わらや》位なものよ。持つてかれるのは。もし本当の海嘯《つなみ》が来てあすこ界隈を悉皆《すつかり》攫《さら》つて行くんなら、妾本当に惜い事をしたと思ふわ」

「何故」

「何故つて、妾そんな物凄い所が見たいんですもの」

「冗談ぢやない」と自分は嫂《あによめ》の言葉を打《ぶ》つた切《ぎ》る積《つもり》で云つた。すると嫂は真面目に答へた。

「あら本当よ二郎さん。妾死ぬなら首を縊《くく》つたり咽喉《のど》を突いたり、そんな小刀細工をするのは嫌よ。大水に攫《さら》はれるとか、雷火に打たれるとか、猛烈で一息な死に方がしたいんですもの」

自分は小説などを夫程《それほど》愛読しない嫂から、始めて斯《こ》んなロマンチツクな言葉を聞いた。さうして心のうちで是は全く神経の昂奮から来たに違ひないと判じた。［傍点引用者］

（『行人』「兄」三十七）


嫂の口から出る「本当の海嘯」の「物凄い所が見たい」とか、死ぬなら「大水に攫はれ」て死にたいという言葉は、どう考えても尋常ではない。そしてそれを聞いた二郎は、ふだん小説などをあまり読まない彼女にしては「ロマンチツクな言葉」と受け止める。激しい雨のなかで、四方を水に囲まれたという意識が彼女をして「ロマンチツクな」感情に陥らせたのだろうか。いま彼らは無意識のうちに、「死」と「愛」の境界にまたがっている。こういう劇的な境遇をもたらしたのは、もちろん「水」の仕業である。ここでの水の役目は明らかである。彼らの周りに溢れる大水は、ロマンチシズム文学の久遠のテーマであった〈死とエロス〉のアレゴリーなのである。このことは、「是から二人で和歌の浦へ行つて浪でも海嘯でも構はない、一所に飛び込んで御目に懸けませうか」という嫂の大胆不敵なせりふによって、いっそう明確になるはずだ。結局、突然襲ってきた「水による遮断」は、二人の男女が世俗社会の道徳がとどかない世界へ入るための必要な道具立てとして用意されているのである。

古い池水に身を投げることをしきりにほのめかしながら男を翻弄する那美は、漱石の小説に登場する、絶えず水の誘惑に駆られる危険な女の元祖のような存在である。


「身はまだ中々投げない積りです」

「私は近々投げるかも知れません」

余りに女としては思ひ切つた冗談だから、余は不図《ふと》顔を上げた。女は存外慥《たし》かである。

「私が身を投げて浮いて居る所を——苦しんで浮いてる所ぢやないんです——やす〳〵と往生して浮いて居る所を——奇麗な画《え》にかいて下さい」

「え？」

「驚ろいた、驚ろいた、驚ろいたでせう」


（『草枕』九）

こんな彼女が実際に池に飛び込むようなポーズを取ってみせるのは、先に述べたとおりである。「スヰンバーンの何とか云ふ詩に、女が水の底で往生して嬉がつて居る感じを書いてあつた」（七）云々というのは、ほかでもないこの温泉場の女のことなのは無論である。水の底に身を委ねて嬉しがっている女。これ以上に、「水の女」としての性分を明かすものがあるだろうか。

「あなたも飛び込んで御覧なさい」と美禰子が云ふ。
「私? 飛び込みませうか。でも余《あん》まり水が汚ないわね」と云ひながら、此方《こっち》へ帰つて来た。
(『三四郎』六)

三四郎を前にして、美禰子とよし子とのやりとりのひとこまである。池に飛び込めという美禰子の言葉は教養のあるお嬢さんの口から出たものとしてはいささか「唐突」なものだが、だが彼女の性分が那美と同じく「池の女」の末裔であることを考えると、なんら驚くに当たらない。

『行人』の嫂に限らず、漱石の「危険」なヒロインたちは水際に男を誘い込み、いまにも水に「飛び込む」と脅かすのが得意であるらしい。エロスと死の世界に隣合わせしている彼女たちにとって、水はもっとも近づきやすい物質として遍在するのである。

漱石の水底の幻想は、『彼岸過迄』(明治四五年)にも顕在化している。船に乗った須永一行は船頭から渡された、ガラスを張った小判形の桶に顔を突っ込むようにして、代わる代わる海の底を覗きこむ。

鏡が夫《それ》から夫へと順々に回つた時、叔父は是《こり》や鮮やかだね、何でも見えると非道《ひど》く感心してゐた。(中略)自分は千代子から渡された鏡を受け取つて、最後に一枚の硝子越に海の底を眺めたが、かねて想像したと少しも異なる所のない極めて平凡な海の底が眼に入《い》つた丈《だけ》である。其《そ》所《こ》には小《ち》さい岩が多少の凸凹を描いて一面に連なる間に、蒼黒い藻草《もくさ》が限りなく蔓延《はびこ》つてゐた。其藻草が恰《あたか》も生温るい風に嬲《なぶ》られる様に、波のうねりで静かに又永久に細長い茎を前後に揺《うご》かした。

「市《いつ》さん蛸《たこ》が見えて」

「見えない」

僕は顔を上げた。千代子は又首を突込んだ。彼女の被《かぶ》つてゐたへな〳〵の麦藁帽子の縁が水に浸《つか》つて、船頭に操つられる船の勢に逆らふ度に、可憐な波をちよろ〳〵起した。僕は其後《うしろ》に見える彼女の黒い髪と白い頸筋を、其顔よりも美くしく眺めてゐた。(中略)彼女は両手で桶《おけ》を抑へたまゝ、船縁《ふなべり》から乗り出した身体を高木《たかぎ》の方へ捻《ね》ぢ曲げて、「道理《どうれ》で見えないのね」といつたが、其儘《まま》水に戯れる様に、両手で抑えた桶をぶく〳〵動かしてゐた。

(『彼岸過迄』「須永の話」二十四)

この記述からまず気付くのは、海の底の情景に対する、実際に自分の目で観察したことのない人は到底書けないような迫真の描写である。漱石はおそらく自分の目で海の底を覗いてみた経験の持ち主だろう。ところで、須永と千代子の心理劇にとってこの場面が語る何らかのメッセージがあるとすれば、それは何か。漱石のヒロインたちにとって、海や川や池がエロスの領地であり、誘惑の場所であることを、まず考えるべきだろう。案の定、海の上の千代子は誰よりものびのびと振る舞う。海そのものに慣れ切ったような態度だ。麦藁帽子の縁が水に浸《つ》かるのも構わずに、しなやかな体を「船縁から乗り出し」て、青い水底を覗きこむ千代子。その隣で須永は「彼女の黒い髪と白い頸筋を、其顔よりも美くしく眺め」る。これはある面では、ひどくエロティックな光景ではないか。千代子はといえば、自分の頸筋に注がれる須永の熱い視線を意識しながら、平然と「其儘水に戯れる」。魅かれる男と戯れる女。彼らの間に実体に近いエロスを持ち込んだのは、もちろん〈水の力〉である。ここには、漱石のほかの作品に見慣れてきた水辺での誘惑の構図が立派に成り立っているのである。

漱石の作品にあらわれる水のさまざまな「現象」を分析した蓮實重彦の、「漱石における「水」は、それが池であれ、河であれ、あるいは海であれ、奥行きをもって拡がる風景ではなく、人の視線を垂直に惹きつける環境なのだ(21)」という見解にはまったく同感である。これは水というのが、世俗との交渉を避けるとかく退嬰的な漱石の作中人物にとって何か特別なものであることの裏付けにもなろう。と同時に、漱石の水底幻想が当代のヨーロッパのデカダンたちと同様の精神的ヴェクトールに基づいていることを意味するのである。

6 水性的魂

漱石が当時の中心的画家たちと交流をもっていたことは本論の冒頭に記したとおりだが、直接的な交流をもたなかった青木繁に対してもかなりの好感をもっていた。

青木君の絵を久し振に見ましたあの人は天才と思ひます。あの室の中に立つて自から故人を惜いと思ふ気が致しました。(22)

明治四十五年三月東京で開かれた「故青木繁君遺作展覧会」を見た後に書かれた津田青楓宛の書簡の一節である。この、漱石にしては最大級の賛辞にはもちろん、故人への同情もあろうが、生前から彼の芸術に対する数少ない共鳴者の一人だった漱石の特別な感懐が込められていると見ていいだろう。これは『それから』に見えるつぎのようなくだりからも、十分読み取ることができる。

出来得るならば、自分の頭丈《だけ》でも可《い》いから、緑のなかに漂はして安らかに眠りたい位である。いつかの展覧会に青木と云ふ人が海の底に立つてゐる脊《せ》の高い女を画いた。代助は多くの出品のうちで、あれ丈が好《い》い気持に出来てゐると思つた。(五)

この作品は、おそらく青木繁が明治四十年の東京府勧業博覧会に出品した《わだつみのいろこの宮》と見られるが、珍しく画家の実名まであげ、漱石が代助の口を借りて言おうとしたことは何なのだろうか。

実は、この《いろこの宮》[図Ⅷ]は三等賞末席という、画家本人にしてみればまことに「不当」な扱いをされた作品であった。ちょうど漱石が『それから』を執筆していた頃、自作の不当な扱いに憤慨して中央画壇から離れていった青木繁は、久留米と佐賀あたりを転々としながら、失意の日々を送っていた。漱石はおそらく自分が期待を寄せていたこの新鋭画家の心痛ましい経緯を知っていたはずである。そして「多くの出品のうちで、あれ丈が好い」[傍点引用者]という記述を通じて、不当

[図Ⅷ]　青木繁《わだつみのいろこの宮》(明治40年)

な審査結果に対する漱石自身の強い不満を暗に語ったに違いない。

では、なぜ漱石は青木繁の作品にこうまで深く共感していたのであろうか。

漱石が『倫敦塔』『幻影の盾』『草枕』など浪漫的色彩の濃い初期代表作を発表した明治三十八年から四十年にかけては、画家青木繁の最盛期にあたっている。画家としての地位を確固たるものにした出世作《海の幸》(明治三七年)をはじめ、《享楽》(同)、《大穴牟知命》(明治三八年)、《日本武尊》(明治三九年)、《わだつみのいろこの宮》(明治四〇年)等の代表作は、いずれも神話的モティーフからなる幻想的かつ装飾的な画風を示している。青木は早くからロセッティやバーン＝ジョーンズ、モロー等の世紀末象徴主義絵画に親しんでおり、それらの作品に刺激されながら、独自の芸術表現を生み出した。

このように両者の作品活動を照合してみると、おのずから二人の接点が浮かび上がってくる。つまり、ラファエル前派等に触発された世紀末的感性が二人に共通しているのである。これは、漱石が青木繁の技法的な完成度にほとんど関心がなく、画面から醸し出される「気分」を重視していることからも裏付けられよう。漱石は「或人は自分に、彼はまだ画を仕上げる力がないとさへ告げた。それですら彼の製作は纏まつた一種の気分を漲らして自分を襲つたのである」(23)(「文展と芸術」)[傍点引用者]といい、青木繁の絵の全体的な雰囲気を「霊妙なる空気」と喩えている。

漱石が重ねて愛着を示したのは《わだつみのいろこの宮》である。この絵に対する当時の評価は、前作《海の幸》に比べるとかなり低かったし、現在の美術史家たちもほぼ同様の評価を下している。

おそらく漱石のなみなみならぬ鑑賞眼をもってすれば、それぐらいのことは承知していたであろう。とすれば、漱石がこの絵に抱いた深い共感は、彼自身の個人的な趣向が強く働いたとしか考えられない。

早くから海や水中世界のモティーフ（たとえば岩野泡鳴の詩集『夕潮』の挿絵など）を盛んに取り上げていた青木繁は、《いろこの宮》の制作にあたって実際何度も海底に潜るなどして、水中の幻想的な世界を描きあげた。(24) この水中風景を目の当たりにして、存在を「緑のなかに漂はして安らかに眠りたい」という代助の言葉にあらわれているとおり、漱石の「水性的魂」は比類ない感動と安らぎを覚えたに違いない。

漱石にとって水底の世界は、朧げな向こう側の世界であり、疲れ果てた魂の隠遁処であった。『それから』の代助は「あまりに潑溂たる宇宙の刺激に堪えなくなつた頭を、出来るならば、蒼い色の付いた、深い水の中に沈めたい位に思つた」（十）と告白する。代助をしてこう言わせた漱石の意識は、「わたしは自分の青い霊の水の中へ……」と歌ったメーテルランクやローダンバックなど世紀末の〈水の国〉の住人たちの世界に限りなく近い。現に、青木繁の遺作展覧会で《いろこの宮》に再び出会ったとき、「氏の描いた海底の女と男の下に佇んだ」(25)（「文展と芸術」）漱石は、意識の中ではすでに水底の住人に成り切っていたに違いない。

漱石は明治三十七年二月八日付の寺田寅彦宛の葉書に一首の新体詩を書いている。

水底の感　　　　　　　　　　藤村操女子

水の底、水の底。住まば水の底。深き契り、深く沈めて、永く住まん、君と我。
黒髪の、長き乱れ。藻屑もつれて、ゆるく漾《ただよ》ふ。夢ならぬ夢の命か。暗からぬ暗きあたり。
うれし水底。清き吾等に、譏り遠く憂透らず。有耶無耶の心ゆらぎて、愛の影ほの見ゆ。(26)

この詩が「巌頭の感」と題する遺書を残して自殺した哲学青年藤村操の水死から想を得て書いたものであることは周知のとおりである。しかし、この詩には自殺の背景などはすべて取り除かれて、水底における死後の生に対する憧れが歌われているのみならず、水に溺れ死ぬこと自体が一種の美学的次元にまで昇華されている。なかでも第三行目の、「黒髪の、長き乱れ」のような表現は、漱石の水底幻想あるいは水への想像力の在り処を示すものといってよかろう。無数の藻屑が漾《ただよ》うなか、長い黒髪が水中で緩くゆらめき、乱れ合う様は、まぎれもなくアール・ヌーヴォー得意のアラベスクの表象そのものを反映している。

漱石の水への想像力とアール・ヌーヴォー美学が結合した、もう一つの典型的な例を挙げてみよう。明治三十九年刊行の短編集『漾虚集』は、漱石の多くの本の中でも、もっとも尖鋭なアール・ヌーヴォー感覚に溢れる書物といえる。なかでも、この本の奥付に描き込まれた黒いボーダー［図IX］はひときわ異彩を放つ。刀の形をした魚と鱏《えい》のように見える魚などが泳ぎ、下には動物とも植物とも区別のつかない形態の生物たちが水流によってゆらめいている深海の風景を図案化したものである。とくに下方の、奔放自在に曲がり、うねり、波打つような細長い線が織りなす流動感は、アール・ヌーヴォー表現の精髄を示している。

［図 IX］ 短編集『漾虚集』（明治 39 年刊）の奥付

このカットももちろん橋口五葉の手になるものだが、例によって漱石の発案が濃く反映されたと思われる。それにしてもいったい漱石と五葉は、当時としては破格のこんな大胆な図案の着想をどこから得たのだろうか。おそらくヨーロッパの最新の作例からヒントを得たものと考えられるが、それよりも、私はこのカットを見ていると、先に触れた『草枕』の一節がどうしても重なり合ってくる。すなわちこのような水中世界は、湯槽に身体を漂わして「ふわり、〳〵と魂がくらげの様に浮いて居る」［傍点引用者］ときの「余」の内面風景を反映しているかのようだし、さらには「水底の感」における藻屑が「もつれて、ゆるく漾ふ」様子をも連想させる。

アール・ヌーヴォーの様式概念の底流にある水性的造形原理と、漱石の作品における水の遍在性は、つまるところ同根の関係にあるといえる。この『漾虚集』にしても、人跡未踏の太古の池や幻想的な南国の海、そして船に乗せられたエレーンの「美しき亡骸《なきがら》」をゆっくりと流す川など、水のイメージは作品の主題と深く関わっている（もしかしたら、本の最後を飾るこのカットは、水の国に葬られる彼女たちの亡骸が行きつく所を描いたものだったのかもしれない）。

今まで見てきたように、漱石文学における水底のモティーフは、世紀末芸術の洗礼、またはそこから育まれた彼の世紀末的感受性から由来するものであった。明治資本主義文明の患部を見つめつつ、世紀末のデカダンたちと同じく、時代に対する嫌悪を抱いていた漱石にとって、水中世界という幻想の空間は困憊した魂の安息処でもあり、満たされない美的欲望の具現の場でもあった。この点は、漱石という多面的特質を兼備した作家の耽美的資質を論ずるとき、必ず通らねばならぬ漱石文学のドグマといえる。

第六章　浪漫的魂の行方

――『薤露行』から『草枕』へ――

1　鏡の謎

漱石が「アーサー王伝説」に取材した初期短編『薤露行』に、ストーリーの本筋とは無関係な「二「鏡」」を組み入れたことは、結果的にこの作品を深い謎を包んだミステリーの領域に閉じ込めてしまった、というのが研究者の間の共通の見解のようである。問題の「鏡」の章というのは、カメロットへ流れる川の島の塔の暗い部屋に閉じ籠り、昼も夜も鏡に面して、そこに映る〈影の世界〉を色とりどりの糸でタペストリに織りつづける「シャロットの女」の話である。

有《あり》の儘《まま》なる浮世を見ず、鏡に写る浮世のみを見るシヤロツトの女は高き台《うてな》の中に只《ただ》一人住む。活ける世を鏡の裡《うち》にのみ知る者に、面《おもて》を合はす友のあるべき由なし。（二「鏡」）

そんな彼女にとって、外部世界へ直接通じる部屋の窓は禁忌の対象であり、それを犯すと鏡にひびが走り、その人は死を覚悟しなければならない。しかし、毎日繰り返して、鏡に映る「活ける世」の人々の生の営みを見ているうちに、時には人の世から孤立した自らの生に対して懐疑が起こり、さらに自分が対面している影の世界が果して「まこと」の世界に通じているか否か、という根本的な疑念が通り過ぎることもある。

只《ただ》影なれば写りては消え、消えては写る。鏡のうちに永く停《とど》まる事は天に懸る日と雖《いえど》も難い。活ける世の影なれば斯《か》く果敢《はか》なきか、あるひは活ける世が影なるかとシャロットの女は折々疑ふ事がある。明らさまに見ぬ世なれば影ともまことゝも断じ難い。影なれば果敢なき姿を鏡にのみ見て不足はなからう。影ならずば？——時にはむら〳〵と起る一念に窓際に馳《か》けよりて思ふさま鏡の外《ほか》なる世を見んと思ひ立つ事もある。シャロットの女の窓より眼を放つときはシヤロットの女に呪ひのかゝる時である。シャロットの女は鏡の限る天地のうちに跼蹐《きよくせき》せねばならぬ。（同前）

ここには、「鏡の限る天地のうちに跼蹐せねばならぬ」と運命づけられた自らの生を儚く移りやすい、いわば頼りない〈鏡の牢獄〉と感じるシャロットの女の内面の葛藤が描き出されている。そして、シャロットを通り過ぎて行く騎士ランスロットの凛々しい馬上の姿を鏡に見た途端、激しい心の揺れを来したシャロットの女は、ランスロットの姿を追い、ついに禁忌を破って窓に駆け寄って、塔を駆け抜けるランスロットの姿を見下ろす。その瞬間、鏡が真二つに割れ、さらに粉々に砕かれた鏡の鉄片と「ほつれ、千切れ、解け、もつれ」た五色の糸が共に舞い上がって乱れるなかで（図I）、「シャロットの女を殺すものはランスロット。ランスロットを殺すものはシャロットの女。

わが末期の呪を負ふて北の方《かた》へ走れ」という呪いの言葉を発し、「朽ちたる木の野分《のわき》を受けたる如く」「鞺《どう》と仆《たお》れる」ということで話は終わる。

［図Ⅰ］　ホルマン・ハント《シャロットの女》（1858年モクソン版『王の牧歌』より）

漱石は、『薤露行』の前置きにこうした物語を書いた動機を述べるなかで、マロリーの『アーサー王の死』とテニスンの『王の牧歌』の二つの先行作品について言及している。しかし、江藤淳や高宮利行などの考察[1]によってすでに明らかになったように『薤露行』は、漱石があげた二つの作品のほかに、テニスンの初期詩「シャロットの女」(一八三二年、改訂版一八四二年)を加えた、三つの作品が融合して出来上がった短編である。ここで不可解なことは、問題となっている「鏡」の場合、テニスンの「シャロットの女」(全四部)の第

一、二、三部の内容がほとんどそのまま物語の骨格をなしているにも拘わらず、作者の漱石が肝心のこの詩の存在について一言も触れていない点である。

これはどう解すべきなのか。漱石は出だしから何かをはぐらかしている。あえていうならば、『薤露行』のテクストが内蔵する複雑で難解なパズルの構造は、この前置きのなかで読者に与えたきわめて不十分なクルーにおいてすでに用意されていたといってよい。ここで、漱石が意図的に曖昧の構造を持ち込んだのではないか、という疑いが生じるのは当然で、もしそうだとすると、そこに秘められた〈意図〉というものはいったい何か、という謎が生まれる。この謎解きに挑んだ論考のなかで、とくに注目を浴びたものに、江藤淳が主張する嫂との不倫の恋に対する「暗号」説というものがある。

『薤露行』は「禁忌と死の主題」を主旋律とする「破局」の物語であり、そこに秘められているのは十数年前に死んだ嫂との不倫の恋であるというのが、その主旨である。(2)

だが、果して漱石はほんとうに、『薤露行』において語ろうとしたものを人に知られたくなかったのだろうか。江藤によると、漱石は人に自分の秘密を見破られないために、「アーサー王伝説という暗号」を使ったということだが、もしその通りだとすると、『薤露行』に対する読者の批評に接して、漱石が見せたつぎのような反応はどのように扱うべきなのか。「四方太は倫敦塔幻影の盾は面白いといふが薤露行はわからぬといふ人だ。僕には其理由がわからん。」これは漱石の弟子の一人であった野村伝四宛の手紙(明治三九年二月二〇日)の一部だが、ここで私たちは、『薤露行』についての四方太の「わからぬ」という反応を漱石がかなり不満としている様子をうかがうことができるだろう。(3)漱石の手紙の文面が伝えるように、ほとんど同じ時期に書かれた『倫敦塔』や『幻影の盾』については「面白い」と評したことからみれば、四方太は『薤露行』が〈西洋物〉だから気に入らなかったはずはなく、したがって彼が「わからぬ」といったのは、従来よりいわれたように、「鏡」の章を入れた故に生じる「複雑さ」に向けられていたことは簡単に見当がつく。

ここで再び江藤説に戻ると、『薤露行』は「エレーンの物語ではな」く、「鏡」の章にシャロットの女を登場させたこと自体が漱石の「暗号」であり、そこにこそ亡き登世への「挽歌」を奏でようとする作者の秘かな作意がこめられている、という。しかしながら、江藤がいうように、漱石が『薤露行』（とりわけ「鏡」）を、人々に見破られないために細心の工夫をして、登世との不倫の恋に対する「暗号」として書いたならば、果して右の手紙でいうような反応があり得るだろうか。もし江藤説のとおりだとすれば、「わからぬ」という反応に接して、むしろ安堵の微笑みを見せる方が自然だったのではなかろうか。

漱石が四方太に向けた不満は、むしろ自分が出題したパズルが解けない弟子への詰責に似た感情の表れと解釈するのが妥当であろう。『薤露行』を人に知られたくないための「暗号」の形式とみるのは適当ではない。なぜならば、私たちは後に書かれた『草枕』において、『薤露行』で試されたパズル遊びの場に再び引きずり込まれることになるからである。

2 「鏡」の変容

『草枕』に登場する神秘的なヒロイン那美の素性に関する話からはじめたい。画工の「余」が那古井の温泉場で出会う那美は、シャロットの女と同様、つかみ所のない不可解な存在として描かれている。ところで、彼女のキャラクターの描写に動員されたディテールは、驚くほどシャロットの女のそれに似ている。何よりもまず「那美」という名前から、どこか意味深げである。「那美」という名は、おそらく彼女が住む「那古井」という地名から由来するだろうということは容易に推察される。「那古井の美しい女」とも解せられよう。ここで重要なのは、この命名の背景にあるものが、シャロットの島に住む謎のヒロインの名が「シャロットの女」であったことと同じ脈絡につながっているということである。さらに、小説で那美の〈化身〉のように扱われる伝説上の存在「長良の乙女」(“The Lady of Nagara”[4])の場合も、作者は念を押すかのように、地名に因んだ命名の仕方を貫いている。

那美の居所である温泉場の宿は丘の麓の崖へさしかけられた二階建てだが、これは確かに「岡の上なるシャロツトの女の住居《すまい》」(『薤露行』)を彷彿とさせるものがある。つまり、彼女たちの居場所が、ともに周囲の景色を〈見下ろす〉位置にあるという点でも共通しているのである。

さて、肝心の那美の素性の面においてはどうなのか。「余」と温泉場の下女との間に交わされる

会話のなかに、

「若い奥さんは毎日何をして居るかい」

「針仕事を……」

「夫《それ》から」

「三味《しやみ》を弾きます」

是は意外であつた。　（『草枕』四）

という内容のものがある。謎めいた存在・那美の正体を知りたがる「余」は、ここで彼女の〈日常〉の日課というのが「針仕事」と「三味線」であることを聞かされる。ここまでくると、私たちはいよいよ作者の思わせぶりに気づかないわけにはいかない。つまり、〈那古井の女〉の「針仕事」というのは、「絵《はた》」を織りつづけるシャロットの女の日常を、また「三味線」の音はシャロットの塔の「窓より洩るる梭《ひ》の音」を思わせずにはいないのではないか。

那美が「余」に対して身投げをすることをしきりに仄めかす池がある。名付けて、「鏡が池」という。その名前は、那美の家系である志保田家の「余程昔しの嬢様」が、志保田の家に逗留していたある虚無僧に恋をしたあげく、虚無僧のあとを追うて来た池で身を投げて死んだのだが、その時彼女が「一枚の鏡」を持っていたことから由来する。そういう伝説を蔵する鏡が池は、作品のなかで特別な権能を与えられている。具体的にいえば、池は那美を現実離れした存在、あるいは無時間的な存在に仕立てる象徴的な道具立てとなっているのである。村の男は「余」に、「昔しの嬢様」が身投げしたことを聞かせてやった後、つづけてつぎのようにいう。


「なんでも余つ程昔の事で御座んすさうな。夫《それ》から――これはこゝ限りの話だが、旦那さん」

「何だい」

「あの志保田の家には、代々気狂《きちがい》が出来ます」

「へえゝ」

「全く祟《たた》りで御座んす。今の嬢様も、近頃は少し変だ云ふて、皆が囃《はや》します」

「ハヽヽ、そんな事はなからう」


(『草枕』十)

那美の家系には「祟り」によって「代々気狂」が出るという話だが、ここで私たちは「昔しの嬢様」と「今の嬢様」(那美)との間にほとんど時間的な隔たりを感じさせない村男の話振りに注目しなくてはならない。つまり、鏡が池という背景は那美を久遠の時間の海にいつまでも泳ぐ、いわば無時間的存在に仕立てるために用意されているのだ。鏡が池は自ら信ずるもののために破滅の道を選ばざるを得なかった、「祟り」(curse)と「狂気」の宿命に囚われた女たちの精霊が宿る場所である。すなわちここは、「余」の幻想のなかで微かに聞えてくる悲しい唄の主人公、長良の乙女やオフィーリアの久遠の領地なのである。そして、彼女たちの血を引いている(実際に、那美も「祟られた」女として描かれている)那美にとっても当然、古い水を湛えた、永遠に静止したような鏡が池は、観照と狂気が入り交じった、彼女の生を統御する特権的場所となるのである。

シャロットの女の鏡が現実を空想の世界に変えるマジックの領分に属するものなら、鏡が池の〈水鏡〉もやはり現実から幻想の世界への通路としての意味をもっている。一方は外の世界を映し、片一方はそれを見るもの自身を映しだすという違いこそあれ、それぞれのテクストの中でもたされている意味においては、確かな接点が見出される。ある意味では、同じ作者によって用いられたこの二つの鏡は、相互補完の関係にあるといえるだろう。

超現実的な鏡の世界に生きる二人のヒロインの運命も、互いに似ている。すなわち、彼女たちの生に陰影をなしているのは、ともに「呪い《カース》」(シャロットの女)であり、「祟り《カース》」(那美)なのだ。

もうひとつ、『薤露行』と『草枕』との近親相姦的関係を見るうえで、どうしても見逃すことのできない箇所がある。

　川幅はあまり広くない。底は浅い。流れはゆるやかである。(中略)舟は面白い程やすらかに流れる。左右の岸には土筆《つくし》でも生えて居りさうな。土堤《どて》の上には柳が多く見える。(中略)時によると白い家鴨《あひる》を出す。家鴨はがあ〳〵と鳴いて川の中迄《まで》出て来る。

柳と柳の間に的皪《てきれき》と光るのは白桃らしい。とんかたんと機《はた》を織る音が聞える。とんかたんの絶間から女の唄が、はあゝい、いようう――と水の上迄響く。何を唄ふのやら一向分らぬ。

（『草枕』十三）

戦争に出征する久一を、那美一行が川舟で吉田の停車場まで見送る場面はこのように書かれている。ところが、この場面については早くから記述上の矛盾が指摘されており、今日においてもなお問題とされる部分である。その矛盾というのは、有明海に面しているはずの那古井の里から出征する久一を見送る一行を乗せた舟が川を下っていく、という不合理さに由来する。弟子の森田草平からこのことについての疑問が呈されたとき、漱石は何の反応をも示さなかったという。(5)ということは、漱石自身もその不合理さを認めたと受け止めてよかろう。

このように作者があえて矛盾を犯してまで、川下りの場面を設定した謎については、桃源郷の行程が逆に辿りかえされたという前田愛の考察(6)などがすでに出されているが、しかしこの箇所に限っていえば、テクストそのものが、既存の解釈のもつ整合性や説得力如何に関する論議を当初から退けているように思わざるを得ない。というのは、すでに『薤露行』を読んだ経験のある読者なら、前掲の『草枕』の川下りのくだりを読んで、思わずはっとさせられるほどに、両者はきわめて相似た状況を呈しているからである。

舟は今緑り罩《こ》むる陰を離れて中流に漕ぎ出づる。（中略）両岸の柳は青い。

シャロットを過ぐる時、いづくともなく悲しき声が、左の岸より古き水の寂寞《じゃくまく》を破つて、動かぬ波の上に響く。「うつせみの世を、……うつゝ……に住めば……」絶えたる音はあとを引いて、引きたるは又しばらくに絶えんとす。聞くものは死せるエレーンと、艫《とも》に坐る翁《おきな》のみ。

（『薤露行』「五「舟」」）

エレーンの亡骸《なきがら》を乗せた舟がランスロットのいるカメロットへ流れていく場面の描写である。ところで、問題の『草枕』の川下りの場面では、川の土堤の上には柳が立ち並んでおり、その向こうの家からは機《はた》を織る音とともに、女の唄が響いてくる、というふうに描かれているのだが、これは明らかに、川岸の孤塔で悲しい唄を歌いながら織物を織るシャロットの女の話に重なり合う設定といわざるを得ない。おまけに、川中に出てくる「家鴨」のイメージは、同じく『薤露行』でエレーンの舟を先導する白鳥の存在を思い浮かばせる。こうしてみると、『薤露行』において用いられた舟、柳、白鳥、悲しい唄、機といったイメージは、ほとんどそのまま『草枕』に移行しているといってよい。

これは偶然の一致だろうか。しかし偶然にしては、あまり出来過ぎという感じを免れない。前田のいうように、『草枕』の「川下り」の場面に、テクストに内在する必然の要請があったというならば、『草枕』の至る所に織り込まれた『薤露行』のイメージの連環の構造からまず求めるのが妥当と考える。具体的にいえば、この小説が『薤露行』の隠喩の構造をひとつの作品原理として取り入れたからには、作品の結末を飾る「川下り」の場面はどうしても必要な手続きであった、といえるのではなかろうか。

いままで、『草枕』のテクストに則して辿ってきたように、この小説には『薤露行』における象徴的道具立てが、ほとんど徹底して転用されている。ここで、私たちはひとつの難問に対する答えの用意を迫られることになる。すなわち、もし漱石をして、こうしてまで思わせ振りな操作をおこなわしめた内部の要請があったとするならば、いったいそれは何だろうか、という問題である。

これについての考察は、ことの順序として『薤露行』に仕掛けられた曖昧の構造を読み解くことからはじめなければならない。このことこそ、私が本章で両者の類似の様相にだけ焦点を当てることに終始し、作品の主題に結びつく意味づけをあえて避けてきた理由でもある。

3　寓意としての「シャロットの女」

従来からいわれるように、元来同一人物であるはずのシャロットの女とエレーンをそれぞれ独自のキャラクターをもつ人物として扱ったのは、『薤露行』のもっとも大きな特徴である。『アーサー王伝説事典』に'NATSUME SŌSEKI'の項目を設けて、『薤露行』を「西洋の素材(中世とヴィクトリア朝)に、日本語と漢文の特性を見事に融合させた端雅で抒情的な作品」(7)と評した責任編者ノリス・レイシーは、同事典中の「アストラットのエレーン」の項目においても再び『薤露行』を取り上げて、つぎのようにいっている。

テニスンの詩においてエレーンは、鏡を通して外部世界を見ることを命じられた身でありながら、「カメロットを見降した」あと、すぐ死んでしまうシャロットの女として知られている。ところで夏目漱石の『薤露行』では、こうしたキャラクターが合流している。テニスンを主としながら、多分マロリーからも取材したと見られるこの日本語版テクストでは、鏡から眼を離して直接ランスロットを見るとき死を迎えるシャロットの女が登場する。しかしその後私たちはアストラットのエレーンに会うことになるのだ。ここに語られているエレーンに関する話は、ランスロットへの愛、片思いの末の死、そして亡骸をカメロットの宮殿に運ぶ舟に関する伝来の記述と概ね相似している。(8)

この記述からうかがえるように、同事典がエレーンの項目にわざわざ『薤露行』を取り上げたのも、そのキャラクターの設定の特異さにあったことはいうまでもない。

テニスンの詩「シャロットの女」は、アーサー王伝説が枝分れしてできたイタリアの中世ロマン『スカロッタの女』*Donna di Scalotta* を直接の素材として書かれたもので、これは詩人自らも認めている事実である。元来アーサー王伝説の「アストラットの美少女」('the fair maiden of Astolat')の話が、アーサー王伝説が分派する過程で何回かの変遷を経て、'Donna di Scalotta' となり、それがまたテニスンによって 'The Lady of Shalott' となったことは、前記の高宮利行と江藤淳の先行研究にも詳しく論証されているとおりである。

ところで両氏は、漱石がエレーンとシャロットの女がもともと同一人物であることに気づいたのではなく、「詩的直観」(江藤)あるいは「第六感」(高宮)によって、『薤露行』に二つの物語の接ぎ木を試みたという見解を示しており、これは今日の研究者たちの間でも追認されているようだ。

しかし私が思うには、漱石は自らの英文学の広い教養のなかで、二人のヒロインが同源の存在であることについて十分に知っていたに違いない。それを論証できる根拠はいくらでもあって、漱石が数多く所蔵していたテニスンの詩集のなかの解説などに、シャロットの女とエレーンとの類縁についての記述が散見されるのである。

たとえば、マックミラン版『ランスロットとエレーン』に収録された『王の牧歌』の概説には、「テニスンははやくも一八三二年に『シャロットの女』を発表するが、その話は後に、エレーンの牧歌の骨格を形成した(9)」との記述が見える。さらに、やはりマックミラン版の『テニスン詩選』中の、「シャロットの女」についての解説にも、この詩がイタリアン・ロマンス『スカロッタの女』から示唆を得たこと、またテニスンが『ランスロットとエレーン』に「シャロットの女」の物語のもう一つの変形を取り入れたことが明記されている(10)。また、漱石が『文学論』の第五編第六章「原則の応用(四)」に引用したエリザベス・ケアリーのテニスン研究書にも、同じことが指摘されている(11)。こうしたことから見られるように、二人が同根にある存在であることは、すでに漱石の同時代において定説となっていたし、漱石はその事実を自らの読書の範囲のなかで収めることができたと推察される。

ところで、私がこうした枝葉的な事柄についてこだわったのは、マロリーやテニスンによるアーサー王伝説のテクストについての当時の研究状況に対する細心の配慮なくして、『薤露行』の正しい理解はほとんど望めないと思うからにほかならない。漱石はテニスンの詩を「見厭」きるほど読んだ[12]テニスン愛好家であったが、『文学論』などにテニスンの詩世界を分析的な目で考察した英文学者でもあった。

大学在学中だった明治二十五年十二月に、漱石はその年のテニスンの死去に際して、「詩伯「テニソン」」(筆者はオーガスタス・ウード)と題する長文の翻訳を二回にわたって『哲学雑誌』に発表した。ところでそのなかには、『王の牧歌』の特質について語った、「此等[『王の牧歌』]の篇は皆古代尚武の気風を写す者にして、試合の様、決闘の状、或は愛情の具合に至る迄叙し得て妙に入るのみならず、其下には深き寓意の存するものあり。作者「アーサー」王に藉つて、精神と肉体と相闘ふの意を見さんと欲す」(『全集』第一二巻、三三一―三三二頁)[傍点引用者]という内容の記述が見える。ここには、『薤露行』の素材にもなった『王の牧歌』の主題が、アーサー王伝説のセッティングを借りて、「精神と肉体と相闘ふ」詩人の内面に根差していること、そしてそれを表現するのに「深き寓意」の手法が用いられたことが指摘されている。とすると、漱石自身も『薤露行』を書く遥か前より、テニスンにとってアーサー王伝説という素材のもつ寓意的特質についても熟知していたことが見えてくるだろうし、当然「シャロットの女」のような作品を読む際にも、彼の目はそこに潜む「深き寓意」に向けられていたことは想像に難くない。

では、漱石は「シャロットの女」からどういう寓意的主題を読み取ったのだろうか。高宮利行は前記の「『薤露行』の系譜」のなかで、『薤露行』のシャロットの女が男性でも女性でもない「中性的」な存在として描かれていることを指摘し、立ち入った判断は避けながらも、つぎのような坪内逍遥の文章を紹介することで、『薤露行』のシャロットの女が詩人の寓意的象徴ではないかと推定している。

所謂シヤロツトの妖姫とは天地の美を歌ふ詩人にして、荒唐奇怪なる篇中の事件はすべて［出］世間界即ち詩的本領と、俗界即ち世間との関係、矛盾衝突及び其の悲しむべき結果等を暗示諷喩せるに外ならずと見ゆ、（後略）。(13)

シャロットの女は「天地の美を歌ふ詩人」であり、この詩では「詩的本領」と「世間」との緊張関係が隠喩的に描かれている、というのがその骨子である。坪内の評釈は、今日の目から見てもきわめて精緻で、詩の主題や特徴を正確に把握しているといえる。ただし私たちは、当代の英文学の大家であった坪内による正鵠を射た詩の解釈から、彼の卓抜した批評眼よりは、当時におけるテニスン研究の水準をうかがう方がより有意義だろう。なぜならば、これからいうように、詩人の表象としての「シャロットの女」の解釈はすでに前世紀に確立されていたからである。

当時の漱石が坪内の著書を通して、右のような解釈を読んだか否かはわからない。ただここに、坪内が述べたような「シャロットの女」の寓意的主題について、漱石が確かな理解をもっていたことをうかがわせる貴重な資料がある。漱石の『文学論』の主な参考書目のひとつであるヘンリー・ビーアスの名著『十九世紀イギリス浪漫主義史』(一九〇一年)中には、

> ……「シャロットの女」(一八三二)はその主題において後の『ランスロットとエレーン』の牧歌と一致するが、しかしその扱い方の面では空想的で、実に寓意的である。シャロットというのは、古い韻文ロマンス "Morte Arthur"(マロリーのものではない)における Astolat の異形 Ascalot より由来する。鏡につぎつぎと映っていく光景を見て、それを魔法の織物に織るこの美しい女は、人生の反映を扱う芸術のシンボルとして解釈されている。(14)［傍点引用者］

という、「シャロットの女」についての解説が見られる。

ここには、「シャロットの女」がアストラットのエレーンより派生したこと、またシャロットの女というのが「芸術のシンボル」であるということが述べられている。とすれば、この書物を丹念に読みながら『文学論』のノートを作成した漱石が、このような重要な解釈を見落としたとは考えにくい。ビーアスの右の記述は、図らずも『薤露行』にまつわる二つの謎——『ランスロットとエレーン』に「シャロットの女」の話を接ぎ木させたことと、不可解なシャロットの女の正体——を解

く端緒を提供しているのである。

4　芸術的想像力と〈塔の神話〉

「シャロットの女」は、テニスンがアーサー王伝説を題材として書いた作品のうち、はじめて公にされたものである。後になって詩人自らがこの詩の主題に触れて、「長い間隔絶されてきた広い世界の何か、誰かに対してはじめて生まれてきた愛は、彼女を影の領域から現実の領域につれていく」(15)といったのは、すでに当時から有名になったが、今日においてもこの言葉に啓示された主意は、この詩の読み方の前提となっている。テニスンが比喩的に語ったように、この詩の主題を構成しているのは〈空想／現実〉、あるいは〈芸術／社会〉の二項対立的関係である。(16)その関係は詩のなかで、〈鏡／窓〉〈孤立した塔／カメロットの城〉のセッティングに置き換えられている。テニスンはこの詩を通して、生の現実のなかで見舞われる孤立した芸術家のアイデンティティの危機を、避けることのできない運命的なものとして規定している。

現実から離れて、芸術的想像力の孤塔に蟄居する詩人が創作の過程で得る芸術的成就は、必然的に他の人間的欲望の不履行を強いる。高塔の暗い部屋の鏡に、結婚した男女の姿が映った瞬間、「影の世界にはいい加減うんざりしている」と漏らしてしまったシャロットの女は、影の世界から離れて、現実の世界へ入ろうとする(図II)。つまり、無限で不変の芸術作品を創造する芸術家といえど

［図 II］ S. H. メトヤード《「影にはいい加減うんざりしているのよ」とシャロットの女はいった》（1913年）

も、自分が移り変わる限られた現実の世界に属していることを厳然たる事実として自覚するとき、その現実のなかで自らの安定したアイデンティティを求めたいという欲望に駆り立てられるのである。ライオネル・スティーヴンソンはテニスンのシャロットの女にたいしてはじめてユングの精神分析学的用語「アニマ」（あるいは、無意識的自我）という言葉を用いたことで知られるが、彼によるとシャロットの女とはすなわちヴィクトリア朝に澎湃していた実用主義的時代理念に直面した無用な詩人の「無意識」の擬人的表象である。(17)

禁忌を破って窓越しにカメロットを見下ろしてしまったシャロットの女には、当然呪いが待っている。死すべき運命になって、彼女は舟に身を乗せて現実世界のカメロットへ流れていったのだが、人々は彼女の亡骸《なきがら》を前にしてひとりとして彼女の正体に気がつかない。そもそも彼女の外界への旅は、塔中の人としての自らのヴィジョンがほんとうに真実であるか否かを確かめるためではなく、それが現代社会において適応し得るか否かを探るための過程であった。だが、影の世界から離れようとしたシャロットの女は、自らの隠居生活はもちろん彼女自身をも破滅させたことになる。いい換えれば、現実世界への憧れは芸術と芸術家の死を招く結果となったのである。

テニスンはアーサー王伝説の舞台を借りたこの詩を通して、「日常的生の諸条件に対する美的精神の不適応[18]」の問題を、同時代の浪漫的詩人が抱えるディレンマとして提出した。しかし、ケリー・マックスウィーニーがいうように、こういったディレンマはテニスンひとりに限らず、キーツやスウィンバーンからマテュー・アーノルド、オスカー・ワイルド、イェイツ、トーマス・マンに至るまでの、浪漫的系譜に属する十九・二十世紀の詩人・作家の共通のテーマであった[19]。

かつて小宮豊隆が漱石の初期作品世界から、「現実の中に住んで、ともすると自分のなかの美しい世界が打ち砕かれさうになる事を嘆」(『夏目漱石』)く作者の苦悩をみたのは、確かに漱石の文学世界の奥意に触れている。『漾虚集』と『草枕』の作者夏目漱石もやはり、同時代の浪漫的系譜の文学者同様に、シャロットの女のディレンマ、すなわち現実のなかでの「美的精神の不適応」のテーマから離れぬひとりであったようだ。そういう意味からして、彼が『薤露行』の「鏡」の章にテニスンの「シャロットの女」の話を組み入れたことは、私たちの注意を引くに余りある。

「シャロットの女」の主題が「芸術」を語るものであることについて、漱石が早い時期に確かな認識をもっていたことは前の章で述べたとおりだが、それは実際に「鏡」の章を細かに読んでいくと、いっそう明確になる。テニスンは「シャロットの女」に、『スカロッタの女』にはない要素——島の背景、織物と歌、鏡、魔法の呪いを創案することで[20]、シャロットの女の物語を詩的想像力の神話に作り上げた。ところで『薤露行』の場合、既存のテクストの改変が部分的に見られるなかで、右にあげたテニスンによって新しくつけ加えられたディテールに関しては、ほとんど完全な形で踏襲されているといってよい。それのみならず、漱石によって新たに創造された部分でさえ、そういうディテールが含有する意味をさらに敷衍し、引き立てるために存在するような感じが強い。

ためしに、本章の冒頭に掲げた引用から一例をあげると、鏡の記述につづいて、「一重《ひとえ》隔て、二重《ふたえ》隔てゝ、広き世界を四角に切るとも、自滅の期を寸時も早めてはならぬ」という文句がつけ加えられているが、これに該当する記述はテニスンの詩には見当らず、漱石自身が新たに添えたものである。ところで、肝心のこの文句が意味するところは、とりもなおさず、これが鏡をめぐる記述につづいて出てきたことから推理する必要がある。

シャロットの女は鏡に映った「影」を織物(タペストリ)に織る。ということは、彼女の手によって織られる「絵《はた》」は、影の影なわけである。ここで私たちは、芸術作品は現実のコピーのコピーであるというプラトンの「洞窟の比喩」を思い出さずにはいられない。つまり、現実世界が鏡(芸術的想像力)を通して、糸(言葉)によってタペストリ(芸術作品)に移されるまでには、二つの「移動」が介在せねばならないが、右の文句中の「一重隔て、二重隔てゝ」という言葉は、まさにそのことを比喩的に語っているものにほかならない。さらに、漱石は念を押すかのように、シャロットの女の部屋を「洞窟」に喩えている(「窓を射る日の眩《まば》ゆき迄《まで》明かなるに、室《しつ》のうちは夏知らぬ洞窟の如くに暗い」)。プラトンの「洞窟の比喩」は、浪漫的想像力の系譜に属する文学者たちにとって、とりわけ重くのしかかった課題であったが、漱石も例外ではなかった。漱石はいう。文学作品の創造というのが「広き」現実世界の影の影を写す作業でしかなくても、それを黙々と「四角」の紙面に写さなければならないのが、作家の定められた運命である、と。ここで漱石が、シャロットの女を借りて自分を語っているのはいうまでもない。

今日のテニスン研究家たちの間で取り沙汰される「シャロットの女」の主題と「洞窟の比喩」との問題を、漱石はいち早く認識し、テニスンに替わって、それを読者に語りかけているのである。こうした一例は、『薤露行』を書くとき、テニスンの詩世界を知りつくしたような漱石の横顔を覗かせるに足りる。

しかしながら、漱石が「鏡」の章に、テニスンの世界をそのまま踏襲したわけではない。ときには、逸脱の姿勢をも見せている。それがもっとも克明にあらわれたのは、話の結末における原典の著しい改変である。

前にも述べたように、テニスンの「シャロットの女」の第四部では、迫ってくる死の予感に駆られながら、死の舟旅に出たシャロットの女が、カメロットの城に辿り着くことで結末を迎えることになっている。ところが、「鏡」にはこの第四部の内容は完全に省かれたまま、シャロットの女は

［図III］ J. W. ウォーターハウス《シャロットの女》（1888年）

呪いの言葉を発して、その場で「鞺《どう》と仆《たお》れる」ということで終わっている。これはいったい何を意味するのか。

塔から降りて来たテニスンのシャロットの女は、とうとう現実世界に足を踏み入れたことになる。だが、彼女の目にはじめて映った景色は、彼女が鏡で見た輝く風景とは様変わりして、淡く黄ばんで萎《しお》れかかっている木立である(図III)。観点を変えれば、彼女の目に入った秋の景色は、芸術の秋を意味する。舟に身を乗せて悲しい最期の歌を歌いながら、カメロットに辿り着いたシャロットの女は、屍《しかばね》の姿ではあっても、愛と死の現実の一部として加わったことになる。

これに比べると、漱石が選んだ結末は、いささか呆気ない感じが拭えない。しかしながら、私たちはそういった改変にこそ、作者の作意のようなものを汲み取らなければならない。『薤露行』のシャロットの女が、その場で「仆れ」て死んだことの意味は、それをテニスンの原詩の結末に照合してみることによって探るのが順当であろう。ここで浮んでくるのは、『薤露行』のシャロットの女は塔の暗い部屋の中で死ぬことで、テニスンのシャロットの女のような現実への参加の道を断っている、ということである。作者の漱石には、シャロットの女を〈塔中の人〉のままで葬りたいという意図があったのではなかろうか。これをさらに推し進めて考えると、ここからテニスンが黙示した浪漫的詩人の「芸術の秋」を拒否する漱石の内面を垣間見ることも可能であろう。

5　白鳥の行方

「鏡」の章の物足りない結末は、その後作者が企てる巧みな仕掛けと合わせて考える必要がある。その仕掛けというのは、『薤露行』のなかの二つの物語をつなぎ合わせる接点として、作者が当初から用意したものであるが、この企てが見事に花開くのは、全体の作品のクライマックスのところにおいてである。

　と見れば雪よりも白き白鳥が、収めたる翼に、波を裂いて王者の如く悠然と水を練り行く。長き頸の高く伸《の》したるに、気高き姿はあたりを払つて、恐るゝものゝありとしも見えず。うねる流を傍目《わきめ》もふらず、舳《へさき》に立つて舟を導く。舟はいづく迄《まで》もと、鳥の羽《は》に裂けたる波の合はぬ間を随《したが》ふ。両岸の柳は青い。

（『薤露行』五「舟」）

これは、ランスロットへの愛の挫折の末に死んだエレーンの亡骸《なきがら》を運ぶ舟の舳に、突然一羽の白鳥がどこからとなく現われる場面の描写である。舟を先導するかの如く水面を練り行く、この「気高き姿」の白鳥は、舟がカメロットの城に到着する途端、「波に沈んで」姿を隠してしまう不思議な存在である。

ところが、このような白鳥のイメージはテニスンの『ランスロットとエレーン』には見当らず、やはり漱石の独創によるものと考えられる。この白鳥のイメージについて、つとに大岡昇平は、『薤露行』における「白鳥先導のアイディア」とワーグナーの『ローエングリン』に出てくる白鳥との関連を指摘したうえで、『薤露行』の白鳥は死んだランスロットの化身ではないかという仮説を展開した(21)。だが、『薤露行』での白鳥の役割は一見『ローエングリン』のそれに似ているようで、実は異なっている。すなわち、この白鳥は『ローエングリン』の白鳥のように直接舟を「挽《ひ》く」わけではなく、舟を先導するという面でも、必ずしもその役割がはっきりされていない。というのも、もし白鳥がエレーンの亡骸を目的地まで導くために現われたとするならば、やはり同じ目的で同乗を依頼された漕ぎ手の老人の役割はいったいどうなるのか、という矛盾に逢着するからである。

では、この白鳥の正体はいったい何だろうか。高宮利行は前記の論文のなかで、『薤露行』に出てくる白鳥の典拠と考えられるものとして、テニスンの「瀕死の白鳥」と『王の牧歌』中の『アーサーの死』、そして一八三二年版の「シャロットの女」をあげている。確かに、これらの作品にはいずれも、死が近づいたとき、白鳥が美しい声で鳴くという古くからの文学的通念を踏んだ、テニスン好みの「瀕死の白鳥」のイメージが用いられている。ただ、『薤露行』の白鳥のイメージの独特な使い方と表立った関連を求めるには、一八三二年版の「シャロットの女」はもっとも重視されてよい。

一八三二年版の第四部(一三九―一四〇行)には、風に吹かれて岸の方へとどく白鳥たちの鳴き声のイメージが用いられている。ところで、この白鳥の鳴き声は、すぐ後に出てくるシャロットの女の「悲しげに長くひき延ばされた聖なる」(一四三行)「臨終の歌」と響き合わずにはいない。立ち入っていえば、小舟に身を寄せて最期の歌を歌いながら死んでいくシャロットの女は、まさに「瀕死の白鳥」になり済ましているのである(22)。

ここで再び「鏡」の章の結末に目を転じると、呪いの言葉を発してその場で「仆れ」たシャロットの女はその後どうなったのか。おそらくそのまま死んで息を引き取ったと読むのが穏当だろうが、しかしこの結末に、作者が意識的に曖昧さを残してしまったふしが全くないわけではない。しかも、シャロットの女が呪いを受けた後舟旅へ出るというテニスンの原詩の内容を知っている読者なら、なおさらすっきりしない感じが残るに違いない。

さらに、紛らわしいことに、エレーンの舟がカメロットに着いたとき、すでに死んだはずのシャロットの女の「悲しき」歌声が聞える。

悲しき声は又水を渡りて、「……うつくしき……恋、色や……うつらう」と細き糸ふつて波うたせたる時の如くに人々の耳を貫く。

（五「舟」）

それに、シャロットの女の悲しい歌は塔を通り過ぎる人にだけ聞えるはずなのに、カメロットの人々の耳にまで届くというのも、不自然である。

結局、このような状況が成り立つためには、シャロットの女はまだ死んでおらず、エレーンの舟とともにカメロットまで来ていなければならない。しかしながら、それはあまりにも不合理な想定である。そこで、その代案として考えられるのは、人々の耳に微かに聞える「悲しき声」の持ち主は、もしかすると、カメロットの水門に到達するや水に沈んで姿を暗ました白鳥ではないか、という推定である。すなわち、呪いを受けて死んだシャロットの女は、白鳥に転身して作品の結末に来て、その姿を現わしたのではないか、ということである。

前にも述べたように、テニスンの一八三二年版の原詩では、シャロットの女に「瀕死の白鳥」のイメージが与えられている。だとすると、漱石が『薤露行』の結末でおこなった大胆で手の込んだ改変は、ひとつの可能性として、テニスンの原典に対する漱石自身の〈読み〉に保障されたものと推察することができよう。

さらに、白鳥をシャロットの女の化身と推定するもうひとつの根拠がある。『薤露行』のシャロットの女の正体が〈詩人〉の隠喩だということは、前章で考察したとおりである。ということは、もし白鳥がシャロットの女の化身たり得るには、それに相応する性格を有するものであることが当然要求されるが、実際に、『薤露行』の白鳥はそういう条件を完全に満たしている。というのも、そもそも白鳥はその美しい歌声ゆえに、しばしば詩神と目されるし、また寓話の世界では、詩人の魂が白鳥に入るともいわれるからである。[23]

ここで、漱石がそうした文脈で白鳥のイメージを使ったことをうかがわせる材料を示してみよう。前記の漱石の翻訳文「詩伯「テニソン」」には、「「テニソン」が九十に近き高齢を以て、静かに塵の浮世を謝し、白鳥の歌を、うたひて無限の大洋に、行衛も知れずなりたるは、つい此頃の事なり」(『全集』第一二巻、三一七頁)〔傍点引用者〕というくだりがある。ここではテニスンの死を、「白鳥の歌を、うたひて無限の大洋に、行衛も知れずなりたる」と喩えているが、こうした記述と、波に沈んで姿を消した『薤露行』の白鳥のイメージを重ね合わせて考えるのは、決して無理な話ではないはずだ。

こうしてみてくれば、『薤露行』の白鳥は、シャロットの女という〈詩人〉の死を弔うのに、もっともふさわしい象徴として選ばれた小道具であったことが、おのずと見えてくるだろう(図Ⅳ)。最後の場面で、まさに白鳥の鳴き声のように断続的に途切れて聞えてきた、「……うつくしき……恋、色や……うつらう」という悲しい歌は、白鳥に魂を託したシャロットの女の「最期の歌」だったのである。

［図Ⅳ］ J. E. ミレイ《シャロットの女》ペン画（1854年）

漱石は「鏡」の章で、テニスンの「シャロットの女」の第四部における死してカメロットへ流れる話を省いたかわりに、作品の全体の結末に白鳥のイメージを借りてシャロットの女を再び登場させることによって、この二つの物語を巧みに繋ぎ合わせることができた。だが、繋ぎ合わせたとはいっても、『薤露行』のなかに併存する二つの物語はもとより相容れない世界である。ランスロットとグィネヴィアとの姦通、エレーンの盲目的で激しい愛の情念などに彩られている、「鏡」を除いた四章の話が現実の〈モラル〉の主題に収斂されるならば、超自然的で幻想的な世界に囚われているシャロットの女の話は、〈精神的〉あるいは〈美学的〉主題の基盤に立っているのである。

二つの物語を繋ぐ唯一の接点は、二人のヒロインによる騎士ランスロットへの「愛」であり、そしてその「愛」の結果としての「死」である。だが、二人の「愛」の対象は同一であっても、その「愛」の性格の面では異なる。エレーンがランスロットに寄せる「愛」が現実的なエロスに属するものとするならば、鏡に映る凛々しい姿のランスロットを強烈な吸引力をもつ〈輝く現実〉として受け止めてしまったシャロットの女の「愛」は、自らの生そのものを脅かすある種の〈致命的〉なものである。こういった相違は、二人の死からもみられる。すなわちエレーンの死が意志的なものであったのに反して、シャロットの女の死は避けることのできない運命的なものである。

こうして二つの物語の性格を並べてみると、作者の漱石にとってどちらの方が重い課題であったかはおのずと明らかになる。「鏡」の章をこの作品の中心に据える場合、作品の緊張を生む対立の構造の性格がいっそう鮮明に浮かび上がる。それは生の現実と、その現実に加わることを拒む自我との鋭い対立である。「シャロットの女を殺すものはランスロット。ランスロットを殺すものはシャロットの女」と叫んだ呪い言葉は、もはや狂気の域に達している。これは作者の内面の叫び声と受け取ってよい。おそらくここには、自分の芸術的想像力が現実によって脅かされ、危機に瀕したとき、糸くずと鏡の破片が飛び交うシャロットの女の部屋のように、繚乱とした意識のなかで、自らの文学の破綻を感知する作者の内面が投影されている。そしてその破綻への強迫観念は、漱石をして、テニスンの原詩においてはひびが走っただけのシャロットの女の鏡を、粉々に砕かずにはおかなかったのである。初期の漱石はこうした耐えられない葛藤のなかで、想像力の死と文学の〈自殺〉の命題を真剣に考えた人であった。

テニスンの「シャロットの女」の第三部までが隔離された詩人の話だとすれば、後半の第四、五部はいよいよ現実世界に加わる詩人の話である。すると、漱石が原詩の構成を考慮して、シャロットの女の化身としての白鳥を登場させた以上は、当然最後でのシャロットの女のような役割が期待されてしかるべきだろう。しかし、カメロットの人々はついに白鳥の姿を見ることができない。「鏡」において、テニスン的結末を拒み、シャロットの女が「塔中の人」のまま最期を遂げる道を選んだことは前にも述べたとおりだが、結末においてシャロットの女の化身としてあらわれた白鳥も、最後まで人目に触れずに姿を隠してしまう。ここに、現実への参加あるいは現実世界との和解を拒否する作品原理が働いているのはいうまでもなく、結局この作品における作者と外部との対立の構図は最後まで貫かれることになるのである。

6　塔中の作家

芸術と現実との対立の構図は『薤露行』に限らず、漱石の浪漫的想像力の結晶として位置づけられている初期短編集『漾虚集』の全体にわたって顕在する特質である。そのなかでも、『薤露行』より先に書かれた『倫敦塔』や『カーライル博物館』は、まさに〈作家の場所〉としての「塔」のイメージが使われた点で、注目してよい作品である。とりわけ『倫敦塔』は、漱石が自らの内面に潜む浪漫的魂の肉声として、はじめて公にした表現形式(中村真一郎の言葉では「小説の実験」)であるが、このなかで漱石は、留学中の「「塔」の見物」の記憶を小説の実験の材料とし、『吾輩は猫である』の作家にしては大胆にも、そこに幻視者、または夢みる人としての自分の姿を映し出している。
この作品の骨組みとなっている倫敦塔の歴史や牢獄の話そのものは、「二十世紀の倫敦」――つまり現実の世界から離れて、幽閉した無時間的世界に自らの存在を委ねるために必要な設定にすぎない。いわば、漱石が佇んでいる牢獄の暗く狭い部屋は、夢と幻想への沈降を許す「別世界」の空間として存在し、さらには、倫敦塔の牢獄はシャロットの女の塔と同じく、自らの文学の意味を問う自閉的場所に化している。

　如何にせば生き延びらるゝだらうかとは時々刻々彼等の胸裏に起る疑問であつた。一度び此室《へや》に入《い》るものは必ず死ぬ。（中略）去《さ》れど古今に亙る大真理は彼等に誨《おし》へて生きよと云ふ、飽く迄《まで》も生きよと云ふ。彼等は已《やむ》を得ず彼等の爪を磨《と》いだ。尖《と》がれる爪の先を以て堅き壁の上に一と書いた。（中略）壁の上に残る横縦《よこたて》の疵《きず》は生《せい》を欲する執着の魂魄である。（『倫敦塔』）

作者の空想のなかで浮かんできたこの一節が意味するところは、越智治雄が鋭く指摘したように、生きることは「書く」ことであったのであり、結局漱石は「密室の中で書くことの意味を確認している」[24]のである。そしてシャロットの女の塔がそうであったように、倫敦塔もやはり「外部世界に拮抗する作家漱石の場所」（越智）であった。しかし、話の結末における宿の主人と交される会話のなかで、倫敦塔から抱いてきた幻想は呆気なく「打《ぶ》ち壊はされて仕舞《しま》」う。その無念さのなかで、彼の口から出た「夫《それ》からは人と倫敦塔の話しをしない事に極めた」という言葉は、まさしく「塔」に理想化された自分の世界が現実によって脅かされることに対する強い危機感のあらわれにほかならない。

〈作家の場所〉としての「塔」のイメージは、『倫敦塔』につづいて書かれた『カーライル博物館』にも見ることができる。このなかで漱石は、カーライルの「四階造の真四角な家」を「丸《まる》で大製造場の烟突の根本《ねもと》を切つてきて之に天井を張つて窓をつけた様」と形容し、生前のカーライルについては「天に近き一室」に「立籠つて」「四角四面に暮した」と描写している。漱石が、この「天に最も近く人に尤も遠ざかれる」天井裏部屋に佇立して、ここに閉じこもって著作に沈潜するカーライルの姿を思い浮かべたとき、この狭き書斎は彼の「縹緲とし」た意識のなかでまさに「塔」そのものに変貌するのである。何しろ彼は書斎に上る前からすでに、「倫敦の塵と音を遥かの下界に残して五重の塔の天辺《てつぺん》に独坐する様な気分」〔傍点引用者〕に浸っていたのである。書斎から降りてくるとき、「一層を下る毎に下界に近づく様な心持ちがする。冥想の皮が剝げる如く感ぜらるゝ」という言葉にあらわされた作者の想念は、観照と冥想の「別世界」に居留まることのできない無念さ、やる瀬なさを伴っているが、これを別の観点からみると、彼のカーライル博物館の訪問は、孤立した〈塔〉こそ作家としての自分が生きる場所であることを再確認させる行程でもあったのだ。

文学的出発を遂げたばかりの漱石が、立てつづけに二つの紀行文形式の短編を著したことは、注目に値する。なぜならば、彼の倫敦塔やカーライル博物館の訪問は、芸術的想像力の「塔」、または作家としての自分の内面の狭き部屋を探し求める行程だったからである。別の言い方をすれば、右の二つの作品における塔めぐりの意味は、書くことの意味を探索する道程であり、現実世界となかなか和解し得ない自分の浪漫的魂の原点への巡礼の旅であったのだ。そして、こうした「塔」の紀行は、『薤露行』におけるシャロットの女の塔の神話に辿り着くことになる。

いままでみてきた『漾虚集』中の三つの作品には、生の現実のなかで強いられる美的精神の危機が「塔」のトポスを借りて語られている。浪漫的性向の文学作品にあらわれる塔のイメージは、眺望の場所であると共に、内部への旅の舞台として理解されている。初期の漱石にとっても、「塔」は漱石の文学的理想主義のシンボルとして存在するのである。

一方、作者の漱石はこれらの作品を通して自らの重い宿題を残したことを看過してはならない。というのは、三つの作品のいずれも、塔を守ろうとする姿勢とそれを許さない現実とが拮抗する鋭い対立の構図のままで終わっているからである。漱石は書くことの意味を、開かれた結末の形でしか問えなかったといってよい。

漱石が『草枕』に、『薤露行』の構造を再び持ち込んだ理由は、おそらくこの辺にあるだろうと思う。『草枕』が『薤露行』の開かれた結末の続きとして書かれたとするならば、塔に葬られたシャロットの女の話からはじまらなければならない。

「長良の乙女の五輪塔を見て入らしつたか」

「えゝ」

「あきづけば、をばなが上に置く露の、けぬべくもわは、おもほゆるかも」と説明もなく、女はすらりと節もつけずに歌丈《だけ》述べた。何の為めか知らぬ。

（『草枕』四）


「長良の乙女の五輪塔」とは、那古井に来る途中の道端にある長良の乙女の墓に建てられた塔のことをいう。「余」は那古井に至る前に茶店の婆さんから、「さゝだ男に靡《なび》かうか、さゝべ男に靡かうか」と思い煩った末、「あきづけば、……」の歌を歌って淵川へ身を投げて果てた、という長良の乙女の話、また長良の乙女と那美とは「身の成り行き」が似ているとの話を聞いて来たばかりである。『草枕』が『薤露行』の延長線上にあるという観点からみれば、五輪塔に葬られた長良の乙女は、シャロットの塔の中で死んだシャロットの女の役を引きついでいることになる。長良の乙女が二人の男の間に挟まれて煩悶の末に死を遂げたという話は、シャロットの女が芸術と現実との拮抗の苦しみのなかで死んだことを寓意的に語ったものに等しい。

「余」に突然長良の乙女の話を持ちかけ、さらに理由もなく長良の歌を口ずさむ那美は、その末裔としての役割が与えられている。しかし一面では、彼女は長良の乙女の幻影から離れようとする姿勢をも覗かせる。たとえば、「さゝだ男もさゝべ男も、男妾にする」という彼女の話振りは、例の寓意的語法の側面からみれば、芸術と現実との和解を意味するものと受け取ってよい。さらに、

「こゝと都と、どつちがいゝですか」という問いに対して、すかさず「同じ事ですわ」と答えるあたりには、シャロットの塔とカメロットとの間に置かれた対立の構図に価するものが、著しく変化していることをうかがわせている。さらに彼女はいう。「気楽も、気楽でないも、世の中は気の持ち様一つでどうでもなります。蚤《のみ》の国が厭になつたつて、蚊の国へ引越しちや、何にもなりません」(四) 長い苦悶の末に悟りの境に入ったような那美の言葉を、作者自身の内面の声とみる場合、『漾虚集』における書くことの意味の模索の過程が、ここでひとつの区切りを得たものと理解することができる。

前田愛は前記論文のなかで、『草枕』の性格を「ひとりの芸術家の危機と、それからの離脱を描いた一種の教養小説」として規定したが、これをさらに推し進めて考えると、芸術の危機から脱し得たのは画工というよりはほかならぬ作者の漱石自身であったといえよう。画工の「余」が辿る旅程は、那古井の桃源郷に象徴されている孤立した芸術の宮殿から現実世界に参加することになった漱石の文学的道程を反映している。この場合、芸術の宮殿からの離脱を来す役割は、唯我論的美学の世界に滞留する画工と、他者と世界との調和の価値を認めることになる那美との二人に振り分けられているのである。

小説の結末での川下りの場面は、『薤露行』のオープン・エンディングを埋めるための必然の要請として設けられている。舟のうえで、「わたくしの画《え》をかいて下さいな」と注文する那美は、シャロットの女とは対照的に、現実の論理のなかで生きて、死んでいったエレーンに近い存在となる。

「愈《いよいよ》現実世界へ引きずり出された」後、那美の顔から「憐れ」を認めたとき、「余」はようやく「画題」の成就をみることになる。こうして漱石には、テニスンが歩んだ道と同じく、小説という手段をもって現実社会に参加できるきっかけが訪れるのである。

しかしながら、漱石がこうして初期作品の美の主題から、前後期三部作などにおいてのモラルや文明批評の主題へと移っていったからといって、これがただちに彼に内在する浪漫的魂の消滅を意味するのではない。初期の漱石がシャロットの女のディレンマをあれだけ真剣に分け合ったことは、彼の浪漫的想像力というものが観念の次元の借り物ではなく、なかなか取り払うことのできない自らの内質として深く根差していたものであることの間接的な証拠である。よくいわれるようになった「暗い漱石像」というのは、そのもとを辿れば、シャロットの女のように、芸術的想像力の暗い内面の部屋に蟄居していた漱石の姿と無関係ではない。また漱石の散文の世界に混在する「詩」の部分(これはいわゆる「病的な想像力」あるいは「世紀末的感受性」に置き換えてもよい)も、カメロットの川で姿を暗ました、浪漫的詩人の魂の表象としての白鳥の行方と並置して論じねばならないのは無論である。

第七章

絵画と想像力——『夢十夜』の場合——

『夢十夜』の「第十夜」は、庄太郎という男の受難の話である。「第一夜」のロマンティックで神秘的な夢の話から始まったこのシリーズは、無気味さのうちにもどこか滑稽の感じも漂う、幾分とぼけた夢の話で終わっている。しかも人から聞いた庄太郎の受難談を第三者の話者が語るという、形式のうえでもほとんどフィクションに近い構成となっており、漱石が初めて試みた小品形式の夢連作の最後を飾るものとしては、どうも締まりがない。そのうえ、書かれた内容は難解である。

水菓子屋の店先で会った見知らぬ女に遠くの野原に連れて行かれた庄太郎に、猛烈な勢いで襲い掛かる豚の大群の存在は、この話のなかでただひとつ悪夢じみた感覚を呼び起こすディテールであるといってよい。絶え間なくいつまでもつぎつぎと出てくる豚の大群が演じるイメージの無気味な増殖は、「夢」としての色彩に乏しいこの夢の話のなかでひときわ印象的であり、この種の悪夢にありがちな一つのパターンを示している。

そこで本章では、豚のモティーフを中心としながら、この風変わりな夢の話の中身を辿っていきたい。

1 豚の絵

「第十夜」の豚の大群の描写については、すでに聖書との関連の可能性が取り沙汰されている。[1]新約聖書のマルコ伝およびルカ伝、マタイ伝には、イエスがレギオン(聖書では「聯隊」と訳されているが、本来はおびただしい数を意味する)と名乗る男に宿る「汚らしい霊」(the unclean spirits)を豚の中に乗り移らせた奇跡がつぎのように記されている。

さて、かなたの山のほとりに、豚の大群が飼われていた。彼らはイエスに願って言った。「私たちを豚どもに送って、これに入らせて下さい。」イエスはこれを許された。汚れた霊どもは出て、その豚どもに入った。すると、凡そ二千匹のその群が崖を駆け下りて、湖に入り、湖の中で溺れた。豚飼いたちは逃げて行き町や村に報せた。そこで人々は何事が起ったのかと見に出て来た。(マルコ伝五章一一—一四節)

悪霊に乗り移られた無数の豚の群れが崖からなだれを打って落ちるという特異な設定は聖書以外には見当たらず、なるほど「第十夜」の豚のイメージと照らし合わせてみると、素直にうなずける面も確かに存在する。

ところで、この点に関してはもう一つ傾聴すべき指摘がある。つまり芳賀徹『絵画の領分』(朝日新聞社、昭和五九年)には、次のような寺田寅彦の「貴重な発言」を手掛かりにして、「第十夜」の豚の大群の描写には実は一枚の絵がその直接の発想源となっている可能性が提示されているのである。

テートギァレリーだつたかナショナルの方であつたか忘れたが、絶壁に野猪の群が駆けてくる絵があつた。先生の「夢」の一節は此れだなと思ひました。(小宮豊隆宛書簡、明治四三年六月五日、『寺田寅彦全集』第一五巻(岩波書店、昭和二六年)一一六頁)

ドイツ留学中の明治四十三年四月初めから五月末にかけて日英博覧会の手伝いのためロンドンに滞在する間、市内の主要美術館などを見廻った寅彦のこの証言は私たちの好奇心を刺激して止まない。しかもこれは、漱石の弟子の中でも「もっとも絵心があり、絵の心得があって、さらに漱石の創作の手のうちにももっとも通じていた(2)」寅彦の発言であるだけに、一層重みがあるといわなければならない。

こうしてみると、「第十夜」の豚のイメージには、ロンドン留学中の漱石が見たと思われる「野猪の群れの絵」が直接の素因となった可能性が大きくなってくる。もちろん、この野猪の絵一枚が『夢十夜』の夢のすべてを決定したわけではないにしても、漱石が「ロンドン留学中のある日、森閑とした美術館の一室で、絶壁の上に向かって猪の大群がひしひしと駆けのぼってくるのを描いたこの図を見て、『夢十夜』のあの夢魔にうなされるような感覚を思わずその身のうちに触発された[3]」ことが創作の背景にあったとすれば、ここでこの絵の存在が作品解釈の上でも大事な要素として浮上するわけである。しかしながら、所蔵先や画家の名前に対する寅彦の記憶の不確かさなどの困難もあって、今まで彼が見たという絵の同定までには至っていなかった。

ところがこの度、問題の「野猪の絵」と思われるものを見つけることができた。一九〇〇年にイギリスのナショナル・ギャラリーから発行された所蔵作品のカタログ Edward J. Pointer, ed. *The National Gallery*, 3 vols., Cassell & Co., 1899/1900[4]の第三巻 British and Modern Schools に載っている《ガダラの豚の奇跡》(The Miracle of the Gadarene Swine, 1883)［図I］がそれである。この絵はブリトン・リヴィエアー(Briton Riviere, 1849–1920)というロンドン出身の動物画家の作(縦横$41\frac{1}{2}\times62\frac{3}{4}$インチ)で、同カタログの解説には一八八三年のロイヤル・アカデミーに出品された後、一八九四年にテート卿によって寄贈されたものと記されている。

この絵は現在テート・ギャラリーの倉庫に収蔵されていて、直接目に触れることは困難である。そのうえ、時代のせいもあるだろうが、カラー印刷の絵葉書なども出されていない。したがって、現状では同ギャラリーの出版部から取り寄せた大きめの白黒の写真を通してしか鑑賞することができないのである[5]。

広漠たる空を背景に、山の天辺が豁然と広がっている。片方は目の眩むような断崖である。黒い帯状に画面を横切るものがある。おびただしい数の豚の大群である。これだけの数でありながら、

［図Ⅰ］　ブリトン・リヴィエアー《ガダラの豚の奇跡》（1883 年）

一匹一匹が恐ろしく丹念に描かれている。異様に力強い描き方である。豚の群れは遥か向こうの野原から猛烈な勢いで駆け下りて、崖の下へ消えていく。下は湖の深みだろうか。絶壁の崖縁にひとりの人間が倒れている。慌てて走り逃げるものもいる。何とか起き上がろうとする彼に豚の大群は容赦なく襲いかかる。今にも踏み潰されそうな切迫した瞬間である。ぞっとする光景である。

この絵の前に立つ人なら、まず強烈な印象で視覚に訴えてくる豚の大群の存在に注目しないわけにはいくまい。周りを気にせず、思わず「グロテスク」とつぶやく人もいるかもしれない。荒涼たる山肌を背景に繰り広げられるこの異様な光景は、確かに人目を引くに足りるといってよい。

ここで、この絵と「第十夜」の描写を照合

してみると、山の天辺にある広い草原と底の見えない絶壁、おびただしい豚の群れ、そして男の手に持っている木の枝のようなもの(「第十夜」でこれに該当するものは庄太郎の細い檳榔樹《びんろうじゅ》の洋杖《ステツキ》)など、背景から小道具に至るまで類似する点が多いことがわかる。寺田寅彦がテート・ギャラリーの一室に陳列されていたこの絵の前に立った瞬間、漱石先生の『夢十夜』の一場面が思い浮かんできたのも無理のないことであった。

漱石は一九〇二年十二月ロンドンを離れるまで少なくとも一回以上テート・ギャラリーを訪れており、当然その際にこの絵を見たはずである。というのも、前掲の一九〇〇年版のカタログに載っていることからして漱石のロンドンに着いた一九〇〇年十月の時点においてこの絵の展示が確認できると共に、少なくとも寺田寅彦がロンドンを訪れた一九一〇年までは展示されていたことが明らかであるからだ。ただし東北大学図書館所蔵の漱石文庫に入っているナショナル・ギャラリー発行の *A Catalogue of the National Gallery of British Art* には、この絵は載っていない。これは漱石の持っていたカタログが、テート・ギャラリー所蔵の主要作品(たとえばウォーターハウスの《シャロットの女》やワッツの《愛と死》など)だけを収録したわずか四十八ページのダイジェスト編集のものだったことによるものだろう。

以上のような検討の結果からして、『夢十夜』の「第十夜」に出てくる豚のイメージの背景に七、八年前にテート・ギャラリーで見たB・リヴィエアーの《ガダラの豚の奇跡》の画像が介在している可能性は、極めて高いと言いたい。しかしだからといって、聖書との関連の可能性が消えたわけではない。漱石がこの絵を見る前に(あるいは後にも)聖書の「ガダラの豚」の話を知っていたことも十分考えられるからである。だだ、この両方に描かれた内容と「第十夜」のそれとを交互に検討してみると、聖書の記録の影は相対的に薄らいでしまうのも事実である。その代わり、山頂の野原という背景、男が豚の群れの凄まじい勢いの前に倒れること、そして手に持っている木の枝など、聖書には書かれていない内容が、《ガダラの豚の奇跡》と「第十夜」には共通している。この事実は、漱石が「第十夜」の創作にあたって、聖書の関連箇所を直接の材料としたという従来の通説の見直しにもつながるものと考えられる。

漱石蔵書目録のすべての美術関係資料の中に、この絵らしきものは何一つ見当たらない。ということは、これは漱石がこの部分の描写に際して、記憶のなかの画像だけを頼りにして描いたことを物語っている。聖書からの、漱石の非凡な「換骨奪胎の手法」(6)と言われている「黒雲に足が生えて、青草を踏み分ける様な勢ひで……」(「第十夜」)のような描写は、実は七、八年も前に脳裏に焼き付いた一枚の絵の残影の復元であったのである。

ただし、漱石がかなり後になってこの絵を思い浮かべたのは、単なる偶然とだけでは片付けにくい側面がある。つまり、漱石はこの画家の別の作品についての言及や複製に接し得る複数の機会に恵まれていたからである。そのひとつは、漱石の手沢本 Elizabeth A. Sharp, *Progress of Art in the Century*, Toronto : The Linscott, 1906 である。コンスタブルやターナー、ラファエル前派などからフランスの印象派まで、十九世紀の美術の進歩の過程を叙述した分厚い書物だが、同書の第七章

'Subject-Painters' では動物画の大家E・H・ランシーア(一八〇二―七三年)とその後継者として前記のブリトン・リヴィエアーが取り上げられている。本の随所にわたる線引きからみて、漱石はこの本を丹念に読んだと思われるが、だとすれば四ページほどもあてられたリヴィエアーに関する記述も漱石の目に止まっていたに違いない。

残りのもうひとつの機会は、漱石が所蔵してした大判の豪華な画集『名画一〇〇選』(7)(一九〇一―二年)を通して、その第二輯に収録されたリヴィエアーの代表作《キルケー》('Circe')を見ることができたことである。この画集にはグルーズ、バーン゠ジョーンズ、ウォーターハウス、ミレイなどの代表作が載っており、現在はほとんど知られていないこの動物画家が当時にはかなりの声価を得ていたことがわかる。

こうしてみると、絵好きで当代の美術動向にも深い造詣をもっていた漱石が、当時動物画家としての確固たる位置を築いていたリヴィエアーの存在について、すでにある程度認知していたとしても不思議ではない。もしかしたら、帰朝後の漱石は、これらの本のページをめくりながら、リヴィエアーの名前とか絵をみつけ、ロンドンのテート・ギャラリーでの微かな記憶を蘇らせることがあったのかもしれない。

2 隠されたモティーフ――キルケー

表題にも明示されているように、《ガダラの豚の奇跡》は聖書より題材を求めている。ただ、その表現の内容は必ずしも聖書に忠実なものではなく、画家自身の独自の解釈による表現が目立つ。まず聖書の「ガダラの豚」の話の中心人物たるはずのイエスもレギオンという男も描かれていない。その代わり、二人の豚飼いと一匹の犬が登場している。彼らは服装、あるいは倒れた男の手に持たれている木の枝(これはいうまでもなく豚飼いの職分を示す小道具である)などからして、レギオンに住みついた悪霊たちが乗り移ることになる豚を飼育する豚飼いの連中であることはほぼ確かである。犬は豚の見張り番だろう。とすればこの絵は、イエスの命によって汚れた霊どもが入り込んだために豚の群れが急に暴れだし、崖へ駆け下りたという話を、豚飼いの視点から画家なりに再構成したものとみることができる。そして、その分だけ宗教的な性格は薄らぐ反面、画家独自の主題意識が一層色濃く滲み出ている。

［図 II］ ウォールター・クレイン《美女と野獣》木版（1874年）

［図III］　フェリシアン・ロップス《ポルノクラト》Pornocratès (1896年)

キリスト教において、豚(swine)は汚れた動物の代表とされ、これを飼育する者は嫌悪された。こうした観念はルカ伝(一五章一五節)に出てくる放蕩息子の比喩にも反映されている。[8] 西洋芸術の伝統においても、豚(猪)は堕落へ向かう非道徳的衝動、つまり肉欲のような汚らしい欲望の象徴とされる[9]［図II・III］。すると、無数の豚を前に危うく倒れて踏みにじられる男は、抑え切れない欲望の虜になった人間の寓意的表象とみることができるだろう。これと関連してこの画家の作風が、動物の目を通して人間の本然の姿や在り方を把え直すことを得意とするという事実に注目する必要がある。

漱石が訪れた頃、テート・ギャラリーには同じ画家による作品(すべて動物画)が他にも五点展示されていたが、これらの一連の作品を貫く特徴といえば、擬人化の手法にある。いわば、動物の視点で人間を観察するといった趣のものが多い。動物は人間と心の通い合う仲間として、または人間に対する冷静な観察者として描かれる。一例をあげると、日没を背景に巨大な氷塊の上に立って広大な北極の氷原を見渡している一頭の北極熊を描いた《人間の足跡の彼方に》では、その題にも示されているように、近代産業社会の非人間的状況に対する文明批評の視角がうかがえるのである。

それでは、以上のような背景を念頭におきつつ、作品の中身に立ち入って論じていきたいと思う。

> 庄太郎は町内一の好男子で、至極善良な正直者である。たゞ一つの道楽がある。パナマの帽子を被つて、夕方になると水菓子屋の店先へ腰をかけて、往来の女の顔を眺めてゐる。さうして頻《しきり》に感心してゐる。其の外には是と云ふ程の特色もない。
>
> あまり女が通らない時は、往来を見ないで水菓子を見てゐる。水菓子には色々ある。水蜜桃や、林檎や、枇杷や、バナヽを奇麗に籠に盛つて、すぐ見舞物《みやげもの》に持つて行ける様に二列に並べてある。庄太郎は此の籠を見ては奇麗だと云つてゐる。商売をするなら水菓子屋に限ると云つてゐる。其の癖《くせ》自分はパナマの帽子を被つてぶら〳〵遊んでゐる。

此の色がいゝと云つて、夏蜜柑抔《など》を品評する事もある。けれども、曾《かつ》て銭を出して水菓子を買つた事がない。只《ただ》では無論食《く》はない。色許《ばか》り賞めて居る。

ある夕方一人の女が、不意に店先に立つた。身分のある人と見えて立派な服装をしてゐる。其の着物の色がひどく庄太郎の気に入つた。其の上庄太郎は大変女の顔に感心して仕舞つた。そこで大事なパナマの帽子を脱《と》つて丁寧に挨拶をしたら、女は籠詰の一番大きいのを指して、是を下さいと云ふんで、庄太郎はすぐ其の籠を取つて渡した。すると女はそれを一寸《ちよつと》提げて見て、大変重い事と云つた。

庄太郎は元来閑人《ひまじん》の上に、頗る《すこぶる》気作《きさく》な男だから、ではお宅迄持つて参りませうと云つて、女と一所に水菓子屋を出た。それぎり帰つて来なかつた。(『全集』第八巻、五九―六〇頁)

庄太郎のただ一つの道楽は、水菓子屋の店先で往来の女を眺めることである。女が通らない時には代わりに店の水菓子を眺めている。そして通りがかる女の顔に「頻に感心」するのだが、水蜜桃や林檎などがはいった水菓子の籠を見ても同じく「奇麗だ」と思う。こうみると、女と果物の両方とも好きな彼にとっては、女と果物とはほとんど同一化された対象といってよい。さらに、女と庄太郎との出会いのきっかけを提供するのも果物である。つまりことの始まりは、女が指さした果物を庄太郎が「取つて渡した」ことから由来する。いつも水菓子の色を賞めることはあっても食べたことのない彼が、女の誘いに乗り水菓子を直接手にしたのも、もちろん初めてのことである。

聖書の創世記の一節を持ち出すまでもなく、文学的通念において果物が「俗界の欲望の象徴」であることは改めて強調するまでもない。すると、「第十夜」において女の誘惑の手が果物をめぐって差し延べられたことは、いかにも黙示的であるというべきではなかろうか。

女に連れて行かれた山の天辺の絶壁は、誘いに引っ掛かった男に対する試練と懲罰の場所として用意されている。崖の下へ飛び込んでみろという女の命令は、欲望の衝動に揺れ動く男の内面を見透かしてのことである。

そして、パナマ帽子を脱いだりするなど、あくまでも紳士を気取る庄太郎に残された抵抗の手段は、手に持っている檳榔樹《びんろうじゅ》の洋杖《ステツキ》(これも道徳的教養を身につけた人格のしるしとみることができる)で襲いかかる豚の鼻頭を打つことである。フロイト流の夢解釈だと、杖のイメージはすぐさま性的シンボルとして見なされがちだが、ここではそういう読解の仕方は、敢えて避けたい。杖は、西洋では古くから、矯正または自由を示す象徴物とされる。[10] こう考えると、ここで豚と杖のイメージの相関関係、言い換えれば、押し寄せてくる無数の豚を相手に杖を振りつづけたことの意味するところはおのずと明らかになると思う。

前項で触れたように、豚は人間の汚らしい欲望の象徴であり、したがって庄太郎の目の前に現われる数え切れない豚の群れを、人間の果てしない欲望の表徴とみることも十分に可能なはずである。すると、七日六晩の間、精根を尽くして豚の鼻を打つ行為は、絶えず駆り立てられる欲望を矯正し追い払う象徴的仕草、よりひらたく言えば、官能的行動との凄絶な闘いの隠喩として解せられよう。

力尽きた庄太郎がとうとう豚に舐められ、空しく倒れることは、汚れた欲望に凌辱された人間の惨めな姿を暗示している。そういう意味で、話者による「庄太郎は助かるまい」という言葉には、必ずしも「死ぬ」ということだけでなく、罪などから「救われない」という意味も含まれていると読むべきだろう。

健さんは、庄太郎の話を此処迄して、だから余《あんま》り女を見るのは善くないよと云つた。自分も尤《もつと》もだと思つた。けれども健さんは庄太郎のパナマの帽子が貰ひたいと云つてゐた。庄太郎は助かるまい。パナマは健さんのものだらう。(『全集』第八巻、六二頁)

このように「第十夜」の内容は寓意的性格が強く、そうした叙述構造の底辺を構成するものの中からは、一般的な意味での聖書的価値観に似たものも感じられる。

おそらく聖書についての詳しい知識がなくても、漱石の広い教養の範囲からすれば、彼がこの絵の表題からだけでも聖書の世界に感づいていたことは間違いあるまい。なにしろ、二年余りのロンドン滞在の期間は、漱石の生涯のうち「最も真剣にキリスト教と向かい合った時代[11]」であったのである。漱石がキリスト教の教義の押し付けに違和感を覚え強く反発したのは事実だが、その一方では、宗教の次元を越えた人間存在の普遍的な問題について誠実に受け止めた形跡もみられる。

加納孝代によると、漱石がロンドン留学時代に読んだものと推定される『イミタチオ・クリスティ（キリストにならいて）』には多くの書き込みが見えるが、欲望や女についての記述にも脇線を引いたり感想を述べるなど、こうした問題に敏感に反応していたことをうかがわせている。[12] とくに「第十夜」の主題との関連から言えば、同書中の官能的欲望に溺れることを戒める章の一節、「心が弱くて肉の欲、官能にとらわれがちな者はこの世の様々な欲望から身を遠ざけることができない。欲望を拒もうと彼はしばしば苦闘する」（加納訳）のような箇所にも下線を引いているが、この戒めの言葉は、まさに庄太郎の境遇にそのままあてはまるものでもある。さらにまた脇線を引き、関心を示した「体格の見事さをも身体の美しさをも誇るな、それらはちょっとした病によって醜く歪み滅び去っていくのだ」という箇所も、「町内一の好男子」庄太郎の惨めな末路と照合してみるとき、興味を惹くものがある。

しかし、とはいっても、漱石がこの話のなかでキリスト教的価値観を説こうとしたわけではない。宗教の枠を越えた人間の本源にかかわる肉体的欲望の問題こそが、「第十夜」の主題と密接に結び付いているのである。そういう意味で、この夢の話は、人間の虚栄と欲望を寓意した説話の世界に通じている、と言った方がより妥当かもしれない。

確かに「第十夜」には、神話または民話のような要素もかなり混じっているように見受けられる。たとえば杖で豚の鼻頭を打ちさえすれば、「ころりと引つ繰り返つて、絶壁の下へ落ちて行」くというのは、ほとんど不思議な神通力の世界に近い。このように魔力を秘めた杖のモティーフは、芳賀徹がつとに指摘しているように、魔力の中身の相違こそあれ、ギリシア神話に出てくる魔女のキ

［図Ⅳ］ アーサー・ハッカー《キルケー》(1893年)

ルケーがオデュッセウスの兵士たちに魔法の酒を飲ませたうえ、杖で打って、豚に変身させた話と似通っている側面がある。(13) そういえば、突然に現われ、庄太郎を誘惑したあげく、横柄な態度に一変して自らの虜になった男を懲らしめる女は、キルケーのような男を破滅に導く「宿命の女」に限りなく近い存在であることも確かめておく必要がある（図Ⅳ）。

『ラオコーン』（レッシング）の英訳版における「Circe ガ人ヲ豚ニ化シタル画ヨリモ豚ニ化セザル前ガヨキカ」(14) のような書き入れや、『文学論』のなかで醜穢の描写の一例としてあげた、キーツの『エンディミオン』（巻三）(15) に出てくるキルケーについての言及などからみて、漱石がキルケーに関する予備知識をもっていたことは疑いの余地がない。(16) そしてキーツの愛読者であった漱石は、この魔界の女キルケーが、マリオ・プラーツによって十九世紀末の文芸を風靡した「宿命の女」の系譜の中心に位置づけられた、キーツの「つれなき美女」(‘La Belle Dame sans Merci’, 1819)と同じタイプの存在であることも熟知していただろう。「色蒼ざめた王たちや王子たちも、／騎士たちも死人のようにみな蒼かった。／みんなは叫んでこう言った——〈つれなき美女が、／おまえをとりこにしている〉と。」(出口保夫訳) こうしてみると、町内一の伊達男庄太郎を虜にしてしまった「第十夜」の女は、キルケー的属性をうちに秘めた「つれなき美女」タイプの現代版という見方も可能ではなかろうか。(17)

前項の終わりで触れたように、漱石は『名画一〇〇選』という画集でリヴィエアーの《キルケー》の複製を見たものと推定される。キルケーが妖艶な姿態でやや後ろ向きに坐っている。地面を掠《かす》る長い髪。その右後ろには魔法の杖が置いてある。彼女の周りを取り囲むように、薄気味悪い形相をした二十四ほどの豚どもがひれ伏している。抑え切れない欲情に、頭を擡《もた》げているのもいる。この種の絵にありがちな、幻想的雰囲気をひきたてるための過剰なディテールは見当たらなく、全般的に誠実で落ち着いた描き方となっている。「この話の幻想的側面をやたら強調しようとするいかなる企てからも無縁なのが、この作品により強い表現と説得力を与えている」と、この絵に付された解説は説いている。(18)

ここで、大事な点が浮かび上がってくる。すなわち、漱石は同じ画家による、豚をモティーフとしたふたつの作品ともみた可能性が高いということである。テート・ギャラリーでみた《ガダラの豚の奇跡》と、『名画一〇〇選』に収録された《キルケー》の複製。漱石は『名画一〇〇選』の《キルケー』の複製を見ているうちに、それと知らずに昔ロンドンでのグロテスクな視覚体験の記憶を辿っていたのだろうか。いずれにせよ、「第十夜」で庄太郎を虜にした女の恐ろしい魔性と、豚のイメージとが結びついているのは、偶然の結果とは思えない。そして魔性の女と豚のイメージの結合はさほど突飛な組み合わせではなかったはずである。というのも、漱石の周りにはすでにこういった主題の文学的表現によい手本を示した作家がいたからである。彼がひそかにライヴァル意識を抱いていた泉鏡花である。

女が庄太郎を電車に乗せて、「青い草ばかり生えてゐ」る広い野原——つまり非日常の空間に連れて行くあたりは、男を自らの久遠の領地(すなわち、あの世)に導く鏡花の妖艶なヒロインを連想させるふしがある。また、あの『高野聖』(明治三三年)の女が山奥に迷い込んだ男たちを谷川へ誘った後、欲情を抱く男たちを容赦なく鳥獣に変えてしまう魔性の持ち主であることもあわせて思い浮かんでくる。荒涼たる野原に群棲している野猪をして、連れ込んできた男を舐めさせる女は、野生の獣を司る妖女としての顔を覗かせており、その点においても深山の畜生たちの上に君臨する『高野聖』の女と微妙に重なり合う。この事実は、『夢十夜』がもとより民話的性格を帯びていること[19]を含めて、『夢十夜』の創作と鏡花との関わり合いについて貴重な示唆を与えていると思う。いずれにせよ、「第十夜」の女がキーツのヒロインや『高野聖』の女と同様に、畜生を司る魔力を秘めた魅惑的な美女であるという点において、伝説や民話との接点を見いだすことも可能だろう。

3　欲望の修辞学

「第十夜」の寓意的叙述構造が人間の欲望の問題と絡んでいることは、その後に書かれた『三四郎』中の記述を通しても明らかに看て取ることができる。

「どうも好なものには自然と手が出るものでね。仕方がない。豚抔《など》は手が出ない代りに鼻が出る。豚をね、縛つて動けない様にして置いて、其鼻の先へ、御馳走《ごちそう》を並べて置くと、動けないものだから、鼻の先が段々延びて来るさうだ。御馳走に届く迄は延びるさうです。どうも一念程恐ろしいものはない」と云つて、にや〳〵笑つてゐる。真面目だか冗談だか、判然と区別しにくい様な話し方である。

「まあ御互に豚でなくつて仕合《しあわ》せだ。さう欲しいものゝ方へ無暗に鼻が延びて行つたら、今頃は汽車にも乗れない位長くなつて困るに違ない」（『全集』第四巻、一八頁）

東京へ行く車内で会った教師風の男は三四郎に水蜜桃を勧めながら、このような意味の分からないことを言う。当然純真な三四郎青年には、この男が何か意味ありげに持ち出した豚の比喩の本意が分かるはずがない。そんな彼に悟りを促すかのように、男は毒の回った桃を食べて死んだ人の例をあげながら「危険《あぶな》い。気を付けないと危険い」と付け加える。三四郎はここで初めて「昨夕の女の事を考へ出して、妙に不愉快」な気分に包まれることになる。

　車中で会った女に連れられ、本能の誘惑と闘いながら一緒に宿で一晩を過ごして来た三四郎には、男の言う水蜜桃や豚の鼻の比喩が自分自身の境遇にもそのままあてはまることをようやく自覚するのである。ここで桃や豚の鼻が、誘惑や人間の汚らしい欲望の隠喩として用いられていることは説明を要しまい。結局『夢十夜』で用いられた、豚や果物の比喩による人間の官能的欲望の修辞学は、その後の『三四郎』にも尾を引いていることがわかる。

　聖書の世界、または神話的文脈を通してみてきたとおり、豚は男の性的悪夢に登場する動物象徴としてもっともふさわしい。漱石は自分自身が実際に見たかもしれないこの種の悪夢のクライマックスの場面で、何かの拍子に浮かんできた、イギリス留学中に見た一枚の豚の絵の印象を巧みに生かしているのである。それにしても何たる精確な、かついきいきとした再現力なのだろう。このことは、漱石が実際の創作において、記憶の奥底に内蔵されている微かな視覚的印象さえも丹念に掘り起こして、見事に息を吹き返す術を心得ていた数少ない作家であったことを物語っている。漱石と絵画の関係についての論議は、最近ますます盛んになりつつあるが、この「第十夜」の例は、この方面での未踏の領域が依然として多く残されていることを示唆しているといえよう。

4　〈グロテスク〉の夢想

さてここで、本章の冒頭で提起した問題——すなわち「第一夜」のロマンティックで幽遠な愛の世界からはじまった夢物語が「第十夜」のグロテスクな話をもって終わるということが、いったい何を意味するのかを、『夢十夜』全体の視点でもう少し考えてみたい。

『夢十夜』のなかで二人の男女だけが登場するのは、「第一夜」と「第十夜」であり、この面だけでも両者の関係は比較に値する。まず、両方に出てくる男女の性格について——。男はいずれも女に対して受動的な態度を取るという点で共通している。女は両方とも若い美人だが、いずれもある種の霊性の持ち主である。ただ、「第一夜」の女の霊性が限りなく神秘的で崇高な性質のものであるのに反して、「第十夜」の女のそれはあくまでもデモーニッシュなものである。「第一夜」の女の仕草や言動からエロティックな要素を探すのはほとんど無理に近い。しかし、「第十夜」の女は男をたちまち官能の虜にしてしまうだけのエロティックな魅力に包まれている。ロセッティ風にいえば、前者が「霊魂の美」('soul's beauty')の体現とするなら、後者は「肉体の美」('body's beauty')の体現と喩えることも可能である。庄太郎に絶壁から飛び込んでみろと命令する女は、ロセッティの描く「レイディ・リリス」('Lady Lilith')のように、男を死に至らしめる女である。これは、やはりロセッティのソネットに出てきそうな「第一夜」の女がひたすら「もう死にます」と繰り返しつつ、的である。

百年後の再会を言い残して自己犠牲に近い「盲目的死[20]」をとげることからすれば、あまりにも対照能に支配される人間の俗悪さである。

こういうふうに、『夢十夜』の両端を飾る「第一夜」と「第十夜」の間には、対立的構図が横たわっているようだ。「第一夜」の主題をなすのが、永遠な精神的愛だとすれば、「第十夜」のそれは本能に支配される人間の俗悪さである。

このふたつの夢物語に出てくるもっとも中心的なイメージをそれぞれひとつだけあげるとすれば、何があげられるだろうか。普通の鑑賞眼をもっている読者なら、そう迷わずに百合と豚を真っ先にあげるに違いない。百合と豚——この異様な組み合わせは図らずもそれぞれの物語の性格をあらわしている。純粋と醜悪。高貴と卑劣。霊性と獣性。要するに、両者は、「崇高さ」と「グロテスク」という反語法の成り立つ関係にあるのである。「第一夜」が意味深いディテールのちりばめられた象徴的美人画だとすれば、「第十夜」は《レイディ・リリス》のような肉感的な美人画に、ゴヤがつくりだす人間の獣性を描いたグロテスクな画面を重ねたような世界ということができよう。

ヴォルフガング・カイザーはルネサンスから現代に至るまでの、文学と絵画にあらわれたグロテスクな表現の系譜を辿った『グロテスクなもの』*Das Groteske* (1957)のなかで、このように述べる。「崇高なものの対極としてはじめてグロテスクなものの深みがあますところなくさらけだされる。なぜなら、崇高なものが——美しいものとは違って——より高い超人間的な世界に目を向けさせるように、グロテスクなもののおかしな、ゆがんだものと奇怪な・恐ろしいものにおいて非人間的な、暗夜みたいな深淵めいた世界が開かれるからである。[21]」このような見地から考えれば、ここに『夢十夜』の内的な構造が見えてくるようでもある。つまり「第一夜」と「第十夜」の配列は、ヴィクトール・ユゴーが「崇高なものとグロテスクなものとのあいだの緊張をあらわすために、(崇高なものとしての)純粋に霊的なものと(グロテスクなものとしての)「人間の獣性」との対立というやり方を使いたが[22]」ったのと、無関係ではないと思われるのである。「第十夜」の滑稽さ、醜悪さ、無気味さは、「第一夜」の神秘的な雰囲気によっていっそう増幅される仕組みとなっている。いわば、両者は合わせ鏡の関係にあるのである。そしてこのような配列こそ、夢を人間の深淵を照射する装置と考えた漱石が下した結論であったのだ。

やや突飛な言い方かもしれないが、どうやら漱石の精神世界には、グロテスクなものへ親和しやすいある種の〈内質〉が潜在しているように思える。つぎのような『日記』の一節はその有力な手掛かりを提供してくれる。

○ブラウニングは嫌だ。ウオヅウオースの哲学の詩は全く厭だ。ポーは好だ。ホフマンは猶好だ、[23]（後略）（明治四四年七月一〇日）

これは、漱石が尊敬していたケーベル先生の談話を記したものとみられるものの、これはふだんの漱石の好みからいえばそのまま彼自身の言葉と置き換えても差し支えないと思う。漱石が豊かな浪漫的想像力の持ち主であることは広く知られているが、右の記述は彼が浪漫的想像力の領域のなかでも、とくにどういう方面にひかれていたかを示唆しているといえる。すなわち、ウォーズウォースよりも好きだというポウやホフマンが、それぞれ『グロテスク・アラベスク奇譚』(一八四〇年)や『暗夜物語』(一八一七年)などをもって「グロテスクなものを蔵した小説の一タイプを発展させ(24)」(W・カイザー)、後世の小説に大きな影響を及ぼした作家であるという点を考慮にいれる場合、漱石がグロテスクなものに親和しやすいたちではないかという私の想定は、まんざら突飛な思い付きではないことが証明されるはずである。

『幻影の盾』における無数の蛇が絡み合う盾のメドゥーサの髪についてのぞっとさせるような描写。『永日小品』中の「モナリサ」における無気味で怪奇な出来事。「蛇」でのえも言われぬ恐怖を呼び起こす魔神的な世界。「印象」や「火事」などに描かれた無気味なエネルギーを感じさせるおびただしい群集の恐怖。『草枕』の「鏡が池」の、「黒ずんだ、毒気のある、恐ろし味《み》を帯びた」深山椿《やまつばき》の落ちる陰険なる風景の描写――。『夢十夜』でも、盲目殺しの怖い話「第三夜」や「蛇になる」といいながら河のなかへ消えていった老人の話である「第四夜」も、グロテスクの系列に属する表現形式といってよい。こうして並べてみると、ひとつの事実が浮き彫りにされる。すなわち、グロテスクなものはまぼろしや夢のような世界、いいかえれば白日夢の世界に頻出するということである。カイザーが「グロテスクなものは疎外された世界である(25)」といったのは、まさにこのことを指しているのだ。

荒正人が『夢十夜』に「漱石における暗黒の部分の指標」(『近代文学』昭和二八年一二月号)を見いだしてから長い年月を経たいま、『夢十夜』に書かれた夢が漱石の本質的な部分にかかわるものであることを疑う人はまずいまい。この夢物語を貫く主題が、存在への不安であり、期待と挫折であるのはよくいわれるとおりである。(26) こうしてみる場合、「グロテスクなものは死の恐怖よりもむしろ生の不安をそそりたてる(27)」というカイザーの指摘は、『夢十夜』という風変わりな作品の本質を理解するうえでよい示唆となるような気がする。

漱石は、夢というのがアラベスクとグロテスクの紋様が織り成す世界であることを、よく心得ていた作家である。「第三夜」や「第七夜」「第十夜」などに代表されるように、『夢十夜』の作品世界は存在の深淵を映しだす暗色を基調とした「夜景画」の世界に喩えられる。そういう意味からすれば、漱石はさまざまな夢の話を連ねたこの夢連作を、「第十夜」のような滑稽でありながら無気味な話をもって締めくくったことに、自ら納得したに違いない。

補論　住まいの風景
——『門』における空間の象徴的描法——

1　隠れ穴――住まいの原風景

都市論の視点から漱石の主要作品の読み換えを試みた前田愛は、卓抜した『門』論――「山の手の奥」のなかで、都市空間における住まいのテーマを正面から論じているが、そのなかで彼が得意の市街図の代わりに図示した主人公夫婦の家の間取り図は、「宗助夫婦にとって、「生きること」は先ず何よりも「住まうこと」であった(1)」という洞察に富んだ指摘にも増して、この作品の読み方を啓示している。

『門』の冒頭と末尾の場面が、いずれもうららかな日差しのあたる縁側となっていることは、いくつかの大事な意味を抱えているように思える。まず、同じ日曜日の同じ縁側という設定に見られる、時間と空間の循環的構造については、いままでしばしば指摘されてきたとおりである。ところで、ここにはもうひとつ重要な意味が秘められている。つまり縁側というのが、外部空間でもなければ内部空間でもない、いわば「つなぎの空間」あるいは「第三の空間」であるとする見地(2)から考えると、小説の始めと終わりの場面の背景となる縁側には、この崖下の家を舞台に展開する下級役人夫婦の平凡な日常の物語への入口と出口のような意味が持たされているわけである(実際に、『門』のストーリーは全体二十三章のうち、後半における禅寺での四章を除いては、ほとんど崖下の借家を中心に展開している)。

さらに言うならば、冒頭の縁側での描写は、この家に宿っている暗闇の存在をより鮮明に示すための象徴的仕掛けにもなっている。

針箱と糸屑の上を飛び越す様に跨《また》いで茶の間の襖《ふすま》を開けると、すぐ座敷である。南が玄関で塞《ふさ》がれてゐるので、突き当りの障子が、日向から急に這入《はい》つて来た眸《ひとみ》には、うそ寒く映つた。其所《そこ》を開けると、廂《ひさし》に逼《せま》る様な勾配の崖が、縁鼻《えんばな》から聳《そび》えてゐるので、朝の内は当つて然るべき筈《はず》の日も容易に影を落さない。(二)

縁側にころがって「光線の暖味《あたたかみ》」をむさぼっていた宗助が、最初に起こした行動から早くも家の内部の陰影があらわにされるわけだが、このように冒頭に示された陽と陰、あるいは暖と寒の対立の構造は、ワキとシテのように物語の全体を貫く基本的な叙述構造となっている感がある。

この物語が、長い冬を挟んだおよそ四カ月あまりを時間的な背景にしている点も、住まいとしての家の意義を一段と深化させる働きをしているといえる。何故ならば、「喚起された冬は家の住まいとしての価値を増大する[3]」というガストン・バシュラールの言葉を借りるまでもなく、吹き荒らす寒風にさらされるものにとって、家はほとんど動物的なやすらぎを約束する場所であり、いつにも増して深い奥行きを保つ親密な空間となるからである。崖下の陰気な借家で繰り広げられる平凡な日常の物語の時間的な背景として、冬という季節が選ばれたことは、この小説にとってほとんど決定的な意味をもつものと思われる。

日曜日の昼には、縁側でのんびりと寝ころがるのを常とする宗助は、冬が迫ってくるとともに、家の中に追いやられてしまう。そして長い冬が過ぎ去って、宗助が再び縁側の「光線の暖味」を味わえる季節になって、物語は終わりを告げる仕組みとなっている。そういう意味からすれば、作品の冒頭で宗助が取ってみせる「両膝を曲げて」「両手を組み合はして、其中へ黒い頭を突つ込んでゐる」(一)異様なポーズは、いかにも意味深長である。つまり、それはあたかも穴の中へ冬籠もりに入る動物の姿を彷彿とさせるからである。またこの点は、それに次いで出てくるこの家の特殊な地形の説明と照応している。宗助の家は、孟宗竹の生えている陰気な崖の下に隠れるように建っている。すなわち、地上に聳え建つ普通の家とは違って、半ば土の中にもぐりこんでいる恰好なのだ。

宗助が寝室および書斎に使っている八畳の座敷は、急な勾配の崖に面しているが、彼はこの崖を気にして「何時壊れるか分らない」といいながらも、実際はむしろ平気で崖の方に頭をおいて寝る。それも、泥棒騒ぎにも気がつかないほど、深い眠りに陥るのである。妻の御米に、「でも貴方は気楽ね。横になると十分経たないうちに、もう寐て入らつしやるんだから」(七)とまで言われるくらい、実によく眠る男である。これは一見矛盾のようだが、決してそうではない。というのも、後で詳しく述べるように、宗助が危惧しているのは実際に崖崩れによる家屋の倒壊ではなく、彼らの平穏な暮らしの破壊なのであり、結局「何時壊れるか分らない」というのはその比喩的表現であるからである。

薄暗い八畳の室内あるいはこの家全体は、宗助の意識の一隅では、おそらく原初的な棲み処の感覚を喚起する横穴と同質のものとして認識されていることだろう。いみじくも、住まいの夢想家バシュラールはこう語っている。「たとえば家の居間にすわっていても、避難所の夢想家は、小屋や巣や片隅を夢みる。かれはそこにもぐりこんで、穴のなかにかくれた動物のように、身をひそめたいとねがうのだ。(4)」洞穴は、たましいと対話するのにもっともふさわしい空間である。ここで、参禅に行った宗助が「父母未生以前本来の面目」の公案に没頭した場所が、「崖の下に掘つた横穴」であったことを思い出してみるのもよい。冒頭での宗助の動物的な身振りに象徴的に示されているように、『門』の家の描写に絶えずつきまとっているのは、住まいに対するある種の自然的、原初的感覚である。

社会と交渉をもたずにひっそりと暮らす宗助夫婦にとって、崖がもつ心理的意味は、おのれの生の領域と社会とを隔てる垣根ということに見いだしうる。宗助の家と崖の上に住む家主の坂井家との相違が意図的に強調されているのも、おそらくこうした背景によるものだろう。宗助が身近に迫ってきた安井の幻影におびえるようになったのは、泥棒が崖下に落とした文庫がきっかけとなって、「社会」との交渉をもったことに起因する。つまり、崖からの泥棒の闖入が意味するのは、社会との垣根の崩壊にほかならない。宗助が「何時壊れるか分らない」と虞れていたのは、まさに現実のものとなったのである。

「都会に住む文明人の特権を棄てた」(十四)宗助が、「山の中にゐる心を抱いて、都会に住んでゐた」(同)といったのは、ただ単に観念的な文脈での修辞というよりは、実際に彼の内面意識における住まいに対する原感覚を反映しているように思える。(5)

2　家具の秘密

家を人間のたましいの分析手段と見なすバシュラールの洞察は、「家は風景以上に「一つの精神状況」である」(6)という短い文句に集約されているが、これは『門』のような家を舞台とした「日常の劇」を読む者にとって、貴重な助言となる。また多田道太郎が、物語に登場するモノや生活空間を小説のレトリックの本領としてとらえ、こうした舞台装置にこそ作者の無意識が浮彫りにされるのだと説いた(7)のも、傾聴に値する。

とくに『門』に登場する「ちゃぶ台」という「舞台装置」の描写を中心に、物語の内的構造を読み取ろうとする多田のエッセイは、その先駆的な成果を示すものとして注目してよい。それによると、宗助夫婦がいつも差し向かいに食事をするちゃぶ台は、「世間からかくれる片隅の幸福」の象徴であるが、こうした食卓の団欒が小六という「外部からの闖入者」によって無残に破られたことは重要な意味をもつという。(8)何の注意も引かない日常的な家具のひとつに過ぎないちゃぶ台を、「意識の深みをになう小道具」としてとらえる多田の視点は、すこぶる刺激的である。

確かに弟の小六は起伏のない夫婦の単調な日常世界に入り込んだ闖入者であるが、ある意味では彼の闖入者としての役割は、夫婦のちゃぶ台の団欒を奪う前からすでに始まっているともいえる。たとえば彼の入居は、たちまち家の空間秩序の揺れをもたらし、結果的には夫婦に秘められていた「過去」を掻き出す素因となるのである。

「寒い所為《せい》なんでせう」と答へて、すぐ西側に付いてゐる一間《いつけん》の戸棚を明けた。下には古い創《きず》だらけの箪笥があつて、上には支那鞄と柳行李が二つ三つ載つてゐた。
「こんなもの、何うしたつて片付様がないわね」
「だから其儘《まま》にして置くさ」(六)[傍点引用者]

御米が居間として使っていた六畳に小六の入居が決まり、部屋の整理にかかっていた夫婦があけた戸棚のなかで見たのは、前からしまってあった箪笥や行李など古い家具であるが、これを見て、思わず御米の口から漏れてきた「こんなもの、何うしたつて片付様がないわね」という言葉には、「如何にも血色のわるい」彼女の顔色と同様ある種の翳りが滲んでいる。

住まいに備置されているいろんな種類の家財道具のなかで、戸棚はしばしば「秘密の家具」に分類される。「戸棚の内部空間は内密の空間であり、だれかれかまわずにひとにむかってひらくことのない空間である。」(9) 家の内部空間において戸棚がもつ心理的意味をひとことで言い表わすならば、

〈秘密の場所〉という比喩がもっとも適しているだろう。

戸棚をあけた夫婦は、日常空間の奥へしまったはずの「過去」と対面しているのである。つまりそれらは、二人が親友の安井を裏切って駆け落ちした際御米が持参してきたはずの生活家具であり、なかでも「柳行李」のようなものは直接御米と安井との同棲生活の記憶を湛えているかにみえる。[10]「創だらけの箪笥」は一緒になってからの二人の辛い流浪生活の形見であるが、そこについた「創」は人目を逃れて重い罪を背負って生きなければならない二人の艱難の生を表象している。

夫婦は何故、別段所用のものでもなさそうに見える支那鞄や柳行李などをそのまましまっておくのだろうか。その理由は、それらが旅行に必要な道具であるという事実と絡んでいると思う。すなわち、電車のなかで宗助の目に入った引越しの広告が暗示するように、二人の流浪生活はまだ終止符を打っていない。「逃げて回る」ことは、「何うしたつて片付様がない」二人の運命なのである。ここで、二人の間に交わされた短い会話が、結末の「然し又ぢき冬になるよ」という宗助の諦めの言葉につながるものであることはいうまでもない。

家具に秘められている宗助夫婦の「過去」は、これだけに限らない。たとえば茶の間にある御米の箪笥には、「子供に関する夫婦の過去」が刻まれている。御米には広島、福岡でそれぞれ流産あるいは死産の暗い経験があり、さらにこの家に移り住んでからも胎児が「胞《えな》を頸へ捲き付けて」窒息死するという恐ろしい死産の記憶がある。

宗助は亡児のために、小さい柩《ひつぎ》を拵《こし》らえて、人の眼に立たない葬儀を営なんだ。しかる後、又死んだもののために小さな位牌を作つた。（中略）しばらくしてから、宗助は何を考へたか、小さい位牌を簞笥の抽出《ひきだし》の底へ仕舞つてしまつた。（十三）

ある日、着換え中に簞笥の抽出の底にしまってあった位牌に手が触れたとき、易者の門を潜った御米は、易者から「罪が祟《たた》つてゐるから、子供は決して育たない」と宣告される。そんな彼女にとって、簞笥はいわば亡児の柩に等しいものである。ところで、このような暗い記憶の秘められた家具のイメージは、『門』の前に書かれた『それから』においても見ることができる。


「何ですか、それは」

「赤ん坊の着物なの。拵《こしら》へた儘《まま》、つい、まだ、解《ほど》かずにあつたのを、今行李《こり》の底を見たら有つたから、出して来たんです」と云ひながら、附紐《つけひも》を解《と》いて筒袖《つつそで》を左右に開いた。

「こら」

「まだ、そんなものを仕舞つといたのか。早く壊して雑巾《ぞうきん》にでもして仕舞へ」（六）

ここでは、行李が子供の死の記憶の場所となっている。英語の“closet”（戸棚）や“cabinet”（飾り簞笥）のような単語には、「秘密の、内密の」という意味がある。まさに漱石の小説に登場するこれらの家具は、すぐれて秘密めいている。そしてそのすべてが、作品の雰囲気を形づくり、さらには物語の深層構造に直接かかわる象徴的な小道具に化しているのである。

3　ランプの意味

朝早く家を出て、日の詰まってくる頃に帰ってくる宗助にとって、日の暮れた夜こそ真の日常の時間である。夫婦は夕食の後、明るいランプの光に照らされながら、火鉢を間に向かいあって夜を過ごす。

やがて日が暮れた。昼間からあまり車の音を聞かない町内は、宵の口から寂《しん》としてゐた。夫婦は例の通り洋燈《らんぷ》の下に寄つた。広い世の中で、自分達の坐つてゐる所丈《だけ》が明るく思はれた。さうして此明るい灯影《ひかげ》に、宗助は御米丈を、御米は又宗助丈を意識して、洋燈の力の届かない暗い社会は忘れてゐた。彼等は毎晩かう暮らして行く裡《うち》に、自分達の生命を見出してゐたのである。（五）

夜に入って、家の周りは深い静寂に包まれている。静寂は果てしない空間の広がりを喚起する。だが、彼らの空間に対する意識のヴェクトルは、ランプの明かりの狭い輪の中心に凝縮する性向をもっている。つまり彼らの「生の円環」(前田愛)は、内に向かって狭まっていく同心円的構造から成り立っているのだ。

ランプの暖かい光に照らされた室内は、夫婦の単調な日常のなかで、もっとも親密な領域である。ランプの灯には、本質的に住居空間を凝集させる性質がある。(11) 精神的やすらぎを求める者にとって、ランプの灯ほど住まいの内密を保証するものはない。ここになされた空間の描写は、「内に向つて深く延び始めた」、また「広さを失なふと同時に、深さを増して来た」(十四)主人公の意識と絶え間ない照応を見せている。言い換えれば、描かれた部屋は、もはや棲む人のたましいの風景なのだ。

夫婦は毎朝露の光る頃起きて、美しい日を廂《ひさし》の上に見た。夜は煤竹《すすだけ》の台を着けた洋燈《らんぷ》の両側に、長い影を描いて坐つてゐた。話が途切れた時はひそりとして、柱時計の振子の音丈《だけ》が聞える事も稀ではなかつた。(四)

内密に浸っているとき、人は往々にして遠い過去へと呼び戻される。「宗助の日常的時間が過去に背負っているのは罪を犯した非日常的な時間である」(12) という越智治雄の解釈が示唆するように、重い沈黙のうちにじっと坐っている二人がつくる「長い影」は、まさに彼らの日常に潜む暗闇を象徴している。京都時代に安井の家の門の前で佇んでいた二人が土塀につくった影を鮮明に「記憶してゐ」る宗助にとっては、ただいま自分たちがつくる「長い影」はいつまでも消えることのない心の闇の刻印に等しい。つぎのようなくだりは、そのことをより明確に語ってくれる。

さうして二人が黙つて向き合つてゐると、何時の間にか、自分達は自分達の拵えた過去といふ暗い大きな窖《あな》の中に落ちてゐる。(四)

彼らが暖を取るために毎晩向かい合って囲む火鉢は、二人に許されたささやかな慰めの道具であるはずだが、皮肉にもそれこそ、彼らの生の領域を侵食する「過去」という暗闇へ導く落とし穴となるのである。

或時宗助が例の如く安井を尋ねたら、安井は留守で、御米ばかり淋しい秋の中に取り残された様に一人坐つてゐた。宗助が淋しいでせうと云つて、つい座敷に上り込んで、一つ火鉢の両側に手を翳しながら、思つたより長話をして帰つた。(十四)〔傍点引用者〕

この記述は、火鉢が二人の不倫の恋が芽生えた〈温床〉であったことを語ってくれる。すなわち夫婦にとって火鉢は、あの当時「互を焚《や》き焦がした焔」(十四)の火種が宿っていた運命的場所なのである。

こうみると、この心の闇の物語の時間的背景として冬が選ばれた理由は、おのずと見えてくると思う。結局、宗助夫婦が耐えているのは、現在この崖下の家の周りを覆うている冬というよりは、六年前の「音を立てずに肌を透す陰忍な質《たち》」(十四)の京都の冬——即ち彼らの「冬」の原点ということになるだろう。

世間の目を逃れて、「日の目を見ない」(四)ままひっそりと暮らしている宗助夫婦にとって、ランプの柔らかい明かりはある種の宗教的な意味さえ帯びているかのように見える。そういえば、ランプの明かりがつくる「長い影」こそ、二人が精神的救いを必要とする人たちであることのしるしにほかならないのである。

宗助夫婦は夜中、ランプを点《つ》けたまま寝る習慣がある。

御米は、時々眼を開けて薄暗い部屋を眺めた。細い灯が床の間の上に乗せてあつた。夫婦は夜中燈火《あかり》を点《つ》けて置く習慣が付いてゐるので、寐る時はいつでも心《しん》を細目にして洋燈《らんぷ》を此所へ上げた。(七)

この記述をめぐって前田愛は、「これはこの腰弁夫婦に許されたささやかな贅沢というべき」(13)と述べたことがあるが、果たしてそうだろうか。というのも、つぎの引用文に見て取れるように、少なくとも京都時代の宗助にはそのような「習慣」はなかったからである。「……寐ながら可笑しく思つた。しかも其臆断に、腹の中で徊徊する事の馬鹿々々しいのに気が付いて、消し忘れた洋燈《らんぷ》を漸くふつと吹き消した。」(十四)すると、その習慣が付いたのは、彼が親友の安井を裏切って御米といっしょに結ばれてからのことになるのであろう。結局、ここにはどうやら道徳的次元の意味が潜んでいると思うのである。

『こゝろ』の場合、ランプのイメージは先生やKの死の場面に登場している。

……一点の燈火《とうか》の如くに先生の家を見た。(中略)しばらくすれば、其灯《ひ》も亦ふつと消えてしまふべき運命を、眼の前に控えてゐるのだとは固《もと》より気が付かなかつた。(五)

其時Kの洋燈《らんぷ》に油が尽きたと見えて、室《へや》の中は殆んど真暗でした。(五十)

ここで、ランプの消滅は死の隠喩となっている。そこでそうした点を照合してみれば、『門』の宗助夫婦が夜の暗闇のなかで灯《とも》しつづける「微かな燈火」は、まさに自らの生命を天に委ねて「洋燈の力」で辛うじて生きている彼らの植物的生の象徴記号である、というふうに解することができよう。

4　メーテルランクと象徴劇

『門』のなかで作者はしつこいまでに日常性を強調している。それは、「例の様な」あるいは「何時もの通り」のような語句の意識的な頻用それ自体よりも、作品のより根本的なところに基づいている。たとえば漱石が、この作品に初めて夫婦の生活を正面からとりあげたことの意味は何よりも大きい。また、『三四郎』や『それから』において作者の目は、あくまで都市を観望し、闊歩する視点を得ていた。だが、『門』の場合は、作者の視界は極端に狭まり、しかもほとんど固定されたままのものになっている。小説の導入部での宗助の散歩は、物語の主舞台となる主人公の家へカメラ・レンズの焦点を徐々に絞っていく過程に相当する手続きともいえる。このような視点の操作に、平凡な庶民の日常生活の活写への確かな動機が潜んでいるのはいうまでもない。

『彼岸過迄』のなかで須永が語る、「電車の裏通りが、如何に小さな家と細い小路の為に、賽の目のやうに区切られて、名も知らない都会人士の巣を形づくつてゐるうちに、社会の上層に浮き上らない戯曲が殆んど戸毎に演ぜられてゐる」(14)「傍点引用者」という言葉から、『門』の執筆に臨んだ時の漱石の創作意図を遡って推し量ってみるのも、あながち無意味なことではなかろう。ことに傍点部分の記述に、漱石の「日常の劇」への覚醒を読み取ることは決して無理な話ではないと思うのである。漱石が『門』の主人公に、三四郎のような華々しい「大学生」でも、代助のような「遊民」でもない、「名も知らない」平凡な「腰弁」を選んだのは、少なくともこの作品を「日常の劇」に仕立てるための前提となる条件であった。

『三四郎』や『それから』のような作品と比べて、この「劇」の配役たちの間で交わされるせりふは、およそ観念的なものとは程遠く、あくまで平板で、すべてが身近な生の息吹を感じさせるものである。しかしこれといった筋の運びもなく、動きに乏しい展開であるが故に、かえって一つの些細な動作、一言の凡庸な言葉は象徴的意味を帯びてき、全体として濃密な情調と深い奥行きをもたらしている。そういう意味で、『門』における日常性がある種の象徴性の域に達しているという越智治雄の指摘[15]は、的を射ているといえる。漱石はこうした平俗の叙述原理のうちに、『三四郎』や『それから』とは異なった趣の言語表現を試みており、ここに漱石の作品世界の深化を見ることができる。

ところで、限られた空間とそのなかに配置されている象徴的小道具、そしてそれらに囲まれた人間の意識――こうしたすべてから放射される独特な雰囲気のうちに心理的主題を扱う『門』を、一種の「ムード小説」と位置づけてみるならば、ここで思い浮かぶのが『室内』*L'Intérieur* (1894)、『闖入者』*L'Intruse* (1890) のような戯曲に代表されるベルギーの象徴主義劇作家モーリス・メーテルランク(一八六二―一九四九年)の作品世界である。『それから』の代助の密室の幻想、耽美快楽の性向にみるように、そもそも漱石にはメーテルランクやローダンバックなどのベルギー象徴派に通じる感受性の類似がみられる。イギリス留学当時に書いた英詩 'Silence' なども、やはり沈黙の殻に閉じこもることに大きな意義を与えていた、これら「沈黙の王国」の詩人たちと似通った趣向を呈している。だがこの両者が、ともにラファエル前派の詩画に大きな影響を受けて[16]文学的出発を遂げたことを考えると、こうした文学表現上の近親関係は自然な成り行きというべきかもしれない。

ところで『門』との関連でとくに注目したいのは、メーテルランクの初期の作品で、いわゆる〈静劇〉(le théâtre statique)と呼ばれるものである。これは詩集『温室』*Serres Chaudes* (1889)で見せたデカダン的傾向から作風の転換を来したもので、「単純な日常生活からのテーマ、事件らしきものは何一つ起こらない単純な構成、意味ありげな言葉はかえって無意味なだけと言わんばかりのいたって凡庸な台詞」から成り立つ新しいスタイルの戯曲である。[17]そのひとつである『室内』は、家族のひとりである少女の溺れ死んだ事実をまだ知らないまま、ランプのもとで夕べのひとときを過ごすある家庭の様子を、死の知らせに来た人々が家の外で窓越しに観察して伝える、という単純な構成からなっている。この「日常生活の劇」の主題は家の周りの暗闇に象徴されているように、人間の幸福を絶えず脅かす運命の力と、未知への不安というような言葉に言い表わすことができる。

こうしてみると、『室内』と『門』との間には、一部の相違こそあるものの、作品の主題、また全般的雰囲気や細部のディテールにおいて重なり合う要素が少なからず存在することがわかる。たとえば、日常生活の情景を題材としていること、家の内密を象徴する小道具としてのランプのイメージ、夕べの団欒に浸っている家族の頭を掠める得体の知れない霊的恐怖、平穏な家庭に忍び寄る死の影——。[18]これらは『門』における、安井の幻影に脅える宗助の内面や、夫婦の周りに微かに漂う亡児の死臭などと照応している。なかんずく、つぎのような老人のせりふ――「……こうした生活の情景に心を打たれたのは、初めてだ。なぜかわからぬが、あの人たちのなすことすべてが、わしにはいつもと違ってとても厳粛に見える……。あの人たちは、ただランプの許で夜を待っているわけだ」[19]（『室内』）は、あたかも『門』の宗助夫婦の悲哀を誘うひっそりした暮らしぶりそのものを語っているようである。さて、両者間に存在するこのような類似は単なる偶然の産物だろうか。それとも、『門』とメーテルランクの作品世界との間には実際何らかの関係が存在するのだろうか。あるとすれば、それはどのような形で作品に投影されているのだろうか。

漱石が所蔵しているメーテルランクの著作は全部で五冊で、劇作家としてはイプセンの九冊に次いで多い。その内訳をみると、『モンナ・ヴァンナ』『ペレアスとメリザンド』『室内』『タンタジルの死』など主な作品を収録している戯曲集が三冊、エッセイ集としては『蜜蜂の生活』『二重庭園』の二冊となっている。[20] 漱石はメーテルランクの著作のほとんどを英訳で読んだが、『ペレアスとメリザンド』のような作品は、例外的にフランス語の原文で読んでいる。[21]

『門』の執筆までに、漱石がメーテルランクの劇を直接観る機会は二度あった。その最初は、バーン＝ジョーンズが衣装のデザインを担当した一八九八年の『ペレアスとメリザンド』のロンドン公演以来、一九〇二年六月検閲当局の公演禁止勧告を逃れて、物議を醸すなかでロンドンのヴィクトリア・ホールにて『モンナ・ヴァンナ』が上演された時である。ただこれは、ロンドン・メーテルランク協会の「内輪」興行だったために、漱石がこれを観た可能性は少ないものの、公演の強行を非難する新聞報道などで公演の事実だけは知っていたものと考えられる。二度目は、同じく『モンナ・ヴァンナ』が川上音二郎一座によって明治三十九年二月明治座にて初演された時である。だが、漱石がメーテルランクの演劇を実際に観劇したか否かについては、今のところそれをうかがう術はない。

上田敏が『帝国文学』創刊号(明治二八年一月)に寄稿した評論「白耳義文学」に端を発したメーテルランクの紹介は、明治三十六年に正宗白鳥が『マレイン王女』『侵入者』など四編の戯曲を翻案した『マアテルリンク物語』(富山房、明治三六年)などを経て、明治四十年代に入っては森鷗外がメーテルランクの静劇の手法を取りいれた戯曲『静』(『スバル』明治四二年一一月号)、『生田川』(『中央公論』明治四三年四月号)を発表し、『門』の連載が始まって間もない明治四十三年四月号の『早稲田文学』には茅野蕭々訳の『闖入者』が掲載されるなどもっとも活発な様相を呈していた。(22) このように文壇と演劇界を中心に高まりつつあったメーテルランク熱というものが、漱石のメーテルランクへの関心をいっそう促したことも十分考えられよう。

漱石がメーテルランクの文学にたいする理解を深めた手段としては、前にあげた作品集以外に、メーテルランクについて論じた評論や研究書などがある。たとえば、マックス・ノルダウの『堕落論』*Degeneration* の第二部第六章「神秘主義の下手なまね」には、「まったく幼稚でばかげた、支離滅裂な神秘論者」の標本として、メーテルランクの詩および戯曲などが、いささか恣意的な論評こそ目立つものの、かなり詳しく論じられている。漱石が初めてメーテルランクについて言及したのは、明治三十六年の東京帝国大学での講義においてであるが、このなかで「音調のみで、他の思想のあるものと同様の興味を起す」詩の一例として引き合いに出したメーテルランクの詩「倦怠」（'Ennui'）の英訳および解説は、ノルダウの同書から借用したものである(23)。

このほかにも、漱石のメーテルランク理解において役に立ったと考えられるものを、漱石蔵書目録から捜してみると、A・シモンズの『象徴主義の文学運動』*The Symbolist Movement in Literature* とE・E・ヘイル『現代の劇作家』*Dramatists of To-day* があげられる(24)。前者には「神秘派としてのメーテルランク」という章があり、後者の場合にもメーテルランクはハウプトマン、ズデルマンなどとともに独立した章で取り扱われている。これらの本は、ノルダウの偏向的な観点とは異なり、メーテルランクの近代劇の意義を肯定的に論じたもので、漱石のメーテルランクの理解に役立った書物であったと思われる。このような漱石を取り巻く環境を考慮すると、漱石とメーテルランクとの距離は、いままで思われていたものよりも遥かに近く感じられるのである。

5 存在のなかの〈風の音〉

漱石の十一編の英詩には、つぎのような無題の詩が含まれている。

Lonely I sit in my lonesome chamber

And cricket chirps.
My lamp lies lonely half in slumber
And cricket chirps.　（『全集』第一二巻、三八一頁）

私は人気のない部屋に淋しく坐っている
　そしてコオロギが鳴く。
私のランプは半ば眠たげに置かれている
　そしてコオロギが鳴く。[25]（江藤淳訳）

漱石の内面の深奥へのまなざしは、この創作日時不明の英詩にも投影されている。がらんとした室内に独り坐って微かな魂の声に耳をそばだてている、という詩的趣向[26]は、つぎのようなメーテルランクのエッセイの一節を連想させるふしがある。「肱掛け椅子に坐っているひとりの老人が、ランプのそばで独り静かに待ちつつ、それと知らずに彼の家の周りを支配しているあらゆる永遠の法則に耳を澄ましている。はっきりとはわからぬながらも、戸や窓の沈黙、灯の震えている声の意味を解し、おのれのたましいと運命の現前にうつむいて服している。[27]」これは最初のエッセイ集『貧者の宝』*Le Trésor des Humbles*(1896)中の「日常の悲劇」('Le Tragique Quotidien')に出てくる有名なくだりで、初期のメーテルランクの思想的背景をよくあらわしている(このくだりは、漱石が読んだシモンズとヘイルのいずれの本にも引用されている)。

ところで、このようなメーテルランク特有の沈潜の世界は、先に掲げた漱石の英詩だけでなく、『門』の作品世界と微妙に交叉しているような気がしてならない。「表《おもて》は夕方から風が吹き出して、わざと遠くの方から襲つて来る様な音がする」(四)のような箇所には、ランプのもとに坐って、重い沈黙に沈んだまま吹き荒らす寒風の音に耳を傾けている宗助夫婦の姿がある。そして彼らが聞いているのは、自分たちの家の周りを支配している運命のささやきである。漱石は好んで風の音を「運命」の隠喩として用いているが、(28)「御米の言葉には、魔物でもあるかの様に、風を恐れる調子があつた」(十七)という記述からは、御米と、いくぶん諦観した姿勢で「風」の音に聴き入る宗助との間に存在する、運命に立ち向かう姿勢の相違を読みとることができる。

「彼等は残酷な運命が気紛《きまぐれ》に罪もない二人の不意を打つて、面白半分穽《おとしあな》の中に突き落したのを無念に思つた」(十四)という一節にみるように、宗助は過去の出来事を自分たちの過ちとせず、すべてを運命のせいにする。つまり二人が結ばれたことを運命的な愛の結果として受け止めているのだが、興味深いことに、これはメーテルランクの道徳観と一致している。

一例に、ほぼ同時期に書かれた厨川白村による『ペレアスとメリザンド』の精緻な解説を援用してみることにする。「かれら両人が陥つたあの悲惨なる最後も、決して自ら招いたのではなく、もとより恋する者に罪があるのではない、全く盲目的なる情熱の昂奮が然らしめたる不可抗の運命であるといふのが作者の意であつた。[原文改行]さてまたかういふ不可思議なる運命の悲劇は、絶えず吾人の平凡な日常生活のうちに繰り返されてゐる。[29]」メーテルランクの名を一躍有名にした『ペレアスとメリザンド』(一八九二年)は、二人の男が一人の女を愛する(弟のペレアスが兄の女であるメリザンドを愛する)という「永遠な三角関係」の主題を象徴的手法で扱った作品である。白村の解説を少し敷衍すると、作者は二人だけでなく、悲劇の恋の当事者であるペレアスとメリザンドとゴローの三人とも、運命に操られる犠牲者として描いている。

こうしてみると、罪の意識や運命に関する両者の認識は近似していることが見てとれる。つまり、宗助夫婦が甘んじて背負っているのは罪ではなく、運命なのである。

また、『門』のランプのイメージが、生を意味する象徴的小道具であることは前項で述べたとおりだが、これもまた、メーテルランクの象徴劇の主な小道具であるランプのイメージと似ている。『タンタジルの死』や『マレーヌ王女』や『闖入者』などにおいて、ランプの消灯は死のイメージを伴う象徴的働きをしている。

エッセイ「日常の悲劇」は、つぎのように書きだされている。「われわれの日常には、大事件に存在する悲劇よりも、われわれの真の在り方により近く、より現実的で、より身にしみる悲劇的領域がある。[30]」初期のメーテルランクのペシミズムを反映しているこのくだりは、『門』の深層的主題を読み解くうえでひとつの示唆になりうる。つまり安井の出現は、この小説の唯一の「事件」と呼べるものだが(「出現」といっても、所詮幻影に過ぎないが)、作品におけるこの「事件」の真の意義は、宗助の日常に宿る暗闇の存在とその悲劇性を浮き彫りにするきっかけにすぎなかったのである。

6　〈静劇〉の世界

漱石は「愛読せる外国の小説戯曲」(『趣味』明治四一年一月号)という談話のなかで、輓近の戯曲の動向に触れ、詩趣的装飾を失った現今の戯曲はその欠陥を補うために人間の意識の深奥へ入りこむ傾向があり、そういうなかで「意識の最高点に達した」のがイプセンである(31)、というメーテルランクの評論を紹介している。ところで漱石が「大変面白い」という評とともに紹介したこの「マーテルリンクの説」の出典は、メーテルランクの五番目のエッセイ集『二重庭園』(一九〇四年)に収められた「現代劇」('The Modern Drama')とみられるが、漱石が援用したイプセンに関する解説は、この文章の後半部に論じられた内容を要約したものである。今日の演劇が目指すべき方向を主題面にしぼって、時折自らの創作観を織り交ぜながら論じているが、漱石文庫所蔵の同書には漱石が非常な興味をもってこれを読んでいた跡がくっきりとみられる。とくに、「[昔の演劇に見るような]叫び声は、今日はめったに聞こえない。また流血の惨事も珍しいものとなり、涙もあまりみられなくなった。もはや人間の喜びと悲しみが決められるのは、炉火のそばに寄り添い、食卓を囲む小さい部屋の中においてである(32)」のような箇所に引いてある下線は、この〈静劇〉の自作解説調の記述にたいする漱石の素直な同感のあらわれと解してよかろう。

とはいえ、漱石がメーテルランクの文学観や思想に全面的に同意したわけではない。『行人』の一郎が死後の世界を論じたメーテルランクの論文を読んで述べる、「矢張り普通のスピリチュアリズムと同じ様に詰ら[33]」ないという批評、また晩年になって畔柳都太郎に送った手紙のなかで自分の死生観とメーテルランクのそれとの違いを強調した[34]ことなどは、むしろ両者の隔たりを感じさせるものである。

そしてこうした両者の隔たりは、『モンナ・ヴァンナ』と『門』のそれぞれの最後を締めくくる主人公のせりふに象徴的に示されている。『モンナ・ヴァンナ』*Monna Vanna* (1902) の最後の場面は苛酷な運命の艱難を乗り越えたヴァンナの、「あゝ、一場の悪い夢でした……けれど、これから美しい夢が始まるでせう、美しい夢が。……」(“C'était un mauvais rêve .... Le beau va commencer .... Le beau va commencer ....” 島村抱月訳）というせりふで幕を閉じているが、ここには彼の初期戯曲のペシミスティックな運命観から脱皮した、人間の叡知によって運命の克服が可能だとする新しい思想が芽生えている。それでは、『門』の結末の場合はどうだろうか。

「本当に難有《ありがた》いわね。漸くの事春になつて」と云つて、晴れ〴〵しい眉を張つた。宗助は縁に出て長く延びた爪を剪《き》りながら、

「うん、然し又ぢき冬になるよ」と答へて、下を向いたまゝ鋏《はさみ》を動かしてゐた。（二十三）

作中で「冬」が、宗助夫婦の生を脅かす未知の運命として象徴化されていたのを思いだすと、

「春」の到来を有り難がる御米の言葉が意味するところは、おのずと明らかであろう。だが、これに対して「又ぢき冬になるよ」という宗助のそっけない応答の底辺にあるものは紛れもない懐疑的運命論であり、モンナ・ヴァンナの積極的運命観とは際立った対照をみせている。こうしてみると、漱石がメーテルランクに共鳴したものがあるとすれば、それは『モンナ・ヴァンナ』以前の初期の作品世界に限ってのことと考えられる。

『門』のなかで、日常における幸福のもろさ、存在の内部に潜む生の不安[35]をあらわすのに用いた小道具のなかに、特別に変わったものは何ひとつない。それはいつも見慣れた家具であったり、使い慣れた生活道具であったり、耳慣れた柱時計の振り子の音、あるいはランプの灯の震える音といった類いに過ぎない。しかしそれにもかかわらず、これらの小道具は、物語のそれぞれの局面において至って象徴的な働きをしており、私たちはこれよりメーテルランクの静劇における象徴的手法との類似をみることができるのである。

リチャード・A・ロングとアイヴァー・G・ジョーンズは「〈デカダンス小説〉の定義に関して」と題する論文の中で、世紀末小説の特色のひとつを、「一般的特質としては静的で、動きの感覚が欠如している。すなわち、この種の小説では、時が空間性をとるにいたる。つまり、時間と空間が融合するのである」と説明している。[36]この定義はまさに『門』にあてはまる性質のものではないか。読者は主人公夫婦の借家の内部にだけ視点を固定すればいいような単純な、動きに乏しい構成、節制されたせりふ。しかも読者の前にさりげなく提示される「住まいの風景」は、ほとんどすべてが過去の記憶を孕んでいる。いってみれば、「現在」の彼らの生の空間は、「過去」という時間がつくり出したものである。この作品に描かれた「住まいの風景」は「過去の風景」という言葉に置き換えても構わない。メーテルランクは空間と時間の彼方に無限に広がる「生の深奥」を啓示する手段は理性ではなく「直観」であることをいち早く悟ったひとりである。ベルクソンやウィリアム・ジェームスなどの著作の影響も加わって、メーテルランクが演劇で試みた主題の哲学的・心理的領域の探求が散文作品にもあらわれはじめるのは世紀の転換期を挟んでのことである。このように考えてくると、漱石の前期三部作の最後を飾る『門』は前作の『三四郎』や『それから』とは違った意味で、世紀末的な趣向と接合している作品といえよう。早くから心理学や交霊術に興味を示し、象徴主義の系列に属する作品を多く読んでいた漱石が象徴的手法なるものを真剣に考えていたならば、『門』はその試みのひとつの到達点であったといっていいのかもしれない。

『門』の家のなかの象徴的な décor に囲まれて住む、言葉少ない主人公の何気ない身振りに、時折ある種のメッセージが込められているのも、この作品の性格を物語っている。冒頭での動物のようなポーズが語る象徴的意味はすでにみてきたとおりだが、終わりの場面で、宗助が見せる爪を切る動作は、「又ぢき冬になるよ」というせりふよりもいっそう胸を打つ。生命体が維持する限り、切られた爪が再びもとどおりに延びてくることは、誰しも認める動かぬ事実だからである。

注　釈

〈序　説〉

(1) 同じ漢字文化圏である韓国語や中国語においても「世紀末」というが、これは日本での訳語(これについては第一章の注(12)を参照されたい)を借用したものと思われる。

(2) *Trésor de la langue française*(以下 *Trésor* と表記する)の 'Fin(-)de(-)Siècle' 項目参照。

(3) 語源に詳しい *Le Grand Robert*(Deuxième édition)によると、fin de siècle のもっとも早い用例として、当時の時事日刊紙 *Le Voltaire* の一八八六年五月四日に掲載された評論家L・セリジェの評論の一節を紹介している。

《(. . . .)lui se contente d'être fin de siècle. Cela répond à tout, suffit à tout, dispense de tout. Le mot ne date que d'hier, mais il a déjà fait fortune. C'est une si belle trouvaille ! (. . . .)Il y a deux ans, c'était un décadent : il fut déliquescent à la saison dernière. Le voici fin de siècle aujourd'hui.》

「(…)彼は世紀末的であることに満足する。世紀末的であることは何にでも適えられるし、どんなことでも満たすことができると同時にすべてからも免れられる。この言葉はつい昨今生まれたばかりだが、すでに人々に受けている。何と適切でうまい表現なんだろう！(…)二年前は、それはデカダンという言葉だった。だが、去る冬を境に潮解してしまった。そして今日我々の前には世紀末という言葉が存在するのだ。」

(4) Max Nordau, *Degeneration*(London : William Heinemann, 1895), p. 1.

(5) Ibid.

(6) Francis de Jouvenot & H. Micard, *Fin de Siècle*, pièce en quatre actes, 1888.

(7) Eugen Weber, *France, Fin de Siècle*(Cambridge, Mass. : Harvard University Press, 1986), p. 10.

（8） Ibid., p. 9.

（9） 「世紀末的王」「世紀末的司教」「世紀末的結婚式」「世紀末的官憲」など。ノルダウがどういう文脈で「世紀末的」という形容詞を用いたかを知るための一例をあげてみよう。たとえば「世紀末的官憲」はこうだ。処刑の後、「殺人者プラッツィニーの屍体は解剖されることになった。秘密警察の首長は屍体の皮膚を大きく一枚切り取り、それをなめしてからその皮で自分と友達用のたばこケースとカード・ケースを作った。」(Nordau, op. cit., pp. 4-5.)

（10） Ibid., p. 3.

（11） *Trésor* における「世紀末」の項の内容については、阿部良雄「〈世紀末〉とは何か」(『フランス十九世紀末文化の総合的研究』昭和五十八年度科学研究費補助金研究成果報告書、昭和五九年三月)における詳細な考察を参考にさせて頂いた。

（12） 吉田健一『ヨオロッパの世紀末』(筑摩書房、昭和四五年)一四六頁。

（13） Weber, op. cit., p. 9.

（14） OED には 'fin de siècle' の語義として「(十九)世紀末にふさわしい、または(十九)世紀末の特徴を示している」の他に、「進んだ、近代的な、またはデカダントな」といった意味もあげられている。

（15） アーサー・シモンズ『象徴主義の文学運動』樋口覚訳(国文社、昭和五三年)一七頁。

（16） Weber, op. cit., p. 14; Richard Gilman, *Decadence: The Strange Life of an Epithet* (New York: Farrar, Straus & Giroux, 1975), pp. 20-21.

（17） 澁澤龍彦「ヨーロッパのデカダンス」『澁澤龍彦集成』第Ⅵ巻(桃源社、昭和四五年)五六頁。

（18） Gilman, op. cit., p. 22, 36.

（19） Matei Calinescu, *Faces of Modernity: Avant-Garde, Decadence, Kitsch* (Bloomington: Indiana Univ. Press, 1977), pp. 158-159.

（20） マリオ・プラーツ『肉体と死と悪魔』倉智恒夫ほか訳(国書刊行会、昭和六一年)五三五頁。

（21） Nordau, op. cit., pp. 1-2.

(22)　John R. Reed, *Decadent Style* (Athens : Ohio University Press, 1985), p. 15.

(23)　John Goode, "The Decadent Writer as Producer," in Ian Fletcher ed., *Decadence and the 1890s* (London : Edward Arnold, 1979), p. 126.

(24)　阿部良雄「ボードレールと「デカダンス」の観念に関する覚書」(『ユリイカ』昭和五三年一〇月号)。

(25)　「デカダンスは一つの世界観である。すなわち一八五〇年頃から一九〇〇年、あるいは第一次世界大戦の勃発までの世界——衰頽(decay)という言葉で表わされる社会に対するフランスの作家たちの特殊なヴィジョンである。」(George R. Ridge, *The Hero in French Decadent Literature*〔Athens : University of Georgia Press, 1961〕, p. 22.)

(26)　Calinescu, op. cit., p. 162.

(27)　プラーツ、前掲書、五三五頁。

(28)　これはバジュが 'décadent' という言葉をもとにして創案した動詞で、前掲の『ル・デカダン』誌の引用文(本文一一頁)では "Religion, mœurs, justice, tout décade. . . ."(「宗教、風俗、正義、あらゆるものが頽廃している……」)というふうに、「頽廃する」という意味で使っている。

(29)　バジュは既存の「デカダン」につきまとう下劣な観念を避けるために、'décadisme' という新造語を創ったが、同僚のヴェルレーヌのつぎの文章はその辺の事情をよくうかがわせている。「デカディスム(décadisme)は天才の言葉であり、文学史に残る面白い掘り出し物である。この破格語法は奇跡的な徽章だ。短く、便利で、器用であり、さらにきちょうめんにもデカダンスに内在する下劣な観念を取り除いてくれる言葉である。これは衒学的になることもなく文学的な響きに富んでいる。この的を射た言葉はついにその地位を固めるだろう。」(Noël Richard, *Le Mouvement décadent : dandys, esthètes et quitessents*〔Paris : Nizet, 1968〕, p. 48 より再引用)

(30)　Suzanne Nalbantian, *Seeds of Decadence in the Late Nineteenth Century Novel* (London : Macmillan Press, 1983), p. 4.

(31)　Ibid., pp. 4-5 ; Calinescu, op. cit., pp. 158-161.

(32) 十九世紀末イギリス文壇のデカダンス文学の擁護者だったハヴロック・エリスは、デカダンスは道徳の概念ではなく、美学の概念であると力説した一人だが、彼はデカダンスというのを「古典」様式からさらに細分化し、複雑になったものであるという観点でとらえている(たとえば、スウィフトの散文は「古典的」で、ペイターのは「デカダン的」。ヒュームとギボンは「古典的」で、エマーソンとカーライルは「デカダン的」。ローマの建築は「古典的」で、ビザンチンの建築様式は「デカダン的」……といった具合である)。(Havelock Ellis, "Introduction," in J. K. Huysmans, *Against the Grain*〔New York : Illustrated Editions, 1931〕, pp. 23-31.)

(33) Calinescu, op. cit., pp. 165-167.

(34) Reed, op. cit., p. 8より再引用。

(35) 『さかしま』の出版から一年後、デカダン派詩人たちに対する見事なパロディー集『潮解――アドレ・フルーペットのデカダン詩集』(ガブリエル・ヴィケール、アンリ・ボークレール作、一八八五年)は『さかしま』の主人公デ・ゼッサントが見せるような風変わりな世界観をヴェルレーヌやマラルメによって霊感を与えられた奇妙な構文と語彙を組み合わせて「デカダン」の語義を具体的に示そうとした。(Kenneth Cornell, *The Symbolist Movement*〔New Haven : Yale University Press, 1951〕, p. 37.)

(36) ジャン・ピエロ『デカダンスの想像力』渡辺義愛訳(白水社、昭和六二年)三四九―三五〇頁。

(37) 池内紀『ウィーン――聖なる春』ドイツの世紀末・第一巻(国書刊行会、昭和六一年)二〇〇―二〇六頁。

(38) R. K. R. Thornton, *The Decadent Dilemma* (London : Edward Arnold, 1983), p. 52.

(39) Nordau, op. cit., p. 7.

(40) ジャン・ピエロ、前掲書、一四頁。

(41) ジョージ・リージは「デカダンスの理念は十九世紀後半において独占的でなかったとはいえ主要な概念であった。これは当時のほとんどの作家たちの心を奪い、彼らにつきまとっていた。それぞれがそれを別様に認識していたものの、自然主義者、パルナシアン、サンボリスト、写実主義者にとってデカダンスは共通の場であった」(Ridge, op. cit., p. 1)と述べて、デカダンスを十九世紀の後半の五十年間における文芸上の基本理念としてとらえている。

(42) 阿部良雄『ひとでなしの詩学』(小沢書店、昭和五七年)一五七頁。
(43) Robert B. Pynsent, "Decadence, Decay and Innovation," in R. B. Pynsent ed., *Decadence and Innovation : Austro-Hungarian Life and Art at the Turn of the Century* (London : Weidenfeld & Nicolson, 1989), p. 112.
(44) Nalbantian, op. cit., pp. 2-4.
(45) Pynsent, op. cit., p. 113.
(46) Thornton, op. cit., p. 65.
(47) Gilman, op. cit., p. 162.
(48) Holbrook Jackson, *The Eighteen Nineties* (London : Grant Richards, 1923), p. 19.
(49) 高階秀爾『世紀末芸術』新装版(紀伊国屋書店、昭和五六〔昭和三八〕年)四五頁。
(50) 吉田健一、前掲書、一〇一頁。
(51) エルンスト・フィッシャー『幻想と頽廃』岩淵達治訳(合同出版、昭和四三年)六一頁。
(52) 注(24)に同じ。
(53) フィリップ・ジュリアン『世紀末の夢――象徴派芸術』杉本秀太郎訳(白水社、昭和五七年)三八頁。
(54) Calinescu, op. cit., p. 5, 155.
(55) プラーツ、前掲書、五三五頁。
(56) "Les queues de siècle se ressemblent. Toutes vacillent et sont troubles" (Mario Praz, *The Romantic Agony*, tr. by Angus Davidson, 2nd ed.〔London : Oxford University Press, 1970〕, p. 396 より再引用)。
(57) Frank Kermode, *The Sense of an Ending : Studies in the Theory of Fiction* (London : Oxford University Press, 1966), p. 96.
(58) Ibid., p. 9.
(59) Ibid., p. 97.
(60) フィリップ・ジュリアン、前掲書、一九頁。

(61) 高階秀爾『続 名画を見る眼』(岩波新書、昭和四六年)一三〇頁。
(62) Graham Hough, *The Last Romantics* (London : Methuen, 1961), p. 187.
(63) ジョン・ミルナー『象徴派とデカダン派の美術』吉田正俊訳(PARCO出版、昭和五一年)七頁。
(64) マリオ・プラーツ、前掲書、四七頁。
(65) チャールズ・リーリックは、いままで曖昧に取り扱われてきたベル・エポックの幕明けを、一八八〇年七月十四日、一七八九年のフランス革命を祝うパリ市民による初めてのバスティーユ記念祝祭とみなしている(Charles Rearick, *Pleasures of the Belle Epoque : Entertainment & Festivity in Turn of the Century France,* New Haven, Conn. : Yale University Press, 1985, pp. 3-4)。
(66) ジャン＝ポール・ブイヨンはアール・ヌーヴォーの起源をイギリスの一八七〇年代のラファエル前派の画家たちとホイッスラーの活動に、その終焉についてはアール・デコ到来の準備期間(一九〇二―一四年)を含めて一九一四年と想定している(Jean-Paul Bouillon, *Journal de L'Art Nouveau,* Genève : Skira, 1985)。
(67) ジャン・ピエロ、前掲書、三七一頁。
(68) Weber, op. cit., pp. 11-12.
(69) Ibid., p. 13.
(70) Ibid., p. 248.
(71) Enid Starkie, *From Gautier to Eliot : The Influence of France on English Literature 1851-1939* (London : Hutchinson & Co., 1960), p. 129.
(72) 「即ちラファエル前派の続きが尚美主義[唯美主義]である。」(島村抱月「英国の尚美主義」『抱月全集』第一巻〔日本図書センター、昭和五四年〕三二五頁)
「殊にロセチの如きには、仏蘭西サンボリスト(表象派)に似通ふところが出来て、淫逸と敬虔の念とが合体した様な特色があつた。」(岩野泡鳴「自然主義的表象詩論」『泡鳴全集』第一五巻〔国民図書、大正一一年〕二〇八頁)
「神秘的象徴的情感的の所謂デカダンの潮流は、澎湃として近頃欧洲の、想界に勢を得て、神経過鈍輩を圧してゐる。之も根源はロセッティの一派のP・R・B・などに萌芽を発した者に外ならぬ。」(厨川辰夫「近英詩人の時勢に対する関係を論ず」『帝国文学』明治四〇年一二月号)

〈第一章〉

(1)　芳賀徹「日本の「世紀末」」前田愛編『日本文学新史・近代』(『国文学 解釈と鑑賞』別冊、至文堂、昭和六一年一二月)。

(2)　[明治三十四年]一月二十三日 水「昨夜六時半女皇死去ス at Osborne. Flags are hoisted at half-mast. All the town is in mourning. I, a foreign subject, also wear a black-necktie to show my respectful sympathy. "The new century has opened rather inauspiciously," said the shopman of whom I bought a pair of black gloves this morning.」(「日記」『全集』第一三巻、三四頁)

(3)　『上田敏全集』第三巻(教育出版センター、昭和五三年)、八二頁。初出は「ヒュイスマン」と題して『帝国文学』明治二八年六月号に掲載。ただし、引用の箇所は『文芸論集』(春陽堂、明治三四年一二月)収録の際に「補遺」としてつけ加えたものである。

(4)　Holbrook Jackson, *The Eighteen Nineties : A Review of Art and Ideas at the Close of the Nineteenth Century* (London : Grant Richards, 1913), p. 21. なお、評者による「世紀末的紳士」という言葉は、『ドリアン・グレイの画像』のなかでヘンリー卿が"Fin de Siècle"とつぶやく箇所よりもじったものとみられる。

(5)　「晩羅」とは、「ラテン世界の末期」を意味する造語と思われる。

(6)　『抱月全集』第一巻(日本図書センター、昭和五四年)三二四頁。

(7)　『厨川白村集』第一巻(福永書店、大正一三年)三一頁。

(8)　前掲『上田敏全集』第七巻、一四九頁。

(9)　『文芸史』(『太陽』第五二巻第三号、明治四二年二月)一二二頁。

(10)　早稲田文学社編『文芸百科全書』(早稲田文学社、明治四二年一月)七〇二頁。

(11)『方寸』(明治四二年一一月号)、『木下杢太郎全集』第七巻(岩波書店、昭和五六年)一六四頁。
(12)『中文大辞典』(中国文化学院華岡出版、一九七三年)の「世紀末」の項目を引いてみると、その語義について「指十九世紀末期当時社会変革劇烈人心浮動不安達於極点故有世紀末之称」となっている。なお、『遠東英漢大辞典』(遠東図書公社、一九七五年)の 'fin de siècle' の項目には「十九世紀末的、頽廃的」となっているが、「十九世紀末的」の「十九」が括弧のなかに入っていないのが特徴的だ。韓国語の辞書における語義も日本語と中国語の辞書のそれと大同小異の内容となっている。
(13)前掲『文芸史』七頁。
(14)同前、三四―三五頁。
(15)同前、七頁。
(16)同前、八五頁。
(17)同前、七頁。
(18)前掲『文芸百科全書』には、「デカダン的傾向は即ち世紀末思想と云はるゝ不健全神経質の性質を持つてゐる」(七四三頁)という記述がなされている。
(19)「精神界の異現象」(『女学世界』明治四一年五月号)『内田魯庵全集』(ゆまに書房、昭和六一年)第六巻、二〇一―二一一頁。
(20)「現代において、不孝な児、背徳の親、心中、投身、強盗、姦通、殺人、謀反、戦争、勝利、平和会議、博覧会等を行ふものでも、苟も自我の開放・個人主義、神経過敏、肉霊燃焼、視聴錯覚、味嗅両覚の痛切等を感得実現出来るものならば、世紀末派の一人として歓迎すべきものだ。」(『新体詩史』明治四一年、『泡鳴全集』第一四巻〈国民図書、大正一一年〉六七五頁)
(21)同前、六七二―六七三頁。
(22)前掲『厨川白村集』第一巻、三一一頁。
(23)この文章の表題は「戯曲と象徴」で、署名は「夢曲」となっている。

(24)　前掲『廚川白村集』第一巻、三三三頁。

(25)　Linda Dowling, "The Decadent and the New Woman in the 1890's," *Nineteenth Century Fiction* 33 (March 1979), pp. 434-453.

(26)　Jackson, op. cit., pp. 21-22.

(27)　高階秀爾「明治三十年代芸術における世紀末的背景」芳賀徹ほか編『講座比較文学4・近代日本の思想と芸術』(東京大学出版会、昭和四九年)九三―九四頁。なお、高階があげた事例のほかに、明治三、四十年代に出た「新」の字の付く雑誌名には『新理想』『新紀元』『新韻』『新文壇』などもあげられる。

(28)　Jiri Kudnac, "The Significance of Czech Fin-de-Siècle Criticism," in Robert B. Pynsent ed., *Decadence and Innovation : Austro-Hungarian Life and Art at the Turn of the Century* (London : Weidenfeld & Nicolson, 1989), p. 88.

(29)　中村光夫『風俗小説論』(河出書房、昭和三〇年)六〇―六一頁。

(30)　同前、五八頁。

(31)　同前、七七頁。

(32)　「日本古代思想より近代の表象主義を論ず」(『早稲田文学』明治四〇年四月号)『泡鳴全集』第一五巻(国民図書、大正一一年)一二六頁。

(33)　川副国基「島村抱月研究」『明治文学全集』第四三巻(筑摩書房、昭和四二年)三八〇頁。

(34)　Suzanne Nalbantian, *Seeds of Decadence in the Late Nineteenth Century Novel* (London : Macmillan Press, 1983), pp. 6-7.

(35)　John R. Reed, *Decadent Style* (Athens : Ohio University Press, 1985), p. 20.

(36)　Ibid., p. 14.

(37)　平野威馬雄『フランス象徴詩の研究』(思潮社、昭和五四年)八九頁。

(38)　Max Nordau, *Degeneration* (London : W. Heinemann, 1895), p. 302.

(39) ジャン・ピエロ『デカダンスの想像力』渡辺義愛訳(白水社、昭和六二年)一五頁。
(40)『田山花袋全集』第一五巻(文泉堂書店、昭和四九年)四四頁。
(41) 同前、四四頁。
(42) 同前、三九六頁。
(43) 中村武羅夫「解説」同前、七一四頁。
(44) 前掲『泡鳴全集』第一八巻、二三頁。
(45) 中村光夫『日本の近代小説』(岩波新書、昭和二九年)一一六頁。
(46) 森口多里『美術五十年史』(鱒書房、昭和一八年)、中村義一『近代日本美術の側面——明治洋画とイギリス美術』(造形社、昭和五一年)一五八頁より再引用。
(47)「五足の靴(六)雨の日」(『東京二六新聞』明治四〇年八月一二日)、『白秋全集』第一九巻(岩波書店、昭和六〇年)三五〇頁。
(48)『白秋全集』第二一巻(岩波書店、昭和六一年)一五二頁。
(49) 同前、一五六頁。

〈第二章〉

(1) 小山鼎浦「神秘派と夢幻派と空霊派と(上)」(『帝国文学』明治三九年二月号)。
(2) 片上天弦「自然主義の主観的要素」『明治文学全集』第四三巻(筑摩書房、昭和四二年)二四二—二四七頁。
(3) 徳田秋江「創作家か発見家か」(『読売新聞』明治四二年三月一四日)。
(4) もっとも、漱石はこれよりも早い時期に「世紀末」の用例を見せている。
「Beers の所謂憂鬱派の系統は Young を経、Collins を経、Gray を経て世紀末に至つて Ossian の跌宕孤峭となり、遂に転じて Byron の鬱紆慷慨に至る。」(『文学論』『全集』第九巻、四六七頁)
「けれども普通の意味に於ける超自然は世紀末の浪漫派の勃興と共に萌したもので、ポープは此方面に丸で貢献

する所はなかつたのである。」(『文学評論』『全集』第一〇巻、三九五頁)

ただし、これらの例はいずれも「十八世紀末」の意味として用いられているので、考慮の対象にいれない。

(5)　「日記」(明治四二年三月六日)にも、「世紀末の人工的パッションの為に囚はれて、……」(『全集』第一三巻、三五五頁)云々という表現がみられる。

(6)　R. A. Scott-James, *Modernism and Romance* (London : John Lane, 1908), p. 32-33.

(7)　漱石がもっていた三点のワイルドの著作のうちには、『ドリアン・グレイの画像』(*The Picture of Dorian Gray*, Leipzig : B. Tauchnitz, 1908)が含まれているが(ほかの二点は『深淵より』と戯曲『サロメ』)、第十五章においてこの小説の中心人物である享楽主義者ヘンリー卿の台詞に 'fin de siècle' の語がでている。

「世紀末、」とヘンリー卿がつぶやいた。

「世も末、」と女主人は答えた。

「世も末ならいいのだが、」と溜息まじりに、ドリアンはいった。

「人生とは大いなる失望である。」(西村孝次訳)

(8)　Max Nordau, *Degeneration* (London : William Heinemann, 1895), p. 1.

"Fin de siècle is French, for it was in France that the mental state so entitled was first consciously realized. The word has flown from one hemisphere to the other, and found its way into all civilized languages."

(9)　Ibid., p. 5.

(10)　『全集』第一六巻、一〇四頁。

(11)　Henry Arthur Jones, *The Crusaders* (New York : Macmillan & Co., 1893). 三幕喜劇、初演は一八九一年 Avenue Theatre. "an original comedy of modern London life" という副題が付いている。

(12)　Henry Arthur Jones, *The Manoeuvres of Jane* (London : Macmillan & Co., 1904). 四幕喜劇、初演は一九〇四年 Haymarket Theatre.

(13)　注(10)に同じ。

(14)　『全集』第一三巻、一六四頁。
(15)　剣持武彦「夏目漱石『それから』とダヌンツィオ『死の勝利』」『比較文学研究夏目漱石』(朝日出版社、昭和五三年)四六〇―四七八頁。
(16)　三好行雄編『夏目漱石事典』別冊国文学(学燈社、平成二年七月)二五四頁。
(17)　Nordau, op. cit., p. 299.
(18)　Ibid., pp. 302-303.
(19)　また、漱石はノルダウに影響を与えたC・ロンブロゾ教授の『天才論』を読んだのだが、『漱石資料――文学論ノート』(村岡勇編、岩波書店、昭和五一年)には、「décadent poetry ノ association ニ就テ Lombroso, 231-232 Lemaître ノ説」(四三頁)または「décadent poets, Lombroso 230」(二四五頁)といったメモがみられる。
これは漱石手沢本 Cesare Lombroso, *The Man of Genius* (London : Walter Scott Publishing, 1905), pp. 230-239 におけるマラルメやヴェルレーヌといったデカダン派詩人論中の一部を要約したものだが、叙述された内容を図式に整理するほどの熱心ぶりで、漱石がデカダン派の主張を先入観に左右されずに、客観的に受容しようと努めたことをうかがわせている。
(20)　Nordau, op. cit., p. 327.
(21)　前掲『漱石資料――文学論ノート』七一頁。
(22)　松浦嘉一「英国の詩人・小説家」『英語青年』特集・夏目漱石(昭和四一年七月号)。
(23)　マリオ・プラーツ『肉体と死と悪魔』倉智恒夫ほか訳(国書刊行会、昭和六一年)五四一頁。
(24)　A. Symons, *Studies in Prose and Verse* (London : J. M. Dent & Sons, 1904), p. 149.
(25)　「『行人』を読む」無署名(『時事新報』大正三年三月九日)。
(26)　岡三郎『夏目漱石研究』第一巻・意識と材源(国文社、昭和五六年)三三〇頁。
(27)　『厨川白村集』第一巻(福永書店、大正一三年)四〇三―四〇四頁。
(28)　John R. Reed, *Decadent Style* (Athens : Ohio University Press, 1985), p. 240.

(29) ジャン・ピエロ『デカダンスの想像力』渡辺義愛訳（白水社、昭和六二年）九四—一一六頁。
(30) 同前、八五頁。
(31) Reed, op. cit., p. 233.
(32) 蒲原有明「象徴主義の移入に就て」『飛雲抄』（書物展望社、昭和一三年）一三一—一三二頁。
(33) この部分の記述は、『夏目漱石事典』別冊国文学（学燈社、平成二年）中の「世紀末美学」の項目のそれと重複するところがあるのを断っておきたい。
(34) 漱石の蔵書にはこのほかにラフカディオ・ハーン訳の *Stories by Théophile Gautier* (1908) と *Captain Fracasse* (1910) の二点の作品集が入っている。
(35) Nordau, op. cit., p. 299.
(36) スプロンクは、ゴーティエを世紀末のペシミズムの先駆者とみなして、つぎのように語る。「みずからの愛、信仰、希望が崩れ去るのを目撃した人間は、自分自身を滅ぼし、自分の個人的な思想を殺戮し、全身を夢なき眠りのなかに沈み込ませたいという激しい情念を抱き始める。そしてテオフィル・ゴーチエは、ショーペンハウアーよりもずっと以前に、フランスに仏教思想が導入されるよりもずっと以前に、ニヒリスムに、釈迦とその弟子たちの昏以前に、ニルヴァーナに憧れた。人間が感じる能力をすっかり失った挙句、苦しむ能力までまったく喪失してしまう、あの絶対的な無感覚に憧れた。」（ジャン・ピエロ、前掲『デカダンスの想像力』六五頁より再引用）
　このようなゴーティエにおける仏教的ニヒリスムは、ショーペンハウアーのペシミズム哲学につながるとともに、漱石文学の重要な命題である「父母未生以前」に通底するところがあるのではないか。
(37) E・スターキーによると、ゴーティエおよび芸術至上主義の詩人たちの文学的目標は造形芸術に近づくことにあったし、とくに詩と彫刻とを姉妹芸術とみなしたゴーティエは詩人は造形芸術家の方法を見習うべきだと繰り返して強調した。（Enid Starkie, *From Gautier to Eliot : The Influence of France on English Literature 1851–1939*〔London : Hutchinson & Co., 1960〕pp. 28-29.）
　一方、当然ながら漱石はゴーティエと美術との密接な関係に注目していた。彼が読んだ前記のシモンズの

Studies in Prose and Verse 中の「テオフィル・ゴーティエ」の章の、

「彼はエル・グレコを高く評価したように、アングルを高く評価した。彼は順繰りしてどの画家にも適切なことを言いつつ、ルーヴルの部屋から部屋を限なく見廻った。」(p. 45)

の箇所には漱石の脇線が見える。シモンズはこの文章で、「画家が創造するのではなく模写にとりかかるとき、彼はペンをもって描いた最高の模写の名手であった」(p. 43)という言葉でゴーティエの文学表現における絵画的特性を指摘している。

(38)「トルストイとフローベルに敬服してゐる。」(『日記』明治四二年三月一五日。『全集』第一三巻、三五八頁)

(39) Reed, op. cit., p. 30.

(40)『さかしま』の第十四章は本に対するデ・ゼッサントのデカダン趣味を述べたものである。ここにとりあげられた本の作家の名前はつぎのとおりである——ポウ、フローベール、ゴンクール、ゾラ、ボードレール、ヴェルレーヌ、コルビエール、アンノン、ヴィリエ・ド・リラダン、マラルメ。

(41)『澁澤龍彦集成』第Ⅵ巻(桃源社、昭和四五年)一三八頁。

(42) ジャン・ピエロ、前掲書、五九—六〇頁。

(43) A・シモンズ『象徴主義の文学運動』樋口覚訳(国文社、昭和五三年)二二二頁。

〈第三章〉

(1)『明治文学全集』第四三巻(筑摩書房、昭和四二年)九五頁。

(2) 江藤淳『漱石とアーサー王伝説——『薤露行』の比較文学的研究』(東京大学出版会、昭和五〇年)一五一頁。

(3) *Royal Academy of Arts. Exhibition of Works by the Old Masters including a Special Collection of Paintings and Drawings by Claude, a Catalogue. Winter Exhibition*, London: W. Clowes & Sons, 1902.

(4) 同カタログに施された漱石の書き込みに対する詳細な分析は、芳賀徹『絵画の領分——近代日本比較文化史研究』(朝日新聞社、昭和五九年)および福田真人・大田昭子「漱石と西洋美術」(『比較文学研究』第四二号、昭和五七年一一月)を参照。

(5) 漱石の少年時代における絵の体験については、芳賀徹、前掲書、三五五—三五九頁参照。

(6) 「帰途 South L. Art Gallery ニ至ル Ruskin. Rossetti ノ遺墨ヲ見ル面白カリシ」(『全集』第一三巻、五五頁)

(7) 「Holborn ニテ Swinburne 及 Morris ヲ買フ」(同前、七一頁)

(8) 「Cheyne Walk ニ至リ Eliot ノ家ト D. G. Rossetti ノ家ヲ見ル前ノ Garden ニ D. G. R. ガ噴井ノ上ニ彫リツケテアル」(同前、七六頁)

(9) 芳賀徹、前掲書、四二〇—四二一頁参照。

(10) 「漱石山房蔵書目録」参照(『全集』第一六巻、七六七頁)。

(11) Enid Starkie, *From Gautier to Eliot : The Influence of France on English Literature 1851-1939* (London : Hutchinson & Co., 1960), pp. 115-116.

(12) これは十九世紀にパリで開かれた五回目の博覧会で、開催期間は一九〇〇年四月十四日から十一月三日まで。総入場者数は四八〇〇万人。

(13) 荒正人『漱石研究年表』(集英社、昭和五九年)二四七—二五一頁。

(14) そのほかに、日本から出品した画家には岡田三郎助、和田英作、中川八郎、吉田博、渡部審也がいた。

(15) E. G. Holt, *The Expanding World of Art, 1874-1902*, Vol. I(New Haven : Yale University Press, 1988), p. 117.

(16) F. Borsi & E. Godoli, *Paris 1900,* tr. C. L. Staples(Granada Publishing, 1978), p. 27.

(17) 浅井忠は万国博覧会がはじまる明治三十三年四月よりパリに滞在していた。漱石の日記によると、漱石はパリに到着した翌日(二十二日)にさっそく浅井忠のアパルトマンを訪れるが不在のため会えなかった。だが、二十六日の日記には「朝浅井忠氏ヲ訪フ」とあり、パリで少なくとも一回は浅井と会ったことを示している。

浅井忠はパリ滞在中にアール・ヌーヴォー運動の中心的存在サミュエル・ビング(Samuel Bing, 1838-1905)に数回にわたって会い、ビングの店(ギャルリー・ド・ラール・ヌーヴォー)や万国博のアンヴァリド会場にある「アール・ヌーヴォー館」を訪れるなど、アール・ヌーヴォーにかなりの関心を示していた(芳賀徹、前掲書、三〇八—三五一頁参照)。

(18) 同前、三三二—三三四頁。

(19) 『ステューディオ』は明治の画壇にも大きな影響を及ぼした雑誌であった。たとえば黒田清輝は同誌に紹介される最新の作品が日本の画家たちに少なからぬ刺激を与えたことを証言している。「それで今回、いかなる画が、大なる影響を与へて居るかと言ひますと、其れは『スタヂオ』といふ英吉利の美術雑誌だと思はれます。あの雑誌には勉めて清新の作を紹介してありますから、研究心の強い人には好い材料です。」(黒田清輝「東京勧業博覧会美術部概評」(『太陽』明治四〇年五月号)。『絵画の将来』(中央公論美術出版、昭和五八年)八一頁)

(20) C. Waldstein, *Art in the Nineteenth Century* (Cambridge University Press, 1903), pp. 85-86.

(21) Ibid., p. 88.

(22) さらに興味深いことに、漱石がアール・ヌーヴォーに関する知識を仕入れるのに役に立ったウァルドスタインの前掲書の内容は、島村抱月によって公にされていた。「新装飾美術」(『新小説』明治三九年五月号)と題する美術評論のなかで、抱月は前記のアール・ヌーヴォーの起源、日本美術の影響などについての同書の内容を詳しく紹介している(『抱月全集』第三巻(日本図書センター、昭和五四年)二三五—二三六頁)。

(23) ビングが一八八八年から九一年まで全三十六号にわたって編集・刊行した月刊美術雑誌の題号は『芸術の日本』*Le Japon Artistique* であった。

(24) ハンス・H・ホーフシュテッター『ユーゲントシュティール絵画史』種村季弘ほか訳(河出書房、平成二年)三〇頁。

(25) 同前。

(26) 明治三八年二月一三日付(『全集』第一四巻、二八三頁)。

(27) 芳賀徹、前掲書、四九七頁より再引用。

(28) 五葉の『漾虚集』の装丁については、芳賀徹、前掲書、四一九—五一八頁および海野弘『日本のアール・ヌーヴォー』(青土社、昭和五三年)二〇一四五頁を参照されたい。

(29)　漱石蔵書に含まれているラファエル前派関連の美術書はつぎのとおりである。

Newnes' Art Library (London : George Newnes)

Sir Edward Burne-Jones.

Dante Gabriel Rossetti.

G. F. Watts.

W. Bayliss, *Five Great Painters of the Victorian Era.*

C. H. Letts, ed., *The Hundred Best Pictures I, II.*

National Gallery, *A Catalogue of the National Gallery of British Art* (Tate Gallery).

W. Morris, *Lectures on Art.*

W. Morris, *Art and Its Producers, and the Arts and Crafts of Today.*

H. M. M. Rossetti, *Dante Gabriel Rossetti* (The Easter Art Annual).

J. Ruskin, *Modern Painters*, 6 vols.

しかしながら、漱石が見たと思われるラファエル前派の複製を右記のものだけに限定するのは危険である。なぜならば、「漱石山房蔵書目録」および東北大学付属図書館の「漱石文庫目録」は、漱石の生前または没後の散失などによって原形を保っていない側面があり、私の調査によると画集類の場合でも例外ではない。

(30)　「恐るべきクールベエと云ふ奴がゐる。vérité vraie. 何でも事実でなければ承知しない。(中略)小説だつて同じ事だらう、ねえ君。矢つ張りモローや、シヤヷンヌの様なのもゐる筈だらうぢやないか」(『三四郎』九)作者はここでクールベを「自然派」に、モローとシャヴァンヌを「浪漫派」に分類している。小説にもシャヴァンヌのような作家がいるだろうといったのは、おそらく漱石自身のこととも受け取られる。

(31)　漱石の印象派に関する言及は「文章一口話」(『ホトトギス』明治三九年一一月号)および『文学論』、「創作家の態度」(『ホトトギス』明治四一年四月号)などにみえる。

(32) A・シモンズ『象徴主義の文学運動』樋口覚訳(国文社、昭和五三年)、一六頁。
(33) 同前、一四四頁。
(34) 『抱月全集』第三巻(日本図書センター、昭和五四年)二〇六頁。
(35) 『ステューディオ』の一九〇四年六月号(No. 136)には「ウォータールー・ブリッジ」"Waterloo Bridge"や『国会議事堂』"The Houses of Parliament" などの図版とともにモネの画業が紹介されており、漱石は複製の形でもモネの筆による霧深いロンドン風景をみることができたと思われる。
(36) 印象派の名称に関するこのような記述は、漱石が丸善から購入した Camille Mauclair, *The French Impressionists* (1860-1900), tr. by P. G. Konody, London : Duckworth & Co. (Popular Library of Art) の第1章「印象主義の前兆――運動の発祥、名称の由来」中の、

. . . which was called the Salon de refusée. The public crowed there to have a good laugh. One of the pictures which caused most derision was a sunset by Claude Monet, entitled Impressions. From this moment the painters who adopted more or less the same manner were called Impressionists. (p. 20) [下線は漱石による線引きを復元したもの]

によっていることが明らかである。なお、同書には主な印象派の画家たちの絵の複製が多数載っている。
(37) たとえば、一九〇三年六月号(No. 124)の 'Impressionist Painting : Its Genesis and Development' のほか、一九〇八年三月号(No. 169)の Arsène Alexandre 'Claude Monet, His career and work' など。
(38) 「蜘蛛手の街」(『季刊芸術』第二四号、昭和四八年一月)。
(39) Christopher Wood, *Victorian Panorama : Paintings of Victorian Life* (London : Faber and Faber, 1976), p. 143.
(40) R. D. Altick, *Victorian People and Ideas* (New York : W. W. Norton & Co., 1973), p. 77.
(41) 漱石蔵書中の Elizabeth A. Sharp, *Progress of Art in the Century* (Toronto : The Linscott, 1906) には、印象派の中心的な一員としてホイッスラーについて触れているが、その中の「しばらく前にパリで大展覧会が開かれ

たとき、私は或る人が鉄道駅を描いたホイッスラーのすばらしいペン画小品をさげすんで言うのを聞いた」(p. 350)という記述の傍点部分には漱石の下線がみえる。ここでいう「大展覧会」とは一九〇〇年のパリ万博にあわせて開かれた国際展覧会のことであるが、右の記述に施された漱石の下線は、もしかしたらグラン・パレの絵画館を訪れた際にホイッスラーの絵を見た記憶と結びついているかもしれない。

(42)　ホイッスラーの没後、『ステューディオ』に掲載されたホイッスラー関係記事は、一九〇三年九月から十二月までつづけて四回も図版入りで掲載されている。

(43)　シモンズ、前掲書、八六―八七、二四七頁。

(44)　ベルギーのブリュージュ生まれだが、一八七七年に一家とともにロンドンに移住する。ロンドンのサウスケンシントン美術学校に通った後、三年間ウィリアム・モリスの工房で修業を積む。一八八七年にオリエント、スペイン、イタリア、アフリカを旅行し、東洋の芸術より芸術的感化を受ける。一八九一年から九五年までパリのアカデミ・ジュリアンに学ぶ傍ら、モーリス・ドニなどナビ派の人々と交流する。とくにグラフィック・アートの分野では銅版画と石版画において重要な位置を占める画家である。

(45)　『全集』第一六巻、九二七頁。

(46)　問題の「ブランギン」の絵を同定するまでには、私が参加していた芳賀徹教授のゼミでこの問題について発表させて戴いたことが大いに役立った。というのは、私が図Xとの関連を説いていたところ、同ゼミに参加した西村佐和子さんが持参したブラングウィンの画集 **Herbert Furst, *The Decorative Art of Frank Brangwyn*, London: John Lane The Bodley Head, 1925** の中には **"First Sketch for the Royal Exchange Panel"** という題で図Ⅷの絵の白黒の写真版が入っていた。授業において、この絵と漱石の模写との関連を指摘されたのは芳賀教授である。私が『ステューディオ』を再調査し、漱石が模写の元にした図Ⅷのカラーの図版をみつけるに至ったのは、前記画集を通してこのスケッチの存在を知ったからである。ここに記して、芳賀教授と学友の西村さんに感謝の意を表したい。さて、私は一九九一年ロンドン滞在中に、ロンドンの旧市街にあるロイヤル・エクスチェンジ(現在はロンドン国際金融先物取引所〔The London International Financial Futures Exchange〕になっている)の一階の回廊に掛けてあるこの装飾パネルの実在を確認することができたが、残念ながら絵のすぐ手前に臨時に作られた警備小屋に視野をほとんど遮られて実物の鑑賞はままならなかった。

(47) *The Studio*, No. 190 (Jan. 1909), p. 310.
(48) Furst, op. cit., p. 61.
(49) ハンス・H・ホーフシュテッター、前掲書、一五二頁。
(50) S・T・マドセンはブラングウィンをワッツらとともに後期ラファエル前派の一人と見なしている(『アール・ヌーヴォー』高階秀爾・千足伸行訳(平凡社、昭和四五年)二六一頁)。
(51) H. Jackson, *The Eighteen Nineties* (London: Grant Richards, 1923), pp. 277-278.
(52) H. M. M. Rossetti, *Dante Gabriel Rossetti*, p. 7.
(53) ワイリー・サイファー『ロココからキュビスムへ』河村錠一郎訳(河出書房新社、昭和六三年)二五七―二五八頁。
(54) 同前、二四八頁。
(55) 同前、二五八頁。
(56)『全集』第一四巻、三八二頁。

〈第四章〉

(1)『全集』第一一巻、五六頁。
(2) この芸術家とモデルとの関係について、高橋裕子は「画家とモデル――D・G・ロセッティ再考」(『季刊ヘルメス』第一〇号、昭和六二年三月)という論文のなかで興味深い考察をおこなっている。高橋はラファエル前派の画家D・G・ロセッティが死んだ妻エリザベス・シダルを偲んで描いたとされる《ベアタ・ベアトリクス》に他のモデルに対する習作が反映されていることに着目し、いわゆる「恋人モデル説」の盲点を指摘するとともに、「現実のモデルにこだわっているにもかかわらず、ロセッティは自分が理想とする芸術のフィルター、あるいは自分の心の中の理想的女性像を通して眺めていたにすぎないのではないか」という新しい見解を提示している。

(3)『全集』第一三巻、六四頁。

(4) 江藤淳「漱石と英国世紀末芸術」『夏目漱石』(新潮社、昭和四九年)参照。

(5)『全集』第九巻、二二六—二三二頁。

(6) 同前、二七二—二七三頁。

(7) 漱石の髪についての描写には「雲とながす」「雲と乱るゝ」といった表現が目立つが、これに類似するものとしては美人の髪を緑の雲にたとえていう「雲鬢」という漢語がある。しかし漱石のこうした描写の背景には、豊富な英文学の教養が働いているように思える。たとえば、漱石の読んでいたW・B・イェイツの詩集 *The Wind among the Reeds* (E. Mathews, 1900)中の 'The cap and bells' の第七連には "She laid them upon her bosom,/Under *a cloud of her hair*,/And her red lips sang them a love song: . . . ." [Italics mine]という表現がみえるが、ことに漱石が "a cloud of her hair" の箇所に下線を引いていることなどを勘案すると、彼がこのような表現に注目していたことがわかる。なお、"cloudy hair" や "cloud of hair" のような表現はほぼ同時代の詩人グラハム・R・トムソン('Vespertilia')とフランシス・トムソン('She sees the Is beyond the Seems')にもその用例がみられる。

(8) 塚本利明の綿密な考証によると、ナショナル・ギャラリー館長が下院に提出した報告書(一九〇三年二月一九日付)に、この絵の掲示場所が "The Gallery of British Art" と明記されていることから、当初テート・ギャラリーに展示されていたことが明白だという(『漱石と英国』〈彩流社、昭和六二年〉九五—九七頁)。

(9) マリオ・プラーツはメドゥーサの美を「苦痛と腐敗と死の色に染め上げられた」「ロマン派の美神」とみなしている(『肉体と死と悪魔』倉智恒夫ほか訳〈国書刊行会、昭和六一年〉五三—九一頁)。

(10)「見下した眼の行き留つた時、已《やむ》を得ず、睛《ひとみ》を転じてロゼツチの詩集を眺めた。詩集の表紙の上に散つた二片の紅《くれない》も眺めた。」(『全集』第三巻、七二頁)

(11) 漱石がテート・ギャラリーにて直接みることができたロセッティの絵は、その収蔵の時期からみて、'Ecce Ancilla' 'Beata Beatrix' 'Rosa Triplex' の三点であったと考えられる(*The Tate Gallery Collections*, Eighth ed.

Tate Gallery, 1984, pp. 92-93)。ただし、漱石は手元にあった二冊の画集（詳細は注(28)を参照）を通して、多くの「ロセッティの女」に接することができたのだろう。その主なものをあげると、'Lady Lilith' 'Monna Rosa' 'Proserpine' 'Blessed Damozel' 'Day Dream' 'Astarte Syriaca' などである。

(12) J. D. Hunt, *The Pre-Raphaelite Imagination 1848-1900* (London: Routledge & Kegan Paul, 1968), pp. 180-181, 209-210.

(13) 世紀末芸術における乱れ髪のモティーフについては、尹相仁「乱れ髪の美学――描かれた世紀末美人像」（『太陽』昭和六二年九月号〈特集 アール・ヌーヴォーの旅〉）および伊藤俊治『マジカル・ヘアー――髪のエロスとコスモス』（PARCO出版、昭和六二年一二月）を参照。

(14) フィリップ・ジュリアン『世紀末の夢――象徴派芸術』杉本秀太郎訳（白水社、昭和五七年）一二四頁。

(15) Anne Hollander, *Seeing through Clouths* (New York: Avon, 1980), p. 73.

(16) Robert Goldwater, *Symbolism* (New York: Harper & Row, 1979), p. 60.

(17) Kenneth Clark, *Feminine Beauty* (London: Weidenfeld & Nicolson, 1980), plate 141.

(18) Bram Dijkstra, *Idols of Perversity: Fantasies of Feminine Evil in Fin-de-Siècle Culture* (New York: Oxford University Press, 1986), p. 229.

(19) Algernon C. Swinburne, "Rossetti's Pictures" in Clyde K. Hyder, ed., *Swinburne as Critic* (London: Routledge & Kegan Paul, 1972), pp. 131-132. なお、スウィンバーンが引用した箇所はつぎのとおり。

She excels
All women in the magic of her locks;
And when she winds them round a young man's neck
She will not, ever set him free again.
(P. B. Shelley 'Scenes from the Faust of Goethe' ii)

また、ロセッティの『生命の家』の七十八番目のソネットは、若者の心臓に巻き付く金髪のイメージを通して、リリスの魔力を表現しているが、これは自作画《リリス》の解説ともいえる内容となっている。

(20)『全集』第九巻、二四八頁。

(21) Goldwater, op. cit., p. 60.

(22) ハンス・H・ホーフシュテッター『象徴主義と世紀末芸術』種村季弘訳(美術出版社、昭和四五年)二五二頁。

(23) Hunt, op. cit., pp. 196-200.

(24)『全集』第一六巻、六五一頁。

(25) *Poems of Edgar Allan Poe* : With a Biographical Sketch by N. H. Dole, London : G. Routledge & Sons, 1897.

(26) 大岡昇平『小説家夏目漱石』(筑摩書房、昭和六三年)一二五頁。

(27) 漱石はポウとロセッティの関係について、また両者の女性像の類似についても知っていたとみられる。というのは、漱石が『文学論ノート』の作成に参考にした『十九世紀イギリスロマン主義史』には、つぎのような記述がなされているからである。

「ポウに関しては、ロセッティは確かに彼をウォーズウォースよりも好んだ。ホール・ケインはロセッティが "Ulalume" や "The Raven" をよく諳誦していたこと、そして後者の詩は "The Blessed Damozel" を書くきっかけとなったことを証言している。「僕がみるには、ポウは地上の恋人の悲しみを扱うのに可能な限りの表現を極めた。そこで、僕はその境遇をひっくり返して、天上にいる恋人の切なる思いを言葉に出すことにした。」(Henry A. Beers, *A History of English Romanticism in the Nineteenth Century* (New York : Henry Holt & Co., 1901), pp. 300-301.)

つまりここには、ホール・ケインの『ロセッティ回想録』中の記述を引き合いに出しながら、「在天の処女」がポウの「大鴉」から思い付いて書かれた背景などが明らかにされているのである。

さて、このような両者の関係は前記のケインの回想録の発刊に伴い、広く知られるようになって、明治後半の日本のロセッティ愛好家たちの間でも、これに対する認識が広まっていたようだ。一例に、岩野泡鳴は自作詩「とき

は の泉」を解説するなかで、「この第三歌は、ポーの地上の恋を歌つた「ザレーヴン」(大鴉)から思ひ付いて、之を天上の恋に換骨奪胎させたと云ふ、かのロセチの「ザブレスドダモゼル」(さきはふ乙女)から来て居るところがなきにあらずだが、……(後略)」(『新体詩史』明治四一年、『泡鳴全集』第一四巻〔国民図書、大正一一年〕、五八〇頁)と述べて、両者の密接な関係に対して明確な認識を示している。

(28) 漱石は、ロセッティの実弟W・M・ロセッティが編集した *The Collected Works of Dante Gabriel Rossetti*, 2 vols., London, 1897 を持っていた。一方、絵の方では Newnes Art Library シリーズ中の *Dante Gabriel Rossetti* と、H・M・マドックス・ロセッティ編の *The Easter Art Annual : Dante Gabriel Rossetti*, London, 1902 を所蔵しており、このなかの四十点余りの図版には "The Blessed Damozel"(制作年度不明)も含まれている。

(29) 『全集』第九巻、一一三頁。

(30) 亀井俊介「漱石の英詩を読む」(三好行雄ほか編『講座夏目漱石』第五巻・漱石の知的空間、有斐閣、昭和五七年)。

(31) 『行人』に引き合いに出されたメレディスの言葉は、メレディスが一八六一年に、そのとき結婚しようとした友人の F. A. Maxse――Beauchamp's Career の主人公――に宛てた忠告の手紙のなかにあるという(海老池俊治「メレデスとオーステン」『英語青年』昭和四一年七月号)。

(32) 本間久雄『明治文学作家論』(早稲田大学出版部、昭和一三年)三一二頁。

(33) 尹相仁、前掲「乱れ髪の美学」を参照されたい。

(34) M. Maeterlinck, *Théâtre II*, Calmann Lévy, 1908. この本には『ペレアスとメリザンド』を含めて『アラディンとパロミード』『室内』『タンタジルの死』の計四編の戯曲が収録されている。ただし、『ペレアスとメリザンド』以外の作品には、漱石の書き込みが見当たらない。

(35) 芳賀徹「みだれ髪の系譜――蕪村・晶子・アール・ヌーヴォー」『みだれ髪の系譜』(美術公論社、昭和五六年)三二頁。

(36) 『全集』第二巻、一七四頁。

(37) 江藤淳『漱石とアーサー王伝説』(東京大学出版会、昭和五〇年)二二二—二五四頁。

(38) Hunt, op. cit., p. 182.

(39) 関連箇所の原文はつぎのとおり。

Then Arthur spake among them, 'Let her tomb
Be costly, and her image thereupon,
And let the shield of Lancelot at her feet
Be carven, and *her lily in her hand.*

(Tennyson, *Lancelot and Elaine*, 1328-32.) [Italics mine]

(40) 「真珠の縫取りをした紅の袖」("A red sleeve/Broider'd with pearls"『ランスロットとエレーン』)。なお、『ランスロットとエレーン』における真珠のモティーフの詳細については、江藤淳、前掲書、二四〇および二五二—二五三頁参照。

(41) Hunt, op. cit., p. 182.

(42) 海野弘「日本のアール・ヌーヴォー覚書」(『都市風景の発見』求龍堂、昭和五七年)二一四—二一六頁。

(43) ジュリアン、前掲書、四九頁。

(44) シェークスピアの原作では、水面に広げられた衣装に支えられて人魚のような恰好で浮いているのだが、それを絵に描く際、ひっくり返して仰向けにしたことに、ミレイのオリジナリティがあるという興味深い指摘もある。David Masson, "Pre-Raphaelitism in Art and Literature" in James Sambrook ed., *Pre-Raphaelitism* (Chicago : University of Chicago Press, 1974), p. 89.

(45) 漱石が観劇したパントマイムは、フランスの劇作家 Eugène Scribe の夢幻劇(féerie)『眠れる森の美女』*La belle au bois dormant*(全三幕)である可能性が大きい。これは Ballet-pantomime で、一八二九年四月二十七日 Théâtre de l'Opéra にて初演されている。

(46) 芳賀徹『絵画の領分——近代日本比較文化史研究』(朝日新聞社、昭和五九年)三七四—三八〇頁。

(47) 玉井敬之『夏目漱石論』(桜楓社、昭和五一年)一五七頁。

(48) C・ダンカン「男らしさと男性優位」(N・ブルードほか編『美術とフェミニズム』坂上桂子訳、PARCO出版、昭和六三年)二〇九頁。

〈第五章〉

(1) 阿部良雄訳『ボードレール全集』V(筑摩書房、平成元年)二五頁。

(2) ジャン・ピエロ『デカダンスの想像力』渡辺義愛訳(白水社、昭和六二年)三四二―三四三頁。

(3) Bram Dijkstra, *The Idols of Perversity: Fantasies of Feminine Evil in Fin-de-Siècle Culture* (New York: Oxford University Press, 1986), p. 258.

(4) つぎのような論述は世紀末の水と美女の関係について知るうえでよい参考となる。

「世紀末の死美人はいずれも、シェイクスピアよりもポーの好みに近い。ボッティチェリ風の溺死の女は、髪も衣服も水の流れにゆだねているし、ロセッティはテニスンの『シャーロット夫人』の挿絵を、まがまがしくしかも甘美なアラベスクで飾ったが、こういうものは、四十年後にも『死都ブリュージュ』の運河をのぞきこめば、水底に透けて見えるだろう。水をとおして見られた女、キマイラよりもセイレンというべき女もまた、絵画ばかりではなくて文学にも、しばしば姿を見せる。ワイルドの『漁夫とその魂』は、なかでもよく知られている実例である。」(フィリップ・ジュリアン『世紀末の夢――象徴派芸術』杉本秀太郎訳(白水社、昭和五七年)四九頁)

なお、世紀末の文学・美術によくあらわれるセイレンやマーメイド、ウンディーネについての詳細は、Dijkstra, op. cit., pp. 258-271 参照。

(5) ギュスターヴ・モローは画室の窓からの光を遮断し、燭台の灯で絵を制作したという。彼の水底の夢想をみせてくれるものに油彩《ガラテア》(Galatée, 1880)がある。

(6) ジョン・ミルナー『象徴派とデカダン派の美術』吉田正俊訳(PARCO出版、昭和五一年)一一頁。

(7) 渋沢孝輔は「他のいかなる元素よりも水は完全な詩的現実」(『水と夢』)というG・バシュラールの言葉を引き

合いに出しつつ、フランス象徴派に顕著な水のイメージについてつぎのように述べている。「一種特別な内密性や、うつろいつつ存在の実体を絶えず変貌させてゆくたぐいの、人間と事物の根源的運命や、さらには純粋性というもののこのうえない象徴を提供する元素であることによって、「象徴主義の力の基礎」そのものとさえなっていると言ってよい。事実、ボードレールをはじめフランス象徴派の詩人たちの作品は、水のさまざまな様態に深々と浸されている。」(「水と想像力――フランス象徴派の水」『i s』第六号、昭和五四年九月)

(8)　大岡昇平「ウィリアム・『盾』・水」(『展望』昭和五二年八月号)、「水・椿・オフィーリア――『草枕』をめぐって」(『群像』昭和五五年一月号)

(9)　蓮實重彦『夏目漱石論』(青土社、昭和五三年)二〇三―二〇四頁。

(10)　芳賀徹『絵画の領分――近代日本比較文化史研究』(朝日新聞社、昭和五九年)三八〇頁。

(11)　Dijkstra, op. cit., p. 265.

(12)　Ibid.

(13)　バーン＝ジョーンズの《深海》(The Depths of the Sea, 1887)[図Ⅳ]のような絵は、海の墓で人魚の餌食となる無力な男を描いたもので、世紀末芸術家のマゾヒスティックな幻想の一断面を示す作品である。

(14)　ジョン・クリスチャン「青木繁とラファエル前派」垣ヶ原美枝訳『青木繁――明治浪漫主義とイギリス』(東京新聞、昭和五八年)三二頁。

(15)　芳賀徹、前掲書、三八三―三八四頁。

(16)　原文はつぎのとおり(『全集』第九巻、二三四―二三五頁)。

"The presence that thus rose so strangely beside the waters, is expressive of what in the ways of a thousand years men had come to desire. Here is the head upon which all "the ends of the world are come", and the eyelids are a little weary. It is a beauty wrought out from within upon the flesh, the deposit, little cell by cell, of strange thoughts and fantastic reveries and exquisite passions. Set it for a moment beside one of those white Greek goddesses or beautiful women of antiquity, and how would they be troubled by this beauty, into which the soul with all its maladies has passed! All the thoughts and experience of the world have etched and moulded there, in that which they have of power to refine and make expressive the outward form, the animalism of Greece, the lust of Rome, the reverie of the middle age with its spiritual ambition and imaginative loves, the return of the Pagan world, the sins of the Borgias. She is older than the rocks among which she sits; like the vampire, she has been dead many times, and learned the secrets of the grave; and has been a diver in deep seas, and keeps their fallen day about her; and trafficked for strange webs with Eastern merchants: and, as Leda, was the mother of Helen of Troy, and, as Saint Anne, the mother of Mary; and all this has been to her but as the sound of lyres and flutes, and lives only in the delicacy with which it has moulded the changing lineaments, and tinged the eyelids and the hands. The fancy of a perpetual life, sweeping together ten thousand experiences, is an old one; and modern thought has conceived the idea of humanity as wrought upon by, and summing up in itself, all modes of thought and life. Certainly Lady Lisa might stand as the embodiment of the old fancy, the symbol of the modern idea."

(17) Walter Pater, *Appreciations,* with an Essay on Style, London: Macmillan, 1901; Walter Pater, *Renaissance,* London: Macmillan, 1901.

ただし、『文学論』でのこの箇所の引用は、*Renaissance* ではなく、漱石が丸善から購入した Ferris Greenslet, *Walter Pater,* London: Heinemann, 1905 より転写した可能性が大きい。というのは、東北大学図書館漱石文庫所蔵の同書には五五ページから五八ページにかけて、漱石の引用した所とまったく同じ箇所が載っており、そこには漱石の手による脇線が長々と引かれているのである。

(18) 「漱石と西洋美術——倫敦・明治三十五年前後」(『比較文学研究』第四二号、昭和五七年一一月)。

(19) ハンス・H・ホーフシュテッター『象徴主義と世紀末芸術』種村季弘訳(美術出版社、昭和四五年)五〇—五一頁。

(20) フィリップ・ジュリアン、前掲書、四九頁。

(21) 蓮實重彦、前掲書、二一一頁。

(22) 『全集』第一五巻、一一八頁。

(23) 『全集』第一一巻、四一三頁。

(24) 青木繁は《いろこの宮》の自作解説のなかで、この作品の構想が布良滞在のときに固まったことを明らかにしているが、実は彼はこのとき、直接海へ潜って海底の世界を観察することができた。

「この海底の状態の印象を深く頭脳に刻んだのは一昨々年の事で、房州に避暑傍写生旅行をして居る時で、或日怒濤の中を潜つて避水眼鏡(アマメガネ)で遊んだ時であつた。」(「滄海の鱗の宮」)

(25) 『全集』第一一巻、四一三頁。

(26) 『全集』第一二巻、四六七頁。

〈第六章〉

(1) 高宮利行「『薤露行』の系譜」(『英語青年』昭和五〇年二月号)。江藤淳『漱石とアーサー王伝説――『薤露行』の比較文学的研究』(東京大学出版会、昭和五〇年)。

(2) 江藤淳、前掲書、三一一―三二九頁。

(3) 坂本四方太(一八七三―一九一七年)は子規門下の俳人。鳥取県生まれ。東大国文科卒業、のち東大文科助教授兼付属図書館司書。漱石には坂本四方太の写生文集に対する書評「『夢の如し』を読む」(『国民新聞』明治四二年一月九日)なども残されており、虚子などと共に長く親交を結んだ。なお、坂本については、『へるめす』第三四号(一九九一年一一月)に掲載した際には私の不勉強をあらわしてしまったが、その後大岡信さんのありがたいご教示を戴いた。

(4) 『薤露行』には「シャロット」が島であるという明確な記述はなく、ただ川辺に位置する場所とだけなっているが、テニスンの原詩では島となっている。一方、那古井の温泉場は「摩耶島」に位置すると書かれているので、ここでも両者は深い関連をもっているといえる。

(5) このことについての詳しい論考は、佐々木充「『草枕』——根源の記憶への旅」(『一冊の講座 夏目漱石』有精堂、昭和五七年、所収)を参照されたい。

(6) 前田愛「世紀末と桃源郷——『草枕』をめぐって」(『理想』昭和六〇年三月号)。

(7) Norris J. Lacy ed., *The Arthurian Encyclopedia* (New York : Garland Pub. 1986), p. 516. 漱石の『薤露行』が同事典に取り上げられるようになったのは、Toshiyuki Takamiya と Andrew Armour の共訳 'KAIRŌ-KŌ : A DIRGE' が Richard Barber ed., *Arthurian Literature* II (Totowa, New Jersey : D. S. Brewer, 1985) に詳しい解説とともに発表されたことがきっかけとなった。

(8) Ibid., p. 149.

(9) *Lancelot and Elaine*. ed. with Introduction and Notes by F. J. Rowe (London : Macmillan, 1895), p. xxxv.

(10) *Selections from Tennyson*. ed. with Introduction and Notes by F. J. Rowe & W. T. Webb (London : Macmillan, 1986), p. 104.

(11) Elizabeth L. Cary, *Tennyson, His Homes, His Friends, and His Work* (New York : G. P. Putnam's Sons, 1898), p. 181.

(12) 漱石は井上微笑宛の手紙(明治三六年六月一七日)に、つぎのような俳句を寄せている。

　薔薇ちるや天似孫《テニソン》の詩見厭たり

(13) 坪内逍遥『英詩文評釈』(早稲田大学出版部、明治三五年)。

(14) Henry A. Beers, *A History of English Romanticism in the Nineteenth Century* (New York : Henry Holt, 1901), p. 271.

(15) A. Dwight Culler, *The Poetry of Tennyson* (New Haven : Yale University Press, 1977), p. 44.

(16) Morse Peekham, *Beyond the Tragic Vision : The Quest for Identity in Nineteenth Century* (Cambridge : Cambridge University Press, 1962), p. 196.

(17) Henry Kozichi, *Tennyson and Clio* (Johns Hopkins University Press, 1979), p. 50.

(18) Jerome H. Buckley, *Tennyson : The Growth of a Poet* (Cambridge, Mass. : Harvard University Press, 1960), p. 49.

(19) Kerry Mcsweeney, *Tennyson and Swinburne as Romantic Naturalists* (Toronto : University of Toronto Press, 1981), pp. 42-43.

(20) B. Taylor & E. Brewer, *The Return of King Arthur* (Totowa, New Jersey : D. S. Brewer, 1983), p. 70.

(21) 大岡昇平『小説家夏目漱石』(筑摩書房、昭和六三年)一九三―二〇〇頁。

(22) 「シャロットの女が「最期の歌を歌いながら」川を流れるとき、彼女は一種の瀕死の白鳥となるのであり、実際にこの詩の初版ではこの瀕死の白鳥のイメージが使われた。」(Culler, op. cit., p. 47)

(23) James Hall, *Dictionary of Subjects and Symbols in Art* (London : John Murray, 1974), p. 294.

(24) 越智治雄「『漾虚集』一面」(『国文学』昭和四五年八月号)。

〈**第七章**〉

(1) 聖書との関連に触れた早い例には、柄谷行人「『夢十夜』論」(『季刊芸術』昭和四六年夏)、柏原啓一「『夢十夜』――十夜一夜の夢とうつつと」(『実存主義』第六〇号、一九七二年六月)などがある。

(2) 芳賀徹『絵画の領分――近代日本比較文化史研究』(朝日新聞社、昭和五九年)三八九頁。

実際漱石はしばしば「書画美術の展覧会や音楽会には寅彦と誘い合わせて出かける」(江藤淳編『朝日小事典 夏目漱石』〔朝日新聞社、一九七七年〕一二七頁)などその批評眼を認めていたという。さらに、つぎのようなベルリン留学中の寅彦が漱石に宛てた手紙の内容は、いわれるとおり彼の美術に対する教養が相当のものであったことを示すとともに、普段でも漱石とよく絵画談義をしていた様子などがうかがわれる。

「先日此処の絵の展覧会を見に行きましたが、随分まづいのもあつて矢張り仏国などから見れば少し田舎かも知れまいかと思ひました。デカダンも少〻ありました。思い切つた絵があります。パステルだのエチングの様な日本で見馴れぬものはいづれも面白くて垂涎の体でありました。」(明治四二年七月五日。『寺田寅彦全集』第一五巻、

五三頁)

(3) 芳賀徹、同前。

(4) これはトラファルガ広場にある The National Gallery と、一八九七年に開館した The National Gallery of British Art(普通、テート・ギャラリーと呼ばれる)の両方の所蔵作品を一緒に収録したもので、第一巻と第二巻(共に一八九九年発行)は外国の絵画編、第三巻(一九〇〇年発行)はイギリスの絵画編となっている。

なお、寅彦は前掲(三〇五頁)の手紙の中で「それから又吹雪の中に群羊を守つて居る絵がありましたが横山大観のかいた「蘇民」の絵と同じでした。レーノルヅや、ゲーンスボロー、ロゼチなどの本物を見てい丶心持でした、……」とも語っているが、これらの作品はすべて同カタログに収録されている。また、横山大観の《蘇民》と似ているとされた絵は、ジョセップ・ファークハーソン作の《侘しい冬の日》(一八八三年)のことを指すものと見られる。

(5) 私はこの論文を書いた後の一九九一年、イギリス留学中にテート・ギャラリーのご厚意により、ロンドン郊外の同ギャラリーの倉庫に保管されているこの絵を直接みる機会を得た。山の野原と崖を覆っている岩肌の薄茶色を主調としながら、黒に近い豚の群れの帯と、それにほぼ平行して空を横切る黒い雲の帯とが鮮明な対照をなしており、雲間から赤い夕日がほのかに差しているものの、全体的なトーンはやや陰気で、重い感じを与える絵である。

(6) 「このような換骨奪胎の手法に漱石の想像力の非凡を見ることもできそうだ。ことに豚の大群が「黒雲に足が生えて、青草を踏み分ける様な勢ひで無尽蔵に鼻を鳴らしてくる」という一句の「黒雲に足が生え」たようという警抜な形容は、漱石ならではの感が深い。」(笹淵友一『夏目漱石――「夢十夜」論ほか』〔明治書院、昭和六一年〕一八四頁)

(7) *The Hundred Best Pictures*, arranged and ed. by C. H. Letts, London: C. Letts & Co., 1901; *The Hundred Best Pictures*, arranged and ed. by C. H. Letts, 2nd ser. London: C. Letts & Co., 1902.

(8) 馬場嘉市編『新聖書大事典』(キリスト教新聞社、昭和四六年)一一八三頁。

(9) J・ホール『美術主題・象徴事典』など参照。シェイクスピアの『シンベリン』二幕四章には、人妻と平気で情を通ずる好色漢のことを聖書の一節を引いて「どんぐりを腹いっぱいつめこんだ猪」に比喩するくだりがみえる。

(10) アト・ド・フリース『イメージ・シンボル事典』(大修館書店、昭和五九年)五三〇頁。
(11) 加納孝代「漱石のキリスト教観」、平川祐弘編『作家の世界　夏目漱石』(番町書房、昭和五二年)二〇六頁。
(12) 同前、二〇八―二〇九頁。
(13) 「杖で打つ」というモティーフとキルケーとの関連については、芳賀徹、前掲書、三八七―三八八頁参照。
(14) 『全集』第一六巻、二四〇頁。
(15) 『全集』第九巻、一五〇頁。
(16) ブラム・ダイクストラによると、「世紀末の画家たちは永遠の女性に対する戒告の標本として、しきりにキルケーのモティーフをとりあげた。結局、彼らの作品に反映された、男たちを豚に変えてしまうこのホメロス風の魔女の体質は、獣のような女から離れた距離を保ちたいという男の明確な意思表示であった」という。(Bram Dijkstra, *The Idols of Perversity: Fantasies of Feminine Evil in Fin-de-Siècle Culture* [New York: Oxford University Press, 1986], p. 321.)
(17) さらに、漱石はバーン＝ジョーンズの絵を通しても、キルケーの説話に接することができたはずだ。すなわち、漱石所蔵の Newnes Art Library シリーズ(全一五巻)の一冊 *Sir Edward Burne-Jones* には《キルケーの酒》('The Wine of Circe')の複製が収められている。
(18) *The Hundred Best Pictures* (2nd ser.), p. 80.
(19) 『夢十夜』の民話的性格については、ラフカディオ・ハーンの小品との比較を通して論じた平川祐弘の、「子を捨てた父」(『新潮』昭和五一年一〇月号)、「怪談・江戸から明治へ――石川鴻斎・ハーン・漱石」(『アステイオン』第一七号、平成二年夏)に詳しい。前者は「第三夜」とハーンの『知られぬ日本の面影』中の「日本海の浜辺で」に収められている再話との類似点をきめ細かに論じたもの。後者は「第一夜」とハーンの『怪談』中の「お貞の話」とを比較対照した論考で、いままで以上に踏み込んで、ハーンと漱石との深い関わり合いを明らかにしている。
(20) ヴィクトリア朝の芸術家たちは、男への愛を証明するために死を選ぶ女たちに、ひとつの理想像を求めた。オフィーリアはもとより、エレーンやシャロットの女のようなテニスンのヒロインたちが世紀末の画家たちに愛されつづけたのも、そうした時代の風潮を反映している。

(21) W・カイザー『グロテスクなもの』竹内豊治訳(法政大学出版局、昭和四三年)七三頁。
(22) 同前。
(23) 『全集』第一三巻、六五〇頁。
(24) カイザー、前掲書、一〇〇頁。
(25) 同前、二五八頁。
(26) 三好行雄編『夏目漱石事典』別冊国文学(学燈社、平成二年)六四—六五頁。
(27) カイザー、前掲書、二五八頁。

〈補　論〉

(1) 前田愛『都市空間のなかの文学』(筑摩書房、昭和五七年)三四六頁。
(2) 上田篤『日本人とすまい』(岩波新書、昭和四九年)一六七頁。
(3) G・バシュラール『空間の詩学』岩村行雄訳(思潮社、昭和四四年)七六頁。
(4) 同前、六五頁。
(5) この問題と関連して、漱石が『門』の執筆の前である明治四十二年六月十五—十六日の両日間『国民新聞』に書いた「虚子君へ」と題する文章で語ったつぎのような内容は、大変興味深い。

「私は妙な性質《たち》で、寄席興行其他娯楽を目的とする場所へ行つて坐つてゐると、其間に一種荒涼な感じが起るんです。(中略)あんな場所で周囲の人の顔や様子を見てゐると、みんな浮いて見えます。男でも女でも得意です。其時ふと此顔と此様子から、自分の住む現在の社会が成立してゐるのだといふ考が何処からか出て来て急に不安になるのです。さうして早々自分の穴へ帰りたくなるんです。(中略)

さうかと云つて此人造世界に向つて猪進する勇気は無論ないです。年来の生活状態からして、私は始終山の手の竹藪の中へ招かれてゐる。のみならず、此竹藪や書物のなかに、丸で趣の違つた巣を食つて生きて来たのです。

其方が私の性《しよう》に合ふ。それから直接に官能に訴へる人巧的な刺激を除くと、此巣の方が遥かに意義がある様に思はれるんだから、四辺の空気に快よく耽溺する事が出来ないで迷つちまいます。」(『全集』第一一巻、一九九―二〇〇頁)[傍点引用者]

(6) バシュラール、前掲書、一〇八頁。

(7) 多田道太郎「昔、ちゃぶ台というものがあった」『風俗学――路上の思考』(筑摩書房、昭和五三年)。

(8) 同前、八一―八三頁。

(9) バシュラール、前掲書、一一七頁。

(10) 安井が転地療養のため、神戸へ発つ時の描写はつぎのようになっている。

「安井は心ならず押入の中の柳行李に麻縄を掛けた。御米は手提鞄に錠を卸した。」(十四)[傍点引用者]

(11) G・バシュラール『蠟燭の焔』渋沢孝輔訳(現代思潮社、昭和五一年)一五〇頁。

(12) 越智治雄『漱石私論』(角川書店、昭和四六年)一八六頁。

(13) 前田愛、前掲書、三四九頁。

(14) 『全集』第五巻、五〇頁。

(15) 越智治雄、前掲書、一七九頁。

(16) W・D・ホールスによるとメーテルランクのブリュッセルの仮住まいの仕事場の壁には、バーン=ジョーンズなどラファエル前派の絵の複製がかかっていたという(W. D. Halls, *Maurice Maeterlinck: A Study of His Life and Thought*, Oxford, 1960, pp. 27-28)。なお、ロセッティとメーテルランクとの具体的な影響関係については、第四章「ラファエル前派的想像力」を参照。

(17) メーテルランクの〈静劇〉については、漱石文庫に入っているEdward E. Hale, *Dramatists of To-day* (G. Bell, 1906), pp. 156-159における解説を参照した。およそ三十ページに及ぶメーテルランクの章には随所に脇線や下線が見られるが、とくに"static theatre"や"Silence"という語に線が引いてある。

(18) 『門』のなかの、つぎのようなくだりも、メーテルランクの静劇――具体的には『闖入者』に非常に似通っている。

「御米の発作は漸く落ち付いた。(中略)宗助は、蘇生《よみがえ》つた様にはつきりした妻の姿を見て、恐ろしい悲劇が一歩遠退いた時の如くに、胸を撫で卸した。然し其悲劇が又何時如何なる形で、自分の家族を捕へに来るか分らないと云ふ、ぼんやりした掛念が、折々彼の頭のなかに霧となつて懸かつた。」(十三)[傍点引用者]

つまりこの場面の描写は、家族のひとりの女がひどい病気にかかり、その隣の部屋には彼女の病状を案じる家族たちが刻々と迫ってくる「死」の影に脅えるという内容の戯曲『闖入者』のそれを連想させずにはおかない。

(19) M・メーテルランクほか『室内』フランス世紀末文学叢書Ⅻ、倉智恒夫ほか訳(国書刊行会、昭和五九年)。

(20) 詳細はつぎのとおり(『全集』第一六巻、「漱石山房蔵書目録」五一頁による)。

The Double Garden. Trans. by A. T. de Mattos. London : G. Allen. 1904.

The Life of the Bee. Trans. by A. Sutro. London : G. Allen. 1906.

Aglavaine and Sélysette. Trans. by A. Sutro, with Introduction by J. W. Mackail. London : G. Allen. 1908.

Monna Vanna. Trans. by A. I. du Pont Coleman. New York : Harper & Bros. 1903.

Pelléas et Mélisande ; Alladine et Palomides ; Intérieur ; La Mort de Tintagiles. Paris : Calmann Lévy. 1908. (*Théâtre II*).

(21) メーテルランクの戯曲四編からなる *Théâtre II* の冒頭に収録されている *Pelléas et Mélisande* には、有名なメリザンドの髪の毛の描写の箇所など全部で九箇所にわたって、漱石による脇線がみられることから、これを読んだことはほぼ間違いないといえる。

(22) 日本におけるメーテルランクの移入については、菊田茂男「メーテルリンク」(『欧米作家と日本近代文学3』福田光治ほか編、教育出版センター、昭和五一年)参照。

(23) 漱石所蔵の *Degeneration*(一八九八年版)二二九頁には、「趣意や語意には構わず、単に互いに関連している類音からなる」詩の例に、詩集『温室』中の一編「倦怠」の原文および英訳が紹介されているが、これは漱石が「講義」のなかで引用したものと一致している(『全集』第一六巻、三五一—三五二頁参照)。ただ、漱石の英訳は綴りや句読点などで一部相違するものがあるが（たとえば、最終行の'sound'は'sun'が正しい）、これはテクストの底本となっている皆川正禧のノートの単純な誤記と見られる。

(24) Arthur Symons, *The Symbolist Movement in Literature*, London: William Heinemann, 1899; Edward E. Hale, *Dramatists of To-day*, London: G. Bell & Sons, 1906.

(25) 江藤淳『漱石とその時代』第二部（新潮選書、昭和四五年）三一一頁。

(26) 漱石の英詩のなかで、沈黙のうちに内面を凝視するという趣向の詩には、つぎのようなものもある。

I hail from the Kingdom of Silence,
Where I knew no sun, no moon,
No man, no woman, nor God even.
I lived in Silence and Silence reigned all. ('Silence')（『全集』第一二巻、三七五頁）

私の生国は〝沈黙〟の王国。
この国には日もなく、月もなく、
男も、女も、神さえもいなかった。
私は〝沈黙〟のうちに生き、〝沈黙〟はすべてを支配していた。（「沈黙」江藤淳訳）

この'Silence'にしろ、'Lonely I sit in . . . .'にしろ、内面の深奥への旅立ちを願う者にとって、「沈黙」は至高の価値として求められている。これは、メーテルランクが「積極的沈黙」を「未知なるものと精神的交感を可能にする力」と考えたこととも通じる（Robert Goldwater, *Symbolism* 〔New York: Harper & Row, 1979〕, p. 29）。ここでいう「積極的沈黙」（"silence actif"）とは、漱石も読んだエッセイ集『貧者の宝』の第一章「沈黙」に出てくる言葉で、メーテルランクはこの言葉を眠りや死や非在の反映である「消極的沈黙」（"silence passif"）の対立概念として用いている。ちなみに、漱石が読んだはずのシモンズの『象徴主義の文学運動』には、メーテルランクの「積極的沈黙」を解説しつつ、エッセイ「沈黙」からの一節が引用されている。「魂は沈黙によって計られる。ちょうど金銀が蒸留水によって計られるように。そしてわたしたちが発する言葉は、それらが浸っている沈黙を通して以外に

なんらの意味をもたないのである。」(樋口覚訳)

(27) この訳文は仏語の原文、あるいはAlfred Sutroによる英訳本(一八九七年)のそれとは若干の相違があるが、漱石が直接読んだものを重視する立場から、E. E. Hale, *Dramatists of To-day*, p. 157 中の英訳をもとにした。

(28) 「運命」の隠喩として「風」のイメージを用いた例は、『三四郎』にもみられる。

「下宿の二階へ上つて、自分の室《へや》へ這入つて、坐つて見ると、矢つ張り風の音がする。三四郎は斯う云ふ風の音を聞く度に、運命といふ字を思ひ出す。ごうと鳴つて来る度に竦《すく》みたくなる。」(九)(『全集』第四巻、二三九頁)

[傍点引用者]

(29) 厨川白村『近代文学十講』(『厨川白村集』第一巻、福永書店、大正一三年)四四三―四四四頁。初出は明治四五年。

(30) 注(27)に同じ。

(31) 「然しマーテルリンクの戯曲論のうちにこんな意味の事がかいてあります。――色々な事情(内界外界)のために現今の戯曲と云ふものは詩趣的装飾を失つた。この欠陥を補ふために戯曲家は已を得ず人間の意識の奥へ奥へと割り込んで其方面で償をとらなければならない。(中略)所で意識が動作に変化する状態を観察して見ると願望と義務の衝突に帰着して仕舞ふ。換言すれば情熱と徳義との喧嘩に過ぎない。従つて現代の戯曲家は好んで道徳問題を捕へて来る。」(『全集』第一六巻、五七二―五七三頁)

(32) Maurice Maeterlinck, *The Double Garden*, tr. A. T. de Mattos (London: G. Allen, 1904), p. 99. [漱石文庫所蔵]

(33) 『全集』第五巻、六六八頁。

(34) 畔柳都太郎宛書簡、大正四年二月十五日付(『全集』第一五巻、四四〇頁)。

(35) 『門』に描かれた「生の不安」のテーマに関連して、つぎのような吉田六郎の観点は示唆するところが多い。

「宗助の脅迫観念は恐らく友人の妻を奪ったことにあるのではあるまい、もっと根深いところに――つまり宗助のこころそのものに内在しているのであろう。(中略)宗助の不義事件なぞ、どうでもよかったのである。大切なことは、何かに追われてたえずいらいらしている宗助のこころである。」(『作家以前の漱石』〔勁草書房、昭和四一年〕一二四―一二五頁)

(36)　前川祐一『ダンディズムの世界』(晶文社、平成二年)一四〇頁。

参考文献

阿部良雄『ひとでなしの詩学』(小沢書店、昭和五七)
荒　正人『漱石研究年表』(集英社、昭和五九)
池内　紀『ウィーン――聖なる春』ドイツの世紀末・第一巻(国書刊行会、昭和六一)
石崎　等『漱石の方法』(有精堂、平成一)
石崎等編『夏目漱石――作家とその時代』日本文学研究資料新集一五(有精堂、昭和六三)
石原千秋編『夏目漱石――反転するテクスト』日本文学研究資料新集一四(有精堂、平成二)
伊藤俊治『マジカル・ヘアー――髪のエロスとコスモス』(PARCO出版、昭和六二)
弥永徒史子『再生する樹木』(朝日出版社、昭和六三)
岩切信一郎『橋本五葉の装釘本』(沖積舎、昭和五五)
岩野泡鳴『泡鳴全集』第一四・一五・一八巻(国民図書、大正一一)
上田　篤『日本人とすまい』(岩波新書、昭和四九)
上田　敏『上田敏全集』第三・七巻(教育出版センター、昭和五三)
内田魯庵『内田魯庵全集』第六巻(ゆまに書房、昭和六一)
海野　弘『アール・ヌーヴォーの世界』(造形社、昭和四八)
海野　弘『日本のアール・ヌーヴォー』(青土社、昭和五三)
海野　弘『都市風景の発見』(求龍堂、昭和五七)
江藤　淳『夏目漱石』(新潮社、昭和四九)
江藤　淳『漱石とその時代』第一・二部(新潮選書、昭和四五)

江藤　淳『漱石とアーサー王伝説――『薤露行』の比較文学的研究』(東京大学出版会、昭和五〇)
大岡昇平『小説家夏目漱石』(筑摩書房、昭和六三)
岡　三郎『夏目漱石研究』第一・二巻(国文社、昭和五六)
岡田隆彦『日本の世紀末』(小沢書店、昭和五一)
岡田隆彦『ラファエル前派』(美術公論社、昭和五九)
小倉脩三『夏目漱石――ウィリアム・ジェームズ受容の周辺』(有精堂、平成一)
越智治雄『漱石私論』(角川書店、昭和四六)
鏡味国彦『十九世紀後半の英文学と近代日本』(文化書房博文社、昭和六二)
河北倫明『青木繁――悲劇の生涯と芸術』(角川選書、昭和三九)
河村錠一郎『ビアズリーと世紀末』(青土社、昭和五五)
北原白秋『白秋全集』第二一巻(岩波書店、昭和六一)
木下杢太郎『木下杢太郎全集』第七巻(岩波書店、昭和五六)
厨川白村『厨川白村集』第一・二巻(福永書店、大正一三)
黒田清輝『絵画の将来』(中央公論美術出版、昭和五八)
笹淵友一『夏目漱石――「夢十夜」論ほか』(明治書院、昭和六一)
佐渡谷重信『漱石と世紀末芸術』(美術公論社、昭和五七)
澁澤龍彦『澁澤龍彦集成』第Ⅵ巻(桃源社、昭和四五)
島村抱月『抱月全集』第一・三巻(日本図書センター、昭和五四)
相馬庸郎『日本自然主義論』(八木書店、昭和四五)
相馬庸郎『日本自然主義再考』(八木書店、昭和五六)
高階秀爾『日本近代の美意識』(青土社、昭和五三)
高階秀爾『世紀末芸術』新装版(紀伊国屋書店、昭和五六[昭和三八])

高階秀爾『続 名画を見る眼』(岩波新書、昭和四六)
高橋康也ほか『ロマン主義から象徴主義へ――シンポジウム英米文学』(学生社、昭和五〇)
匠　秀夫『近代日本の美術と文学』(木耳社、昭和五四)
多田道太郎『風俗学――路上の思考』(筑摩書房、昭和五三)
田中清光『世紀末のオルフェたち』(筑摩書房、昭和六〇)
田辺貞之助『夢想の詩学――フランス幻想文学散策』(牧神社、昭和五二)
玉井敬之『夏目漱石論』(桜楓社、昭和五一)
田山花袋『田山花袋全集』第一五巻(文泉堂書店、昭和四九)
塚本利明『漱石と英国』(彩流社、昭和六二)
中村義一『近代日本美術の側面――明治洋画とイギリス美術』(造形社、昭和五一)
中村光夫『日本の近代小説』(岩波新書、昭和二九)
中村光夫『風俗小説論』(河出書房、昭和三〇)
中村光夫『明治文学史』(筑摩叢書、昭和三八)
夏目漱石『漱石全集』全一六巻(岩波書店、昭和四〇―四二)
成瀬正勝編『明治反自然派文学集(二)』『明治文学全集』第七五巻(筑摩書房、昭和四三)
野田宇太郎『日本耽美派文学の誕生』(河出書房、昭和五〇)
野田宇太郎編『明治反自然派文学集(一)』『明治文学全集』第七四巻(筑摩書房、昭和四一)
芳賀　徹『みだれ髪の系譜』(美術公論社、昭和五六)
芳賀　徹『絵画の領分――近代日本比較文化史研究』(朝日新聞社、昭和五九)
芳賀徹編『世紀末から新世紀末へ』(筑摩書房、平成二)
芳賀徹ほか編『講座比較文学4・近代日本の思想と芸術』(東京大学出版会、昭和四九)
萩野昌利『暗黒への旅立ち』(名古屋大学出版会、昭和六三)

蓮實重彥『夏目漱石論』(青土社、昭和五三)
日夏耿之介『日本浪漫文学史』(中央公論社、昭和二六)
平川祐弘『夏目漱石——非西洋の苦闘』(新潮社、昭和五一)
平川祐弘『漱石の師マードック先生』(講談社学術文庫、昭和五九)
平川祐弘『小泉八雲——西洋脱出の夢』(新潮社、昭和五六)
平川祐弘編『作家の世界——夏目漱石』(番町書房、昭和五二)
平島正郎ほか『十九世紀の文学・芸術』(青土社、昭和五九)
平野威馬雄『フランス象徴詩の研究』(思潮社、昭和五四)
堀江珠喜『サロメと世紀末都市』(大阪教育図書、昭和五九)
本間久雄『明治文学作家論』(早稲田大学出版部、昭和三三)
前川祐一『ダンディズムの世界』(晶文社、平成二)
前田愛『都市空間のなかの文学』(筑摩書房、昭和五七)
松浦暢『宿命の女——愛と美のイメジャリー』(平凡社、昭和六二)
松永伍一『青木繁——その愛と放浪』(日本放送出版協会、昭和五四)
宮川淳『美術史とその言説』(中央公論社、昭和五三)
宮下健三『ミュンヘンの世紀末』(中公新書、昭和六〇)
三好・平岡・平川・江藤『講座夏目漱石』全五巻(有斐閣、昭和五七)
三好行雄『鷗外と漱石——明治のエートス』(力富書房、昭和五八)
三好行雄編『夏目漱石事典』別冊国文学(学燈社、平成二)
村岡勇編『漱石資料——文学論ノート』(岩波書店、昭和五一)
持田季未子『生成の詩学』(新曜社、昭和六二)
森口多里『美術五十年史』(鱒書房、昭和一八)

安田保雄『上田敏研究』(有精堂、昭和四四)
山田　勝『世紀末とダンディズム――オスカー・ワイルド研究』(創元社、昭和五六)
吉田健一『ヨオロツパの世紀末』(筑摩書房、昭和四五)
吉田精一『近代日本ロマン主義研究』(修文館、昭和一八)
吉田六郎『作家以前の漱石』(勁草書房、昭和四一)
早稲田文学社編『文芸百科全書』(早稲田文学社、明治四二)
渡辺　淳『パリの世紀末』(中公新書、昭和五九)

マリオ・アマヤ『アール・ヌーヴォー』斎藤稔訳(PARCO出版、昭和五一)
ヴォルフガング・カイザー『グロテスクなもの』竹内豊治訳(法政大学出版局、昭和四三)
ワイリー・サイファー『ロココからキュビスムへ』河村錠一郎訳(河出書房新社、昭和六三)
アーサー・シモンズ『象徴主義の文学運動』樋口覚訳(国文社、昭和五三)
フィリップ・ジュリアン『世紀末の夢――象徴派芸術』杉本秀太郎訳(白水社、昭和五七)
カール・E・ショースキー『世紀末ウィーン――政治と文化』安井琢磨訳(岩波書店、昭和五八)
ロビン・スペンサー『唯美主義運動』愛甲健児訳(PARCO出版、昭和五三)
ガストン・バシュラール『空間の詩学』岩村行雄訳(思潮社、昭和四四)
ガストン・バシュラール『水と夢――物質と想像力についての試論』小浜俊郎・桜木泰行共訳(国文社、昭和四五)
ガストン・バシュラール『蠟燭の焔』渋沢孝輔訳(現代思潮社、昭和五一)
ジャン・ピエロ『デカダンスの想像力』渡辺義愛訳(白水社、昭和六二)
エルンスト・フィッシャー『幻想と頽廃』岩淵達治訳(合同出版、昭和四三)
マリオ・プラーツ『肉体と死と悪魔』倉智恒夫ほか訳(国書刊行会、昭和六一)

Ｎ・ブルードほか『美術とフェミニズム』坂上桂子訳（ＰＡＲＣＯ出版、昭和六三）
アンリ・ペール『象徴主義文学』堀田郷弘・岡川友久共訳（白水社、昭和五八）
ヴァルター・ベンヤミン『ボードレール』ベンヤミン著作集6、川村二郎訳（晶文社、昭和五〇）
ハンス・Ｈ・ホーフシュテッター『象徴主義と世紀末芸術』種村季弘訳（美術出版社、昭和四五）
ハンス・Ｈ・ホーフシュテッター『ユーゲントシュティール絵画史』種村季弘・池田香代子共訳（河出書房、平成二）
Ｓ・Ｔ・マドセン『アール・ヌーヴォー』高階秀爾・千足伸行訳（平凡社、昭和四五）
ジョン・ミルナー『象徴派とデカダン派の美術』吉田正俊訳（ＰＡＲＣＯ出版、昭和五一）
ニーケ・ワーグナー『世紀末ウィーンの精神と性』菊盛英夫訳（筑摩書房、昭和六三）

Altick, Richard D., *Victorian People and Ideas*, New York, 1973.
Auerbach, Nina, *Woman and the Demon : The Life of a Victorian Myth*, Cambridge, 1982.
Bate, Percy, *The English Pre-Raphaelite Painters : Their Associates and Successors*, London, 1899.
Beckson, Karl ed., *The Memoirs of Arthur Symons : Life and Art in the 1890s*, Pennsylvania, 1977.
Beers, Henry A., *A History of English Romanticism in the Nineteenth Century*, New York, 1901.
Birkett, Jennifer, *The Sins of the Fathers : Decadence in France 1870-1914*, London, 1986.
Borsi, F. & E. Godoli, *Paris 1900*, tr. C. L. Staples, Madrid, 1978.
Bouillon, Jean-Paul, *Journal de l'Art Nouveau 1870-1914*, Genève, 1985.
Calinescu, Matei, *Faces of Modernity : Avant-Garde, Decadence, Kitsch*, Bloomington, 1977.
Cary, Elizabeth L., *Tennyson, His Homes, His Friends and His Work*, New York, 1898.
Charlesworth, Barbara, *Dark Passages : The Decadent Consciousness in Victorian Literature*, Wisconsin, 1965.
Chiari, Joseph, *Symbolism from Poe to Mallarmé : The Growth of a Myth*, New York, 1970.
Christ, Carol T., *The Finer Optic : The Aesthetic of Particularity in Victorian Poetry*, New Haven, 1975.

Christian, John ed., *The Last Romantics : The Romantic Tradition in British Art*, London, 1989.
Clark, Kenneth, *Feminine Beauty*, London, 1980.
Cornell, Kenneth, *The Symbolist Movement*, New Haven, 1951.
Culler, A. Dwight, *The Poetry of Tennyson*, New Haven, 1977.
Curry, David C., *James McNeil Whistler*, Washington D. C., 1984.
Dijkstra, Bram, *The Idols of Perversity : Fantasies of Feminine Evil in Fin-de-Siècle Culture*, New York, 1986.
Fletcher, Ian ed., *Decadence and the 1890s*, London, 1979.
Frye, Northrop ed., *Romanticism Reconsidered*, New York, 1963.
Gaunt, William, *The Aesthetic Adventure*, London, 1945.
Gilman, Richard, *Decadence : The Strange Life of an Epithet*, New York, 1975.
Goldwater, Robert, *Symbolism*, New York, 1979.
Hale, Edward E., *Dramatists of To-day*, London, 1906.
Halls, W. D., *Maurice Maeterlinck : A Study of His Life and Thought*, Oxford, 1960.
Hilton, Timothy, *The Pre-Raphaelites*, London, 1970.
Hofstätter, Hans H., *Art Nouveau : Prints, Illustrations and Posters*, New York, 1984.
Hollander, Anne, *Seeing through Cloths*, New York, 1980.
Holt, E. G., *The Expanding World of Art, 1874-1902*, Vol 1, New Haven, 1988.
Houfe, Simon, *The Dictionary of British Book Illustrators and Caricaturists 1800-1914*, Woodbridge, 1978.
Hough, Graham, *The Last Romantics*, London, 1961.
Hunt, John D., *The Pre-Raphaelite Imagination 1848-1900*, London, 1968.
Huysmans, J.-K., *Certains*, Paris, 1908.
Hyder, K. ed., *Swinburne as Critic*, London, 1972.
Jackson, Holbrook, *The Eighteen Nineties*, London, 1923.
Jullian, Philippe, *Oscar Wilde*, London, 1968.

Jullian, Philippe, *The Symbolists*, tr. Mary Anne Stevens, Oxford, 1973.
Kahn, Annette, *J.-K. Huysmans : Novelist, Poet, and Art Critic*, Ann Arbor, 1987.
Karl, Frederick R., *Modern and Modernism : The Sovereinty of the Artist 1885-1925*, New York, 1985.
Kermode, Frank, *Romantic Image*, New York, 1986.
——, *The Sense of an Ending : Studies in the Theory of Fiction*, Oxford, 1966.
Kozichi, Henry, *Tennyson and Clio*, Baltimore, 1979.
Lacy, Norris J. ed., *The Arthurian Encyclopedia*, New York, 1986.
Landow, George P., *William Holman Hunt and Typological Symbolism*, New Haven, 1979.
Le Gallienne, Richard, *The Romantic '90s*, London, 1951.
Legrand, Francine-Claire, *Le Symbolisme en Belgique*, Bruxelles, 1971.
Lerner, Laurence ed., *The Victorians*, New York, 1978.
Lucie-Smith, Edward, *Symbolist Art*, London, 1972.
Madsen, Stephan T., *Sources of Art Nouveau*, Oslo, 1956.
Martin, Stoddard, *Wagner to "The Waste Land" : A Study of the Relationship of Wagner to English Literature*, London, 1982.
Mathews, Patricia, *Aurier's Symbolist Art Criticism and Theory*, Ann Arbor, 1984.
Mauclair, Camille, *The French Impressionists 1860-1900*, tr. P. G. Konody, London, 1903.
Mcsweeney, Kerry, *Tennyson and Swinburne as Romantic Naturalists*, Tronto, 1981.
Moore, George, *Modern Painting*, London, 1893.
Munro, John M., *The Decadent Poetry of the Eighteen-Nineties*, Beirut, 1970.
Nalbantian, Suzanne, *Seeds of Decadence in the Late Nineteenth-Century Novel*, London, 1983.
Nordau, Max, *Degeneration*, London, 1898.
Parris, Leslie ed., *Pre-Raphaelite Papers*, London, 1984.
Peekham, Morse, *Beyond the Tragic Vision : The Quest for Identity in Nineteenth Century*, Cambridge, 1962.

Pool, Phoebe, *Impressionism*, London, 1967.
Praz, Mario, *The Romantic Agony*, tr. A. Davidson, Oxford, 1970.
Pynsent, Robert ed., *Decadence & Innovation-Austro-Hungarian Life and Art at the Turn of the Century*, London, 1989.
Rearick, Charles, *Pleasures of the Belle Epoque : Entertainment & Festivity in Turn of the Century France*, New Haven, 1985.
Reed, John R., *Decadent Style*, Athens, Ohio, 1985.
Rees, Joan, *The Poetry of D. G. Rossetti : Mode of Self-Expression*, Cambridge, 1981.
Richard, Noël, *Le Mouvement décadent : dandys, esthètes et quitessents*, Paris, 1968.
Richards, Bernard, *English Poetry of the Victorian Period 1830–1890*, New York, 1988.
Ridge, George Ross, *The Hero in French Decadent Literature*, Athens, 1961.
Rosenberg, John D., *The Fall of Camelot : A Study of Tennyson's "Idylls of the King"*, Cambridge, 1973.
Rosenblatt, Louise, *L'Idée de l'Art pour l'Art dans la Littérature Anglaise pendant la Période Victorienne*, Paris, 1931.
Sambrook, James ed., *Pre-Raphaelitism*, Chicago, 1974.
Scott-James, R. A., *Modernism and Romance*, London, 1908.
Showalter, Elaine, *Sexual Anarchy : Gender and Culture at the Fin de Siècle*, London, 1991.
Silverman, Debora L., *Art Nouveau in Fin-de-Siècle France : Politics, Psychology, and Style*, Berkeley, 1989.
Stanford, Derek, *Critics of the 'Nineties*, London, 1970.
Starkie, Enid, *From Gautier to Eliot : The Influence of France on English Literature 1851–1939*, London, 1960.
Stein, Richard L., *The Ritual of Interpretation : The Fine Arts As Literature in Ruskin, Rossetti, and Pater*, Cambridge, Mass., 1975.
Stevenson, Lionel, *The Pre-Raphaelite Poets*, New York, 1974.
Stonyk, Margaret, *Nineteenth Century English Literature*, London, 1983.

Symons, Arthur, *Figures of Several Centuries*, London, 1917.

——, *Studies in Prose and Verse*, London, 1904.

——, *The Symbolist Movement in Literature*, London, 1899.

Taylor, B. & Brewer, E., *The Return of King Arthur*, Totowa, N. J., 1983.

Thornton, R. K. R., *The Decadent Dilemma*, London, 1983.

Vergo, Peter, *Art in Vienna 1898-1918 : Klimt, Kokoschka, Schiele and their contemporaries*, Oxford, 1975.

Waldstein, C., *Art in the Nineteenth Century*, Cambridge, 1903.

Weber, Eugen, *France, Fin de Siècle*, Cambridge, Mass., 1986.

Wheeler, Michael, *English Fiction of the Victorian Period 1830-1890*, New York, 1985.

Wood, Christopher, *The Pre-Raphaelites*, London, 1981.

——, *Victorian Panorama : Paintings of Victorian Life*, London, 1976.

あとがき

この書物は、一九九〇年東京大学大学院総合文化研究科に博士学位請求論文として提出した『明治末日本文学における「世紀末」美学の比較研究――漱石とその時代』より、漱石に関連する内容をまとめたものである。私はこの論文のなかで、十九世紀後半から末にかけて西ヨーロッパで熟成した「世紀末」という名称で知られる耽美の思考形式が、どのような経路で日本に入ってきて、日本の近代文学の展開にどのような影響を及ぼし、またそれが具体的にどういう形で日本語表現のうちに具現されたかを上田敏、北原白秋、夏目漱石などを通して考察してみたが、書名に示されているとおり、論の中心は漱石に置かれている。

漱石と世紀末芸術との関連については、いまから二十年以上も前からしばしば取りざたされてきた。こうしたなかで私がいまさらのようにこのテーマに取り組んだのは、漱石における「世紀末」なるものを、漱石の生きた時代の精神史的地平において位置づけ、さらにそれを「世紀末美学」というひとつの文芸史的体系に包括することが漱石文学の想像力の側面の仕組みを把握するのに肝要だと判断したからである。この本の題名を『世紀末と漱石』というふうに「世紀末」を「漱石」に先行させたのは、「世紀末」という展望に立って漱石を読み直そうとする意図によるものである。

最近の漱石論のなかで多く見かける「暗い深淵」「虚無感」「狂気」「夢想」といった語句は、作家夏目漱石の内質の側面と関連して取りざたされている観がある。こうした問題はとりもなおさず作家を取り巻く知的、芸術的環境と結び付けて論じることが大事だということを、私はこの論文を作成するに当たっておこなった漱石文庫またはイギリスへの実地調査の過程で改めて思い知らされた。つまりロンドン留学に代表される世紀末芸術の洗礼という側面もさることながら、当代もっとも西欧の最新の文芸動向に通じていた文人の一人であった漱石の書斎もやはり、彼がいやおうなく「世紀末」という特定の時代の精神的現象から自由でいられなかったことを説得力をもって語ってくれたのである。

本書は本格的な意味においての漱石研究書とはほど遠いものだろう。テーマそのものが特殊であるだけに考察の範囲はどうしても限定され、扱いの対象も偏りがちで、その扱い方も図式的で粗野なところが少なくないことを認めざるを得ない。私としては本書が漱石文学の鉱脈の豊かさを証明し、いままでそれほど強調されていなかった「夢見る人」としての漱石の一面をクローズ・アップするのに少しでも役に立てばと願うのみである。

漱石は私が日本語で読んだ最初の日本人作家である。深い奥行きと豊かな世界を包蔵し、読むものをして絶えずスリリングな謎解きに挑ませる漱石のテクストに八年間の日本留学期間中取り組んでこられたことは、いま振り返ってみてもたいへん幸運なめぐり合わせだったように思う。

このような形で留学の成果をまとめることができたのは、多くの方々のご支援と激励のおかげである。私が大学院に入ってから学問の道に導き、知的緊張に満ちた研究の大事さを教え、日本文学・比較文学研究者になるよう暖かく見守ってくださった芳賀徹先生の学恩はとうてい忘れることができない。先生に尊敬と感謝の念をこめてこのささやかな書物を捧げたい。東大の比較文学比較文化研究室で平川祐弘先生、小堀桂一郎先生、阿部良雄先生、川本皓嗣先生から賜ったご教示も、私がこれからこの道を進むうえで貴重な糧となるだろう。

本書にはすでに活字になったものも含まれている。快く紙面を提供してくださった方々にこの場を借りてお礼を申しあげたい。とくに、無名の留学生に文章を書くことの難しさと悦びを味わわせてくださった『新潮』の柴田光滋さんに感謝したい。

東北大学付属図書館所蔵の漱石文庫とロンドンの実地調査は富士ゼロックスの小林節太郎記念基金の研究助成のおかげで行われた。また学位論文の作成の後ではあるが、国際交流基金の外国人研究者海外派遣プロジェクトに選ばれて一年間のイギリス留学の機会を得、本書の一部の内容を補完することができた。両基金の関係者の方々に深謝したい。さらに留学中懇切なご配慮をいただいたロンドン大学アジア・アフリカ研究学部極東学科の主任ヒュー・ベイカー教授、ジョン・ブリーン博士、同大学付設日本研究センター所長の杉原博士にも深く謝意を表したいと思う。

二回に及ぶ東北大学付属図書館漱石文庫の訪問の際には、東北大学の佐々木昭夫先生、同図書館の方々のご好意に浴した。また東京大学付属図書館、国立国会図書館、東京芸術大学図書館にもお世話になった。

もっとも定評のある『漱石全集』を出している岩波書店より、私の初めての漱石研究を出版することができたのも幸運としかいいようがない。快く本書の出版を引き受けてくださった岩波書店に感謝の念を表する。また、忍耐と寛容をもってこの本の出版のためにご尽力を惜しまれなかった岩波書店編集部の高村幸治さん、川原裕子さんに厚くお礼を申しあげたい。最後に学位論文の作成のときから、そばで助けてくれた妻金玉姫にもこの機会にねぎらいの言葉を伝えたいと思う。

一九九四年一月一五日

尹　相　仁

初出掲載

《第五章》　原題「漱石の世紀末的感受性——水底幻想を中心にして」(『新潮』第八四巻第一一号、昭和六二年一一月)　のち『日本文学研究資料新集一五　夏目漱石——作家とその時代』(有精堂、昭和六三年一一月)に所収

《第六章》　原題「浪漫的魂の行方——『薤露行』から『草枕』へ」(『へるめす』第三四号、平成三年一一月)

《第七章》　原題「『夢十夜』第十夜の豚のモティーフについて——絵画体験と創作の間」(『比較文学研究』第五五号、平成元年五月)

《補　論》　原題「すまいの風景——『門』における空間の象徴的描法」(『比較文学研究』第五七号、平成二年六月)

岩波人文書セレクションに寄せて

本書の初版を出してから既に十五年以上が経つ。夏目漱石という並々ならぬ教養と才能を有する日本人作家に出会い、彼の美的感受性やそこにある言語表現の秘密を読み解くことに夢中になっていた日本留学時代が、いま懐かしく思い出される。

私がはじめて読んだ漱石の作品は『こころ』であった。正直いってずっしりとした倫理の重さにいささかついていくことができず、またいかにも教科書の定番といった感じしかしなかった。しかも、「明治の精神」や「殉死」、「罪の意識」といった言葉で語られる漱石像は、なにか鉢巻をした芸術家の肖像をみるようで、あまり気が進まなかったのだ。

漱石を読み進むうちに強く惹かれたのは、『夢十夜』や『永日小品』といった短編と、『草枕』『それから』のような小説であった。一見、肩を抜いた書き方であるにもかかわらず、言葉と言葉のあいだには尋常な解釈を寄せ付けない含蓄と張り詰めた緊張感があり、テキストを読む楽しさを堪能できた。執拗なまでに人間の暗い内面を掘り下げた『行人』や『こころ』の作家、あるいは巧みな語りを縦横無尽に駆使した『吾輩は猫である』や『坊っちゃん』の作家に、こうした美と夢の世界からなる芸術の領分があったこと自体が、大きな驚きであった。

漱石の書いたもののうち、長くその魅力を失わないものは、「揺れ動く」感覚や精神がよく投影された作品ではないかと思う。明治維新の直前に生まれた漱石は、絶えず波立つ近代化の流れのなかで成長し、近代科学や芸術が激しく揺れ動くロンドンで留学生活を送り、帰国してからは日露戦争を挟んで大学教員から専業作家に変身した。パンのために世の中と安易な交渉をしない代わりに、個性と趣向に執着する代助を「高等遊民」と呼ぶなら、あえて安定を拒む道を選んだ漱石もやはり代助に限りなく近い部類の存在であろう。

世紀転換期の混沌としたロンドンで、等身大の西洋文明を目の当たりにし、疑い、さらに対象化することに励んだ漱石だが、同時代の文学や絵画に描かれた耽美的な表現には、素直に心と感官を開いた。ロマンティックで不可思議な幻想、あるいは艶かしい女性美の世界は、下宿に閉じこもり、懐疑と闘いに疲れた魂の唯一の避難所だったのだろう。時代を見据える批評眼のみならず、あらゆる芸術的刺激に敏感に反応する感覚もやはり、漱石の創作家としての本能をなしているといってよい。漱石のテキストにちりばめられている豊かな表現は、「世紀末」という時代的雰囲気と芸術風潮のなかから生まれたものだと思う。

そうしたこともあって、私は、漱石作品の韓国語翻訳を出すのであれば、真っ先に手掛けるべき作品は『それから』だと思い定めていた。そんなところへ、韓国の人文・文芸出版の大手、民音社から世界文学全集の一冊として漱石小説を翻訳してみないかとの話があり、誘いを受けることにしたのだった。なんとか仕上げて出版したところ、読者の反応は予想を遥かに超えるものであった。

出版から七年の間に二十五刷りを重ね、インターネット書籍販売の最大手アラジンの売れ行きランキングによれば、漱石の韓国語翻訳のなかで『それから』は『吾輩は猫である』に次ぐ販売実績を示している。

これを読んだ人たちがネット上に書いたレヴュー数も三十本以上と、かなりの数にのぼっている。「百年も前の小説なのに、全然古くなく、いま現在の話のよう」というのが、もっとも目立つ感想である。主人公の代助の生き方も支持されている。社会や組織に深くコミットしないまま、慣習に従わず、権威にも屈しないで、自己の生き方と個性を貫く代助というキャラクターは、俗悪な社会への入門を前に精神的貴族主義に浸りたいと願う若い読者たちに、ある種の普遍的価値をもっているといえるのではなかろうか。

しかし研究の面からいうと、十五年間私は、漱石についてほとんど書いてこなかった。口では漱石を「多面体の存在」といいながらも、偏ったところしかみてこなかったという自覚と反省があったからである。

ただ、その空白を惜しんでいるわけではない。十五年の空白を経て今、私の関心は「世紀末を生きた夏目金之助」から、死後一世紀たってもなお大多数の日本人から愛され、尊敬される「文豪漱石」の歴史的・政治的意味合いに移っている。たとえば、「漱石」を通して日本の近代を読んでみること、あるいはアジア・アジア人の目で漱石を見直すこと、ひいては日本人研究者たちによって夥しく生産されてきた「漱石言説」を外部の視線から対象化すること、などである。あくまで「自己本位」で漱石を研究することこそ、若い頃文学研究の道に導いてくれた漱石への恩返しだと思っている。

二〇一〇年十月十三日

尹 相 仁

人名索引

ア 行

アーヴィング Irving, Henry 122
青木繁 241, 254-257
浅井忠 133, 136
姉崎嘲風 120-122
アーノルド Arnold, Matthew 282
荒正人 34, 73, 132, 135, 327
アルティック Altick, Richard D. 154
アルマ＝タデマ Alma-Tadema, L. 128, 130

イェイツ Yeats, W. B. 14, 20, 78, 104, 108, 109, 129, 192, 282
生田長江 46
泉鏡花 34, 75, 76, 112, 320
伊藤整 34, 73
イプセン Ibsen, Henrik 18, 50, 60, 347, 353
岩野泡鳴 47, 51-53, 59, 61, 64-66, 106, 107, 257

ウァルドスタイン Waldstein, C. 138
ヴィリエ・ド・リラダン Villiers de l'Isle-Adam 18, 60, 104
上田敏 40-43, 46, 48, 52, 53, 56, 69, 79, 86, 348
ヴェーバー Weber, Eugen 6, 7
ヴェラーレン Verhaeren, Emile 223
ヴェルヌ Verne, Jules 221
ヴェルレーヌ Verlaine, Paul 14, 17, 18, 60, 66, 155
ウォーズウォース Wordsworth, William 326
ウォーターハウス Waterhouse, J. W. 126, 128, 129, 190, 229, 231, 285, 308, 310
ヴォルテール Voltaire 10
内田魯庵 51, 145
海野弘 212

江藤淳 73, 177, 265-267, 275, 276
エリオット Eliot, T. S. 177
エリス Ellis, Havelock 63

大岡昇平 227, 287
大田昭子 236
大塚保治 53
岡三郎 102
小栗風葉 47
小山内薫 60
オースティン Austen, Jane 96
越智治雄 294, 340, 345
オリガス Origas, Jean-Jacques 152, 153
折竹蓼峯 45, 46

カ 行

カイザー Kayser, Wolfgang 324, 326, 327
片上天弦 67, 77
勝本清一郎 73
加納孝代 316
カーモード Kermode, Frank 26, 70
カーライル Carlyle, Thomas 156, 295
カリネスク Calinescu, Matei 27
川上音二郎 348
蒲原有明 59-61, 64, 65, 69, 106, 107

北原白秋 68, 69
キーツ Keats, John 108, 178, 190, 191, 200, 282, 318-320
木下杢太郎 48
キブソン Gibson, Charles D. 228
ギボン Gibbon, Edward 10
ギマール Guimard, Hector 135

国木田独歩 59
クラーク Clark, Kenneth 189
クラッカンソープ Crackanthorpe, Hubert 104
クリムト Klimt, Gustav 138
厨川白村 45, 46, 53, 54, 102, 351, 352
グルーズ Greuze, Jean-Baptiste 127, 310
クールベ Courbet, Gustave 189
クレイグ Craig, William James 119
クレイン Crane, Walter 130, 311
黒田清輝 133, 156
畔柳都太郎 354

ケア Ker, William Paton 119
ケアリー Cary, E. L. 276
ケーベル Koeber, Raphael von 120, 325
剣持武彦 93

コウパー Cowper, Frank 130
小杉未醒 60
ゴーティエ Gautier, Théophile 15, 18, 108-113
小宮豊隆 282
ゴヤ Goya, Francisco de 324
小山鼎浦 75, 76
コリンウード Collingwood, R. W. 20
ゴールドウォーター Goldwater, Robert 188
ゴンクール兄弟 Goncourt brothers 13, 18, 60, 108, 114, 149, 155
コンスタブル Constable, John 126, 309
ゴンブリッチ Gombrich, E. H. 16

サ 行

サイファー Sypher, Wylie 169, 170
酒井抱一 212
坂本四方田 267
桜井天壇 43

佐々木英昭　93
サージェント Sargent, J. S. 126
貞奴　136

ジイド Gide, André　108
ジェームス James, William 103, 356
シェリー Shelley, Percy　178, 179, 190, 200, 238
シダル Siddal, Elizabeth　188, 210
島崎藤村　59
島村抱月　44, 60, 61, 64-67, 121, 122, 149
シモンズ Symons, Arthur　9, 10, 17, 19, 63, 67, 78, 92, 94, 97-101, 105, 108, 114, 129, 148, 149, 154, 155, 170, 192, 349, 351
ジャクソン Jackson, Holbrook 5, 20, 21, 55, 168
シャープ Sharp, Elizabeth A. 309
ジュアンド Jouhandeau, Marcel 7
シュニッツラー Schnitzler, Arthur 108
ジュリアン Jullian, Philippe 26, 134, 188, 213
ショースキー Schorske, Carl　22
ショーペンハウアー Schopenhauer, Arthur　13, 104, 105, 121
ジョーンズ Jones, Henry A.　85, 87, 88
ジョンスン Johnson, Lionel 129, 192
スウィフト Swift, Jonathan　97
スウィンバーン Swinburne, Algernon C.　33, 108-110, 126, 186, 190, 192, 222, 228, 282
菅虎雄　102
スクリプチャー Scripture, E. W. 103
スコット＝ジェームズ Scott-James, R. A.　82
鈴木三重吉　96
スティーヴンソン Stevenson, Lionel　281
スティーヴンソン Stevenson, Robert Louis　97
スティルマン Stillman, Marie 129
ズデルマン Sudermann, Hermann 349
ストラドウィック Strudwick, John　126

セリジエ Sérizier, L.　4, 6, 8

ソーヴァージュ Sauvage, Henri 135
相馬御風　46, 67, 68
ゾラ Zola, Emile　4, 7, 18, 60, 62, 100, 113

タ 行

ダイクストラ Dijkstra, Bram 189, 225, 228
ダーウィン Darwin, Charles 11-13
ダ・ヴィンチ da Vinci, Leonardo

225, 236, 238, 240, 244
ダウスン Dowson, Ernest　129
高階秀爾　21, 26
高浜虚子　166
高宮利行　265, 275, 276, 278, 287
高山樗牛　120
田口俊一　162, 164
多田道太郎　335
ターナー Turner, William　126, 309
ダヌンチオ d'Annunzio, Gabriele 92-94, 97-101
玉置邁　44
田山花袋　59, 61, 64-66

茅野蕭々　348

塚本利明　184
津田青楓　254
坪内逍遥　278, 279

ディックシー Dicksee, Frank 129
テート Tate, Henry　306
テニスン Tennyson, Alfred 108, 208-210, 214, 222, 228, 265, 275-278, 280-293, 299
寺田寅彦　144, 257, 305, 306, 308

土井晩翠　120
ドウリング Dowling, Linda　54
トゥールーズ＝ロートレック Toulouse-Lautrec　136, 141
ドガ Degas, Edgar　141
ド・クインシー De Quincey, Thomas　102, 108
徳田秋江　78
ドニ Denis, Maurice　168
トムソン Thompson, Francis 192
ドラローシュ Delaroche, Paul 177, 183, 184
トルストイ Tolstoi, Leo　18, 60
ドレイパー Draper, Herbert 129

ナ　行

永井荷風　79
中川芳太郎　142
中村真一郎　293
中村不折　146, 171
中村武羅夫　65
中村光夫　47, 57-59, 68
ナルバンティアン Nalbantian, Suzanne　15

ニザール Nisard, Désiré　15
ニーチェ Nietzsche, Friedrich 18, 20, 50, 60

ネルソン Nelson, H.　229

ノーマンド Normand, Earnest 129, 229
野村伝四　266
ノルダウ Nordau, Max　5, 7, 13, 17, 18, 20, 21, 44, 63, 83, 88, 89, 94-96, 100, 105-107, 109, 110, 348, 349

ハ　行

ハウプトマン Hauptmann, Ger-

hart　18, 61, 108, 349
芳賀徹　39, 136, 146, 207, 217, 227, 305, 317
樋口五葉　142, 144-146, 171, 259
橋本邦助　60
橋本雅邦　145
バジュ Baju, Anatole　5, 11, 14
バシュラール Bachelard, Gaston　332, 334, 335
蓮實重彥　227, 253
ハッカー Hacker, Arthur　318
バール Bahr, Hermann　17, 22
ハルトマン Hartmann, Karl　13
バレス Barrès, Maurice　18, 23, 64, 66
ハーン Hearn, Lafcadio　77, 112
バーン＝ジョーンズ Burne-Jones, Edward　126, 128, 169, 215, 229, 230, 241, 256, 310, 347
ハント Hunt, Holman　143, 188, 265

ビーアス Beers, Henry A.　203-205, 279
ビアズリー Beardsley, Aubrey　22, 129, 130, 137, 140, 181
ピエロ Pierrot, Jean　13, 16, 18, 19, 31, 63, 113, 223, 224
ピネロ Pinero, Arthur　85
ピュヴィ・ド・シャヴァンヌ Puvis de Chavannes, Pierre　147
ヒューズ Hughes, Arthur　129
平塚らいてふ　51
平野威馬雄　62
平野謙　73
ビング Bing, Samuel　135, 168

フィッシャー Fischer, Ernest　21
ブイヨン Bouillon, Jean-Paul　33
フィリップス Phillips, Stephen　124
福田真人　236
藤島武二　142-145, 201
藤代禎輔　119
藤村操　258
フラー Fuller, Loïe　136
プラーツ Praz, Mario　14, 21, 24, 29, 185, 319
プラトン Platon　283, 284
フラマリオン Flammarion, Camille　103
ブラングウィン Brangwyn, Frank　157-159, 161-169
ブールジェ Bourget, Paul　108
ブレイク Blake, William　126, 206
フロイト Freud, Sigmund　104, 315
フローベール Flaubert, Gustave　34, 58, 65, 108, 111-115, 222

ペイター Pater, Walter　79, 94, 105, 108, 192, 225, 226, 234-237, 240, 245
ヘイル Hale, E. E.　349, 351
ヘーク Hake, Alfred　20
ベックリン Böcklin, Arnold　44, 60, 61, 128
ペラダン Péladan, Joséphin　18, 235
ベルクソン Bergson, Henri

103, 104, 356
ペロー Perrault, C. 214, 216
ヘンリー Henley, W. E. 112, 154

ホイッスラー Whistler, James 61, 147, 153-156, 169, 170
ポウ Poe, Edgar 34, 108, 194, 197, 198, 213, 216, 222, 228, 326
ボードレール Baudelaire 15, 16, 18, 23, 30, 91, 96, 100, 108, 110, 188, 221, 224, 228
ホーフシュテッター Hofstätter, Hans H. 143, 167, 192
ホフマン Hoffmann, E. T. A. 108, 138, 326

マ 行

マイナー Miner, Earl 170
前田愛 272, 273, 298, 331, 342
正宗白鳥 348
マーシャル Marshall, H. R. 103
マックスウィーニー McSweeney, K. 282
松島剛 39
マードック Murdoch, W. B. 21
マネ Manet, Édouard 60
マラルメ Mallarmé, Stéphane 18, 60, 99, 129
マルサス Malthus, Thomas 11
マロリー Malory, Thomas 210, 265, 277
マン Mann, Thomas 282

ミュシャ Mucha, Alfons 136, 144, 181
ミルナー Milner, John 27, 226
ミルボー Mirbeau, Octave 60
ミレイ Millais, J. E. 126, 127, 143, 192, 212-214, 222, 223, 229, 244, 291, 310

ムーア Moore, George 128
ムーテル Muther, Richard 133

メーテルランク Maeterlink, Maurice 18, 33, 46, 61, 77, 101, 108, 109, 129, 201-204, 222, 257, 345-356
メトヤード Meteyard, S. H. 281
メレディス Meredith, George 97-100, 176, 177, 199, 217

モーガン Morgan, C. L. 103
モクレール Mauclair, Camille 141, 152
モーザ Moser, Koloman 138
モネ Monet, Claude 60, 129, 141, 151-153, 156
モーパッサン Maupassant, Guy de 58
森鷗外 348
森口多里 68
モリス，ウィリアム Morris, William 94, 109, 126, 139, 140, 143, 168, 192, 204
モリス，ジェイン Morris, Jane 188
森田草平 51, 90, 91, 96, 99, 100, 272

モレアス Moréas, Jean　5, 30
モロー Moreau, Gustave　53, 129, 147, 256
モンテスキウ Montesquieu　10-12

ヤ　行

柳田国男　59

ユイスマンス Huysmans, J.-K.　16, 18, 24, 41, 42, 60-66, 95, 100, 108, 112, 149, 221
ユゴー Hugo, Victor　15, 325
ユング Jung, Carl　281

与謝野晶子　201
吉田健一　21

ラ　行

ラスキン Ruskin, John　60, 126
ラファエル前派 Pre-Raphaelites　18, 22, 29-33, 60, 68, 107, 109, 121, 125, 126, 130, 140, 143, 147, 156, 157, 167-171, 177, 181, 192, 193, 201, 205, 207, 217, 222, 241, 256, 309, 346
ラリック Lalique, René　134
ランシーア Landseer, Edwin　310
ランボー Rimbaud, Arthur　223

リヴィエアー Riviere, Briton　127, 306-308, 310, 319
リード Reed, John R.　62, 63, 103
リボー Ribot, Théodule　103

ルソー Rousseau, Jean-Jacques　10, 13
ルノワール Renoir, Auguste　141

レイシー Lacy, Norris J.　274
レイトン Leighton, Frederic　126, 128, 129, 229
レイノルズ Reynolds, Joshua　126
レッシング Lessing, G. E.　318

ロセッティ Rossetti, Dante Gabriel　33, 60, 61, 100, 104, 108, 109, 121, 126, 128, 143, 186-190, 192, 197-201, 203-205, 209, 210, 214, 228, 229, 232, 256, 323
ローダンバック Rodenbach, Georges　222, 223, 257, 345
ロッジ Lodge, O.　103
ロップス Rops, F.　312
ロラン Lorrain, Jean　223, 235
ロンブロゾ Lombroso, Cesare　103

ワ　行

ワイルド Wilde, Oscar　18, 21, 22, 30, 33, 42, 61, 67, 78, 83, 90, 95, 99, 108, 110, 112, 129, 154, 187, 192, 235, 282
ワーグナー Wagner, Richard　18, 30, 120, 121, 287
和田英作　143
渡辺董之助　132, 135
ワッツ Watts, G. F.　60, 121, 126, 128, 130, 170, 308

■岩波オンデマンドブックス■

世紀末と漱石

1994 年 2 月25日　第 1 刷発行
2010 年12月10日　人文書セレクション版発行
2015 年10月 9 日　オンデマンド版発行

著　者　尹《ユン》 相《サン》 仁《イン》

発行者　岡本 厚

発行所　株式会社 岩波書店
〒 101-8002 東京都千代田区一ツ橋 2-5-5
電話案内 03-5210-4000
http://www.iwanami.co.jp/

印刷／製本・精興社

ISBN 978-4-00-730302-9　　Printed in Japan